g GOLLENSTEIN

Farbenlehre

Ein politischer Roman

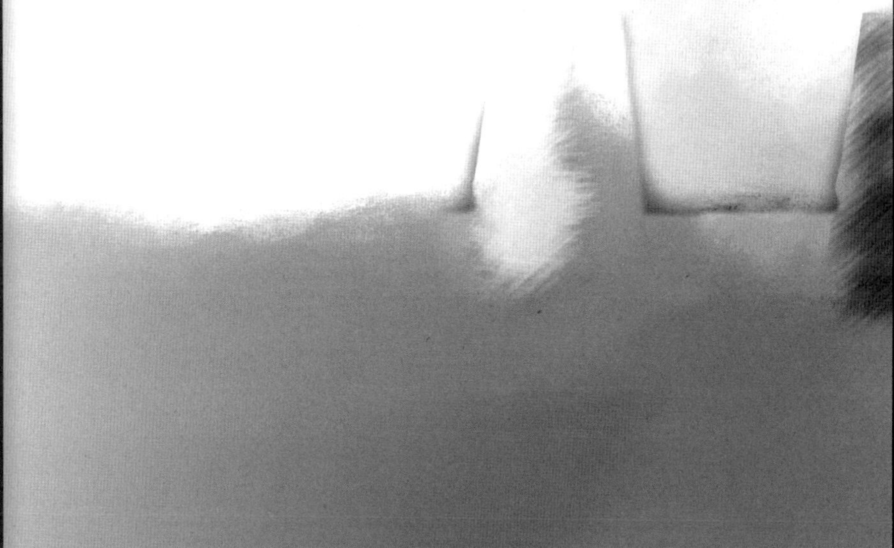

GOLLENSTEIN

Farbenlehre

Ein politischer Roman

Walter Schwarz-Paqué

UNION STIFTUNG

MALSTATTER BEITRÄGE

Aus Gesellschaft, Wissenschaft, Politik und Kultur

Herausgegeben von Franz Schlehofer (†),
Rudolf Warnking und Markus Gestier

Inhalt

Erstes Kapitel

Der Hauptgewinn

Der Hauptgewinn

Er hätte zweifelsohne anderes verdient gehabt, davon war er zutiefst überzeugt.
Wenn man so wollte, war ihm auf schamlose Art und Weise die gebührende Würdigung seiner Anstrengungen versagt geblieben. Schlimmer noch, am Ende hatte es noch nicht einmal zu ein paar warmen Worten gereicht oder wenigstens zu einem kleinen Nachruf, wie man das gemeinhin aus ergreifenden Grabreden kennt. Doch nichts dergleichen geschah, überhaupt nichts, man war stattdessen diskret zur Tagesordnung übergegangen.

Gedankenverloren kramte er die grünrote Pappschachtel mit den chinesischen Klangkugeln aus der unteren Schreibtischschublade und ließ die beiden Kugeln noch einmal durch seine rechte Hand gleiten. Der sanfte, beruhigende Klang und die geschmeidige Bewegung erinnerten ihn an bessere Tage, an Stunden, in denen er alles so im Griff zu haben glaubte wie diese Kugeln jetzt.
„Es ist eine Schande, eine hundsgemeine Niederträchtigkeit, wie mit Ihnen umgegangen wurde“, kam seine Assistentin Angela Leibrock mit einem Stapel blauer Ordner aus ihrem Vorzimmer in sein Büro gerannt, schleuderte diesen mit einer energischen Bewegung aus der Hüfte heraus auf den Besprechungstisch, krallte sich mit beiden Händen an einer Stuhllehne fest und schaute ihn mit festem Blick über ihre dunkelviolette Hornbrille an. Während ihre feuerrot lackierten Fingernägel auf den anthrazitfarbenen Stuhlpolstern

nun ein lautloses Stakkato trommelten und sich jedes Haar ihrer schwarzen Kurzhaarfrisur noch mehr in die Höhe reckte als sonst, so, als wollte eine Masse von kleinen Peilsendern jegliche Frequenz und jeden noch so unbedeutenden Impuls aus einer fremden Welt empfangen, holte sie tief Luft und öffnete dabei einen Augenblick lang ihre dunkelrot gefärbten Lippen, ohne dass jedoch zunächst ein Laut zu hören war.

„Tragen Sie es mit Fassung!“, überdeckte nun aber eine nicht gerade zurückhaltende Stimme das gedämpfte Geläut der Kugeln, wobei ihre dunklen Augen resolut funkelten und jeder unbeteiligte Dritte wohl den Eindruck gewonnen hätte, dass sie das Sagen in diesen Räumen haben musste.

„Diese Stadt hat es nicht besser verdient“, winkte sie temperamentvoll ab und verschwand, ohne eine Reaktion abzuwarten, in ihrem Büro.

„Ja, schon ...“, stimmte er ihr kleinlaut auf ihren borstigen Hinterkopf zu, versuchte dann aber auch eine andere Sichtweise vorzubringen, nämlich seine eigene, „aber ich selbst hätte Besseres verdient gehabt ...“

Auch wenn er von der irrigen Vorstellung, dass man sich im Leben etwas verdienen kann, schon lange geheilt war und diese Einsicht beileibe keine intellektuelle Hürde mehr für ihn darstellte, so schmerzte jene schlichte Erkenntnis gerade in diesem bitteren Augenblick mehr, als er sich eingestehen wollte. Schließlich hatte er sich, wie von ihm gefordert, in den Dienst der Sache gestellt und sein Bestes gegeben.

Doch die Wahrheit war anspruchsloser. Er war politisch – wie es so schön hieß – unter die Räder gekommen. Dabei wäre alles so einfach gewesen, er hätte nur auf den fahrenden Zug aufspringen müssen. Aber er weigerte sich beharrlich nach der ausgestreckten Hand zu greifen und blieb indessen wie ein in seinem Gefühlsleben gekränkter Romantiker bis zuletzt schwärmerisch und volltrunken an Illusionen auf dem Bahndamm stehen.

Eigentlich hatte er von Anfang an nichts begriffen, und man mochte glauben, dass er alles daransetzte diese Begriffsstutzigkeit zu kultivieren. Er wollte weder verstehen, dass man in Sachfragen mit größter Behutsamkeit vorgehen musste, noch dass das politische Prinzip an erster Stelle stand. Vor allem war ihm aber das Bekenntnis zur parteipolitischen Lehre, die makellos wie ein leuchtender Stern über allen Entscheidungen schwebte, fremd geblieben. Sein Instinkt versagte an diesen programmatischen Schnittstellen ebenso kläglich wie im Kreis gleichgesinnter Parteifreunde. Stattdessen schaufelte er in vertrauensseliger Unbekümmertheit sein eigenes Grab Tag für Tag, Zentimeter um Zentimeter tiefer und glaubte fest daran, dass er damit das Fundament für seinen Erfolg legen würde.

Er schaute auf die beiden Kugeln in seiner Hand, die ihm ein guter Freund zur Aktivierung der Lebenskräfte vor zwei Jahren bei seinem Amtsantritt als Dezernent für Familie und Sport geschenkt hatte. Aber er vermutete, dass sie nur dann imstande waren etwas zu aktivieren, wenn auch etwas zum Aktivieren da war. Vielleicht konnten sie aber auch aufgestaute Aggressionen abbauen, blitzte ihm durch den Kopf, während seine Hand schon zum Wurf ausholte, um zielsicher die Mitte einer Schülerlotsenkelle zu treffen, die neben einem Plakat mit dem Slogan „Aggressives Verhalten tötet“ an der Wand hing.

„Was war denn das?“, stürmte Angela Leibrock in den Raum und sah das mutwillig verursachte Malheur. „Die Kelle ist hin“, bemerkte sie emotionslos und hatte diese Lage ebenso im Griff wie alle wunderlichen Spielarten menschlichen Betragens, die in einer städtischen Behörde so vorkommen konnten, weshalb sie nur nüchtern ergänzte, „es macht ja jetzt keinen Sinn mehr eine neue zu besorgen, aber die Kugeln sind heil geblieben.“

Sie schob mit ihrem Fuß die verstreuten Plastikteile zur Wand, hob die beiden Klangkugeln auf und legte sie Martin Jungkind zurück in die Hand.

„Nehmen Sie die Dinger besser mit nach Hause, nicht dass Ihr Nachfolger auch auf solche Gedanken kommt", schlug sie ihm in einem Ton vor, der einen Widerspruch eher nicht zuließ und prophezeite ihm mit einem Fingerzeig, „diese Kugeln können Ihnen bestimmt noch gute Dienste leisten, die sind ja wie neu."

Es war alles in allem ein relativ kurzes Gastspiel für ihn gewesen, zumindest wenn man es an der Wahlperiode festmachte. Von seinen acht Jahren Amtszeit als städtischer Beigeordneter hatte er die Halbwertszeit noch nicht einmal erreicht. Gerade zwei Jahre waren vorüber, und schon gehörte er zur entrechteten Fraktion der Ausrangierten, auf die keiner mehr einen Heller setzte. Wer auf dieses Abstellgleis geriet, der hatte keinen Rückfahrschein im Gepäck, der war so etwas von aussortiert, dass keine Weiche dieser Welt eine Rückreise auf das politische Parkett ermöglichte.

Seines Erachtens traf ihn keinerlei Schuld an dem freien Fall ins politisch Bedeutungslose. Nach seinem Dafürhalten war der Grund eher darin zu finden, dass man sich in den vergangenen zwei Jahren nicht ein einziges Mal ernsthaft für seine Arbeit interessiert hatte. Die vielfältigen Ergebnisse seiner aufrichtigen Bemühungen wurden von keiner Seite hinreichend gewürdigt, und nur weil sie nicht ins Bild der parteistrategischen Überlegungen passten. Aber diese Tatsache hatte Martin Jungkind immer beharrlich ignoriert. Mehr noch, er bekämpfte sie sogar. So, als wollte er die Vernunft zur Politik erheben und unterschiedliche, parteipolitische Betrachtungsweisen durch sachliche Arbeit und entsprechende Ergebnisse ersetzen. Wenn man ihm einen Vorwurf machen wollte, dann den, dass sein unpolitisches Sendungsbewusstsein keinen politischen Kompromiss zuließ und er sich nach den ungeschriebenen politischen Spielregeln in jeder Hinsicht regelwidrig verhielt. Selbst die typischen Schattenkämpfe, die zum Ritual der Politiker gehören wie das Scharren beim Hahnenkampf, lehnte er aus innerster Überzeugung ab, so als seien sie in unserer Welt entbehrlich. Für ihn war die Kür eine reine Zeitverschwendung und gehörte ins

Privatleben, allenfalls noch in den Sport. Doch damit nahm er den Akteuren die Kraft, aus der sie schöpften, und vermieste die Stimmung auf unerträgliche Art und Weise.
Der eigentliche Vorwurf musste aber nicht an ihn, sondern an die Politiker selbst gehen, die ihn als sogenannten Quereinsteiger geradezu überredet hatten, für dieses politische Amt zu kandidieren, obwohl sie von seiner politischen Unerfahrenheit wussten und die Problematik, die von Politamateuren gemeinhin ausgeht, aus vielen Modellbeispielen kennen mussten. Ob es nun eine Gedankenlosigkeit war oder die pure Unbekümmertheit, belegt ist, dass beide Seiten im Laufe der Zeit nicht etwa vernünftiger wurden, sondern vielmehr beschränkter. Was zu guter Letzt darin gipfelte, dass für das Scheitern des einstmals so vielversprechenden Experimentes die unterschiedlichsten Erklärungsversuche herangezogen wurden. Doch in einem Punkt waren sich alle einig, die Ursache für dieses Begräbnis erster Klasse lag vor allem in „Jungkinds politischer Leidenschaftslosigkeit".
Und diesen Tadel schrieb ihm nicht nur seine eigene Fraktion ins Zeugnis.

Die politische Karriere von Martin Jungkind hatte, wie so vieles im Leben, ganz unspektakulär begonnen und wäre sicherlich auch genauso unspektakulär zu Ende gegangen, hätte er sich so verhalten, wie es ein Politiker allgemein tut. Und danach sah es auch zu Beginn aus.
„Ich muss dich einmal in Ruhe sprechen, eine wichtige Sache", hatte ihm beim Volleyballspiel sein alter Freund Frank Struth mit einer gewissen Bedeutsamkeit in der Stimme zugerufen und wusste auch einen passenden Ort, „später in der Umkleide."
Frank Struth hatte mit Martin Jungkind gemeinsam die Schulbank gedrückt und war seit dieser Zeit mit ihm befreundet. Auch wenn sich diese Freundschaft mehr auf sportliche Aktivitäten wie Volleyball im Winter und Fußball oder auch Tennis im Sommer

beschränkte, beließ man es nicht bei körperlichen Anstrengungen, auch geistig schenkte man sich nichts. Dazu traf man sich nach den sportlichen Schindereien mit den anderen Sportfreunden im „Einwurf“, dem Vereinslokal des SC-Blaustätten. Dort wurden bei einem Glas Bier die wichtigsten Ereignisse der zurückliegenden Woche mit visionärer Weitsicht und der gebotenen Ausgewogenheit diskutiert. Doch man konnte darauf wetten, dass einige Besserwisser im Laufe jeder zweiten Diskussion mit irgendwelchen leichtfertig geäußerten Behauptungen den formsicheren Gedankenaustausch wie eine gute Erziehung über Bord warfen und der allseitigen Beschränktheit Tür und Tor öffneten, die dann nicht selten in einem erbärmlichen – aber dennoch mit begeisterter Leidenschaft geführten – Biertischgespräch ihren konsequenten Abschluss fand.
Ganz anders verhielt es sich im Umkleideraum. Dort konnte man sich solche Untugenden nicht erlauben, eine sichere Urteilsfähigkeit war hier ebenso gefragt wie ein reicher Erfahrungsschatz. Kein Mensch wäre hier auch nur auf den Gedanken gekommen, aus einer Gleichgültigkeit heraus eine Behauptung aufzustellen, die dann vielleicht in einem Sumpf von Missverständnissen unterging und möglicherweise zu einer furchtbaren Enttäuschung wurde.
Wenn die Männerumkleide als Treffpunkt genannt wurde, dann ging es um mehr als einen Kleiderwechsel oder die Themen des Tages, dann ging es um äußerst vertrauliche Gespräche, wie etwa die Ankündigung, dass man nach zweiundzwanzig Ehejahren endlich seine große Liebe bei einer Zweiundzwanzigjährigen gefunden habe oder aber die Enthüllung eines einmaligen Fehltritts, schlimmstenfalls mit entbehrlichen Folgen. Welche Umgebung wäre besser gewesen als diese, um die romantischsten Gemütsbewegungen dieser Welt – ebenso wie die bittersten Heimsuchungen – zu besprechen? Schon die dampfige Schwüle in ihrer feuchtwarmen Beengtheit, die sich in den vielfältigsten Ausdünstungsmustern ihren Weg durch die Gemüter bahnte und damit für eine bleierne Atmosphäre sorgte, drückte zugleich auch so auf die Atemwege, dass jeder Gedanke

zunächst durch ein Labyrinth von Sinnesempfindungen musste, bevor er wie ein klarer Tautropfen hervortrat.
Martin Jungkind dachte nach, und man hätte mit medizinischen Apparaturen ohne weiteres feststellen können, dass eine Vielzahl Gamma-Wellen sein Gehirn durchströmten. Doch er kam zu keinem Ergebnis. Beide Varianten schieden aus. Frank war nicht verheiratet und konnte demnach so viele Fehltritte haben wie er wollte, auch mit Folgen. Wen sollte das interessieren?
„Moment! Ist er nicht seit über zwanzig Jahren mit ein und demselben Partner liiert?“, schoss es ihm durch den Kopf und Fehltritte konnten seines Wissens durchaus auch in einer gleichgeschlechtlichen Beziehung vorkommen.
Das musste der Anlass für dieses Gespräch sein!
Er schaute zu Frank hinüber, der in diesem Augenblick einen traumhaften Ball ins gegnerische Feld schlug und für diese Aktion von seinen Mitspielern bejubelt wurde. Tatsächlich, er schien viel agiler zu sein als sonst, vielleicht sogar etwas jugendlicher in seinen Bewegungsabläufen, überdies wirkte er zwangloser, nahezu ausgelassen. Das war wirklich unübersehbar. Und er trug eine neue, weißglänzende Sporthose mit einem dynamischen Muster aus farbigen Strichen und kleinen schwarzen Punkten. Wenn das alles nicht die Anzeichen waren, die für seine Veränderungstheorie sprachen, dann wusste er auch nicht, was der Anlass für das Gespräch sein konnte. Aber was sollte er ihm gleich raten? Er kannte sich doch in dessen Disziplin überhaupt nicht aus. Wurden in einer gleichgeschlechtlichen Beziehung diese Partnerschaftsdinge nicht etwas großzügiger gesehen als bei den Heteros? Oder war das nur wieder so ein Märchen, das man von irgendwoher übernommen hatte? Während er sich noch den Kopf zerbrach, war das Spiel auch schon zu Ende und es ging in die Duschen. Dort fiel Martin Jungkind sofort ins Auge, dass Frank immer noch die gleiche Duschlotion benutzte wie früher. Auch das Handtuch war seines Wissens das gleiche, nein, sogar ganz bestimmt. Aber das musste ja nichts

bedeuten, das hätte er an seiner Stelle ebenso wenig gewechselt, warum auch.

Nachdem alle anderen endlich den Umkleideraum verlassen hatten, setzte sich Frank Struth neben seinen Freund auf die Bank vor die Spinde, stützte beide Ellenbogen auf die Beine, legte seinen Kopf in die Hände und schaute gedankenverloren vor sich auf den Boden.

„Du weißt doch, dass wir einen neuen Dezernenten suchen", begann er bedächtig ohne aufzuschauen.

„Wie? Ich dachte, du wirst der neue Dezernent ...", stotterte Jungkind, der immer noch über einen flexiblen Kunstgriff nachdachte, der ihn aus seiner Ratlosigkeit retten konnte und sich nun über die eigentümliche Einleitung zu der tatsächlichen Angelegenheit wunderte.

„Nein, ich habe die Mutmaßungen der Presse nur nie dementiert, weil wir noch keinen geeigneten Kandidaten gefunden haben", presste Struth heraus und schaute schräg zu ihm auf, „ich kann ja als Schwuler ohne Familie schlecht für das Familiendezernat kandidieren. Einen besseren Ball könnte ich der Opposition kaum zuspielen."

„Mit Andreas bist du also noch zusammen?", wollte Jungkind nun aber die ganze Wahrheit wissen.

„Natürlich, was hat denn das damit zu tun?", wunderte sich sein Freund über diese Frage und setzte sich aufrecht, „wir haben gerade gestern noch bei einem schönen Abendessen im Burgrestaurant unseren vierundzwanzigsten Kennenlerntag gefeiert. Aber jetzt lass mich doch bitte einmal zu Ende kommen."

Damit waren die Jungkind'schen Theorien zerplatzt wie eine Seifenblase. Dann ging es also gar nicht um eine Trennungskiste oder einen Fehltritt. Das war natürlich eine ganz neue Situation. Welches Geständnis konnte nun noch über die hinreichende Qualität verfügen, um hier in der Männerumkleide enthüllt zu werden?

„Es geht doch wohl nicht nur um diese Dezernentenbesetzung?", schaute Martin Jungkind seinen Freund immer noch ungläubig – aber zugleich auch innerlich gefasst – an und zog damit für sich selbst noch einmal einen endgültigen Schlussstrich unter seine widerlegte Vermutung.

„Was heißt ‚nur'?"

Sein Freund schüttelte den Kopf und hob mit Unverständnis im Blick seine beiden Augenbrauen so weit an, dass sie wie ein zweiter Oberlippenbart von der Stirn grüßten: „Deshalb will ich ja gerade mit dir reden. Hier geht es doch um eine wichtige Schaltstelle in der städtischen Verwaltung."

Frank Struth war seit etwa fünfzehn Jahren FDP-Fraktionsvorsitzender im Stadtrat von Blaustätten, einer Stadt mit annähernd hunderttausend Einwohnern, und hatte mit seinen siebenundvierzig Jahren die städtische Politik in den letzten Jahren mitbestimmt, wenn auch nicht unmittelbar, so doch praktisch, nämlich durch seine Beteiligung an den abenteuerlichsten Koalitionskreuzungen. Der Elektroingenieur, der für eine große europäische Firma bereits viel in der Welt herumgekommen war und den man von seinem Aussehen her für einen wohlgenährten Spanier hätte halten können, verwirklichte derzeit seine Politik in einer eher gängigen Koalition mit der SPD. Diese Koalition bestand erst seit wenigen Monaten, nachdem ihm nämlich die CDU, aufgrund von zwei politisch halsbrecherischen Personalentscheidungen, die in der Folge zu drei Übertritten von CDU-Stadträten zur Freien Wählergemeinschaft führte, abhandengekommen war. Nach dem Verlust der alten Mehrheit wäre zwar auch eine Koalition mit der CDU und der Freien Wählergemeinschaft denkbar gewesen, doch die hätte keinen Dezernentenstuhl gebracht. Die SPD hingegen hatte mit diesem Angebot die FDP ködern können, was sich letztendlich aber im offiziellen FDP-Sprachgebrauch wie folgt anhörte:

„Bei den anstehenden Entscheidungsfragen haben sich zwischen SPD und FDP in der Summe die größeren Schnittmengen ergeben."

Nach der politischen Farbenlehre fehlte in der städtischen Verwaltungsspitze ein liberaler Vertreter. Der Oberbürgermeister gehörte der CDU an, die Bürgermeisterin, die gleichzeitig das Baudezernat leitete, der Freien Wählergemeinschaft, das Sozialdezernat war von Bündnis 90 / Die Grünen besetzt und das Finanzdezernat, das Kulturdezernat, das Rechtsdezernat und das Dezernat für Verwaltung und Sicherheit von der SPD. Ein Dezernat, das vor vier Jahren – kurioserweise noch unter Mitwirkung der FDP – aus Einspargründen aufgegeben worden war, sollte nun auf Bestreben der neuen Koalitionspartner wiederbelebt werden, um einen FDP-Vertreter zu installieren. So sprachen nun die gleichen Gründe für die Schaffung dieses Dezernates, die noch vor vier Jahren zur Schließung des Dezernates für Familie und Sport geführt hatten, nur dieses Mal mit umgekehrten Vorzeichen. Das machte den Akteuren nicht weiter etwas aus, denn neue Zeiten brachten auch neue Erkenntnisse mit sich, denen man sich als Politiker stellen musste, ob man nun wollte oder nicht. Doch den Pressevertretern war diese Rolle rückwärts nicht so ohne weiteres zu verkaufen und so hieben sie vor allem auf die Liberalen ein und wollten der Bevölkerung zum x-ten Mal beweisen, dass gerade jene Partei für alles andere stünde als für Glaubwürdigkeit. Das war zwar nicht gerade die günstigste aller Beurteilungen, aber sie prallte an den verantwortlichen FDP-Politikern ab wie Wassertropfen von einem gelben Ostfriesennerz. Denn aus Erfahrung wussten sie, dass das Thema sowieso nach vier Wochen ausgelutscht sein würde. Von daher waren auch die weiteren Schmähpackungen und Schimpfkanonaden zu ertragen und wurden als gut angelegtes Kapital auf dem Weg zur Macht deklariert.

„Also, ich habe da so eine Idee“, startete Frank Struth einen erneuten Versuch und strich sich mit der Hand bedächtig über seine schwarzen Haare, während er etwas vorgebeugt zur Tür schaute, um auch sicher zu sein, dass sie immer noch allein waren. „Ich stehe, wie gesagt, für dieses Amt nicht zur Verfügung. Und nun suchen wir in der Fraktion seit fast zwei Wochen händeringend nach einem geeigneten Kandidaten“, drehte er sich wieder zu seinem Freund um und betonte mit wichtiger Miene, „du kannst mir glauben, das ist nicht so einfach, wie man sich das vorstellt.“

Martin Jungkind, der seine Enttäuschung über das entgangene Geständnis noch immer nicht so recht verdaut hatte, interessierte sich nicht im Geringsten für die innerparteilichen Angelegenheiten, die seinen Freund so sehr beschäftigten. Zudem war er davon überzeugt, dass diese leidenschaftslose Problematik auch weit besser in ihre Stammkneipe gepasst hätte als hierher.
„Das ist doch nun wirklich kein Thema für diesen sensiblen Ort, wie kann man nur auf einen solchen Gedanken kommen? Dass sich Politiker aber auch immer so wichtig nehmen ...“, dachte er bei sich. Doch das wollte er seinem Freund nicht so direkt ins Gesicht sagen, obwohl er gut Lust dazu gehabt hätte.
„Ihr habt doch genug Politiker rumsitzen“, winkte er stattdessen etwas provozierend ab und klopfte seinem Freund im Aufstehen aufmunternd auf die Schulter. „Es sollte doch keine größere Geschichte sein, eine familienerfahrene und sportbegeisterte Idealbesetzung für dieses Amt zu finden. Da nehmt ihr einfach einen Familienvater oder auch eine Mutter ...“, hängte er an und griff nach seiner Sporttasche, um anzudeuten, dass er gehen wolle.
„Unglaublich“, stand Frank Struth sichtlich überrascht auf, „wenn das keine Übereinstimmung ist ... ganz meine Meinung.“
Er legte Martin mit grandioser Geste – wie man sie gelegentlich in seichten Filmstreifen sieht – freundschaftlich die Arme um den Hals, schaute ihn bedeutungsvoll an, wartete einen Atemzug lang und flüsterte dann die glückverheißende Formel, die seiner Meinung nach ein unbedeutendes Leben – wie das seines Freundes – komplett verändern musste.
„Ich habe an dich gedacht! An dich, mein Lieber!“, drückte er Martin voller Überschwänglichkeit an sich und zuckte mit den Mundwinkeln, als habe er auf etwas Verdorbenes gebissen.
Er konnte zwar nicht sehen, wie Martin reagierte, aber er wusste aus ähnlichen Erfahrungen, die er in seiner politischen Karriere gemacht hatte, dass das ein Augenblick für seinen Freund sein musste, den der nie vergessen würde.

„Du bist für diese Dezernentenstelle qualifiziert wie kein anderer, du wirst Großes leisten und unsere Stadt mit meiner Unterstützung weit, weit nach vorne bringen ...“, wagte er nach einem kurzen Schnaufer mit deutlich belegter Stimme und geschlossenen Augen einen hoffnungsvollen Blick in die Zukunft, der allerdings für jeden Außenstehenden in dieser doch eher unpassenden Umgebung stark an Glanz verloren hätte.
Doch da es keine Betrachter gab, wurde der Umkleideraum zu einem Thronsaal, der jener Krönungszeremonie gerecht wurde wie kein anderer Ort auf diesem Planeten. Langsam löste Frank Struth seine Umklammerung und drückte seine beiden Hände mit einem selbstgefälligen Klaps auf die eingefallenen Wangen seines Freundes.
Das entsprach nun endlich der Dialogqualität, die nach den Jungkind'schen Theorien in diese Räumlichkeiten passte. Jungkind holte zunächst dreimal tief Luft, bevor er sich auf die Bank zurückfallen ließ und einen kurzen Moment in einer äußerst aufrechten Haltung verharrte. Seine asketische Figur, die durch seine auffallende Größe noch ausgehungerter wirkte, ließ ihn auf der niedrigen Holzbank wie ein Fakir aussehen, der sich vor einem Gang über ein glühendes Holzkohlenfeld zu sammeln schien. Wortlos schaute er endlich zu seinem Freund auf, und es hatte den Anschein, als sei das von Natur aus schon langgezogene und blasse Gesicht noch länger und noch blasser geworden.
„Weshalb ich...?“, kehrte langsam die verlorene Kraft zurück, und Jungkind spürte eine Trockenheit in seinem Mund, wie nach dem Verzehr von Walnüssen in der Weihnachtszeit, „ich verstehe nicht...“
Das war für beide ein Augenblick höchster Zufriedenheit und innerster Erfüllung. Für Struth, da er sich wirkungsvoll und weltgewandt in Szene setzen konnte und für Jungkind, weil sich die Erwartungen, die er mit diesem Ort verband, endlich erfüllt hatten. Mehr noch. Er war plötzlich selbst zur Hauptfigur in einem Verschwörungsabenteuer geworden.

Mit einem leicht gönnerhaften Lächeln setzte sich Struth neben seinen Freund und kostete diesen unwiederbringlichen Moment, der seiner Führungsrolle in der Fraktion hundertprozentig gerecht wurde, in vollen Zügen aus. Für ihn war seine eigene Bedeutsamkeit das Lebenselixier, das er zum Atmen brauchte wie die Luft. Probleme anzupacken, das Entweder-Oder zu bestimmen oder auch nur Aufsehen mit verwegenen Ideen zu erregen, das waren die inneren Motive gewesen, weswegen er mit Leib und Seele Politiker geworden war. Natürlich hätte er nur zu gern dieses Dezernat selbst übernommen, allein schon um seiner Führungsrolle im städtischen Geschehen mehr Nachdruck zu verleihen. Aber er war klug genug, um zu wissen, dass das aus besagten Gründen nicht ging. Und da Kompromisse für ihn als Politiker zum Tagesgeschäft gehörten wie Vergleichsverfahren für Juristen, wählte er für sich den bestmöglichen Kompromiss aus.

Das hieß zuallererst, dass die Besetzung für den Dezernentenstuhl aus seinem Lager kommen musste. Es sollte eine Person sein, der er blind vertrauen konnte und die zu dem Menschenschlag gehörte, der noch über Charaktereigenschaften wie Loyalität und Verlässlichkeit verfügte. Wichtig war jedoch vor allem, dass der neue Dezernent oder die neue Dezernentin begriff, dass hier ein Geschäft zustande gekommen war, das über die gesamte Amtsperiode hinweg Bestand haben würde. Dieser Kontrakt bedeutete allerdings auch, dass sich der Förderwillige mit seinem Amtsantritt dem Förderer gegenüber verpflichtete, stets die Interessen seines Wohltäters zu vertreten. Mit jenem Geschäft auf Gegenseitigkeit wollte Struth sein politisches Weiterkommen sichern und seiner eigenen Karriere einen zusätzlichen Schub verleihen. Dies war ein durchaus gebräuchliches Verfahren, das im politischen Alltagsgeschäft gängige Praxis war und das Struth auch für absolut legitim hielt. Infolgedessen durfte der Kandidat weder ein unberechenbarer Zeitgenosse, noch ein schwärmerischer Idealist sein. Vor allem durfte es aber kein Politiker mit eigenen Ambitionen sein.

„Überrascht?“, forschte Struth nach und bemerkte zum ersten Mal im grellen Neonlicht die beiden länglichen, blutleeren Ohren, die das hagere Gesicht seines Freundes wie herbstliche Kastanienblätter umrahmten.
„Ich bin felsenfest davon überzeugt, dass du die beste Besetzung für diese wichtige Beigeordnetenfunktion in unserem Rathaus bist“, ergänzte er, nachdem weder eine Antwort, noch irgendwelche verwertbaren Informationen über Jungkinds Lippen gekommen waren.
Der Vorschlag schien also, wie Frank Struth zu bemerken glaubte, seine Wirkung nicht verfehlt zu haben, denn Martin saß immer noch wie versteinert vor seinem Spind und wirkte äußerlich so, als sei er von der Urteilskraft seines alten Schulfreundes stark beeindruckt.
Dieses Bild gab aber nur einen Teil der Stimmung wieder, die tief in Martin Jungkinds Innerstem Purzelbäume schlug. Hinter dieser fassungslos wirkenden körperlichen Hülle, die in ihrer ganzen Sprachlosigkeit die wahren Gefühle verbarg, wurde nämlich in Wahrheit ein Freudenfeuer nach dem anderen abgefackelt. Doch diese Euphoriewelle war gefährlich und konnte schnell zum tödlichen Tsunami werden, das wusste Jungkind sehr wohl. Deshalb wollte er jene verräterischen Empfindungen mit allen Vernunftmitteln, die ihm eher von seiner Mutter als von seinem Vater in die Wiege gelegt waren, zurückdrängen. Nach Franks überwältigender Offerte war es eher angesagt, sich zunächst einmal zu sammeln, um die vielen Gedanken, die unkontrolliert wie Sternschnuppen durch seinen Kopf schossen, zu sortieren.
Er konnte sich gut vorstellen, dass eine überraschende Mitteilung hinsichtlich einer Erbschaft die gleichen Gefühle in ihm ausgelöst hätte, ganz bestimmt sogar. Doch Vorsicht! War es nicht angebracht, ein Erbe zunächst einmal auf den wahren Gehalt zu überprüfen? Nicht, dass bei genauerem Hinsehen versteckte Verbindlichkeiten den Zauber des Nachlasses haushoch überdeckten? Doch diesen subversiven und traumzersetzenden Gedanken verwarf er

auch gleich wieder. Schließlich ging es ja um keine klassische Erbschaftsangelegenheit, die eins zu eins mit jenem verlockenden Angebot zu vergleichen gewesen wäre.
Bei flüchtigem Hinhören mochte das zwar stimmig geklungen haben, bei konzentriertem Mitdenken verlor diese Behauptung aber zunehmend an Überzeugungskraft. Wenn er damals gewusst hätte, dass ein Bruchteil der Sicherheitsanforderungen aus jenem Erbschaftswissen vielleicht schon ausgereicht hätten, um hinter der Einladung zu einem politischen Höhenflug auch etwas über die spätere Landung zu erfahren, hätte er sich vielleicht vieles ersparen können.
Doch die uralte, zutiefst menschliche Sehnsucht nach dem Glück und die fast ebenso alte, aussichtslose Hoffnung auf das große Los ließen Martin Jungkind stattdessen in traumwandlerischer Sicherheit den in den schönsten Farben leuchtenden Holzweg beschreiten, der jemals vor seinem inneren Auge erschienen war. Alles wollte er nun daransetzen, um die richtigen Worte zu finden, damit Frank nur nicht mehr auf den Gedanken kommen sollte, an seiner eigenen Entscheidung zu zweifeln. Nicht ein Funke blasierter Abgeneigtheit oder einfältiger Lustlosigkeit durften auch nur in einem Wort mitschwingen, vielmehr sollte nun in jeder Silbe und jeder Bewegung brave Bescheidenheit und ein wenig Verschämtheit über das ehrenvolle Angebot durchklingen.
„Aber ich habe doch mit Politik überhaupt nichts am Hut", täuschte Jungkind fast unvernehmbar mit einer geschickt angedeuteten, schwach abwehrenden Handbewegung eigene Bedenken vor und hoffte in gefälliger Haltung die richtige Tonlage getroffen zu haben. Das hatte er.
„Deine Fähigkeiten liegen doch auf ganz anderem Gebiet!", nahm Struth mit lautstarkem Widerspruch diese gut gespielte Geste erst gar nicht an und offenbarte nun sein politisches Gespür, das ihn zweifelsohne als einen talentierten Stadtpolitiker der entsprechenden Güteklasse auszeichnete, „du bist ein ganz hervorragender

Familienvater und dazu sportlich aktiv. Das sind die Fähigkeiten, die in diesem Fall zählen. Und dass du politisch noch nicht in Erscheinung getreten bist, ist das Beste, was uns passieren kann. Ich bin lange genug im Geschäft, um das beurteilen zu können", legte er den Kopf etwas zur Seite, während er mit seinem Zeigefinger bedeutungsvoll in die Luft stach und die Eignung zur Ausübung des politischen Handwerks in wenigen Leitlinien veranschaulichte.
„Du hast keine parteipolitische Prägung, keine politische Erfahrung, kurz: keinerlei politische Vergangenheit", begann er andachtsvoll und ließ seinen erhobenen Zeigefinger einige federnde Kreisbewegungen ausführen. „Das heißt, du bist politisch noch nicht verbraucht!", klärte er sein Gegenüber auf und zog aufgrund dieses enormen, brachliegenden Potentials den Schluss, „Das ist ein wesentlicher Vorteil in der Politik."
Jungkind wusste mit dem politisch Verbrauchten nicht direkt etwas anzufangen, aber er konnte sich denken, was Frank damit meinte. Er war politisch nie aktiv gewesen, obwohl er seit langen Jahren FDP-Mitglied war. Frank Struth hatte ihn damals, als es bei den Landtagswahlen wieder einmal um die Fünf-Prozent-Hürde ging und jeder Unterstützer an der Minderheitsfront gebraucht werden konnte, als Mitglied gewonnen. Doch zu dessen Leidwesen hatte er ihn niemals für das Plakatkleben oder die Besetzung von Wahlständen begeistern können, auch später nicht bei den Kommunalwahlen, als es immerhin um Struths eigenen Kopf ging. Frank war seinerzeit von seinem alten Schulfreund sehr enttäuscht gewesen, er empfand dessen politische Verantwortungslosigkeit als unverzeihliche persönliche Kränkung, weswegen er kurze Zeit mit dem Gedanken gespielt hatte, ihm die Freundschaft zu kündigen. Doch die gemeinsame Parteizugehörigkeit vereitelte diesen Schritt und schützte Martin vor dem Unmut seines Freundes.
Was Frank Struth jedoch nicht wissen konnte, war, dass es Beweggründe gab, die zu jener Verweigerungshaltung von Martin geführt hatten.

Anfänglich konnte man nämlich durchaus eine sanfte Liebelei zwischen dem Neuliberalen und seiner Partei feststellen, die hatte sich jedoch rasch – nach einigen zweifellos ernstgemeinten Annäherungsversuchen von Jungkind – abgekühlt. Das lag an vielem, doch vor allem daran, dass er den parteitaktischen Spielereien nichts abzugewinnen vermochte und darüber hinaus beschämende Schlammschlachten hasste wie Schneeballschlachten in Kindertagen. Bereits bei den ersten Ortsverbandssitzungen hatte er Gelegenheit gehabt, die tiefsten Abgründe und hinterhältigsten Bosheiten in der Politik kennen zu lernen und zudem Überzeugungstäter, die immer wieder für einen parteipolitischen Streifzug durch die Niederungen der menschlichen Niedertracht gut waren.
Aber auch die themenbezogenen Diskussionen brachten viel zu selten Ergebnisse, mit denen er hätte etwas anfangen können. So war es auch an einem Abend gewesen, als der amtierende Sozialdezernent von Blaustätten, der seit langem erhebliche Probleme mit dem Koalitionspartner hatte, zu Gast war, um wohl nur wieder einmal seine Parteifreunde zu besuchen und ein Glas Bier zu trinken. Er war von der CDU in eine missliche politische Lage manövriert worden, aus der er sich nicht mehr selbst befreien konnte, was dazu geführt hatte, dass er in der Verwaltungsspitze des Rathauses keine wesentliche Rolle mehr spielte.
Dieser unerträgliche Zustand wurde nun im Ortsverband in allen Einzelheiten ausführlichst dargelegt, lebhaft diskutiert, und mit vereinten Kräften suchte man nach einer Lösung. Während alle Parteifreunde mit großer Leidenschaft debattierten und ihren Koalitionspartner bis in die tiefste Hölle verteufelten, wirkte der einzig wirklich Betroffene auf Jungkind weniger engagiert. Er machte eher einen etwas apathischen Eindruck, so als habe er sich mit seiner Situation längst abgefunden, jedenfalls setzte er dem hitzigen Tribunal eine eindrucksvolle Gleichgültigkeit entgegen.
Nachdem es auf zweiundzwanzig Uhr zuging, wurde offensichtlich für alle Beteiligten eine Erkenntnisrunde eingeläutet. Die

Parteifreunde erkannten nämlich, dass man sich im Kreis drehte, der Dezernent erkannte, nach einem verstohlenen Blick auf seine Uhr, dass es schon spät war, und Martin Jungkind erkannte, dass die Ergiebigkeit dieser Phantomdebatte bestenfalls bei null gelegen hatte. Wobei man aber ergänzen muss, dass die Befriedigung bei den Gesprächsteilnehmern ohne Frage eine höhere Bewertung verdient gehabt hätte. In diesem Sinn beendete dann auch der Ortsvorsitzende die fruchtlose Debatte mit einem Wort, das die Ausweglosigkeit in dieser Diskussion mit der Situation des Dezernenten im Rathaus gleichsetzte. Er gab ihm ruhig und sachlich, doch voll innerer Kraft und unerschütterlicher Gewissheit, mit auf den Weg: „Michael, du bist bei der CDU in Geiselhaft, da kannst du nichts dran ändern! Wir hoffen aber, dass dir die heutige Diskussion etwas weiterhelfen konnte, wir sind jedenfalls fest davon überzeugt." Während alle klatschten und die Überzeugung ihres Vorsitzenden in vollem Umfang teilten, konnte Jungkind beobachten, wie der Angesprochene etwas verlegen grinste und kurz darauf fast unbemerkt den Saal verließ.

Jene Art von Sitzungen blieben leider nicht die Ausnahme und deprimierten Martin Jungkind mehr, als dass sie ihn erfrischten. Zu allem Überfluss gesellte sich zu diesem dürftigen, parteipolitischen Einerlei in unveränderlicher Regelmäßigkeit auch noch das unerträgliche Werben eitler Selbstdarsteller, die immer und immer wieder seine Stimme haben wollten. Ob nun bei irgendwelchen Ortsverbandswahlen, Kreisverbandswahlen oder auch Landesverbandswahlen, ob nun für die Positionen des Vorsitzenden, des Schatzmeisters oder auch des Beisitzers.

In einer jener internen Dauerwahlphasen mit ihren vielfältigen Emotionsstufen entschloss sich Jungkind, wieder mehr Sport zu treiben. Ab diesem Zeitpunkt eignete er sich nur mehr zum Auffüttern der Parteikasse, womit er zumindest den Sprung in die große Gemeinschaft der namenlosen Karteileichen geschafft hatte und fortan auch nicht mehr weiter behelligt wurde.

Nun waren diese Nichtigkeiten aus vergangenen Tagen vergessen, und Struth sah in seinem Freund, der bar jeder politischen Kenntnis war und demzufolge keinerlei politische Ambitionen auf was auch immer hatte, alle seine Zielsetzungen in vollkommenster Art und Weise erfüllt. Als Marionette hätte er ihn deshalb aber nicht bezeichnen wollen, wenn, dann eher als Schachfigur in einem taktischen Spiel, die aufgrund konkreter Instruktionen den jeweiligen Spielzug eigenverantwortlich auszuführen hatte.

„Martin, vertrau mir, du kannst dich ganz auf mich verlassen, wir kennen uns doch schon lange genug“, nickte Frank seinem Freund mit zwei geschlossenen Augen wohlwollend zu, einer großartigen Geste, die auf Jungkind so aufbauend und kraftspendend wirkte wie ein Naturkostpräparat mit Glückshormonen aus dem Reformhaus.

„Wenn du mir hier und heute eine Zusage gibst, sind wir im Wort“, schaute Frank Struth in zwei Augen, die weder Ja noch Nein sagten, „oder musst du etwa noch mit deiner Frau darüber reden?“

Mit diesem „etwa“ sah sich sein Gesprächspartner in eine erneute Zwangslage katapultiert und fühlte sich wie ein Student bei einer mündlichen Examensprüfung. Es war für ihn unübersehbar, dass jene hintergründige Fragestellung nur dem Zweck diente, einen wesentlichen Teil seines Persönlichkeitsbildes zu beleuchten, nämlich seine Entschlusskraft und Unabhängigkeit. Eine falsche Antwort, dessen war er sich absolut sicher, würde das direkte Aus bedeuten. Doch nach einer kurzen Konzentrationsphase hatte er die Lage wieder im Griff und glaubte zu wissen, wie die Antwort lauten musste.

„Wenn du meinst, dass ich der richtige Mann für euch bin, will ich dich als alten Freund auch nicht enttäuschen“, fühlte Jungkind mit der Antwort auch gleichzeitig ein wenig staatsmännisches Auftreten in sich emporsteigen und reichte Struth in einem Anflug tiefer Männerfreundschaft die Hand, „ich will mein Bestes für diese Stadt geben.“

„Für die Fraktion!“, verbesserte ihn Struth und meinte damit sich selbst. „Ich freue mich, dich an Bord zu haben“, schlug er

kämpferisch in die ausgestreckte Hand ein und presste seinen Freund mit einer theatralischen Umarmung an sich.
Beide ahnten, dass gerade in diesem Augenblick, hier im Umkleideraum des SC-Blaustätten, Geschichte geschrieben worden war. Die Wahl würde reine Formsache sein.

Martin Jungkind fuhr an diesem Abend nicht nur mit einem wohligen Gefühl in der oberen Magengegend nach Hause, sondern auch mit der sicheren Gewissheit, dass er der Richtige für dieses Amt sei. An einer Ampel schaute er noch einmal auf die große blaugelbe Plastikeinkaufstasche mit dem bekannten Werbeslogan „Geht nicht, gibt's nicht", die er neben sich auf dem Beifahrersitz liegen hatte. Sie enthielt die unentbehrlichen Unterlagen mit den wichtigsten Hintergrundinformation zu Dezernat und Stadtpolitik, die er noch von Frank in die Hand gedrückt bekommen hatte.
In dieser armseligen Hülle steckte also seine weitere Zukunft.
Doch er empfand das ganz und gar nicht so, diese Hülle enthielt für ihn die Insignien der Macht, sie sollte für ihn zum Ballon werden, der ihn in die höchsten Sphären der Stadtverwaltung tragen würde. Während er sich hinter dem Steuer wieder gerade aufrichtete, mit der rechten Hand sein gelichtetes blondrötliches Haar ordnete und sich voller Selbstzufriedenheit bemühte eine hochoffizielle Haltung einzunehmen, glaubte er bemerkt zu haben, dass er von manchen Passanten und Autofahrern gemustert wurde. Das hatte er zwar durchaus richtig gedeutet, doch galten die erstaunten Blicke weniger einer zukünftigen Persönlichkeit des öffentlichen Lebens, als dem Umstand, dass er in seinem vierzehn Jahre alten, moosgrünen Passat eher wie eine riesengroße Vogelscheuche wirkte. Von solchen belanglosen Oberflächlichkeiten war er jedoch zu weit entfernt, um sie erkennen zu können. Seine Vorstellungskraft war alles in allem so stimuliert, dass er sogar sein bisheriges Leben, das sich ihm wie eine einzige Folge von Superlativen darstellte, nur noch in einem überdimensionalen Phantasiegebilde wahrnahm.

Die historische Wahrheit sah jedoch anders aus. Was er nämlich bislang auf die Beine gestellt hatte, war immer mit großer Mühe und enormer Anstrengung verbunden gewesen und hätte keineswegs der Güteklasse A entsprochen. Ob das nun sein mäßiger Studienabschluss als Sportlehrer war, der Aufbau seiner äußerst bescheidenen Einmann-Versicherungsagentur oder auch das Anlegen des kleinen Goldfischteichs hinter seinem Haus. Das Einzige, was eigentlich bis heute reibungslos funktioniert hatte, war die Erziehung seiner beiden sechzehn- und fünfzehnjährigen Töchter Britta und Simone, was auch ein Stück weit daran gelegen haben mochte, dass sie als hochbegabt und in jeder Hinsicht pflegeleicht galten. Gut, seinen Hund Hugo, ein vierjähriger Mischlingsrüde aus Labrador, Schäferhund und wahrscheinlich Riesenschnauzer hätte man ebenfalls als Beispiel für einen Glanzpunkt in seinem Leben nennen können. Denn jener hatte trotz fehlender Abrichtung und strenger Führung seinen Platz in der Familie wie selbstverständlich gefunden. Hugo schlug ein wenig in Richtung der beiden Töchter, wenn man so wollte, und man hätte den Verdacht haben können, dass er mit instinktiver Leidenschaftslosigkeit Probleme seines Herrchens aus dem Weg räumen wollte, bevor dieser sie überhaupt erkannt hatte.

So war es auch damals bei dem Bau des Goldfischteichs gewesen, der einige Monate nach Fertigstellung aufgrund eines nächtlichen Dammbruchs das Weite gesucht hatte. Die Folge dieser einschneidenden Umbettaktion war nicht nur, dass alle eingesetzten Teichpflanzen und Pflanzensubstrate auf der prächtig gepflegten Rasenfläche des Nachbars gestrandet waren, sondern dass auch gleichzeitig dessen tiefer gelegener Pool mit Goldfischen und algengrünem Teichwasser aufgefüllt wurde. Als unausweichliche Spätfolge dieser Naturkatastrophe zerbrach dann auch das Nachbarschaftsverhältnis innerhalb von zwei nachhaltigen Gesprächen am Gartenzaun. All dies hätte mit ein wenig Verstand verhindert werden können, wenn vorher nur den unermüdlichen Buddelaktionen

von Hugo im Dammbereich etwas mehr Bedeutung beigemessen worden wäre. Stattdessen wurde er aber mit „Pfui, Pfui"-Rufen von jener Stelle verbannt und beobachtete fortan aus gesicherter Entfernung wie die übermäßige Wühlmauspopulation ihr Werk vollendete.
Aber für solch überflüssige Fehlinterpretationen und unbedeutende Bagatellen hatte Martin Jungkind keinen Kopf mehr. Diese Dinge waren nun für immer aus seinem Gedächtnis gelöscht und spielten in seiner weiteren Lebensplanung keine Rolle mehr. Stattdessen schwebte er über jedem und allem und empfand diese herausragende Position, die ihm geradezu auf dem Silbertablett serviert worden war, gleichsam als Krönung seiner außergewöhnlichen Lebensleistung. Das war der ultimative Hauptgewinn, und er war überzeugt davon, dass dieser ihm auch zustand. Schließlich musste er durch seine überdurchschnittliche Befähigung als Familienvater und seine herausragenden sportlichen Aktivitäten alle anderen Mitkonkurrenten ausgestochen haben. Denn Frank hätte sicherlich jeden haben können. Aber als ausgekochter Politiker wusste er, dass neben der erforderlichen Sachkenntnis auch außerordentliche Leistungsfähigkeit und entschlossenes Stehvermögen bei ihm zu finden waren, ein Potential, das in dieser Kombination wohl kaum jemand so schnell nachweisen konnte. Wie wollte man da einem Politiker vom Kaliber eines Frank Struth widersprechen, der sich für diese wichtige Stellung in der Stadt die bestmögliche Besetzung wünschte und sich deshalb kaum mit Leuten aus der zweiten Reihe zufriedengeben wollte, denen unter Umständen jegliches Gefühl für die politische Realität fehlte?
Das war natürlich eine rein subjektive und eher naive Sicht der Dinge, die mit parteipolitischer Handlungsweise und politischer Methodik nicht das Geringste zu tun hatte. Aber im Ergebnis zählte nur die Übereinstimmung im Zielgedanken, und die war schließlich deckungsgleich vorhanden.

Als Martin Jungkind endlich zu Hause ankam, war alles wie immer. Seine Frau saß vor dem Fernseher und hielt eine Zeitschrift in den Händen, von oben aus den Mädchenzimmern hörte man gedämpfte Musik, und überall im Haus brannte wieder einmal das Licht. Der Einzige, der offensichtlich den ganzen Tag über auf seine Rückkehr gewartet hatte, war Hugo, der wie jeden Abend so tat, als sei sein Herrchen gerade von einer mehrmonatigen Seereise zurückgekehrt.
„Du bist schon da?“, rief seine Frau, ohne von ihrer Zeitschrift aufzuschauen, „ich dachte, du kommst erst später. Hast du schon etwas gegessen? Ich habe noch Gulasch im Kühlschrank, das kann ich dir aufwärmen. Oder willst du lieber Brot mit Wurst?“
Das waren zu viele Fragen auf einmal und die falschen dazu.
„Ich habe euch etwas zu sagen, kommt bitte einmal beide herunter“, rief er nach oben und stand auch schon im Wohnzimmer neben seiner Frau, „was ich euch zu erzählen habe, werdet ihr nicht glauben.“ Er schaute zu seiner Frau hinunter, die kugelgleich in einer Ecke der beige geblümten Couch hockte.
„Was ist denn passiert?“, wurde sie plötzlich aktiv und befreite sich aus ihrer Lage.
Während sie in die Mitte des Sofas kullerte, ließ sie ihre Beine zu Boden gleiten, ohne jedoch den hellbraunen Fliesenbelag mit den Zehenspitzen berühren zu können und griff – so als würde sie einen Anker werfen – in die Schale mit den schaumig weichen Erdbeerbonbons, die direkt vor ihr auf dem Couchtisch stand. Jeder Beobachter hätte sich wahrscheinlich erstaunt die Augen gerieben, vielleicht sogar von einer artistischen Einzelleistung gesprochen, wenn er gesehen hätte, wie Doris Jungkind diesen blitzschnellen Platzwechsel vornahm, ohne dabei ihre Kugelgestalt auch nur im Geringsten zu verändern. Jedenfalls teilte sie nun – kraft ihrer besonderen Figürlichkeit – die Dreiercouch exakt in zwei Hälften.
„Setz dich einmal hierher“, klopfte sie auf den Platz neben sich und zog ihren Mann an dessen herunterbaumelndem Arm beherzt zu sich, „ich bin gespannt.“

Martin Jungkind kam infolge der auftretenden Fliehkräfte im oberen Teil seines Körpers zunächst etwas ins Schwingen, konnte aber geschickt auspendeln, stabilisierte sich kurz und legte neben seiner Frau eine saubere Punktlandung hin. Dieser Sitzvorgang schien eingespielt zu sein, denn kaum, dass er die Couch berührt hatte, wurde er auch schon von seiner Frau umarmt und geküsst. Es entstand nun ein Bild, das an beispielloser Spannungsvielfalt kaum zu überbieten war.
Aber der äußere Eindruck in seiner ganzen Unterschiedlichkeit hätte gewaltig getäuscht, wäre er auf die Beziehung der beiden übertragen worden. Denn da herrschte Harmonie und Zusammenhalt wie sie sich manches Paar gewünscht hätte, das vom äußeren Erscheinungsbild vielleicht besser zueinander passte.
Doris hatte sich ihren Martin vor über fünfundzwanzig Jahren im wahrsten Sinn des Wortes geangelt, als sie nämlich mit ihrem Bruder am Leinpfad an der Blau saß und ihre Angelschnur in hohem Bogen über den Kopf schwang. Dabei kam ihr Martin in den Weg, der gerade sein tägliches Lauftraining absolvierte. So hatte ihre Partnerschaft begonnen, die sie dann vor siebzehn Jahren, nachdem ihre Tochter Britta unterwegs war, mit einer weißen Hochzeit in der barocken Waldkapelle von Sankt Quirin legalisierten.
„Das errätst du nie", schüttelte Martin den Kopf und trank einen Schluck aus dem Wasserglas seiner Frau, „Frank hat mir ein hervorragendes Angebot gemacht."
„Wer? Frank Struth? Hat er dir einen Versicherungsauftrag vermittelt?", wollte Doris wissen und griff nun in die andere Schale, die nur noch bis zur Hälfte mit Schokolade überzogenen Erdnüssen gefüllt war.
„Was gibt's?", kamen die beiden Töchter herunter, die der lebende Beweis dafür waren, dass es nur auf die richtige Mischung ankommt. Bei flüchtigem Hinsehen hätte zwar kein Mensch geglaubt, dass diese beiden bildhübschen Mädchen die leiblichen Kinder von jenem Paar sein konnten. Aber auf den zweiten Blick erkannte

man schon, dass beide aus dem Gesicht der Mutter und der schlanken Figur des Vaters ihre Vorteile gezogen hatten. Doch das hätte niemals ausgereicht, um jener schöpferischen Vollendung zu entsprechen. So konnte man nur vermuten, dass ihre Gene mit einer ganzen Menge vorteilhafter Anlagen aus früheren Generationen aufgepeppt waren, die Weinkenner in ihrem Metier als „hervorragende Jahrgänge“ bezeichnet hätten.

„Jetzt setzt euch doch einmal hin und hört, was euer Vater zu sagen hat“, spürte man in Doris die Neugier emporsteigen.

„Für uns alle wird sich bald schon einiges ändern ...“, begann Martin Jungkind sehr langsam und fiel unbewusst wieder ins Staatstragende.

Mit einer absolut neuen Betonungsvielfalt und Klangvarianten, die bis dahin noch kein Mensch auf dieser Erde gehört hatte, schilderte er minuziös das abendliche Gespräch mit seinem Freund und beschrieb anhand der Unterlagen seinen neuen Aufgabenbereich mit den weitreichenden Kompetenzfeldern. Dabei nahm er unwillkürlich wieder diese sonderbare, hölzerne Haltung ein, die wohl der Bedeutung seiner zukünftigen Position entsprechen sollte. Wie er darauf kam, hätte er wahrscheinlich selbst nicht beantworten können, aber er schien fest davon überzeugt, die ideale Erscheinungsform für sich gefunden zu haben. Doch davon konnte keine Rede sein. Er wirkte vielmehr so, als habe er bei einem Unfall einen irreparablen Haltungsschaden erlitten. Seine drei Frauen empfanden das übrigens ebenso, jedoch war keine imstande, den Finger auf die Wunde zu legen und ihn auf seine ungewöhnliche Körperhaltung hinzuweisen.

Die beiden Töchter waren sichtlich stolz auf ihren Vater. Sie fühlten jetzt schon, wie die Blicke ihrer Mitschüler in Kürze neugierig auf sie gerichtet sein würden. Deshalb hofften sie, dass die offizielle Benennung auch möglichst bald erfolgte, denn Verschwiegenheit gehörte nicht unbedingt zu ihren Stärken.

Doris freute sich auch, sie sah aber ebenfalls die Kehrseite der

Medaille. Sie wusste nämlich, dass Martin keinen Draht zur Politik hatte und nichts von diesem Arbeitsgebiet verstand. Wie wollte er sich aber im politischen Karpfenteich bewegen, wenn er schon damals nach wenigen Ortsverbandssitzungen ernüchtert resigniert hatte? Doch das sprach sie erst vor dem Schlafengehen im Bett an.
„Denkst du nicht, dass du es in der Politik schwer haben wirst? Du hast schließlich überhaupt keine Erfahrung in diesem schonungslosen Geschäft. Erinnere dich doch nur einmal an deine damaligen Erlebnisse“, begann sie zunächst äußerst besonnen.
„Das ist lange her“, schlug Martin den Einwand lapidar aus, doch diese unbefriedigende Antwort wollte seine Frau dann doch nicht im Raum stehen lassen.
„Es ist doch Unsinn, dass Politikunerfahrenheit in deinem neuen Amt von Vorteil sein soll, auch wenn Frank das behauptet“, rückte sie nun aber mit Nachdruck die Behauptung von Struth zurecht, „du wirst schließlich politisch handeln müssen, ob du willst oder nicht.“ Sie stützte ihren Kopf auf ihre Hand und schaute in Martins Gesicht, das im schwachen Schein der Nachttischlampe wie ein unfertiger Scherenschnitt aussah.
„Frank ist doch ein absoluter Fachmann in diesen politischen Dingen“, blieb Martin aber vollends überzeugt von Frank Struths Qualitäten und ließ sich gar nicht erst auf die kritische Schlussfolgerung seiner Frau ein. „Er ist seit langen Jahren Fraktionsvorsitzender und noch länger Stadtverordneter“, drehte er nun seinen Kopf ein klein wenig zu Doris, was aber vollkommen ausreichte, um den Scherenschnitt perfekt zu machen. „Glaubst du etwa, dass sich so ein Profi ein Leichtgewicht an die Seite holen würde?“
Doris Jungkind konnte aus den letzten Worten ein wenig Gekränktheit heraushören.
„Er will nicht mehr und nicht weniger als einen Fachmann neben sich sehen, der seinen Weg geht und Pflöcke einschlägt. Ich komme immerhin aus der freien Wirtschaft“, glaubte Martin Jungkind genug Erfahrung mit seinem Versicherungsbüro gesammelt zu haben,

„mit der Politik werde ich doch kaum etwas zu tun haben, die ist schließlich Fraktionsangelegenheit. Frank hat mir zudem versichert, dass er mir den Rücken freihalten wird, und darin kann ich mich blind auf ihn verlassen."
Seiner Frau war offensichtlich mehr Urteilskraft in die Wiege gelegt als ihm, zumindest sprach aber aus ihr ein ungetrübter Verstand, der sie befähigte, gewisse Kümmernisse auf ihren Mann zukommen zu sehen. Gleichermaßen kannte sie aber auch seine inneren Blockaden und wusste demzufolge, dass bei diesem Thema keine Einsicht mehr zu erwarten war.
„Wenn du meinst, dann ist es ja gut", entkrampfte sie deshalb die Aussprache mit gespielter Zustimmung und legte ihren Kopf nicht unbedingt erleichtert, aber doch im Vertrauen auf die Gunst des Schicksals, zurück auf ihr weiches Kissen, zog das Plumeau hoch und flüsterte: „Mach das Licht aus, es ist schon spät, gute Nacht."

Zwei Tage nach der entscheidenden Umkleidekonferenz bekam Jungkind im Laufe des späten Vormittags einen Anruf von Frank Struth, in dem dieser ihn darüber informierte, dass die sieben Mitglieder der FDP-Stadtratsfraktion über seine Zusage an „vorderster Front" mitzuwirken, sehr erfreut seien.
„In der gestrigen Fraktionssitzung wurde deine Kandidatur von allen ausnahmslos unterstützt. Wir haben uns auch bereits mit der SPD beraten und wollen dich so spät als möglich ins Rennen schicken, das heißt am Dienstag in zwei Wochen", verriet er ihm auf seine abgeklärte, weltgewandte Art, die Sicherheit und Unverwundbarkeit selbst noch durch den Hörer ausstrahlte, „ich bin gerade im Fraktionsbüro, um die letzten Details zu deiner Kandidatur mit unserem Geschäftsführer durchzusprechen, du siehst, alles läuft wie am Schnürchen."
Martin konnte sich ein genaues Bild von seinem Freund als Fraktionsvorsitzendem und Cheftaktierer am anderen Ende der Leitung machen. Vor seinem inneren Auge hatte sich ein großer,

repräsentativer Raum als Schaltzentrale der Macht aufgebaut, in dem der Vorsitzende an einer modernen Schreibtischkombination mit Edelstahl-Rollcontainern residierte, von der aus er über die gesamte Altstadt schauen konnte. Vor dem Schreibtisch mit seiner massiven Glasplatte stand der Geschäftsführer, der gerade seine Instruktionen entgegennahm, während die Chefsekretärin den Kaffee einschenkte und ein weiterer Sachbearbeiter mit einer Unterschriftenmappe in der Tür wartete.
Aber er hatte sich auch hier getäuscht. Zum einen lag das Fraktionsbüro im rückwärtigen Bereich des Rathaustraktes mit Blick auf den schattigen Zuliefererhof, und zum anderen hatte der Fraktionsvorsitzende überhaupt kein eigenes Büro. Er konnte sich bestenfalls im Büro des Fraktionsgeschäftsführers vor dessen schlichten Standardschreibtisch aus kiefernholzfarbenem Kunststofffurnier setzen oder auch an den großen Besprechungstisch aus gleichem Spanplattenmaterial. Und eine Chefsekretärin gab es ebenso wenig wie einen Sachbearbeiter. Nur die Sache mit dem Kaffee stimmte in seinem Bild, auch wenn sich den jeder aus der immer warmen Glaskanne selbst eingießen musste.

Der angesagte Dienstag wollte und wollte nicht kommen, und Jungkind hatte das Gefühl, dass die Zeit stehen geblieben sei. Neben der Büroarbeit bereitete er sein Programm und die Kandidatenrede für die Stadtratssitzung vor und verfolgte jeden Tag aufmerksam die Presse. Bis eines Morgens in der Tageszeitung ein großer Artikel erschien, in dem unerwartet eine Gegenkandidatin von CDU und Freier Wählergemeinschaft aus dem Hut gezaubert wurde. Nun hatte er sich also auch noch auf eine Gegenkandidatin einzustellen, obwohl diese, nach den Stimmenverhältnissen im Stadtrat eigentlich nicht den Hauch einer Chance hatte. Sie war CDU-Mitglied und seit etlichen Jahren als Leiterin einer kirchlichen Familienberatungsstelle in Hamburg tätig. In dem redaktionellen Bericht der städtischen Tageszeitung wurde sie als ideale Besetzung für dieses

wichtige Amt bezeichnet, da sie nicht nur mit den Verwaltungsabläufen aus ihrer Berufspraxis heraus vertraut sei, sondern zudem noch lange Zeit in der Konfliktprävention gearbeitet habe und diesbezüglich einen amtlichen Nachweis vorlegen könne.
Großes Schulterklopfen bei der Opposition.
Und dieses Schulterklopfen wurde noch heftiger, als in den darauffolgenden Tagen die beiden mutmaßlichen Kontrahenten, nämlich Frank Struth und die Oppositionskandidatin, in bissigen Artikeln gegenübergestellt wurden. Alles, aber auch alles, sprach seitens der Redakteure für die CDU-Frau, die längst schon als die Familienexpertin galt und ein Hauch Hamburger Weltoffenheit in die Provinz brachte. Sie wurde interviewt, durfte sich mit Phrasen wie dem Bekenntnis zur „familienhistorischen Konstanten", die das „gesellschaftliche Gedächtnis präge" positionieren und gewann mit Unterstützung der überparteilichen Pressevertreter die familienpolitische Lufthochheit für die Opposition. Frank Struth wurde dagegen rundweg jegliche Fachkompetenz für diesen Dezernatsbereich abgesprochen. Die Opposition, die sich auch erschöpfend äußern durfte, bezeichnete Struths anmaßende Bereitschaft für dieses Amt zu kandidieren als „unerträglich" und stellte ihn als einen Politiker der berechnendsten Sorte dar, der nur auf seinen persönlichen Vorteil bedacht sei.
Auch wenn Struth Politiker genug war, um mit solchen Angriffen umzugehen, sehnte er in seinem Innersten doch den Tag herbei, an dem er Martin Jungkind als offiziellen FDP-Kandidaten vorstellen konnte. Mit diesem genialen Husarenstreich – zum letztmöglichen Zeitpunkt einen neuen und unverbrauchten Kandidaten ins Rennen zu schicken – rechnete er sich auf den letzten Metern den Zuspruch der Öffentlichkeit aus.
Und wenn Struth so etwas dachte, dann sagte er es auch.
„Wenn wir Jungkind draußen haben, dann ist die Presse auch wieder auf unserer Spur, auf politische Quereinsteiger sind die Schreiberlinge immer schon gut angesprungen", versuchte er mit einer

entsprechenden Durchhalteparole an seinen Geschäftsführer das momentane Tränental zu durchschreiten, „unsere Taktik wird sich bald schon als ein ganz geschicktes Seemanöver herausstellen, da kannst du Gift drauf nehmen."

Durchhalteparolen sind in schweren Zeiten unerlässlich. Sie erhalten die Kampfkraft und stärken die Moral, aber sie müssen stimmig sein, doch vor allem überzeugend. Da allerdings beide Aspekte in diesem Fall nicht erfüllt waren, zumindest nicht für Marc Ginsburg, den Geschäftsführer der FDP-Fraktion, wurde die Struth'sche Beschwörungsformel zu einem hilflosen Verzweiflungsgestammel. Ginsburg hätte nämlich keinen Pfifferling auf Struths Prophezeiungen gesetzt, und von Seemanövern hielt er als gebürtiger Süddeutscher schon gar nichts. Er schwieg jedoch. Stattdessen konnte man – während er den Kopf unwillig zur Seite drehte – deutlich ein missvergnügliches Atmen hören, das aus seiner tiefsten Seele zu kommen schien, zumindest aber aus seinem Bauch. Struth hörte das auch, doch galt für ihn nur das gesprochene Wort.

Martin Jungkind konnte unterdessen nur mit Schrecken an sein baldiges „Comingout" denken und hatte die Befürchtung, dass es ihm nicht anders ergehen würde als seinem Parteifreund. Er hatte doch ebenso wenig wie dieser einen amtlichen Nachweis, noch irgendwelche beglaubigten Zeugnisse, die ihn zumindest als Familien-Fachmann ausweisen konnten. Und dass seine Heiratsurkunde oder seine Sportabzeichen als Befähigungsnachweise anerkannt würden, das konnte selbst er sich nicht vorstellen. Zu allem Überfluss kam er auch noch aus der heimischen Provinz, mit einem Parteibuch unterm Arm, auf das die Redakteure der Stadtzeitung nun überhaupt nicht standen.

Aber Struth konnte – ganz anders als ihm das bei Marc Ginsburg gelang – alle seine Bedenken zerstreuen und fand selbst in jener ungünstigen Lage immer noch eine vertrauensselige und fast schon andächtige Respekthaltung bei seinem Freund vor, die er auch intuitiv für seine Argumente nutzte, was ja letztendlich seinem Freund nur selbst zugutekam. Und so glaubte Jungkind nach diesem wohltuenden Gespräch auch wieder an das Gute im Menschen und baute auf sportliche Fairness. Denn jeder objektive Journalist musste ihm zumindest zugestehen, dass er als praktizierender Familienvater die familiäre Lage in seiner Stadt besser einschätzen konnte als eine ledige Fachfrau aus einer fernen Großstadt. Das hatte auch Martin gesagt.

Und was dazu kam: Er vermochte ein Examen als Sportlehrer vorzuweisen. Damit konnte diese Dame nicht aufwarten. Aus diesem Grund hatte er sich auch vorgenommen, die Diskussion um das Dezernat für Familie und Sport mehr auf den Sportbereich zu verlegen.

So dachte er sich das.

Als endlich der Tag der Wahrheit gekommen war und Jungkind vom Fraktionsvorsitzenden der FDP zum letztmöglichen Zeitpunkt als Kandidat der Koalition offiziell vorgestellt wurde, war die Stadt zu klein. Alles was nur irgendwie mit der Presse zu tun hatte, wollte nun ein Interview mit dem Kandidaten der FDP führen. Die kleine Versicherungsagentur von Jungkind glich zeitweise einem Filmstudio, und man hätte das Gefühl haben können, dass auf der großen, weiten Welt im Augenblick nichts bedeutsamer war als die Blaustätter Kandidatenfrage.

Hinzu kam, dass Freunde, Bekannte und Geschäftspartner anriefen, um alles noch einmal ganz genau und aus berufenem Mund zu erfahren, so dass ihn abends das unbestimmte Gefühl beschlich, einen der längsten Tage seines Lebens hinter sich gebracht zu haben. Noch ahnte er nicht, dass es auch eine der längsten Wochen seines Lebens werden würde, denn noch acht lange Tage und Nächte lagen bis zum Wahltermin vor ihm.

In den nächsten Tagen ging das Treiben munter weiter. Nun schoss sich die Presse neben Struth auch auf ihn ein. Dem FDP-Fraktionsvorsitzenden wurde Irreführung der Öffentlichkeit – doch vor allem

schlechter politischer Stil – vorgeworfen und in diesem Zusammenhang unterstellt, dass er aus parteitaktischen Gründen in letzter Minute einen neuen Kandidaten aus dem Hut gezaubert habe. Damit sei der Öffentlichkeit die Möglichkeit genommen worden, sich kritisch mit dem neuen Kandidaten auseinanderzusetzen.
Dieser kritisierte Zeitfaktor stellte allerdings für die Zeitungsredakteure durchaus keine Behinderung dar. Man hätte sogar meinen können, dass das Gegenteil der Fall war und die zeitliche Beschränktheit eher eine anregende Wirkung auslöste. Denn nun wurden jeden Tag neue Einzelheiten über Jungkind berichtet, ohne dass dazu aber nur ein einziges Wort mit ihm gewechselt worden wäre, was ihn in die entbehrliche Lage versetzte, dass er Dinge über sich erfuhr, die er selbst nicht wusste. Diese Kenntnis löste eine allmorgendliche Anspannung in ihm aus, die sich erst nach der Zeitungslektüre legte.
„Ich soll mich vor Jahren gegen den Bolzplatz ausgesprochen haben ... und hätte dafür Unterschriften gesammelt", las er an einem Morgen seiner Frau kopfschüttelnd aus der Zeitung vor, während er blind nach den von Doris mit Brombeermarmelade bestrichenen Knäckebrotscheiben griff, die auf dem Teller vor ihm lagen.
„Wie? Gegen den Bolzplatz hier an der Schule?", fragte seine Frau nach und ergänzte auf sein schwaches Nicken hinter der Zeitung: „Aber das war doch genau umgekehrt. Wir haben doch den Platz nur sicherer für die Kinder machen wollen und bei den anderen Eltern um Unterstützung geworben." Sie versuchte weiteren belegten Knäckebrotnachschub über den Tisch auf den Teller ihres Mannes zu manövrieren, was ihr allerdings im Abschluss nur mit einem spagatähnlichen Spreizgriff gelang. „Da wird doch ein Bild von dir gezeichnet, das überhaupt nicht stimmt", schnaufte sie bei der Rückgrätsche nach Luft und schob ihre Kaffeetasse aufgebracht von sich, „kann man denn da gar nichts machen?"
Es handelte sich um die benachbarte Grundschule, an der zum damaligen Zeitpunkt ihre beiden Töchter eingeschult waren. Als auf

dem freien Gelände neben der Schule ein Bolzplatz eingerichtet werden sollte, hatten Martin und Doris Jungkind darauf gedrängt, den Platz wenigstens zur Straße hin durch einen hohen Zaun zu sichern, damit kein Ball auf die Straße springen sollte und damit kein Kind hinterher.

Halbwahrheiten konnten schlimmer als Lügen sein.

Das musste Martin Jungkind nun am eigenen Leib erfahren und auch, dass diese Art von Journalismus einer tendenziösen Parteipolitik nicht nachstand. Von daher verwunderte es kaum, dass sich der Tenor der kritischen Meldungen im Laufe der Woche noch steigerte und in zwei wesentlichen Kritikpunkten verfestigte. Zum einen warf man ihm Verwaltungsunerfahrenheit vor und zum anderen fehlende berufliche Vertrautheit in familienpolitischen Fragen, womit ihn die Presse bereits aussortiert hatte, bevor er überhaupt gestartet war. Über den sportpolitischen Teil des Dezernates, bei dem er sicherlich bessere Karten gehabt hätte, wurde hingegen kein Wort verloren, und selbst sein Nimbus als politischer Quereinsteiger, der sonst für Zuspruch in der Presse gesorgt hätte, hatte keinerlei Bedeutung mehr.

„Wir müssen höllisch aufpassen, dass die Presse Sie nicht verbrennt", hatte ihm Marc Ginsburg bei einer Veranstaltung ins Ohr geflüstert, „Verstehen Sie?!"

Jungkind verstand nicht.

Wie „verbrennt"? Vor ein paar Wochen hatte ihm sein Freund doch noch gesagt, dass es gut sei, dass er nicht „verbraucht" sei. Und nun sollte er unverbraucht schon so gut wie verbrannt sein. Er schaute den Fraktionsgeschäftsführer bedauernd an und war sich sicher, dass es diesem jungen Mann offensichtlich noch an politischer Erfahrung fehlte, wenn er solch merkwürdige Andeutungen machte.

„Es geht bei dieser Hetzjagd überhaupt nicht um Sie oder um Ihre fachlichen Befähigungen", wurde Ginsburg aber hinter seinem Ohr konkreter, „Sie sind nur in die Schusslinie zwischen FDP-Stadtratsfraktion und Presse geraten, Frank und ich hätten uns das auch anders gewünscht." Er machte eine kurze Pause, schaute sich um und hauchte dann: „Wir müssen jetzt Ruhe bewahren und einfach die Wahl abwarten. Danach werden wir weitersehen. Schanzarbeiten sind jetzt zunächst einmal angesagt."

„Verstehen Sie?!", stellte er mit etwas stärkerer Betonung in seinen Flüsterbemühungen wieder die gleiche Frage und erkannte in dem mittlerweile in die Hoffnungslosigkeit abgeglittenen Blick Jungkinds eine kindliche Enttäuschung, so als habe man ihm gerade die Illusion vom Osterhasen geraubt.

„... was soll ich denn jetzt tun?", neigte sich Jungkind nach ein paar bitteren Schweigeminuten kraftlos und sichtlich bekümmert zu Ginsburg hinunter.

„Sie können im Augenblick überhaupt nichts tun", bekam er eine wenig aufmunternde Antwort, die ihn im weiteren Teil der Auskunft an unbestimmte Wettervorhersagen erinnerte, „ducken Sie sich vor dem Sturm und warten Sie ab, bis er sich gelegt hat. Die Sonne wird sich irgendwann auch wieder zeigen."

Martin Jungkind verstand die Welt nicht mehr. Hieß das etwa, dass die Presse wegen Struths Verfehlungen über alle Gelbhäutigen den Bannstrahl verhängt hatte? Gehörte er nun zu denen, die in der Kollektivschuld standen? Aber gerade die Pressevertreter mussten doch wissen, dass er selbst noch niemals parteipolitisch in Erscheinung getreten war. Er fühlte sich vorverurteilt und auf die hinterhältigste Art und Weise seiner parteipolitischen Unabhängigkeit beraubt.

Doch auf Einzelschicksale konnte die Presse keine Rücksicht nehmen, wenn es darum ging, ein verwerfliches System bloßzustellen und letztendlich zu Fall zu bringen. Der Kopf dieses Systems hieß Struth, der sich durch seine zum letztmöglichen Zeitpunkt vorgenommene Kandidatenvorstellung ins Abseits gestellt hatte und von dort einen Torerfolg erzielen wollte. Alle Pressevertreter waren nämlich davon ausgegangen, dass der FDP-Fraktionsvorsitzende selbst kandidieren würde, er hatte schließlich niemals entsprechende Presseberichte dementiert. Und da jener nun nicht mehr so zu

greifen war wie man sich das wünschte, diente der neue Kandidat als Blitzableiter für dessen Fehlverhalten, das aus Sicht der Journalisten in der Missachtung der Öffentlichkeit lag. Mit der Verhinderung Jungkinds versprach man sich einen Bruch der noch jungen Koalition aus SPD und FDP, was in der Folge zum Rücktritt Struths als FDP-Fraktionsvorsitzendem führen sollte. Und mit einem solchen Fall ins politisch Bedeutungslose hätte Struth auf Jahre seine parteipolitischen Ambitionen vergessen können.
So anspruchslos konnte die Realität also sein.

Endlich war der Tag gekommen, an dem über Martin Jungkinds zukünftiges, politisches Schicksal entschieden werden sollte. Aber seine weitere Zukunft, das hatte er sich geschworen, wollte er nach einem Wahlerfolg nicht mehr dem Zufall überlassen, sondern selbst in die Hand nehmen. Immerhin hatte er fast drei Wochen lang im Rampenlicht gestanden und verstand sich nicht mehr als der „Kleine Mann" von der Straße, der regiert werden wollte. Das helle Licht hatte ihn nämlich nicht nur geblendet, es hatte auch Bereiche ausgeleuchtet, die für ihn über viele Jahre im Schatten gelegen hatten. Das galt insbesondere für die Politik, genauer gesagt für die parteipolitischen Akteure. Diese, so hatte er nämlich beobachten können, wussten sich in der Regel mit außergewöhnlich überzeugenden Auftritten zu präsentieren. Natürlich lag das zum Großteil an deren rhetorischen Fähigkeiten, aber bei genauerem Hinsehen stellte er fest, dass es ebenso an den vielen effektvollen, methodischen Details lag, wie beispielsweise einer weltgewandten Gestik oder auch den nicht ganz unbedeutenden Accessoires, von denen sich manche Mitmenschen leicht beeindrucken ließen. Diese speziellen Kniffe, die für jeden versierten Politiker zum Standardprogramm gehörten wie der Hokuspokus beim Taschenspieler, wollte sich Jungkind nun möglichst schnell aneignen.
Dementsprechend war ihm nicht entgangen, dass viele geschulte Politiker eine schmale Lesebrille bei sich trugen und jene bei

Vorträgen oder Diskussionsveranstaltungen immer in der Hand mitführten. Bei leidenschaftlichen Gesten blitzte diese dann auf und überzog gewissermaßen jede noch so kleine Bemerkung mit einer feinen Patina aus erhabenem Gelehrtengeist. Aber sie konnte beim rhythmischen Aufbau einer strukturierten Argumentationskette ebenso als Taktstock dienen wie beispielsweise auch im Überschwang verheißungsvoller Konzeptperspektiven die wundervollsten Pirouetten drehen. Sie war mehr oder weniger vielfältig einsetzbar. Allerdings musste man zu jedem Zeitpunkt damit rechnen, dass sie wie von selbst auf der Nase ihres Inhabers landen konnte, der dann, so klug es ihm von seiner intellektuellen Ausstattung her möglich war, über sie hinwegblickte.

In den meisten Fällen, so hatte er sich sagen lassen, war eine solche Sehhilfe aber ohne eigentliche Funktion. Das überraschte Jungkind nun überhaupt nicht, denn dieses unersetzbare Teil war schließlich als Gebärdenassistent in pausenlosem Einsatz und hatte eher eine aufgeweckte Scharfsichtigkeit vorzuspiegeln, als dass es eine durchschnittliche Kurzsichtigkeit offenbaren sollte.

Frank Struth und der Fraktionsvorsitzende der SPD operierten ebenfalls mit einer solchen Brille, gleichermaßen der Vorsitzende von Bündnis 90 / Die Grünen. Aber keiner beherrschte das Spiel mit dem Requisit meisterlicher als Frank. Das mochte sicherlich ein Stück weit an dessen konsequentem Trainingsprogramm gelegen haben, das Martin hin und wieder bei Vieraugengesprächen praxisnah erleben durfte. Es war unübersehbar, dass er manchmal eine Tagesform entwickelte, die selbst die Brillenspieler in den Bundestagsdebatten in den Schatten stellte. Zumindest in dieser Disziplin hatte Struth als Kommunalpolitiker bereits Bundesligaformat erreicht.

Ähnlich verhielt es sich mit einem anderen Accessoire, das ebenfalls bei Mitmenschen einen gewaltigen Eindruck hinterließ, nämlich dem Handy, oder besser gesagt, dem Umgang mit demselben. Dessen Handhabung hatte allerdings nichts – aber auch überhaupt

nichts – mit der Anwendungsweise normal sterblicher Wichtigtuer zu tun.
Bei politischen Handynutzern wurde das mobile Reden vielmehr zu einem würdevollen Ritual, das kaum an gehaltvollen Gesten zu überbieten war und bestenfalls von einigen wenigen, hochtalentierten Großmeistern, durch die Kombination mit einer Lesebrille, gesteigert werden konnte.
Entscheidend bei der Handynutzung war eine völlig unverkrampfte Souveränität in der Handhabung. Mit dem Griff zum Handy musste die Führungsrolle bereits wie selbstverständlich definiert sein, ohne dass andererseits die eigene Autorität vordergründig spürbar werden durfte. Infolgedessen waren schwach angedeutete Bewegungen gefragt, die dennoch eine nachhaltige Wirkung erzielen mussten.
Noch wichtiger war aber, dass man auch angerufen wurde, was sich durch einen unvergleichlichen, fast unhörbaren Summton andeutete. Mit einem lässigen und absolut entspanntem Handgriff kam nun die Zierde des Mächtigen ans Tageslicht und wurde mit einem gequälten und etwas unwilligen Gesichtsausdruck, der dem Anrufer gewissermaßen verdeutlichen musste, dass er gerade störte, ans Ohr gehalten. Bei dieser Operation erhob sich der wirkliche Könner mit kultivierter Würde von seinem Platz und vergab dem Störenfried mit einer eleganten Handbewegung. Diese duldsame und feinsinnige Haltung offenbarte wahre Größe und vollendete den oberflächlichen Eindruck zu einem glaubwürdigen Persönlichkeitsbild, das jedem Anwesenden, der ja zugleich auch potentieller Wähler war, das gute Gefühl gab, zum engsten Vertrautenkreis zu gehören.
Das weitere Vorgehen war nicht weniger von Bedeutung und krönte sozusagen die hohe Kunst der Ausdrucksfähigkeit. Denn unmittelbar nach Beendigung des Gesprächs offenbarte der geplagte Entscheidungsträger in einem Kurztelefonat seine ganze Kompetenz. Während sich nun tiefe Furchen in seine Stirn gruben und entsprechende Gestikulationen die pure Missbilligung ausdrückten, erteilte er in sprödem Stakkato deutliche Anweisungen. Dabei drehte er

seinen Körper ein wenig zur Seite, aber nur so weit, dass ihm seine Bewunderer auch weiterhin durch verständnisvolles Zunicken huldigen konnten, und beendete das Gespräch mit einem hörbaren: „Das will ich morgen früh gleich auf dem Tisch haben! Das hat höchste Priorität! Davon hängt die Zukunft unserer Stadt ab!"
Wer wäre sich nach solchen Worten mit seinen Problemen nicht lächerlich klein vorgekommen?
Martin Jungkind war von alledem so begeistert, dass er gleich zwei sehr schmale Lesebrillen, die normalerweise 18 Euro gekostet hätten, zum Angebotspreis von nur 12 Euro bei einer Kaffeekette erstand. Seiner Familie erzählte er indessen nichts von seiner Anschaffung, da er die Fragen zu seiner überraschenden Sehschwäche nicht beantworten wollte.
Für die bevorstehende Stadtratsrede fühlte er sich brillentechnisch aber noch nicht reif genug und verzichtete deshalb auf deren Einsatz, obwohl er in seinem Maklerbüro am lebenden Objekt schon einige Übungseinheiten absolviert hatte.

Um sechzehn Uhr eröffnete der Oberbürgermeister pünktlich die Stadtratssitzung, deren Haupttagesordnungspunkt die Wahl einer Dezernentin oder eines Dezernenten für Familie und Sport war. Die Besucherränge waren bis auf den letzten Platz besetzt, und die Pressevertreter standen in den Startlöchern.
Zu Beginn trugen die Fraktionsvorsitzenden noch einmal ihren Antrag vor, der darauf hinauslief ihre Kandidatin beziehungsweise ihren Kandidaten zu wählen. Die vielen anderen Aspiranten, man sprach von vierundsechzig Bewerbern, die sich auf die öffentliche Ausschreibung hin Hoffnungen gemacht hatten, waren ohne jede Chance und kamen erst gar nicht in das Wahlverfahren. Damit blieb es bei einer rein politischen Entscheidung, die mit einer Besetzung nach ausschließlich fachlichen Auswahlkriterien nicht das Geringste zu tun hatte. Das interessierte in diesem Augenblick aber keinen Menschen, auch nicht die Pressevertreter.

Es ging nämlich jetzt um den Kampf aller Kämpfe, nämlich Frau gegen Mann, Gut gegen Böse, David gegen Goliath, Opposition gegen Regierende, und man kämpfte wieder einmal gegen Ungerechtigkeit, Willkür und Tyrannei. Diese Auseinandersetzung barg eine beträchtliche Menge Zündstoff in sich und jeder wusste, dass dieser Tag mit einem erbarmungslosen K.o. für einen der Kontrahenten enden würde.

Aber dieser Kampf fand nur in den Köpfen statt und hatte mit der Wirklichkeit nicht das Geringste zu tun. Denn keine Heldentat entschied den Fight – oder etwa die bessere Tagesform –, nein, die Entscheidung stand bereits fest, bevor die beiden Konkurrenten überhaupt in den Ring gestiegen waren. Für die meisten politischen Stadtratsaktivisten war der Ausgang der Wahl deshalb weniger spektakulär, weil sie wussten, dass Martin Jungkind als eindeutiger Sieger mit einem klaren Vorsprung von mindestens fünf Stimmen aus dem Schaukampf hervorgehen würde. Bei diesem Kampf ging es nämlich zu keiner Zeit um Objektivität und Unparteilichkeit, bei diesem Scheingefecht musste nur die parlamentarische Form gewahrt werden.

In diesem Sinn wurde den beiden Kandidaten die Möglichkeit geboten ihre Vorstellungen einer zukunftsweisenden Familienpolitik vorzutragen.

Die Oppositionskandidatin hatte statt einer wegweisenden Rede ein Rollenspiel zu einem Familienkonflikt vorbereitet, bei dem sie dramaturgisch situationskonform in die entsprechenden Rollen schlüpfte und durchaus gefällig eine gestörte Familienbeziehung darstellte. Allerdings schien diese bühnenreife Vorstellung mehrheitlich ganz und gar nicht den Geschmack der Stadtverordneten getroffen zu haben. Kaum einer, so konnte man an den fragenden Gesichtern ablesen, wusste, was sie mit ihrer Darbietung sagen wollte, noch was sie mit dieser Aufführung bezweckte. Nach zehn Minuten konnte man ein leises Raunen vernehmen, nach fünfzehn Minuten wurde daraus ein gedämpftes Brummen und nach

zwanzig Minuten war sie fertig. Lustloses, pflichtbewusstes Klatschen und tiefes Durchatmen.
Wenn das keine Steilvorlage für Jungkind war!
Das, was er nämlich zu sagen hatte, würden zumindest alle im Saal verstehen. Seine Darbietung war real und spielte in jeder Familie, auch in seiner eigenen. Und so war es für ihn ein Leichtes in einer knappen Viertelstunde eine Reihe nachvollziehbarer Familien-Problemfelder anschaulich zu beschreiben.
„Wenn man in Blaustätten geboren ist und hier mit seiner Familie und seinen Kindern lebt, dann weiß man, wo es brennt und wo es anzupacken gilt", zog er am Ende seiner Rede noch seinen Provinzjoker aus dem Ärmel, „ich will unsere schöne Stadt zu einer Familienstadt machen! Bitte unterstützen Sie mich darin! Vielen Dank."
Unter starkem Beifall der Koalition verließ er das Rednerpult.
Frank Struth empfing ihn freudestrahlend an seinem Platz und schüttelte ihm überschwänglich die Hand.
„Du hast hervorragend pariert, sehr bürgernah, die heimische Komponente hat mir gut gefallen", zog er ihn mit einem freundschaftlichen Armdrücker zu sich herunter, „vielleicht hast du sogar noch einige Stimmen aus dem Oppositionslager angeln können. Wir werden ja sehen."
Jungkind war stolz auf sich wie lange nicht mehr und sah sich in der Wählergunst der Stadtverordneten ganz vorne. Das war er zwar aus den besagten Mehrheitsgründen sowieso, doch er hegte nun die Hoffnung aus den Reihen des Oppositionslagers noch einige Stimmen gewonnen zu haben. Denn Bündnis 90 / Die Grünen hatten sich auf keinen Kandidaten festgelegt.
Trotz der eindeutigen Mehrheitsverhältnisse konnte man bei der Stimmenauszählung leichte Nervosität bei den Fraktionsvorsitzenden feststellen. Würde die Koalition bei ihrer ersten großen Bewährungsprobe wie erwartet halten?! Oder bahnte sich gar eine Überraschung an? Immerhin hatte die Gegenkandidatin im Vorfeld starke Unterstützung seitens der Presse erfahren und galt mittlerweile in

der Öffentlichkeit als nicht gerade unpopulär. Hatte sich tatsächlich jeder SPD-Stadtverordnete dieser Kampagne innerlich entziehen können? Diese Fragen wusste keiner mit letzter Gewissheit zu beantworten, schließlich hatte es in der Politik schon manches Erdbeben gegeben, mit dem kein Mensch vorher gerechnet hatte.
„Meine Damen und Herren Stadtverordnete, ich bitte um Ruhe“, klang es über die Lautsprecher, „die Stimmen sind ausgezählt.“
Nun entstand eine fast hörbare Stille, in der die Spannung förmlich zu knistern begann.
„Herr Martin Jungkind hat einundvierzig Stimmen auf sich vereinigen können und ist damit zum Beigeordneten gewählt“, trug der Oberbürgermeister das Ergebnis vor, „die Sitzung wird für zwanzig Minuten unterbrochen.“
Kaum dass sein Name gefallen war, richteten sich wie auf ein Kommando alle Fotoapparate und Kameras auf ihn. Im gleichen Moment brach auch schon auf der einen Seite des Saales ein wildes Klatschen los, das von übermütigen Zurufen und befreienden Lachsalven begleitet wurde. Heftiges Kopfnicken, gegenseitiges Schulterklopfen und gut zu deutende Gesten in Richtung anderer Saalhälfte ließen eine Stimmung aufkommen, die in einem großen, einzigartigen Gefühl der Gemeinsamkeit von Parteifreunden untereinander und Koalitionsverbündeter nebeneinander aufging.
Zeitgleich durfte Jungkind selbst eine Erfahrung machen, die ihm in seinem bisherigen Leben versagt geblieben war. Wildfremde Menschen gratulierten ihm nämlich unerwartet aufs Herzlichste und freuten sich so sehr für ihn, als ob es sich um den Erfolg eines engen, persönlichen Freundes gehandelt hätte. Das hatte schon menschliche Größe und beeindruckte ihn ganz gewaltig. Zugleich nahm ihm diese überzeugende Aufgeschlossenheit aber auch ein Stück weit seine nicht gerade geringe Skepsis vor den Politikern.
Während er so durch die Reihen gedrückt wurde, stellte er plötzlich mitten im Saal eine Art Demarkationslinie fest. Ab dieser Linie freute sich kein Mensch mehr für ihn. Hinter dieser Linie herrschte

Tristesse in Reinform, bestenfalls war ein stilles Raunen zu hören, ansonsten betretenes Dreinschauen. Das waren also die anderen. So sah also die Opposition aus.

„Was habe ich dir gesagt, die Koalition hält! Und dann noch weitere vier Stimmen aus den Reihen der Grünen, das ist doch eine hervorragende Ausgangslage“, umarmte ihn in dem ganzen Menschengewirr freudestrahlend Frank Struth, der gemeinsam mit dem Vorsitzenden der SPD-Fraktion auf ihn zugekommen war.

„Davon war ich überzeugt!“, untermauerte jener wie auswendig gelernt, doch sein nicht gerade entspanntes Lächeln deutete auf eine andere Gemütslage hin. „Sie haben es geschafft, nun kann es losgehen“, gratulierte er Jungkind, „wir freuen uns jedenfalls auf die Zusammenarbeit mit Ihnen als dem neuen Familiendezernenten unserer Stadt und werden Sie in Ihrer Arbeit nach besten Kräften unterstützen.“

Nachdem ihm nun auch der Oppositionsführer, der im Umgang mit solch bitteren Momenten nicht unerfahren schien, aufs Artigste gratuliert hatte, kam der Fraktionsvorsitzende der SPD noch einmal auf ihn zu, beugte sich zu ihm hin und vertraute ihm mit bedeutungsvollem Augenaufschlag an:

„Unsere Fraktionen sind angetreten um die erdrückenden Probleme dieser Stadt aus dem Weg zu räumen. Da sind alle Überlegungen, Denkanstöße und kreativen Ideen gefragt“, hob er den Kopf und fügte eine gewissermaßen verdeckte Botschaft hinzu, die Jungkind damals aber überhaupt nicht als solche zu deuten wusste, „wichtig ist in einer Koalition aber vor allem das unermüdliche Vertrauen in die gemeinsame Politik, die auch hin und wieder einmal mit Kompromissen zurechtkommen muss. Es ist eben nicht alles umsetzbar, das weiß jeder. Deshalb ist das Zu- und Abgeben das Geheimnis einer gut funktionierenden Koalition. Man muss sich die Bälle unter den Akteuren nur richtig zuspielen, dann schafft man sich eine gesicherte Position in der Mannschaft.“ Er nickte ihm freundlich zu und ergänzte anschaulich, „denn Politik ist

nun einmal ein Mannschaftsspiel, das unter ständiger Beobachtung steht. Fehlpässe darf man sich da nicht zu oft leisten, denn die können mit einem Gegentor enden. Und bei zwei, drei Fehlpässen hat man das Spiel vielleicht schon verloren. Da heißt es: aufpassen!"
Hätte Martin Jungkind doch nur richtig hingehört. Ihm wäre sicherlich vieles erspart geblieben. Diese politische Erklärung war gewissermaßen das Rezept für ein bekömmliches politisches Leben, das in allen koalitionären Gefechtslagen eine gute Verträglichkeit versprach und ganz bestimmt in späteren Zeiten eine entsprechende Versorgung günstig beeinflussen konnte.
Die Koalition aus SPD und FDP hatte also ihre erste Bewährungsprobe bestanden. Nachdem das Händeschütteln und Schulterklopfen vorüber war, wurde Jungkind vom Oberbürgermeister noch einmal ans Rednerpult gebeten und mit einem großen Strauß Blumen vor den Kameras beglückwünscht.
Jungkind bedankte sich für die Glückwünsche und versprach allen Stadtratsmitgliedern, dass er zum Wohl der Stadt parteiübergreifend und sachbezogen handeln wolle. Er hatte das ernst gemeint, sogar sehr ernst, denn das war sein Verständnis von zielbewusstem und erfolgsorientiertem Arbeiten. Erst viel später sollte er erfahren, dass ihm dieses Bekenntnis kein Mensch im Stadtrat abgenommen hatte. Denn in politischen Kreisen beteuert man Derartiges bestenfalls, nie würde aber ein Politiker nur auf den Gedanken kommen, sich an solche Redewendungen zu halten, ebenso wenig wie kein einziges Mitglied eines politischen Plenums ernsthaft auf den Gedanken gekommen wäre, solche Allgemeinzusagen auch einzufordern.
Das war der eigentliche Irrtum, das große Missverständnis, dem alle gemeinsam aufgesessen waren. Die Stadtverordneten und die Verwaltungsspitze, weil sie ihn als Politiker begriffen, und er, weil er sich nicht als Politiker verstand.

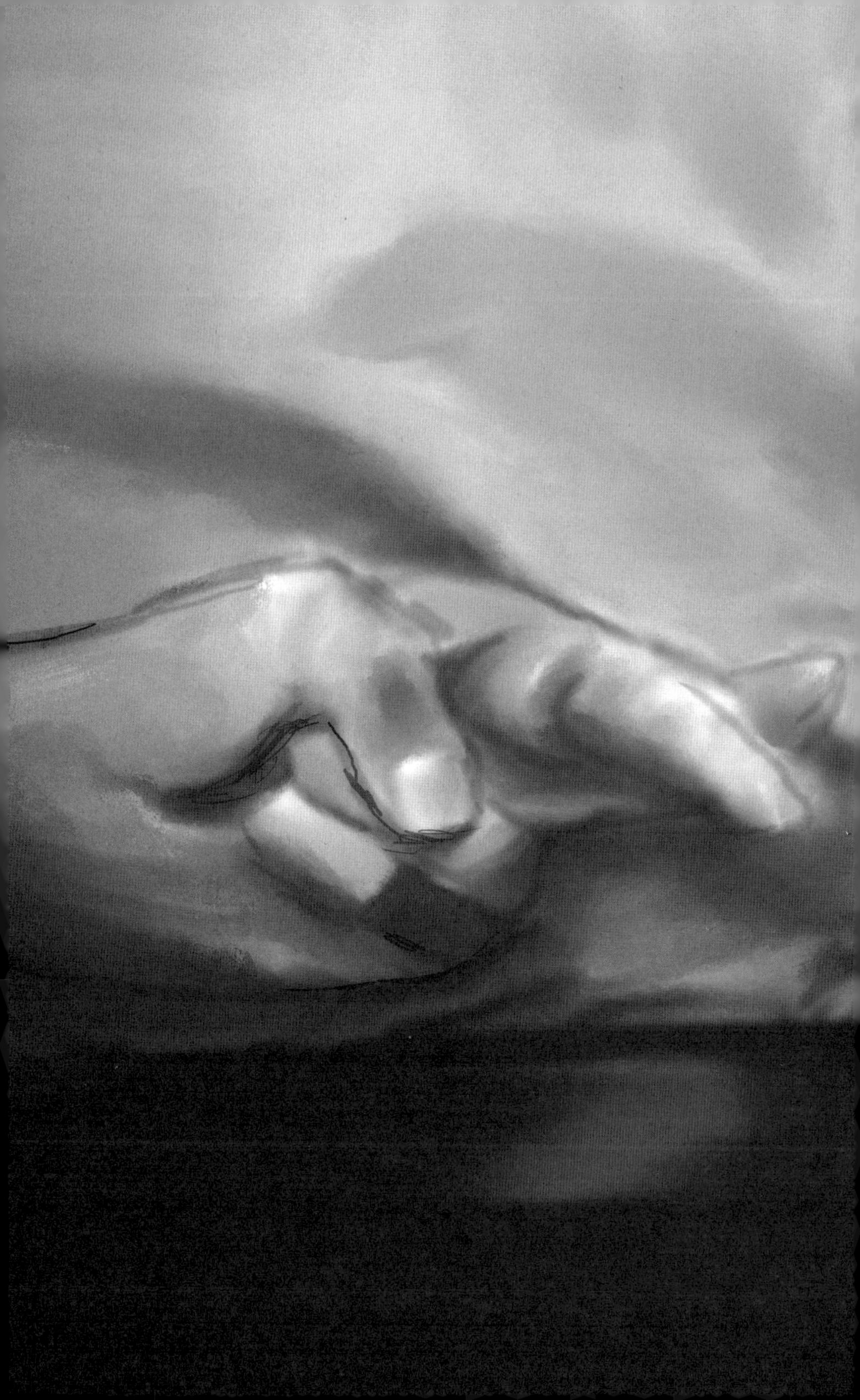

Zweites Kapitel

Die Spielregeln

Die Spielregeln

Martin Jungkind hatte sich entschlossen, erst in sechs Wochen sein Amt als Beigeordneter anzutreten. Zum einen waren noch einige unaufschiebbare Dinge zu erledigen, zum anderen musste sein Büro abgewickelt werden. Auch das Thema Kleidung bekam von seiner Frau einen besonderen Stellenwert. Endlich sah sie nämlich die Möglichkeit gekommen, aus ihm einen Mann nach ihrem Geschmack zu machen. Anzüge, Hemden, Krawatten, Mäntel, Schuhe ja sogar Socken bekamen plötzlich eine Bedeutung in seinem Leben wie nie zuvor.

„Als Beigeordneter musst du repräsentieren", wurde er noch am späten Wahlabend von seiner Frau in die Geheimnisse der Würdenträger-Amtspflichten eingeweiht, „in den nächsten Tagen werden wir zu ‚Maximini' fahren um dich einzukleiden. So kannst du jedenfalls nicht mehr herumlaufen."

Martin schaute an sich herunter und sah sich in seiner ganzen Länge in einem bequemen grünroten Trainingsanzug dastehen.

„Du hast nur einen guten Anzug", rückte seine Frau Doris vor ihrem Glas hin und her, um an die Flasche Prosecco heranzukommen, „das musst du wirklich einsehen."

„Ich habe doch überhaupt nichts gesagt", griff Jungkind nach der Flasche, schenkte seiner Frau ein, zog den Reißverschluss der Trainingsjacke etwas nach oben und setzte sich. „Natürlich brauche ich einige Anzüge, die gehören schließlich ab heute zu meiner Dienstkleidung."

Als Versicherungsmakler hatte er auf elegante Garderobe keinen größeren Wert gelegt. Sein Markenzeichen waren eher dunkelbraune Kordhosen, grüne Wildlederturnschuhe, kleinkarierte Baumwollhemden und gewöhnliche Windjacken, die in aller Erbarmungslosigkeit immer dem gleichen Schnittmuster folgten. Diese mutige Kombination sprach in ihrer unerschütterlichen Entschlossenheit weder für ein ausgeprägtes Stilgefühl, noch für irgendeine Modelinie. Für seine Kleidungsweise gab es im Grunde genommen überhaupt keine Stilbezeichnung, er war schlichtweg nur angezogen.
Da seine Frau aber auch nicht gerade den modischen Chic verkörperte und in Anbetracht dessen gleichermaßen stilgefährdet war, konnte es nicht weiter verwundern, dass die vier neuen Anzüge neben dem traditionellen Schnittmuster ausnahmslos der gedeckten grünbeigen Farbskala folgten. Kombiniert mit großkarierten Hemden, herbstbunten Krawatten und perforierten Naturlederschuhen wurde das Gesamtwerk in einer Art fundamentalistischer Harmonie vollkommen und im allgemeinen Sprachgebrauch auch gerne als „klassisch" bezeichnet.
„Bei diesem klassischen Schnitt und der immer wieder gerne gewählten Farbzusammenstellung können Sie untereinander kombinieren wie Sie möchten", wurden beide von einer in modischen Stilfragen äußerst sachkundigen Verkäuferin beraten und mit einem etwas nasalen Unterton auf den unbestrittenen Farbvorteil hingewiesen, „auf beige geht eben alles."
Das wussten Doris und Martin Jungkind zwar schon lange, aber es machte sie in ihrer Entscheidung doch sicherer, zumal diese vertraute Erkenntnis nun von einer Expertin in aktuellen Modefragen noch einmal vorurteilsfrei bekräftigt wurde.

Die Zeit bis zu seinem Amtsantritt wollte Martin Jungkind aber auch nutzen, um – wie von Frank Struth empfohlen – seine vier Dezernentenkolleginnen und -kollegen aus der SPD persönlich kennen zu lernen.

„Die musst du dir warmhalten, egal was kommt. Das sind deine wichtigsten Verbündeten, deine Schutztruppe, wenn du so willst“, hatte ihn Frank aufgeklärt und dabei wieder einmal seinen Finger bedeutungsvoll in die Luft gestreckt, „die vier stellen in ihrer zahlenmäßigen Überlegenheit quasi deine politische Lebensversicherung in der Dezernentenkonferenz dar, die wöchentlich tagt und an der alle Dezernenten und Bürgermeister teilnehmen. In diesem obersten Verwaltungsgremium werden alle Entscheidungen gefällt, auch die, die dich und dein Dezernat betreffen“, wurde Martin in die innersten Wirkungskreise der Macht eingeweiht, „also: Augen auf, Ohren auf, Mund zu und am Anfang am besten immer freundlich nicken.“

Das hörte sich nicht schlecht an, Verbündete waren immer gut, nur die Passagen mit der ‚politischen Lebensversicherung‘ und dem ‚Mund zu‘ irritierten Martin schon ein wenig. Aber vielleicht hatte sich sein Freund auch missverständlich ausgedrückt.

Frank Struth hatte sich aber ganz und gar nicht missverständlich ausgedrückt. Eher etwas zu deutlich, wenn man sich seine Worte noch einmal durch den Kopf gehen ließ. Aber Martin ließ sich überhaupt nichts durch den Kopf gehen und fragte deshalb auch nicht nach, was es mit dieser oder jener Bemerkung auf sich haben sollte. Da die politischen Aufgaben bei Frank lagen, gingen ihn diese Einzelheiten auch nichts an. Er würde sich deshalb in diesem Gremium zurückhalten und nur seiner Fachaufgabe nachkommen, das hatte Frank wohl auch mit dem ‚Mund zu‘ und dem ‚freundlichen Nicken‘ gemeint.

Bevor er allerdings mit seinen Amtskollegen einen Termin ausmachte, vereinbarte er zunächst ein Treffen mit seiner Sekretärin Angela Leibrock in den Büroräumen des Familiendezernates. Jungkind hatte von der Stadtverwaltung dieselben Räumlichkeiten im Rathaus von Blaustätten zugeteilt bekommen, die vor vier Jahren von seinem Amtsvorgänger verlassen worden waren und seit dieser Zeit ungenutzt leer standen. Aber er übernahm nicht nur dieselben

Räume, er übernahm auch die Sekretärin, die zwischenzeitlich an anderer Stelle im Rathaus beschäftigt gewesen war.
Als er die Dezernatsräume betrat, stand Angela Leibrock auf einer Aluleiter und räumte in irgendwelchen Aktenschränken herum.
„Ich komme sofort herunter, ich bin gerade die Altlasten Ihres Vorgängers am Entsorgen“, rief sie ihm zu und stand auch schon neben ihm.
„Angela Leibrock, Ihre Neue, auch wenn ich hier über zwanzig Jahre gesessen habe und besser ‚die Alte‘ sagen müsste“, stellte sich eine resolute Erscheinung mit stark maskulinem Lachen und entsprechender Gestik vor. „Was habe ich schon Dezernenten kommen und gehen sehen, das können Sie mir glauben. Trotzdem, meinen Glückwunsch zur Wahl.“
„Vielen Dank ...“, stammelte Jungkind, fasste sich zu seiner eigenen Überraschung aber schnell wieder und entgegnete für seine Verhältnisse außergewöhnlich schlagfertig, „das sind ja schöne Aussichten für mich, dann sollte man diesen Dezernentenstuhl also lieber meiden.“
„Überzeugen Sie sich selbst“, führte sie ihn geradewegs aus ihrem Vorzimmer in seinen Büroraum und zeigte auf den Schreibtischsessel, „dieser Stuhl hier scheint ganz offensichtlich ein Schleudersitz zu sein, das muss man eben nur wissen. Setzen Sie sich doch einmal hin, ob er Ihnen auch passt.“
Martin Jungkind folgte der Aufforderung gehorsam und setzte sich in den hellbraunen, mit Armlehnen und Kopfstütze ausgestatteten Ledersessel, der außergewöhnlich gut mit seiner Kleidung harmonierte.
„Ich finde, er steht Ihnen ausgezeichnet“, begutachtete seine Assistentin das Bild zutreffend und stellte in ihrer ungestümen Art eine abenteuerliche Vermutung an, die sich für Jungkind aber dennoch plausibel anhörte und ihn auch ein wenig zuversichtlicher stimmte, „wahrscheinlich darf man nur nicht an den Auslöseknopf kommen.“

Das Dezernat für Familie und Sport hatte tatsächlich schon eine ganze Reihe von Dezernenten gesehen. Es war aber bei weitem nicht so, als seien alle an ihrem Amt gescheitert. Die meisten hatten dieses Amt vielmehr in unbescheidener und ganz und gar ehrgeiziger Zielstrebigkeit als Sprungbrett genutzt, um möglichst schnell die höheren Weihen zum Staatssekretär oder gar zum Minister zu empfangen. Das war im politischen Geschäft nichts Außergewöhnliches und gut vergleichbar mit einem Beschäftigten im gehobenen Managementbereich, der bei seinen Bestrebungen die Karriereleiter möglichst schnell zu erklimmen, auch gewisse Positionen durchlaufen musste, um an die einflussreichste Machtstellung zu gelangen.
Für Martin Jungkind war Angela Leibrock von der ersten Minute an außerordentlich gewöhnungsbedürftig, wobei er mit dieser Einschätzung in Rathauskreisen nicht allein stand. Ihre burschikose und forsche Art hatte ihn sogar anfangs ein wenig eingeschüchtert. Aber sie war das Beste, was ihm passieren konnte. Auch wenn sich hinter ihrer rauen Schale erwiesenermaßen ein ebensolcher Kern verbarg, so war dieser doch aus dem Stoff, aus dem die Standhaften gemacht sind. Und diese Charaktereigenschaft sollte sich noch als großer Vorteil für ihn herausstellen.
„Wissen Sie eigentlich, dass Franz Sauer morgen das Bundesverdienstkreuz verliehen wird?", fragte sie nach und zog sich den kurzen schwarzen Lederrock zurecht, „die Verleihung soll hier im Rathausfestsaal stattfinden. Wenn Sie teilnehmen wollen, würde ich Ihnen einen Platz reservieren lassen, nicht dass Sie stehen müssen."
Franz Sauer war als letzter Familiendezernent Jungkinds direkter Vorgänger, und gehörte der CDU an. Er war damals, bei Aufgabe des Dezernates, mit zweiundsechzig Jahren, in den Ruhestand versetzt worden und engagierte sich seit dieser Zeit ehrenamtlich, aber immer in parteipolitischer Deutlichkeit, für sozial schwache Familien. Das brachte ihm nun auf Vorschlag des CDU-Ministerpräsidenten ein Verdienstkreuz ein.

Martin Jungkind hatte sich bereits auf Ratschlag von Frank Struth dazu entschlossen, diesem Festakt beizuwohnen und damit die parteiübergreifende Karte zu ziehen.
„Das ist ein ungeschriebenes Gesetz“, bekam er von seinem Freund die erste Lektion der politischen Spielregeln erklärt, „du musst dir als Politiker immer alle Optionen offenhalten. Es gibt zunächst einmal keine politischen Gegner, erst die Bündnisse auf Zeit geben die kurzzeitige Gefechtslage vor. Und wenn diese sich ändert, musst du Verbündete im anderen Lager haben, mit denen du neue Allianzen knüpfen kannst“, unternahmen seine Augenbrauen wieder einmal einen Ausflug in die obere Stirnpartie, „deshalb sind solche zwanglosen Veranstaltungen Pflicht und zeigen zudem den Bürgern, dass man trotz schonungsloser Auseinandersetzungen und unüberwindlicher Gegensätze in seinem Innersten Demokrat und Mensch geblieben ist.“
Das verstand Jungkind.
Dementsprechend konnte Angela Leibrock einen Platz reservieren und übernahm für ihren neuen Chef ebenso gern die Terminvereinbarung mit den vier SPD-Beigeordneten.

So hatte Martin Jungkind am nächsten Tag seine erste offizielle Veranstaltung als designierter Familien- und Sportdezernent.
„Du siehst absolut perfekt aus!“, hatte seine Frau Doris mit einem geschulten Blick aus etwa vier Metern Entfernung das grünbeige Erscheinungsbild ihres Mannes urteilssicher gewürdigt, um dann mit einer ebenso untrüglichen Überzeugung vom äußeren Gesamtzustand auf die innere Beschaffenheit zu schließen, „Du brauchst wirklich keinem aus dem Weg zu gehen, deine Meinung wird überall gefragt sein. Denk an meine Worte.“
Aber kurz vor der mächtigen Rathaustreppe, die vom prunkvollen Eingangsfoyer zum Festsaal hinaufführte, spürte Martin dann doch ein enormes Herzklopfen in sich aufsteigen und dachte nun gar nicht mehr an die aufbauenden Worte seiner Frau. Schließlich

traf er gleich mit seinem Vorgänger zusammen, der ein enormes gesellschaftspolitisches Renommee vorweisen konnte, das jener zuletzt noch ohne Scheu mit einigen Äußerungen zur Familienpolitik parteitaktisch eingesetzt und damit einen tiefen Graben quer durch die Parteienlandschaft gezogen hatte. Denn nach dessen Auffassung war die Neueinrichtung eines Familiendezernates in Blaustätten „die pure Postenschacherei und dazu eine beispiellose Geldverschwendung, die einzig und allein der Auferstehung des neuen Koalitionsbündnisses aus SPD und FDP diente". Er sah die Familienpolitik im Sozialdezernat, unter Führung des Bündnis 90 / Die Grünen-Dezernenten Ulf Johann, sehr gut aufgehoben und bescheinigte diesem eine „glückliche Hand".

Als Martin Jungkind die prächtig in Sandstein gestaltete Rathaustreppe langsam emporstieg, sah er, wie Franz Sauer an dem großen, pr unkvollen Eingangsportal des feierlich geschmückten, neugotischen Rathausfestsaales die Gäste per Handschlag empfing.

„Das freut mich aber ganz besonders, dass Sie gekommen sind", wurde auch Jungkind formgewandt von seinem Vorgänger begrüßt, während sich alle Fotoapparate und Kameras auf die beiden richteten.

Auch im Saal konnte man beobachten, wie viele Gäste diese Begegnung der besonderen Art interessiert verfolgten und die Menschenschlange hinter Jungkind zur Seite schwenkte, um eine bessere Blickposition zu haben.

„Herzlichen Glückwunsch noch zu Ihrer Wahl", vollendete Sauer höflich lächelnd mit einer einladenden Geste in Richtung Festsaal seine Begrüßung, „ich wünsche Ihnen viel Erfolg bei Ihrer Arbeit."

Das war ein Mann mit Stil und Größe, das bemerkte Jungkind sofort. Wie hätte ihm Sauer sonst Erfolg wünschen können? Jener hatte doch weder seine kritischen Überlegungen hinsichtlich des Verzichts auf ein Familiendezernat durchsetzen können, noch die eigene Kandidatin. Wen hätte es da gewundert, wenn er ihn nicht einmal begrüßt hätte.

Aber auch hier stand Martin Jungkind in seiner politischen Weltanschauung allein. Im Gegensatz zu ihm hätte sich nämlich jeder Politiker gewaltig darüber gewundert, wenn Franz Sauer verschnupft gewesen wäre und dies auch noch durch eine derartige Geste gezeigt hätte. So etwas tat man in der Politik nämlich nicht, zumindest nicht in der großen.

Der mit stadthistorischen Wandgemälden, hohen Fensterbildern und ringsum verlaufenden, geschnitzten Wandverkleidungen ausgestattete Festsaal war bereits stark gefüllt, und Jungkind genoss es nun auch hier zu sein. In diesem Saal hatte er standesamtlich geheiratet, aber daran erinnerte er sich im Augenblick nicht, dafür musste er viel zu viele Hände wildfremder Gratulanten schütteln und ununterbrochen, doch vor allem völlig entspannt, zu lächeln versuchen. Genau so, wie er es bei Frank Struth abgeschaut hatte.

Nun betrat der Oberbürgermeister den Rathausfestsaal. Auf seinem Weg zum Rednerpult tauschte er mit einigen Honoratioren der Stadt noch ein paar Worte aus und gelangte schließlich dort an, wo er hinwollte. Der Festakt konnte also beginnen.

Nachdem Oberbürgermeister Markus Kinkel die Anwesenden begrüßt hatte, gab er gleich an seinen Parteifreund, den Ministerpräsidenten weiter, der seinerseits auch einige salbungsvolle Worte sprach und dann wiederum für den Laudator das Pult räumte, der nun sein Wissen über den ehemaligen Familiendezernenten unter Beweis stellte.

Dieser Laudator war in Fachkreisen ebenso bekannt wie berüchtigt. Obwohl er sich mit seinen über sechzig Jahren als Geisteswissenschaftler an der Universität von Blaustätten nicht sonderlich hervorgetan hatte, beschenkte er dennoch hin und wieder die Besucher gesellschaftspolitischer Veranstaltungen mit ein paar warmen Worten. Dabei galt unter den Teilnehmern als unbestritten, dass sein affektiertes Erscheinungsbild und sein selbstgefälliges, übertriebenes Gestenspiel mehr zur nachträglichen Konversation beitrug als etwa der Inhalt seiner Rede. Er konnte als Freund des ehemaligen Familiendezernenten bezeichnet werden. Entsprechend fiel auch seine Laudatio aus, und sie wäre mit vielen anderen Lobreden austauschbar gewesen, hätte sie nicht am Ende eine Wendung genommen, die man zumindest als ungewöhnlich bezeichnen konnte. Er nahm nämlich aus heiterem Himmel und für alle unerwartet Martin Jungkind ins Visier und prognostizierte ihm als Nachfolger – ohne jedoch jemals dessen Bekanntschaft gemacht zu haben –, dass dieser das strahlende Persönlichkeitsbild seines Vorgängers nie erreichen könnte und gab ihm mit auf den Weg, die überall anerkannten, familienpolitischen Erfolge Sauers als dessen Vermächtnis zu wahren.

Aus Sicht von Martin Jungkind hatte sich der Laudator damit ein klares Minus eingefahren, und er vermerkte für seine Bewertung in der Kür starke Punktabzüge.

„Franz Sauer wird nur schwer zu beerben sein ...", beendete jener endlich mit zitternder Stimme und großer Abschiedsgeste seine Rede, die für Jungkinds Dafürhalten im Finale eher zu einer Weihestunde gepasst hätte als zu einem Festakt, „lieber Franz, du hast Großes für diese Stadt und für dieses Land geleistet. Dir steht diese Auszeichnung zu wie keinem anderen."

Diesen Lobgesang nahm Jungkind in seiner späteren Zeit als Dezernent dann auch zum Anlass, dem Laudator keine städtischen Aufträge für Gutachten aus dem Familiendezernat, so wie es sein Vorgänger gerne getan hatte, mehr zukommen zu lassen. Jungkind wollte damit vermeiden, immer wieder an ihn und seine Rede erinnert zu werden.

Nachdem Sauer vom Ministerpräsidenten mit dem Bundesverdienstkreuz ausgezeichnet war und sich die üblichen Gesprächsrunden mit einem Glas Sekt in der einen Hand und einem kleinen, fettigen Blätterteigteilchen in der anderen bildeten, kam Sozialdezernent Ulf Johann auf Jungkind zu.

„Da lerne ich ja einmal den Dieb persönlich kennen", kicherte ein kleiner, untersetzter Mann fast lautlos vor sich hin, dessen blasses, rundliches Gesicht unter dem lichten, grauen Haar wie ein Vollmond hervorkam, „aber das ist eben Politik", schien ihn dieser Verlust nicht sonderlich zu beschäftigen, denn er war offensichtlich bereit, der neuen Situation zügig Rechnung zu tragen, „wir müssen uns wegen der Abwicklung in den kommenden Tagen einmal zusammensetzen."

Während Jungkind in seiner Verlegenheit nicht so recht wusste, was er sagen sollte, griff Johann nach zwei weiteren Blätterteigteilchen, die gerade auf einem Tablett an seiner Nase vorbeigetragen wurden, stellte sich ganz nah vor Jungkind auf, schaute für einige Augenblicke schweigsam an ihm hoch und rieb sich mit einer weißblaugestreiften Papierserviette das Fett und drei Krümel aus den Mundwinkeln.

„Wissen Sie, ich habe früher oder später damit gerechnet", weihte er seinen neuen Kollegen mit einem geheimnisvollen Seufzer in seine Gefühlswelt ein, um aber kurz darauf wieder messerscharf seine Schlüsse zu ziehen, „wir Grünen haben einen Fehler gemacht. Wir hatten die Chance mit der SPD und der Freien Wählergemeinschaft eine Koalition zu bilden, alles war eigentlich schon perfekt. Aber dann haben wir von der SPD als goldenen Handschlag den Kulturdezernentenstuhl gefordert. Den haben uns die Roten allerdings verweigert und stattdessen Ihrer Partei einen neuen Stuhl auf meine Kosten angeboten." Er nahm einen heftigen Schluck aus seinem Sektglas, als wollte er die Enttäuschung herunterspülen und trällerte: „Hoch gezockt, hoch verloren. Und nun sind Sie dran."

„Das tut mir leid", hörte sich Jungkind sagen und wusste nicht, ob das nun der richtige Konversationsbeitrag war.

Er war es nicht.

„Was soll Ihnen leidtun?", ging der Mond wieder auf, und zwei kleine braune Augen huschten von links nach rechts, als wollten sie das Gesagte wegwischen, „So ist eben das Spiel! Einmal gewinnt man und einmal verliert man. Freuen Sie sich, dass Sie derzeit auf der Gewinnerstraße sind, das kann morgen schon wieder ganz anders aussehen."

Der letzte Teil des Satzes gefiel Jungkind nun überhaupt nicht, doch bevor er sich darüber Gedanken machen konnte, stand Struth zwischen ihm und Ulf Johann.

„Und, Ulf?", klopfte Struth dem Angesprochenen freundschaftlich auf die Schulter und lachte fröhlich. „Ich hoffe, dass ich morgen eine Kiste Champagner vor der Tür stehen habe. Wir machen schließlich in ein paar Wochen deine Arbeit, während du dich in deinem Rumpfdezernat gemütlich zurücklehnen kannst. Du hast nun den schlausten Job im ganzen Rathaus: die gleiche, fürstliche Apanage, aber nichts mehr zu tun. Was willst du mehr?", ließ er sich ein neues Glas bringen und stieß mit Jungkind und Johann in bester Laune an. „Auf die Liberalen! Damit es in diesem Rathaus einmal wieder vorangeht."

Jungkind traute seinen Ohren nicht und rechnete jeden Moment mit einem Gegenangriff seitens des Grünen. Aber nichts dergleichen geschah.

„Jetzt bist du obenauf! Wir haben einfach zu hoch gepokert, das kann ja mal vorkommen", stimmte der Sozialdezernent stattdessen ausgelassen ein und versuchte einen neuen Ballon steigen zu lassen, „aber der Samen für ein Comeback ist schon ausgesät, wie du wohl bemerkt haben wirst. Euer neuer Mann wurde schließlich auch mit unseren Stimmen gewählt." Seine beiden flinken Augen fingen Martin Jungkind ein und triumphierten dabei. „Und unsere Stadtverordneten haben alle freiwillig und aus tiefster Überzeugung euren Mann gewählt, was ja wohl eine ganz andere Qualität hat als die Wahlpflichtveranstaltung eurer Koalition."

„Das ist aber eine kühne Behauptung, mein Lieber", zog Struth seinen Freund Martin schmunzelnd zu sich und zeigte mit dem Sektglas auf ihn, „der hier ist unser Mann – wie du schon gesagt hast –, der wird nicht geteilt."

„Vorsicht! Unterschätze uns da einmal nicht!“, trat Johann einen Schritt zurück und versuchte die Haltung eines Soldaten beim Appell auf dem Kasernenhof einzunehmen. „Wir haben hier die labyrinthische Doppelstrategie mit unsystematischer Aufeinanderfolge gewählt. Taktisch zwar nicht gleich zu durchschauen, aber dafür umso wirkungsvoller im Abschluss.“
Beide lachten und stießen erneut an. Jungkind folgte dem Beispiel, allerdings ohne zu lachen, denn er sah einen Funken Wahrheit in Johanns Worten. Die Stimmen der Grünen waren die einzigen, die er sich durch seine Vorstellungsrede selbst erworben hatte.
Zumindest dachte er sich das so.

Mittlerweile häuften sich die internen Termine und Vorbereitungsarbeiten für Jungkind, weshalb er auch mehr Zeit für sein Dezernat aufbringen musste als ursprünglich eingeplant. Das führte beim Abwickeln seines Büros zu terminlichen Engpässen und damit bei einzelnen Kunden zu kleineren Verstimmungen oder auch einmal zu spürbaren Übellaunigkeiten. Bei der sogenannten ‚Lieblingskundin‘ von Jungkind, einer älteren Dame Anfang der siebzig, brachte das sogar alle Dämme zum Bersten und endete bei einer erbarmungslosen und niederträchtigen Lebensabrechnung.
„Wissen Sie, das habe ich mir anders vorgestellt“, bekam er mit beleidigter Stimme zu hören, „Sie speisen mich nun mit vollendeten Tatsachen ab und ich sitze da.“
Jungkind hatte ihrem Mann vor vielen Jahren ein komplettes Versicherungspaket vermittelt und die Versicherungsverträge seit jener Zeit betreut. Aber eines Tages war sein Ansprechpartner urplötzlich von der Bildfläche verschwunden, und es wurde gemunkelt, dass er nach einem Segeltörn einfach nicht mehr nach Hause gekommen sei, was seine Frau dann wiederum sehr rasch veranlasst habe, alle Konten zu sperren und die Türschlösser an ihrer prächtigen alten Jugendstilvilla auszutauschen.

Der Makel des Sitzensgelassenwerdens lastete fortan schwer auf ihr.
Seit dieser Zeit war sie noch unausstehlicher, jähzorniger und böswilliger als zu Zeiten ihres Mannes, und man konnte sagen, dass ihre naturgegebene Übellaunigkeit sich bald über die gesamte Männerwelt ausbreitete. Sie ließ keinen Mann mehr in ihre Nähe, außer dem Gärtner und Jungkind.
Diese Frau hätte der Inbegriff eines vom Schicksal beschenkten Menschen sein können, wäre sie mit ihrer wundervollen Kindheit, dem gewaltigen ererbten Vermögen, einem Mann, der ihr die Wünsche von den Augen ablas und einem absolut sorglosen und beneidenswerten Leben zufrieden gewesen. Aber das war sie nicht. Sie wollte auch Macht über ihre Mitmenschen ausüben und versuchte sich an erster Stelle an ihrem friedfertigen Mann, einem in Fachkreisen anerkannten Archäologen, den sie – ohne selbst je einen Schulabschluss oder eine Ausbildung gemacht zu haben – immer wieder verbesserte, tadelte und besonders in Bekanntenkreisen verhöhnte. Das war für einige unterhaltend, für die meisten aber peinlich und unangenehm und für ihren Mann irgendwann zum Davonlaufen.
„Ich habe Sie doch schon mit meiner Büronachfolgerin bekannt gemacht", versuchte Jungkind die Stimmung zu verbessern und ihre Unzufriedenheit zu überhören, „sie ist eine angenehme und durchweg kompetente Frau und hat Ihnen doch auch anfangs gut gefallen."
„Darum geht es doch überhaupt nicht, natürlich kann Ihre Dienstleistung von jedem Beliebigen übernommen werden", nörgelte sie mit fest zugekniffenen Augen und versetzte Jungkind einen weiteren Tiefschlag, „Sie wären besser bei Ihrem Sport geblieben. Als gewöhnlicher Sportlehrer hätten Sie wenigstens Ihr Auskommen gehabt und Ihre Frau später eine sichere Rente. Dieser Versicherungskram ist doch keine Arbeit für einen Mann mit Familie, so etwas machen Zeitungsboten und Briefträger nebenher", kehrte sie

ihr Innerstes nach außen und sprach nunmehr von Dingen, die sie bestenfalls vom Hörensagen kennen konnte, „das Leben ist nun mal kein Honigschlecken, das Leben ist eine unerbittliche Schinderei, ein steiniger, erbarmungsloser Leidensweg. Nichts wird einem da geschenkt."

Bei den letzten Worten hob sie den Kopf und schaute aus ihrem wunderschönen Wintergarten über die mit einer Lindenallee umsäumte Parkanlage, in der weit in der Ferne am Seerosenteich ihr Gärtner arbeitete.

„Und nun wollen Sie also zu diesen Oberfaulenzern wechseln", veränderte sie ihre Blickrichtung nicht, wechselte dafür aber in ein verächtliches, mit Zischlauten angereichertes Sprachmuster. „Familiendezernent, aha, als hätte unsere Stadt keine anderen Sorgen, dann werden wir als Nächstes wahrscheinlich mit einem Feierabenddezernenten und einem Feriendezernenten rechnen müssen", nahm sie ihn nun verächtlich ins Visier und kündigte ihm alles, was sie zu kündigen imstande war. „Sie waren für mich auf der ganzen Linie eine Enttäuschung!", holte sie tief Luft und entleerte all ihren aufgestauten Groll und ihre jahrelange Bitterkeit über ihren fahnenflüchtigen Mann auf Martin Jungkind. Sie kniff wieder beide Augen fest zusammen und gab ihm als Vermächtnis mit auf den Weg: „Gehen Sie zu Ihrer Politik, aber erwarten Sie nicht, dass ich Ihnen Glück wünsche."

Jungkind hatte bei dieser Dame nie eine Erwartungshaltung gehabt und an diesem Tag schon gar nicht, er war nur froh, dass er nicht mehr für sie tätig sein musste. Aber er sah auch etwas Gutes in dieser langjährigen und aufreibenden Geschäftsbeziehung. Denn falls es in seinem neuen Amt einmal Schwierigkeiten geben sollte und er sich dann vielleicht in die alte Zeit zurücksehnte, dann wollte er sich an diese spezielle Kundin erinnern.

Und dazu würde er bald schon Gelegenheit haben.

Am nächsten Tag betrat er um Punkt elf Uhr das Büro des Finanzdezernenten Sven Kunz, in dem das erste gemeinsame Treffen der vier SPD-Dezernenten und ihm stattfinden sollte. Alle Dezernentenkollegen waren bereits anwesend, und Jungkind hatte aufgrund der halbleeren Kaffeetassen und eingetrockneten Kaffeeränder auf dem sonst blank polierten Besprechungstisch den Eindruck, dass sie nicht gerade erst eingetroffen waren. Das Dezernentenbüro strahlte mit seiner modernen Ausstattung aus hochwertigen Büromöbeln und großformatigen abstrakten Bildern ein zeitgemäßes Stilgefühl aus. Andererseits wirkte es aber wie ein beliebiger Ausstellungsraum für modernes Büroambiente, was wahrscheinlich an dem auffallend leeren Schreibtisch gelegen haben mochte, auf dem sich, abgesehen von einer Unterschriftenmappe, einem Flachbildschirm mit Tastatur, einer Telefonanlage und drei Handys, nur noch ein Miniaturbasketballkorb und eine reichlich gefüllte Obstschale befanden.
„Wenn ich Sie mit Ihren Dezernentenkollegen bekannt machen darf", führte ihn Sven Kunz nach einer schnellen Begrüßung an den Besprechungstisch und stellte ihn zunächst der Kulturdezernentin Hilla Frankfurter vor.
„Ich freue mich, Sie kennen zu lernen", streckte ihm eine Frau Ende der vierzig, mit barocker Figürlichkeit, engelgleicher Hochsteckfrisur und applikationsreichem Brokatkostüm die Hand entgegen und fügte scherzend hinzu: „Wir beide haben die Dezernate, an denen immer herumgespart wird, aber man gewöhnt sich an alles."
Jungkind erinnerte sich daran, dass sie vor etwa sechs Jahren überraschend zur Kulturdezernentin gewählt worden war, als nämlich die Koalition aus CDU und Bündnis 90 / Die Grünen im Stadtrat ihrem gesetzten Kandidaten die Unterstützung verweigerte und dieser dann trotz rechnerisch klarer Stimmenmehrheit mit Pauken und Trompeten durchfiel. Damals war das eine gewaltige Überraschung gewesen, die auch jene Koalition enorm ins Schleudern gebracht hatte. Denn mit Hilla Frankfurter, die von

der SPD als Verlegenheitskandidatin – ohne jegliche realistische Chance – aufgestellt worden war, hatte keiner ernsthaft gerechnet, am wenigsten sie selbst. Seit dieser Zeit werkelte sie beharrlich, aber nicht zu jedem Zeitpunkt wirkungsvoll, an der städtischen Kulturlandschaft herum. Ihre Rührigkeit war von schwerfälliger Gelassenheit, und Begeisterung oder Einsatzbereitschaft gehörten nicht gerade zu ihren herausstechenden Eigenschaften. So schien auch eine von Kulturverbänden und Fachgremien immer wieder geforderte Kulturoffensive auf ihrer Prioritätenliste nicht an oberster Stelle zu stehen. Stattdessen versuchte sie sich ab und an mit politischen Allgemeinplätzen aus dem Alltagsgrau herauszuheben, was aber in der Regel immer wieder zu Verstimmungen in der Parteienlandschaft führte und ihre Fraktion offenbar auch nicht sonderlich erfreute. Das mochte daran gelegen haben, dass sie sich immer wieder Kriegsschauplätze außerhalb ihres Dezernates suchte und sich zu allem Überfluss auch noch ungeschickt und hochnäsig äußerte, was ihr im Volksmund dann auch die Bezeichnung „Unterhaltungsdezernentin" oder nur „die Frankfurterin" einbrachte. Mit diesen unnötigen Abseitsstellungen isolierte sie sich immer mehr und schien, nach der Kulturbilanz der letzten Jahre zu urteilen, obendrein auch die Unterstützung ihrer eigenen Amtsleiter verloren zu haben.

„Werner Finkenpfeifer", stellte sich nun mit einem schwachen Händedruck und nur kurzem Blickkontakt ein blass aussehender, hagerer Mann Anfang der vierzig vor. Er war der Verwaltungs- und Sicherheitsdezernent der Stadt.

„Sabine Graubert", wurde Martin Jungkind von der Rechtsdezernentin mit einem fröhlichen Gesichtsausdruck begrüßt, „ich gratuliere Ihnen noch zu Ihrer Wahl, ich war ja bei der Stadtratsitzung verhindert."

„Schön, dass Sie da sind", begrüßte ihn noch einmal Sven Kunz und bot ihm einen Platz am Besprechungstisch an. Jungkind saß im Sinn des Wortes mit dem Rücken zur Wand, so als ob das bereits

ein Fingerzeig für eine gemeinsame Zukunft sein sollte, während ihm seine vier Gesprächspartner wie ein Bollwerk zum Raum hin gegenübersaßen. Unwillkürlich musste er sich an die Hintergrundinformationen zu den einzelnen Dezernenten erinnern, die er von Frank Struth noch im Vorfeld dieses Termins erhalten hatte.
„Dann wollen wir Sie einmal ausführlich über die Zusammenhänge in diesem Rathaus aufklären“, begann Sven Kunz mit bedeutungsvoller Miene.
Sven Kunz war mit seinen vierunddreißig Jahren nicht nur der jüngste in der Dezernentenriege, er war auch mit Abstand der kleinste, worunter er nach Struths Auffassung so litt, dass er wie kein anderer auf sein Äußeres achtete. Er trug in der Regel nur Seidenanzüge bester Qualität und italienische Schuhe mit hohen Absätzen. Auch die Lage seiner blondgefärbten Haarsträhnen überließ er keinesfalls dem Zufall, ebenso wenig wie den mustergültigen Zuschnitt seines schmalen Oberlippenbärtchens.
„Sein Auftreten ist von einer geradezu staatstragenden Bedeutsamkeit, das wird dir gleich auffallen“, hatte Frank seinen Freund mit einem vernehmbaren Unterton in der Stimme aufgeklärt, „und das Handy und der Schlüsselbund spielen bei seiner Selbstdarstellung keine unwesentliche Rolle“, konnte Martin bei seinem Freund ein kleines Neidbeben lokalisieren. „Während er den Schlüsselbund immer in der Hand mitführt und hin und wieder hektisch schüttelt, sitzt sein Handy wie fest angewachsen am Ohr, um in jeder Lebenslage bedeutende Gespräche führen und unaufschiebbare Anordnungen direkt treffen zu können“, holte Frank tief Luft, zog gleichzeitig seine Augenbrauen ein wenig nach oben und distanzierte sich damit von diesen regelwidrigen Praktiken, „ihm liegt eben daran, in allen Lagen eine gute Figur zu machen. Er ist ja auch immer braungebrannt, aber nur weil er jeden Tag eine Stunde auf der Sonnenbank herumliegt“, wollte Struth seine gottgegebene Naturbräune mit jener künstlichen Retortenbräune auf keinen Fall in einen Topf geworfen sehen,

„aber in der Zeit, in der er in dieser Fritteuse liegt, macht er wenigstens nichts kaputt. Es ist ja mittlerweile stadtbekannt, dass er fachlich eher schwach auf der Brust ist. Doch ich habe manchmal das Gefühl, das scheint jeder zu wissen, außer ihm selbst", winkte er kopfschüttelnd ab, „stattdessen versucht er immer noch mit seinem sicheren Auftreten dieses Manko zu kaschieren und jeden Tag Weltgewandtheit und Kompetenz zu versprühen."

Davon hatte auch Jungkind gehört, denn in den letzten Jahren war an die Stammtische durchgesickert, dass der Finanzdezernent nur dank einer mehr als freundschaftlichen Beziehung zur damaligen Wirtschaftsministerin an sein Beigeordnetenmandat gekommen sei. Dessen ungeachtet soll er dann aber sogar als Hoffnungsträger der SPD gehandelt worden sein, ganz nach dem Motto: jung, dynamisch, zielbewusst.

Doch diese Hoffnung hatte sich ebenso schnell wieder zerschlagen, wie sie aufgekommen war, denn Sven Kunz produzierte mehr heiße Luft, als dass er konkrete und umsetzbare Zielvorstellungen entwickelt hätte. Seine Untauglichkeit war offensichtlich und die Bürger hatten sich mittlerweile daran gewöhnt, dass alles, was er mit großem Getöse anpackte, irgendwann in kleine Stücke zerfiel, um früher oder später ganz in der Versenkung zu verschwinden. Obwohl gerade in der heutigen Finanznotlage zukunftsweisende Finanzkonzepte mehr erforderlich gewesen wären als alles andere und strukturelle Änderungen in vielen Amtsbereichen und städtischen Betrieben für ein hohes Einsparpotential gesorgt hätten, geschah nichts. Was er tat, war: sparen. So wie es jede Hausfrau tut, wenn ihr Haushaltsbudget nicht mehr aufgeht. Aber während in einem Privathaushalt in einer solchen Situation vielleicht mit Sparen noch etwas zu retten ist, hätte Blaustätten Ideen gebraucht. Stattdessen spielte Kunz weiterhin den Macher, machte aber nichts.

„Wir vier haben bis heute die Bastion hier im Rathaus gehalten und sollten nun mit Ihnen gemeinsam das Feld kontrollieren können", begann er nun eine seiner beliebten Strategiereden, während er bedächtig seinen Kaffee umrührte, „dabei ist es von größter Bedeutung, dass wir als Koalitionspartner immer abgesprochen sind und bei Problemstellungen oder neuen Sachverhalten unverzüglich miteinander in Kontakt treten und uns absprechen. Unstimmigkeiten können und dürfen wir uns einfach nicht leisten."

„Ich würde daher vorschlagen, dass alle Fäden wie bisher bei mir zusammenlaufen", unterbrach er sich kurz selbst, zog seine Schultern etwas nach oben und vollendete seinen Gedanken mit einem forschenden Blick Richtung Jungkind.

„Vernetzung ist in dieser politischen Lage der entscheidende Faktor, das müssen Sie wissen. Deshalb ist es von größter Bedeutung, dass Sie uns in Ihre Überlegungen und Entscheidungen immer frühzeitig einbinden, damit wir Sie auch von Beginn an unterstützen können", schaute er ihn vielsagend an und vervollständigte seinen Gedanken, „auch um schwerwiegende Fehleinschätzungen zu vermeiden, die gerade am Anfang nicht ausbleiben werden."

„Und nicht nur das", mischte sich wie auf Kommando Werner Finkenpfeifer ein. „Wir wollen Sie vor allem auch vor Intrigen bewahren, die sicherlich in Ihrem Dezernat schon gegen Sie geplant sind, denn Ihr Dezernat ist eine einzige Katastrophe", vervollständigte er den Gedanken seines Parteifreundes mit einem äußerst bekümmerten Gesichtsausdruck.

Werner Finkenpfeifer wusste, wovon er redete, wenn er von einer Katastrophe sprach, denn er hatte in der Stadt den Katastrophenschutz zu organisieren. Er leitete das kleinste Dezernat und war für die städtische Verwaltung, die Feuerwehren und mit dem Katastrophenschutz für die gesamte Sicherheitsthematik der Stadt verantwortlich. Sein Dezernat war im Grunde genommen überflüssig, und man hätte seine Aufgabenbereiche ohne weiteres auf die anderen Dezernate umverteilen können. Aber aus parteidienlichen Gründen war damals das Amt eines Verwaltungs- und

Sicherheitsdezernenten eingerichtet worden, und nun saß jener Beigeordnete gewissermaßen zur Bewegungslosigkeit verdammt in seinem Dezernat und suchte sich jeden Tag zur eigenen Zerstreuung, aber auch um seine Daseinsberechtigung zu unterstreichen, neue Betätigungsfelder in seinem Dienstbereich. Ob das nun die feierliche Überreichung von Ehrenurkunden an hochverdiente Feuerwehrleute war, die Eröffnungsrede an Sommer- oder Weihnachtsfesten der freiwilligen Feuerwehren oder auch die Verleihung von Jubiläumsurkunden an langjährige Rathausmitarbeiter. Ungeachtet der unverkennbaren Anspruchslosigkeit seiner Aufgabe wirkte er trotzdem geradezu diensteifrig und glaubte offensichtlich fest an sich und seinen Einfluss auf das städtische Geschehen. Er hatte als ehemaliger Dienststellenleiter des Einwohnermeldeamtes, doch vor allem als immer linientreuer Parteisoldat in den verschiedensten Gremien seiner Partei, das Maximale auf der Karriereleiter erreicht und brachte nicht nur die nüchterne Ausstrahlung eines typischen Beamten mit, ihm war obendrein die Gabe in die Wiege gelegt, seinen Gesichtsausdruck zu jeder Zeit den schicksalsschweren Umständen – und andere gab es für ihn nicht – eines Sachverhaltes anzupassen. In jedem Satz führte er zwei bis drei Bedenken mit, die er nur dann auszuräumen bereit war, wenn sich dafür auch neue Bedenken finden ließen. Bei ihm hing der Weltuntergang immer in der Luft.

„Sie können einem wirklich leidtun mit diesem Dezernat ...“, fuhr Werner Finkenpfeifer fort, wiegte mit verzweifeltem Gesichtsausdruck langsam seinen Kopf hin und her und verzog dabei den Mund, „Sie werden es nicht einfach haben, Sie haben das schlimmste Dezernat erwischt! Alle Ämter, die Sie erben werden, sind CDU-verseucht. Wie konnten Sie sich denn so etwas nur antun?!“

Jungkind schaute ihn fragend an. Hatte er gar die Möglichkeit gehabt ein anderes Dezernat zu wählen oder hätte Finkenpfeifer lieber mit einer SPD-Verseuchung gelebt?

„Das kann man wirklich sagen!“, goss nun auch Hilla Frankfurter mit einem kindlich stolzen Gesichtsausdruck, der Jungkind an „Ich weiß was Herr Lehrer“ erinnerte, in spürbar freudiger Erregung Öl ins Feuer. „Was wir Ihnen alles über Ihr Dezernat erzählen könnten“, zog sie tief Luft durch den Mund und verschluckte sich beinahe selbst an der Bedeutung ihrer Darstellung, „dafür würde dieser Tag nicht ausreichen, bei weitem nicht“, unterstrich sie mit einer wegwischenden Handbewegung noch einmal die ausweglose Situation, in der sich Jungkind ihrer Meinung nach befand.

„Aber alles Jammern hat ja keinen Sinn, wir müssen Ihr Dezernat gemeinsam einnorden, sonst sind wir in diesem Rathaus mit seinen schwarzen Seilschaften alle verraten und verkauft“, malte Finkenpfeifer die Apokalypse an den Rathaushimmel und verzog dabei verängstigt sein blasses Gesicht.

„Wir müssen nur richtig aufgestellt sein, das ist alles“, drückte Sven Kunz seine beiden Handflächen aneinander, legte sie wegweisend auf den Tisch, schlüpfte in die Rolle des unumstrittenen Anführers und gab eine Parole aus: „Kräfte bündeln! Das ist der Schlüssel zum Erfolg. Aus unserer faktischen und strategischen Überlegenheit heraus haben wir heute schon fast alle Schaltstellen besetzt. Nun gilt es, gemeinsam mit dem FDP-Dezernat die Schlinge immer mehr zuzuziehen, neue Impulse zu setzen, den substantiellen Präsenzfaktor knallhart auszuspielen und die Lufthoheit zu gewinnen. Dann ist es nur noch eine Frage der Zeit, bis wir mit entschlossenem Initiativdruck die Entscheidungen in der Verwaltungsspitze herbeiführen.“ Er schickte nun einen bedeutungsvollen Blick zu seinen drei Parteifreunden, die ihm wie gebannt an den Lippen hingen, machte eine kurze Atempause und vollendete sein gesprochenes Strategiepapier mit einer elementaren Verwaltungsformel: „Die eigentliche Umsetzung ist dann nicht mehr und nicht weniger als reine Administrationsroutine.“

„Das ist richtig!“, stimmte ihm Hilla Frankfurter vielsagend zu, wobei sich Jungkind über deren Auffassungsgabe wunderte, denn er verstand überhaupt nichts.

„Ja, aber wir dürfen uns dabei nicht zum Dienstleister des Oberbürgermeisters machen lassen“, sah Finkenpfeifer einen günstigen Zeitpunkt gekommen, einige Bedenken anzuführen, „das ist nämlich schnell geschehen, wenn er den Spieß einfach umdreht. Äußerste Vorsicht, sage ich! Vorsicht!“
„Das ist richtig!“, stimmte Hilla Frankfurter auch hier bedeutungsvoll zu.
„Aber das Kernproblem wird an anderer Stelle liegen“, wühlte sich Werner Finkenpfeifer jetzt erst richtig tief durch seine Bedenkenkiste und nahm nun wieder Jungkind ins Visier, „Ihr Dezernat wird zweifelsohne eine Schlüsselrolle einnehmen und vielleicht die Bruchstelle zwischen Gut und Böse sein. In Ihrem Dezernat sitzen nämlich die getarnten Parteisoldaten des Oberbürgermeisters. Dieser reaktionäre CDU-Klüngel hat unser ganzes Rathaus infiziert, aber Ihr Dezernat ist regelrecht damit vergiftet. Das muss Ihnen bewusst sein.“
„Wir kennen sie alle!“, sprang ihm Kunz bei und spielte mit einem Golfball, der auf einem kleinen Teppichgrün auf dem Tisch lag. „Franz Sauer hatte ja Zeit genug das Familiendezernat auf Linie zu trimmen und mit seinen Parteifreunden zu besetzen. Glauben Sie nur nicht, dass Sie dort auch nur einen SPD-Mann finden“, schob er den Golfball ohne aufzublicken hin und her, und Jungkind glaubte eine deutliche Verbitterung bei ihm bemerkt zu haben, „die letzten vier Jahre war das Dezernat bei Ulf Johann nur geparkt und Kinkel hat als CDU-Oberbürgermeister weiter die Fäden gezogen“, schaute er Jungkind provokativ an, während der Golfball immer noch über das Grün rollte, „und die wird er jetzt wohl auch kaum aus den Händen legen. Träumereien und Nachgiebigkeit wären aus diesem Grund absolut falsch am Platz! Wir müssen nun endlich handeln!“
Das hörte sich plötzlich ganz anders an, als das Struth dargestellt hatte. Kein Wort war zu dieser offensichtlich bekannten, politischen Problematik gefallen. Jungkind lief der Schweiß den Nacken

herunter, und er fühlte sich auf diesem fremdartigen Terrain so hilflos wie ein Fisch an Land. Es war doch ausgemacht, dass Frank sich um die Politik kümmern sollte. Aber das konnte er seinen vier Kollegen ja kaum erzählen.

„Das Schlimmste ist aber, dass aus Haushaltsgründen ein Einstellungsstopp verhängt wurde. Das heißt, dass Sie auch keine eigenen Leute einschleusen können, so wie das früher einmal der Fall war. Sie werden also mit dieser Fehlbesetzung arbeiten müssen, ob Sie wollen oder nicht. Es ist eine einzige Katastrophe!", beeilte sich Finkenpfeifer seine letzten Bedenken unterzubringen und sein Fachwissen um Katastrophen erneut unter Beweis zu stellen, bevor er noch einmal einen Schauer über Jungkinds Rücken jagte. „Da haben Sie den bösesten Unruheherd im Rathaus geerbt, das können Sie mir glauben. Ich sage nur: absolute Aufmerksamkeit!"

„Wissen Sie, als Liberaler bin ich da nicht so sehr festgelegt", fasste Jungkind all seinen Mut zusammen und versuchte einen Ausbruchsversuch aus der politischen Umklammerung, „die Parteizugehörigkeit ist nicht das Wichtigste auf dieser Welt. Da werden bestimmt auch gute Leute sitzen, die ohne politische Motivation nur ihre Arbeit machen wollen."

„Täuschen Sie sich da einmal nicht", legte Finkenpfeifer sofort sein Veto ein und sah nun noch sorgenvoller aus, „Sie können die politische Weltordnung nicht durch ein freundliches Lächeln außer Kraft setzen. Wenn Sie das versuchen sollten, wird Sie die andere Seite eiskalt abservieren. Sie müssen sich schon entscheiden, wo Sie stehen."

„Das stimmt", bekam jener nun Unterstützung von seiner Parteifreundin Hilla Frankfurter, die wegen ihres gesamten Erscheinungsbildes nach Jungkinds Dafürhalten besser in das konservative Lager gepasst hätte, „wir müssen gemeinsam und mit allen Mitteln die Verwaltung vom schwarzen Sumpf befreien, da gibt es überhaupt keine Frage. Kinkel muss endlich spüren, dass die fetten Jahre vorbei sind."

CDU-Oberbürgermeister Markus Kinkel war als Verwaltungschef in keiner beneidenswerten Situation, denn er musste nach dem neuen Koalitionsbündnis von SPD und FDP auf eine Mehrheitsunterstützung aus dem Stadtrat verzichten. In der Verwaltungsspitze aus Oberbürgermeister, Bürgermeisterin und Dezernenten konnte er zwar allein entscheiden, aber er musste trotzdem sehen, dass er möglichst viele Dezernenten auf seine Seite bekam, um nicht irgendwann in der Verwaltungsspitze isoliert und angreifbar dazustehen. Umgekehrt hieß das aber auch, dass die Dezernenten ohne den Oberbürgermeister kaum etwas durchsetzen konnten, denn eigene Fachvorstellungen und Konzepte waren nur mit Unterstützung des Verwaltungschefs aussichtsreich zu positionieren und konnten nur über ihn in die Ausschüsse, den Stadtrat und damit in die Öffentlichkeit gelangen.
Die Gemengelage war also mehr als kompliziert.
„Wir werden den Herrn Oberbürgermeister bei der Haushaltsdebatte an die kurze Leine legen", strich sich Sven Kunz gefällig durch sein Haar, während er sich auf seinem Stuhl zurücklehnte. Bedeutungsvoll fügte er hinzu: „Er hat eigentlich überhaupt keine Chance, und das weiß er auch."
„Ich kann Sie aber auch nur noch einmal warnen", wandte er sich nun mit dem Gesichtsausdruck eines Vorgesetzten Martin Jungkind zu, „wenn Sie am ersten Tag nicht gleich den Hebel umlegen, entgleitet Ihnen Ihr Dezernat, bevor Sie es in den Griff bekommen haben. Denken Sie an unsere Worte, wir meinen es nur gut mit Ihnen. Ihre Amtsleiter haben sich nämlich allesamt geschworen, dass alles bis ans Ende ihrer Tage so unverändert bleibt wie es ist. Wenn es nach deren Vorstellungen ginge, dann würde sich nie etwas ändern."
„Aber auch im Familiendezernat muss man begreifen, dass Sparmaßnahmen überall erforderlich sind", ließ er nun erkennen, wo er wirklich hinwollte, „gerade wenn es sich fast ausschließlich um freiwillige Leistungen handelt, die man mit Weitsicht und

Entschlossenheit entsprechend verändern kann. Da braucht man auch einmal den Mut eines Managers, um sich von Leistungen zu verabschieden oder diese zum Beispiel auch an Private abzugeben."
Jetzt schien er sich in seinem Element zu fühlen, denn man konnte ein wohlgefälliges Zucken um seine Mundwinkel wahrnehmen, „die Privaten können in der Regel viel besser operieren als ein Amt und verstehen zudem noch Profit zu erwirtschaften."
„Es kann doch nicht immer so weiterlaufen wie bisher, nur weil ein paar Gestrige alles blockieren und sich jedem vernünftigen Wandel versagen", versuchte er nun die Daumenschrauben etwas fester anzuziehen, „in Ihrem Dezernat hat bisher ganz einfach die Entschlossenheit zur Veränderung gefehlt. Wenn Sie einzelne Ämter zusammenlegen oder auch aufgeben, dann schlagen Sie zwei Fliegen mit einer Klappe. Zum einen straffen Sie damit die Strukturen in Ihrem Dezernat, und zum andern entledigen Sie sich auf elegante Art und Weise des einen oder anderen missliebigen Amtsleiters."
So allmählich dämmerte Jungkind, wo dieser Zug hinfuhr. Allem Anschein nach direkt über ihn hinweg. Zunächst hatte man versucht ihn über die Dezernatsproblematik mürbe zu machen, und nun wurde ihm die ultimative Forderungsliste vorgesetzt. Das hier war ein abgekartetes Spiel mit ernstem Hintergrund, nichts anderes, eine offenkundige Standortbestimmung. Mit einem lockeren Gedankenaustausch hatte das beileibe nichts mehr zu tun. Ein erstes unverfängliches Gespräch in vertrauensvoller Atmosphäre sah sicherlich anders aus, und möglicherweise sollte sogar eine gemeinsame Grundlage für ein vertrauensvolles Miteinander erst gar nicht gefunden werden.
Das, was er soeben erlebt hatte, war nicht mehr und nicht weniger als eine Demonstration der eigenen Überlegenheit und Stärke, und er ahnte, dass ihm seine Position bereits lange vor dem heutigen Gespräch zugewiesen worden war. Er sollte die Versorgungstruppe

für die vier SPD-Kampfverbände im großen Kampf gegen die CDU spielen. Welche Wahl hatte er überhaupt noch? Nahm er seine ihm zugewiesene Position an, konnte er vielleicht mit einem geduldeten Dezernat überleben, verweigerte er sich, geriet er unweigerlich zwischen die politischen Fronten und lief Gefahr, zerrieben zu werden.
„Wir müssen uns unbedingt noch einmal zusammensetzen, sobald Sie Ihren Dienst angetreten haben“, gab sich der Finanzdezernent nach einigen nebensächlichen Allgemeinplätzen mit diesem ersten Treffen offensichtlich erstmals zufrieden und schaute auf seine Uhr. „Ich würde vorschlagen, Sie kommen dann einfach noch einmal auf uns zu.“
Während er bei seinen letzten Worten aufstand und Jungkind damit zu verstehen gab, dass das Gespräch beendet sei, erhoben sich auch die drei anderen Dezernenten.
„Lassen Sie sich alles noch einmal in Ruhe durch den Kopf gehen“, verabschiedete sich die Rechtsdezernentin Sabine Graupert, eine durchaus hübsche, dunkelhaarige junge Frau, die sich über die ganze Zeit auffallend still verhalten hatte, mit einer höflichen Zurückhaltung in der Stimme, „Sie haben Ihr Amt ja noch nicht angetreten.“
Das war auch der Gedanke, der Martin Jungkind nach der dreiviertelstündigen Gesprächsrunde nicht mehr aus dem Kopf ging:
„Soll ich dieses Amt überhaupt antreten?“
Höchstens fünf Sätze waren ihm in dem zurückliegenden Meinungsaustausch gestattet gewesen, was wohl der Verhältnismäßigkeit in der Koalitionspartnerschaft entsprechen sollte. Aber selbst diese sparsamen Äußerungen waren nur Konversationsbeiwerk, sie blieben ohne jegliche Bedeutung für seine Gesprächspartner und eine größere Bedeutsamkeit schienen sie ihm selbst und seiner Fraktion auch nicht beizumessen. Das große Rad, das jene vier SPD-Beigeordneten drehten hieß: Zerstörung der CDU-Dominanz in der Stadtverwaltung. Und diesem Ziel hatte sich alles unterzuordnen, auch er mit seinem im Grunde unbedeutenden Dezernat.

Sachpolitik war bei seinen Koalitionskollegen jedenfalls kein Thema und lenkte vermutlich nur von deren großem Zielgedanken ab. Martin Jungkind war verzweifelt. Obwohl er nie Politik betreiben wollte, fand er sich plötzlich mittendrin.
Er entschloss sich, sofort die FDP-Fraktionsgeschäftsstelle aufzusuchen, die nur einige Flure weiter lag. Zu seiner großen Erleichterung traf er dort auch Frank Struth an, der gerade mit dem Geschäftsführer im Gespräch war.
„Ich muss unbedingt mit euch reden, da ziehen nämlich schwarze Wolken am Horizont auf", schilderte er aufgewühlt seinem Freund und Marc Ginsburg die noch nicht verdauten Erlebnisse und vergaß auch nicht seine Gewissensfrage zu stellen.
„Was heißt hier: das Amt vielleicht besser nicht antreten?", verdrehte Frank die Augen, blieb aber absolut gelassen. „Nur weil dich vier Sozis durch die Geisterbahn geschickt haben? Vergiss nicht, dass wir über den Schlüssel zum Jahrmarkt verfügen. Wenn wir abschließen, dann können sie wieder mutterseelenallein in ihrer Geisterbahn Grimassen schneiden", munterte Frank in seiner allzeit verlässlichen Unbezwingbarkeit Martin auf und verstand es, ein kleines Quantum seiner Gabe an ihn weiterzugeben, „du hast alles falsch gedeutet, mehr ist nicht passiert. Die vier haben nur dicke Arme gemacht, in der politischen Realität haben sie doch überhaupt nichts zu melden, so wenig wie der Oberbürgermeister. Wir Stadtverordnete im Stadtrat machen die Politik, wir sind der Souverän, wir entscheiden. Also, vergiss deren Bellen und Zähnefletschen."
Er umarmte Martin mit einer seiner großen Gesten und passte einen alten Lehrspruch dem aktuellen Zwischenfall mit einem zufriedenen Lachen an, „denn Dezernenten, die bellen, die beißen nicht."
Jungkind war ein Stück weit erleichtert und konnte sogar mitlachen. Wahrscheinlich hatte er seine Kollegen tatsächlich etwas zu ernst genommen, vielleicht sogar manche Passagen falsch verstanden.
„Und es wurde wirklich gesagt, dass sie es Kinkel schwer machen wollen?", kam von Marc Ginsburg eine irgendwie unbehagliche

Frage aus dem Hintergrund, „das wäre ja einmal etwas Neues. Bisher haben die vier eher mit dem Oberbürgermeister paktiert."
Er zwirbelte seinen blonden Oberlippenbart und schaute zu Struth.
„Die vier sind zwiespältig, das wissen wir mittlerweile. Sie wollen ihre eigene Politik betreiben, haben aber weder Stehvermögen noch Rückhalt in ihrer Fraktion", war Struth offenbar in seiner Betrachtungsweise schon lange festgelegt und testete in Ermangelung schwerwiegender Problemlagen seine Brille durch Auseinanderziehen der Bügel auf Belastbarkeit.
„Außer Sabine Graupert, sie ist eine gute Rechtsdezernentin, das muss man sagen", verbesserte ihn Ginsburg, „sie hält sich ja auch in der Regel aus diesen Spielchen heraus."
„Bedingt", brach Struth seine Testreihe ab, warf Ginsburg ein Bonbon auf den Schreibtisch und drückte ein anderes Martin in die Hand, „du weißt doch, wie sie uns noch im März mit ihren Schriftsätzen zu unserem Antrag auf Mittelkürzung bei den Eigenbetrieben vorgeführt hat. Aber ‚deiner Freundin' scheinst du ja alles zu verzeihen."
Ginsburg lachte, winkte ab und wandte sich wieder seiner Arbeit zu, während Struth aufstand und zum Telefonhörer griff.
„Wie soll ich mich denn jetzt verhalten?", wunderte sich Jungkind, wie schnell die beiden wieder zur Tagesordnung übergegangen waren, obwohl doch noch nichts geklärt war, oder hatte er etwas überhört?
„Du machst deinen Job und wartest zunächst einmal ab", kam von Frank eine klare Anweisung, der das Thema offensichtlich nicht mehr weiter vertiefen wollte, „die vier spielen für dich im Moment einfach keine Rolle mehr."
„Aber du hast doch noch vor kurzem gesagt, dass die vier meine wichtigsten Verbündeten seien", wollte Martin nun doch etwas genauer wissen, wo die Wahrheit lag.
„Das ist ganz einfach", setzte sich sein Freund wieder neben ihn und gab ihm nun eine weitere Regel mit auf den Weg, „selbstverständlich

sind die vier SPD-Beigeordneten deine natürlichen, politischen Verbündeten. Aber ...", hob er mit einer Betonung auf dem „A" nun den Finger und schaute ihn barmherzig über seine Lesebrille an, „im Augenblick brauchen wir sie doch überhaupt nicht als Verbündete. Also können sie derzeit tun und lassen, was sie wollen, auch gern einmal ihre Stärke demonstrieren. Wen stört's? Wenn wir sie aber benötigen, dann werden sie laut Koalitionsvertrag an unserer Seite stehen müssen, ob sie wollen oder nicht", beugte er sich zu Martin hin – der ihn mit großen Augen ansah – und formte mit seiner Lesebrille einen eindrucksvollen Bogen, „denn die Koalition steht auf zwei Säulen, die von einem Bogen der Treue überspannt sind, nämlich der Koalitionstreue! Wer diese bricht, leistet einen politischen Meineid und verspielt damit sein Recht auf jede weitere parteipolitische Begünstigung."
Das beruhigte Martin Jungkind dann doch sehr.

Zu Hause schienen seine fortwährenden Anstrengungen in unwegsamem Gelände kaum Beachtung zu finden. Zumindest hatte er zeitweilig dieses unbestimmte Gefühl.
„Du könntest nachher noch die Kleider aus der Reinigung abholen, du bist ja sowieso in der Stadt", teilte ihn seine Frau am Frühstückstisch ein, „und vergiss nicht, die Zeitungen auf dem Weg am Papiercontainer zu entsorgen, nimm bitte auch gleich die Flaschen mit."
Jungkind registrierte hinter seiner Zeitung die Anweisungen, reagierte aber nicht. Doch kaum, dass er wieder in die städtische Politik eingetaucht war, kam auch schon der nächste gewissenlose Anschlag.
„Hast du eigentlich an die Fotos gedacht? Die müssten doch schon längst fertig sein", hatte Doris einen weiteren Auftrag zu vergeben, „deine Mutter hat bereits mehrfach nachgefragt, du weißt doch, wegen ihrer Geburtstagsbilder. Das ist immerhin schon über vier Monate her."

„Und mein Laptop steht schon genauso lange auf der Warteliste", nörgelte nun auch Simone herum und redete ihrem Vater ins Gewissen, „den hast du mir an meinem Geburtstag versprochen. Und mein Geburtstag ist am gleichen Tag wie der von Oma, wie du vielleicht noch weißt."

„Dann hätte ich meinen Computer auch endlich wieder für mich allein, das nervt nämlich allmählich", unterstützte Britta ihre jüngere Schwester in deren Bemühungen um ein unabhängigeres Leben.

Martin Jungkind fühlte sich hinter seiner Zeitung in die Enge getrieben und überlegte krampfhaft, wie er möglichst schnell aus all diesen Verpflichtungen herauskommen konnte. Hätte er doch nur auf den Tisch schlagen können wie andere. Doch das entsprach so ganz und gar nicht seinem Naturell. Vom Himmel gefallene Probleme bewältigte er nämlich nicht mittels einer lauten Auseinandersetzung oder mit einem entnervten Wutausbruch, sondern nach der Methode des passiven Widerstandes und des lautlosen Protestes.

Während Hugo neben ihm hechelte und mit einem hoffnungsvollen Schwanzwedeln sein übliches Betteln um ein Leckerli unterstrich, legte Martin sorgfältig die Zeitung beiseite und offenbarte seinen Anspruchstellern die gegenwärtige Situation.

„Ich werde weder in eine Reinigung gehen oder einen Container füllen, noch werde ich nach Fotos forschen und einen Computer kaufen", fasste er zunächst leidenschaftslos die einzelnen Maßnahmen zusammen, die er nicht ergreifen wollte, nahm dann seinen Hund ins Visier und gab diesem mit auf den Weg, „und ich werde auch kein Stück Wurst abschneiden."

Seine Frauen schauten sich überrascht und gleichzeitig verstimmt an. Sie ahnten aber, dass das jetzt ein äußerst ungünstiger Augenblick war, um einen Einspruch vorzubringen. Auch Hugo verstand, dass hier selbst mit einem Winseln nichts mehr zu machen war und schlich deshalb zu Doris, um seine meisterhafte Befähigung zum Betteln erneut unter Beweis zu stellen.

„Ich bereite mich gerade auf mein Amt vor und wickele zudem

noch unser Büro ab, wenn ihr das vergessen haben solltet", nahm Martin einen Schluck aus seinem Milchglas, das Doris jeden Morgen wegen der lebensnotwendigen Kalziumversorgung neben seine Kaffeetasse stellte, „ich würde mich darüber freuen, wenn wir uns darauf einigen könnten, dass ihr mich deshalb etwas entlastet."
Solche Misstöne gab es im Hause Jungkind selten und sie galten, in Ermangelung von lautstarken Streitereien, als äußerste Form der Konfliktbewältigung. Danach herrschte ein gebührliches Schweigen von einem halben Tag und damit war die Meinungsverschiedenheit beigelegt.
Am Abend brachte Martin dann die Kleider aus der Reinigung mit, nachdem er am Morgen die Zeitungen und Flaschen entsorgt und sich um die Fotos gekümmert hatte. Aber beim Kauf des Laptops blieb er eisern, den wollte er erst am Wochenende besorgen.

Ein weiterer, wichtiger Rathausbesuch stand nun bevor, nämlich das Treffen mit dem Sozialdezernenten. Bei diesem Termin sollten die Einzelheiten zur Übergabe der verschiedenen Ämter besprochen werden.
„Dann schauen wir mal." Offenbar hatte sich Ulf Johann nicht im Geringsten auf den Termin vorbereitet, denn er durchsuchte auf seinem Schreibtisch einen Stapel Unterlagen und kam nach einer Weile gemächlich mit drei Blättern in der Hand zum Besprechungstisch zurück. „Eigentlich gibt es für uns ja nichts zu tun, denn die Ämter gehen bei Ihrem Dienstantritt automatisch an Sie über. Aber ich will Ihnen zumindest einmal als Erbonkel verraten, wie das ererbte Vermögen aussieht", amüsierte er sich, nach einem undefinierbaren Glucksen zu urteilen, selbst am meisten über seine humoristische Einlage und verlas nun die drei doppelseitig beschriebenen Blätter, die – nach dem unverständlichen Verwaltungsdeutsch zu urteilen – vermutlich als Gebrauchsanweisung für Verwaltungsmitarbeiter gedacht waren und Aufschluss über die Dezernatsstrukturen, Aufgabenbereiche und Zielsetzungen geben sollten.

Martin Jungkind zuckte buchstäblich zusammen, als er nach den ersten drei Zeilen den Text erkannte und setzte alles daran, seinen Kollegen noch zu stoppen. Aber alle Versuche schlugen fehl. Johann war in seinen lamentierenden Lesebemühungen nicht mehr zu bremsen, ebenso wenig wie manche Menschen bei einer einseitig geführten Konversation. Nach Jungkinds fester Überzeugung musste für diesen, gar nicht so selten vorkommenden, kommunikativen Defekt eine Abnormität im genetischen Schaltplan verantwortlich sein. Er hatte zwar bisher noch von keiner wissenschaftlichen Untersuchung zu diesem Phänomen gehört, aber es bestand für ihn überhaupt kein Zweifel daran, dass irgendwo auf dieser Welt Forschungsergebnisse zu den atypischen Verhaltensweisen verbaler Linksfahrer existieren mussten.

„Das war sehr informativ", bedankte er sich deshalb rasch, als Johann nach seiner Leseprozedur entkräftet die Augen hob.

Er befürchtete, dass jener noch ein weiteres Manuskript in der Hinterhand haben könnte und nur auf einen geeigneten Augenblick wartete, um dieses nachzuschieben. Aus bitterer Erfahrung wusste er, dass solche Gesprächsbarbaren sich den Erschöpfungszustand und damit die Wehrlosigkeit ihres Gegenübers gnadenlos zunutze machten, um mit einer Fortsetzung ihrer Grausamkeiten der Begegnung ihren Stempel aufzudrücken.

„Dieses Papier und ein Verzeichnis der Ämter habe ich vor einigen Tagen bereits in unserer Geschäftsstelle erhalten, insofern weiß ich zumindest, was fachlich auf mich zukommt", unternahm er nun mit diskreten Andeutungen den Versuch, sein Gegenüber darüber aufzuklären, dass das Vorlesen entbehrlich gewesen wäre, was allerdings mit einem missstimmigen Gesichtsausdruck und einem Hinwerfen der Blätter quittiert wurde, „aber mich würde vor allem Ihre Einschätzung hinsichtlich der Amtsleiterebene interessieren."

Besser hätte er den einseitigen Gesprächsverlauf nicht retten können. Denn kaum, dass die Frage gestellt war, hellte sich auch Johanns Stimmung wieder auf, sein Gesicht entfaltete einmal mehr

diese unvergleichliche Vollmondform und die Augen funkelten in Erwartung einer neuen Gesprächeinheit mit den Zahnreihen um die Wette.
„Im Grunde genommen sind das alles patente Leute“, kostete er nun jedes Wort bedächtig aus, kreuzte die Arme vor der Brust und ergänzte mit merklicher Bedeutsamkeit in der Stimme, „eine Person ist vielleicht etwas spezieller als die anderen, aber keineswegs destruktiv.“
Ulf Johann klopfte sich innerlich für seine vielsagende Andeutung, die unweigerlich weitere Fragen nach sich ziehen musste, auf die Schulter.
„Darf ich erfahren, wer das ist?“, kam die Rückfrage auch prompt, aber für Johanns Konversationsverständnis viel zu gleichgültig und plump.
„Ich müsste mich natürlich auf Ihre Diskretion verlassen können“, versuchte er deshalb dialogtechnisch noch etwas zu retten und baute den beliebten Verschwiegenheitsbluff als Steigerungsfaktor ein. Doch dieser Spannungsbogen existierte in Wahrheit überhaupt nicht. Es war schlichtweg nichts zu verschweigen, da die Angelegenheit im Rathaus bekannt war und dieses Thema Flur auf Flur ab immer wieder für Gerede sorgte.
„Selbstverständlich können Sie sich auf meine Diskretion verlassen. Wenn Sie mir aber nichts sagen wollen, habe ich dafür natürlich auch Verständnis“, wusste Jungkind dieses Mal einen Formfehler zu vermeiden.
„Nein, nein, ich vertraue Ihnen da voll und ganz, wir müssen ja schließlich auch in Zukunft zusammenarbeiten“, zeigte sich sein Gesprächspartner großzügig, „es handelt sich um die Frauenbeauftragte. Sie hat eine unkonventionellere Gangart als die anderen, wenn ich einmal so sagen darf“, drehte er seinen Kopf zur Seite, was urplötzlich zu einer partiellen Mondfinsternis in seinem Gesicht führte, „sie huft sofort, wenn sie auch nur einen Hauch parteipolitischer Einflussnahme spürt. Das hat ihr schon eine Menge

Scherereien eingebracht, das können Sie mir glauben. Und das Resultat ist, dass sie nun zwischen allen Stühlen sitzt."
„Wie? Gehört sie denn nicht der CDU an? Ich dachte alle Amtsleiter seien CDU-Mitglieder", zeigte sich Jungkind überaus verwundert und spitzte dabei etwas die Lippen, was dazu führte, dass sich sein langes Gesicht ein wenig streckte und noch länger wirkte als im Normalzustand.
„Ja schon, nur sie eben nicht", ließ Johann seine Arme am Körper herunterbaumeln, richtete seinen Kopf wieder auf und verdrehte seine flinken Augen. „Sie ist parteilos, das schlimmste Schicksal, das man sich in diesem Rathaus freiwillig aussuchen kann", gluckste er wieder vergnüglich vor sich hin und erklärte auch gleich, was er damit meinte, „die CDU glaubt fest daran, dass sie mit der SPD im Bunde ist, also mit dem Teufel."
Er versuchte mit seinen beiden Zeigefingern zwei Hörner an seine Stirn zu zaubern, was ihm aber mangels entsprechender Armlänge nur in unzureichendem Maße gelang, „und was mit Hexen im Mittelalter geschehen ist, weiß man ja."
Allerdings schien ihn dieser Umstand eher zu belustigen als zu bekümmern. „Doch das Kuriose ist, dass die SPD andererseits vermutet, dass sie ein ‚Maulwurf' der CDU ist."
Der Sozialdezernent legte seinen Kopf zwischen die Hände und bewegte ihn so, als wollte er damit die Irrwitzigkeit der Politik sichtbar machen.
„Und die anderen, wie schätzen Sie die ein?", wollte sich Jungkind weitere Überraschungen ersparen.
„Die anderen Amtsleiter sind zwar alles CDU-Leute, aber keine verbohrten", winkte Johann mit der linken Hand gleichgültig ab, während die rechte aber zugleich eine Vorsichtsgeste andeutete, „doch dessen ungeachtet: Kinkel regiert als Oberbürgermeister über seine Parteifreunde in die Dezernate hinein! Das ist schon ein gewisses Problem und sorgt immer wieder für Verstimmungen unter den Dezernenten."
Martin Jungkind schaute verhältnismäßig besorgt in die Welt,

obwohl diese Informationen keine neuen für ihn waren und sich sogar weitaus günstiger anhörten, als die von seinen anderen Dezernentenkollegen. Aber er hatte diese Art Ängstlichkeit in sich, die selbst dann anklopfte, wenn ein bereits bekanntes, aber unangenehmes Thema auch nur erwähnt wurde. Es war nicht anders als damals in Kindertagen, wenn vom Nikolaus die Rede war.

„Welche Tipps würden Sie mir denn als erfahrener Kollege mit auf den Weg geben, worauf würden Sie in meiner Situation achten?“, fasste er sich aber schnell wieder, riss mit aller Tollkühnheit das Gefühlsruder herum und versuchte seinem Gesprächspartner mit dieser Frage eine gewisse weltgewandte Tauglichkeit vorzuspielen. Seine Frage hatte aber mit Weltgewandtheit nicht das Geringste zu tun und tauglich war sie schon gar nicht. Sie sprach vielmehr für blauäugige Naivität der jämmerlichsten Sorte. Glaubte er denn tatsächlich, dass ihm sein grüner Erbonkel, der sich trotz allen Wissens um die politischen Prinzipien als bestohlener Grüner fühlen musste, einen ehrlichen Ratschlag geben würde? Für Jungkind bestand darin nicht der geringste Zweifel. Und vielleicht waren es gerade diese emotionalen Schwingungen, die sein Gegenüber in nicht unerheblichem Maß verunsicherten.

„Erstens, betrachten Sie Ihre vier Dezernentenkollegen aus der SPD nur als bedeutungsloses Missgeschick“, zeigte Johann nach einer kurzen Denkpause, die mit Überprüfung der Frage auf Doppelbödigkeit ergebnislos endete, mit dem Daumen nach oben, „zweitens, betrachten Sie die Vormachtstellung der CDU im Rathaus nur als Laune der Natur“, kam der Zeigefinger hinzu, „und drittens, planen Sie die Grünen auf einer Skala von schwarz bis rot zukünftig als Grundfarbe ein.“

Dieses grüne Orakel konnte verstehen wer wollte, Martin Jungkind verstand es jedenfalls nicht.

Aber seine Frau Doris war von derlei Dingen fasziniert. In den Jungkind'schen Bücherregalen hatten sich infolgedessen über die

Jahre fast zweieinhalb Meter Fachliteratur zur Orakeldeutung, Astrologie und den verschiedensten Wahrsagekünsten angesammelt, die allesamt nicht nur allgemein verständlich geschrieben waren, sondern auch durch einzelne, gewagte Hypothesen einen wissenschaftlichen Anspruch erhoben. Diese akademische Anerkennung hatte viele verdeckte Anhänger ermutigt, sich zu jener oftmals belächelten Disziplin zu bekennen, ohne gleich als Sterndeuter verspottet zu werden. Auch Doris Jungkind gehörte zu ihnen.

Es verging kaum ein Tag, an dem sie sich nicht mit rätselhaften Zufällen oder fürchterlichen Schicksalen auseinandersetzte. Günstige oder ungünstige Momente waren für sie, wenn auch nicht vorhersehbar, so doch berechenbar, meist sogar auf die Stunde genau. Insofern gehörte die Erstellung des Horoskops und die Auslegung der Tarotkarten zu ihrem täglichen Pflichtprogramm. Zufälligkeiten existierten für sie auf dieser Welt nicht.

Sie wusste auch meist schon nach einem ersten Gespräch, welches Sternzeichen ihr Gegenüber hatte und worauf es im zwischenmenschlichen Bereich zu achten galt. Von daher hätte sie auch manche Freunde vor einer halsbrecherischen Beziehung ohne Zukunft warnen können. Doch sie gab dem Schicksal immer eine Chance, auch wenn sie genau wusste, dass in dem ein oder anderen Fall der Glücksstern niemals leuchten würde. Um aber unwiderlegbare Gewissheit zu gewinnen, bewahrte sie ihre Deutungen immer in einem verschlossenen Briefumschlag auf, den sie erst nach Entzweiung der unglücklichen Verbindung öffnete. Und man konnte davon ausgehen, dass ihre minuziös berechneten Sternenkonstellationen dem von ihr beschriebenen Ergebnisverlauf entsprachen. Doris Jungkind wusste nämlich, wann ungünstige Dissonanzwellen, gepaart mit irgendwelchen kosmischen Schwingungen zu einer unabwendbaren Entfremdung im Haus der Harmonie führten. Martin stichelte trotzdem hin und wieder, ungeachtet der akademischen Grundlagennachweise, und bezeichnete sie dann auch gerne als seine „kleine Alchimistin“. Er selbst hatte nämlich keinerlei Verwendung für diese Künste, hielt er sich doch lieber an seinen gesunden Menschenverstand. Obgleich der ihm zur Zeit nicht weiterhelfen konnte, weshalb er auch auf die Unterstützung seiner Frau setzte, die möglicherweise mit ihren Sterndeutungen und Aszendentenberechnungen den Schleier des Nebulösen zu heben vermochte.

„Vor einigen Tagen habe ich etwas gehört, das mir nicht mehr aus dem Kopf geht", offenbarte er sich eines Abends. „Das heißt, ich habe es noch nicht einmal verstanden, deshalb beunruhigt es mich umso mehr", rückte er mit seinem Kummer heraus, beschrieb Doris die Unterhaltung mit Ulf Johann und zitierte dessen letzte Andeutungen.

„Das spricht alles für das Sternzeichen Krebs", rollte sie sich auf ihrem Sofa in eine günstige Position, während ihr Wissen in unübertrefflicher Urteilskraft aus ihr heraussprudelte, um im Raum wie ein dichter Nebel der Erkenntnis zu verdunsten. „Mit seinen phantasievollen Andeutungen wollte er dir wahrscheinlich etwas mitteilen, das konkret auszusprechen er sich scheute. Er hat in dir nämlich einen Wesensfreund gefunden, denn Krebs und Fische sind beides Wasserzeichen und harmonieren in ihren positiven Planetenfeldern sehr gut miteinander."

Das war neu für Martin, eine solche Kombination konnte er ja nicht ahnen.

„Welches Sternzeichen passt denn so gar nicht zu mir?", fragte er seine Frau, nachdem diese ihm das grüne Orakel von Blaustätten zu deuten versucht hatte.

„Zwillinge", kam es wie aus der Pistole geschossen und Doris stellte ihr Wissen erneut unter Beweis, „Fische und Zwillinge laufen aneinander vorbei, wenn es gut geht. Es kann aber auch viel schlimmer kommen, wie man aus der Geschichte weiß. Mach am besten einen großen Bogen um sie, insbesondere jetzt im Saturn-Jahr, wo alle Planeten rückläufig sind und Probleme verstärkt auftreten."

Dann mussten seine Dezernentenkollegen von der SPD also alles

Zwillinge sein, gut, dass er das nun wusste. Aber wie er einen Bogen um sie machen sollte, das konnte ihm seine Frau auch nicht sagen.

Im Weiteren liefen die Dezernatsvorbereitungen weitgehend nach Plan ab, abgesehen von einigen unerfreulichen Erfahrungen, auf die er gerne hätte verzichten können. Damit waren vor allem die Störfeuer aus den eigenen Reihen gemeint. Aber man musste auch die Parteifreunde verstehen, für die eine parteipolitische Weltordnung nicht erst in den oberen Etagen der Macht begann, sondern bereits in den Niederungen der Ortsverbände. Und da galt immer noch das eherne Gesetz des sich Hochdienens, das nur durch den unentschuldbaren Frevel des Übergangenwerdens ausgehebelt werden konnte. Die meisten Parteifreunde wurden schlichtweg nicht damit fertig, dass ein parteipolitisch inaktiver – und damit für ihr Verständnis völlig untauglicher Kandidat – für ein politisch nicht gerade unbedeutendes Amt ausgewählt worden war. Es hatte sich längst in allen Parteigremien herumgesprochen, dass Jungkind noch nicht einmal in seinem eigenen Ortsverband in Erscheinung getreten war und von daher weder den kleinen parteipolitischen Wasserträgernachweis vorlegen konnte, noch einen Beleg für irgendeine parteipolitisch Befähigung.
Wen wunderte es da, dass sich auf die Person Jungkinds die aufgestauten Aggressionen der linientreuen Parteisoldaten vereinigten, die bereits die niederen Weihen empfangen hatten. Aber auch Frank Struth und seinen Fraktionskollegen warf man gewissenlose Rücksichtslosigkeit und pflichtvergessene Selbstherrlichkeit vor – ja selbst von begünstigter Parteilichkeit war einige Male die Rede –, doch wurde dieser ungestüme Vorwurf schnell wieder fallengelassen und durch „himmelschreiende Ungerechtigkeit" ersetzt.
Die Parteiführung kommunizierte diese Verstimmung allerdings anders.

Sie kritisierte das Verfahren, das im Verborgenen und ohne Mitwirkung der einzelnen FDP-Verbandsstrukturen – aber insbesondere des Landesvorstandes – durchgeführt worden war. Viel zu spät sei die Landesvorsitzende, zu der Struth nicht gerade das beste Verhältnis unterhielt, informiert worden.
Anderes hatte Struth aber auch nicht beabsichtigt. Denn er wusste, dass die FDP-Landesvorsitzende an seiner Stelle das Gleiche getan hätte, nämlich die Beigeordnetenstelle mit einer ihr genehmen Person zu besetzen. Also blieb ihm nur die Wahl zwischen Folgsamkeit und Taktlosigkeit. Ohne Zögern entschied er sich mit dem Standesstolz des Fraktionsvorsitzenden für die Variante, die ihm persönlich am nachhaltigsten erschien, denn einen parteipolitischen Gehorsam – der seinen eigenen Interessen zuwiderlief – den gab es für ihn so wenig wie für andere Politiker in einer ähnlich herausgehobenen Position.
Das alles waren zweifellos denkbar schlechte Voraussetzungen für ein förderliches Miteinander auf Führungsebene und gärte von Beginn an unter der innerparteilichen Decke.
Martin Jungkind hatte von diesen Konflikten anfänglich kaum etwas bemerkt und maß den persönlichen Verstimmungen einzelner Parteifreunde wenig Bedeutung bei. Er verließ sich stattdessen ganz auf seinen Freund, ohne allerdings erkannt zu haben, dass dieser parteipolitisch bereits längst isoliert war. Vielleicht hatte er diesen Umstand intuitiv aber auch gar nicht wahrnehmen wollen, da er hätte befürchten müssen, dann mit Parteiangelegenheiten konfrontiert zu werden, mit denen er nichts zu schaffen haben wollte. Er tat jedenfalls so, als ginge ihn das alles nichts an und hoffte, dass sich der einseitige Unmut nach seinem Dienstantritt legen würde.
Aber diese Betrachtungsweise sollte sich als gewaltiger Irrtum herausstellen.
Denn ungeachtet der Parteiräson versuchten die um ihre Chance Betrogenen ihre Verstimmung nun öffentlich zu artikulieren und äußerten sich in unrühmlicher Eintracht in der städtischen Zeitung.

Sie heuchelten Unverständnis darüber, dass Jungkind sich immer noch nicht zu aktuellen gesellschaftspolitischen Themen geäußert habe, obwohl das gerade gegenwärtig von so fundamentaler Bedeutung für die Stadt sei, wobei sie die von Jungkind unmittelbar nach der Wahl vorgetragene Erklärung, dass er sich erst ab dem Tag seines Amtsantrittes zu Sachthemen äußern wolle, nicht im Geringsten interessierte.
Und so loderte jenes kleine Feuer der Beschränktheit immer wieder einmal auf und es fanden sich in unregelmäßigen Abständen sogenannte Parteifreunde, die als politisch Berufene zu den familienpolitischen Sachverhalten „aufgrund der Zurückhaltung des designierten Dezernenten" etwas beizutragen hatten.

Drei Wochen vor seinem Amtsantritt hatte er dann das zweifelhafte Vergnügen einem der Wortführer bei einem Empfang zu begegnen. Es handelte sich dabei um eine altverdiente Parteigröße, die ihre beste Zeit aber schon lange hinter sich hatte und nun noch einmal eine Gelegenheit sah, sich lautstark in den parteipolitischen Vordergrund zu schieben.
Er war einer dieser Altpolitiker, die nicht loslassen können. Einer von diesen zahllosen Parteistrategen, die nur noch wegen ihrer politischen Vergangenheit beachtet wurden und denen man aus dem gleichen Grund freundlich zuwinkte. Hinter seinem Rücken winkte man allerdings entnervt ab und hoffte, dass ihm endlich irgendjemand ins Ohr flüstern würde, dass er sich aus dem politischen Tagesgeschäft heraushalten sollte. Doch das war offensichtlich noch nicht geschehen, denn er hatte sich nach der eigenmächtigen Kandidatenkür von Frank Struth berufen gefühlt, die Speerspitze der Gegenbewegung zu bilden. Ob das nun auf ausdrücklichen Wunsch der Landesvorsitzenden geschah oder nicht, das konnte keiner mit letzter Gewissheit sagen. Aber dass jener in dieser heiklen Angelegenheit mit einem Schutzbrief der FDP-Parteivorsitzenden ausgestattet war, das stand außer Frage.

Zum großen Leidwesen von Martin Jungkind steuerte der selbsternannte Gralshüter am späteren Abend geradewegs auf ihn zu, obwohl Jungkind ihm die ganze Zeit geschickt aus dem Weg gegangen war und durch eine deutliche Abwehrhaltung zu erkennen gegeben hatte, dass er auf ein Gespräch keinen Wert legte. Doch dieses Mal konnte er ihm nicht entfliehen. Ohne Gruß, aber mit bedeutungsvoller Geste, stellte er sich direkt neben Martin Jungkind auf.

„Sie hätten sich positionieren müssen", begann er ohne Umschweife mit fast geschlossenen Augen, „gleich schon nach Ihrer Wahl! Das war ein großer politischer Fehler."

Jungkind spürte eine leichte Verzweiflung in sich aufsteigen. Was sollte er ihm jetzt antworten? Etwa, dass Frank Struth das so beschlossen habe? Oder sollte er ihm einfach zustimmen? Vielleicht hätte sich damit das Gespräch dann schon erledigt gehabt und jeder hätte wieder seiner Wege gehen können.

Jungkind schaute schräg zu seinem Gesprächspartner herunter – der immer noch mit zugekniffenen Augen neben ihm stand –, um so die Lage besser einschätzen zu können. Wahrscheinlich würde jener überhaupt nicht bemerken, wenn er einfach ginge. Aber vor dem Feind davonlaufen, das wollte er nun auch nicht.

„Ich habe mich nicht positioniert, das ist richtig. Doch dafür habe ich meine Gründe", entschied sich Jungkind stattdessen für einen verwirrenden Ausfallschritt, den er mehrfach in seiner alten Tätigkeit angewandt hatte, wenn es darum ging, bei Kunden unliebsame Konkurrenten aus dem Feld zu schlagen, „aber die werde ich Ihnen erst vortragen, wenn wir im Geschäft sind."

Während Jungkind seine einstudierte Körperhaltung noch einmal überprüfte, drehte sein Kontrahent langsam den Kopf zu ihm hin und wusste nicht so recht, was er von diesen Ungereimtheiten halten sollte. War das nun blanker Unsinn oder ein unbekannter Eröffnungszug? Doch auf ein waghalsiges Gemetzel wollte er sich auf keinen Fall einlassen. Nicht zu diesem frühen Zeitpunkt.

„Wie soll es jetzt weitergehen?“, röhrte er deshalb knapp und blinzelte Jungkind durch schmale Sehschlitze an.
„Das ist auch so eine Frage, die beantwortet werden will ...“, versuchte dieser sich mit einem kleinen Seufzer etwas Luft zu verschaffen und schaute an die Decke.
Wenn dieser erfahrene Altpolitiker nicht wusste, wie es weitergehen sollte, wie hätte er das wissen sollen? Hatte denn keiner in der Politik einen Plan? Oder gehörten Auseinandersetzungen um Bedeutungslosigkeiten etwa zum politischen Prinzip?
„Mein Gott“, fuhr sein Nachbar plötzlich wutschnaubend aus sich heraus, während er seinen Oberkörper mit einem heftigen Schwung zu Jungkind umdrehte und die Augen weit öffnete, um seinen Gegenspieler nun ganz genau ins Visier nehmen zu können, „wir müssen doch einen Weg finden, wie wir aus dieser verfahrenen Situation herauskommen. Ich hätte mir das alles auch anders gewünscht.“
„Er hätte sich vor allem einen anderen Kandidaten gewünscht“, dachte Jungkind bei sich und überlegte, ob man mit der Eröffnung dieser Diagnose den Verlauf des Gesprächs nicht entscheidend abkürzen konnte. Er kam zu dem Ergebnis, dass es einen Versuch wert sei.
„Sie hätten sich einen anderen Kandidaten gewünscht, das ist die ganze Wahrheit“, entschied er sich gegen alle Befangenheit für die uralte Rosskur, „es ist nun einmal anders gekommen, das sollten Sie akzeptieren. Mir liegt an keiner weiteren, parteiinternen Auseinandersetzung. Auf einen solchen Dauerkonflikt kann ich wirklich gerne verzichten.“
„Das sehe ich ebenso“, schien sein Gegenüber einigermaßen verwirrt über die tollkühne Attacke mit kombiniertem Friedensangebot.
„Ich würde mich von daher freuen, wenn ich trotz allem Vorgefallenen auf Ihre Unterstützung hoffen dürfte“, spürte Jungkind einen lauen Rückenwind, den er für sich nutzen wollte.
Sein Gegenspieler presste die Lippen fest zusammen, senkte den Kopf auf die Brust, atmete laut und entgegnete mit gedämpften, fast versöhnlichen Worten:

„Warum nicht, ich könnte einiges für Sie tun. Ich habe exzellente Kontakte zu allen Parteiebenen und würde Ihnen auch in Ihrer Amtsführung wertvolle Unterstützung anbieten können", stellte er nun aber neben seine angebotenen Gaben eine ungenierte Forderung, „ich würde mir aber wünschen, dass Sie kurz nach Ihrem Amtsantritt mit mir einen gemeinsamen Pressetermin arrangieren", konnte man an dem Gesicht ablesen, dass das nicht nur ein frommer Wunsch war, sondern vielmehr die wohlüberlegte Gegenleistung für seine beabsichtigte Gönnerschaft, „denn es muss für unsere Parteifreunde deutlich erkennbar sein, dass ich hinter Ihnen stehe."

Auch wenn die Partei im Leben dieses Mannes immer einen wichtigen Platz eingenommen hatte, so ging es dieses Mal weniger um die Partei als um ihn selbst. Er wusste, dass Martin Jungkind für ihn selbst eine Fahrkarte erster Klasse mitten in die aktuelle Politik sein konnte. Wenn er bei ihm die Rolle des Königmachers spielen durfte – eine Rolle, die er in der FDP noch immer gerne übernommen hatte –, dann hatte er auf einen Schlag eine ganze Reihe Trümpfe in der Hand.

Jungkind wusste aber im gleichen Augenblick, dass es niemals einen gemeinsamen Pressetermin geben würde.

Gleich am nächsten Morgen informierte er Frank Struth telefonisch über die Vorkommnisse des vergangenen Abends.

„Du hast ausgezeichnet reagiert", wurde er gelobt und über die Beweggründe seines gestrigen Gesprächspartners aufgeklärt, „der will natürlich durch die Hintertür in die aktive Politik zurückkehren, dazu ist ihm jedes Mittel recht."

„Man darf ihn auf keinen Fall unterschätzen", teilte ihm sein Freund nun brisantestes Insiderwissen mit, „er hat nämlich noch eine ganze Reihe Karten in der Hand, wenn auch im Augenblick die falschen. Aber so etwas kann sich über Nacht ändern, wie du gestern erlebt hast. Wenn er dich an die Angel bekommen hätte, dann

wäre automatisch auch die Stadtratsfraktion im Netz gelandet", konnte Martin nun eine eindringlichere Stimme am anderen Ende der Leitung hören. „Wir müssen ab jetzt noch aufmerksamer sein, nicht dass uns die Landesvorsitzende und ihr Vorstand über Nacht das Wasser abgraben und wir plötzlich auf dem Trockenen sitzen", äußerte sich Frank nun zum ersten Mal zu seinem angespannten Verhältnis zum Landesvorstand, „unsere Feinde sitzen geradewegs unter uns, vergiss das nie!"
Allmählich dämmerten Jungkind die Zusammenhänge, auch wenn er noch meilenweit von der parteipolitischen Urteilskraft eines Struth entfernt war. Zumindest verstand er aber, dass er in der eigenen Partei als einer der wenigen FDP-Amtsträger kein Neutrum mehr war, auch wenn er das noch so sehr gewünscht hätte.
Nichts anderes als seine Stellung in der Stadtverwaltung hatte ihn in diese missliche Lage gebracht.

Eine Woche vor seinem Amtsantritt hatte Martin Jungkind einen Termin im Büro des Oberbürgermeisters, bei dem ihm seine beglaubigte Ernennungsurkunde überreicht werden sollte.
„Herr Kinkel führt gerade ein Telefonat, es wird vielleicht noch einige Minuten dauern", entschuldigte sich die Assistentin des Oberbürgermeisters mit einem freundlichen Lächeln und füllte die Wartezeit mit ein paar liebenswürdigen Aufmerksamkeiten. „Ich gratuliere Ihnen außerdem noch ganz herzlich zu Ihrer Wahl. Jetzt sitzt mit Ihnen endlich einmal ein Mann aus der freien Wirtschaft, von da ‚draußen'", betonte sie, „in der ersten Verwaltungsreihe. Das gab es auch schon ewig nicht mehr. Aber das wird unserem Rathaus sicherlich gut tun, hier drin wird man nämlich gern betriebsblind", lachte sie Jungkind zu und erkannte in diesem Moment auf ihrem Apparat, dass das Telefonat des Oberbürgermeisters beendet war.
„Ah, er hat aufgelegt, jetzt schnell, bevor er noch einmal zum Hörer greift oder ein Anruf ankommt, morgens ist es immer

schlimm…“, unterbrach sie sich selbst und führte ihn in das Büro des Oberbürgermeisters.
Martin Jungkind war nicht zum ersten Mal in diesem Raum. Vor etlichen Jahren hatte er beim Tag der offenen Tür Gelegenheit gehabt, auch einen Blick ins Büro des damaligen Oberbürgermeisters zu werfen, der als ausgewiesener Kunstliebhaber gegolten hatte. Es war ein eindrucksvoller, fast majestätischer Raum, der auf der einen Längsseite mit einer reich verzierten Holzvertäfelung verkleidet war, während sich die gegenüberliegende Raumseite durchgehend mit hohen Fensterflächen im Stil der Neugotik zum Rathausvorplatz öffnete. Die antike Möblierung vervollständigte das Bild und verlieh dem Raum eine gleichsam würdevolle Atmosphäre. Jungkind erinnerte sich noch gut daran, dass an den beiden Stirnseiten des Raumes großformatige, abstrakte Gemälde gehangen hatten und moderne Plastiken, auf weißen Sockelpodesten, im Raum platziert waren.
Jene Eindrücke mussten damals eine elegant gekleidete, ältere Dame – die auch zu der Besuchergruppe gehört hatte – überwältigt haben, denn sie sah sich beim Durchschreiten des Raumes dazu hingerissen, in schwärmerischer Verzückung das Kunstverständnis und Kulturinteresse des Oberbürgermeisters zu preisen und ihm und dessen Stilgefühl durch ein „einmalig, wirklich nur bezaubernd“ zu huldigen. Doch sie glaubte offensichtlich, auch die Gabe zu haben in andere hineinschauen zu können. Sie ließ nämlich im Weiteren keinen Zweifel daran, dass diese persönliche Handschrift jeden begeistern und bei vielen aufgeregtes Herzklopfen verursachen musste.
Von aufgeregtem Herzklopfen konnte damals bei Jungkind allerdings keine Rede sein, für ihn passten diese modernen Kunstobjekte so gar nicht in den herrschaftlichen Raum. Er hätte sich statt der abstrakten Bilder schwere Ölgemälde mit Schlachtendarstellungen, Jagdszenen oder auch eine in Öl gemalte Porträtreihe der einstigen Oberbürgermeister vorstellen können. Ebenso wäre nach

seinem Schönheitssinn eine große Stein- oder Holzskulptur, vielleicht mit dem beliebten Drachentötermotiv oder auch mit einer antiken Szene, dem Raumeindruck viel besser gerecht geworden. Die im Raum umherstehenden, entsetzlichen Plastiken aus verrostetem Stahl und übergipsten Mullbinden fand er nicht nur unpassend, sie widersprachen auch auf der ganzen Linie seinem eigenen Kunstgeschmack.

Beim Betreten des jetzigen Oberbürgermeisterbüros hätte die kulturbeflissene Dame von damals sicherlich von einem erbarmungslosen Kulturschock gesprochen, von einem schieren Raumfiasko, einer Verneinung des Stilgefühls und einer Absage an die kulturelle Barmherzigkeit. Und viele hätten ihr bei dem freien Fall in die räumliche Anspruchslosigkeit kaum widersprochen.

Nichts, was zur besonderen Büroatmosphäre beim Vorgänger beigetragen hatte, war nämlich noch vorhanden. Das Gegenteil war vielmehr der Fall. Der Raum hatte eine ganz neue Bestimmung erfahren. Er sollte offensichtlich dem Aspekt des Austauschbaren huldigen und weder Zuversicht aufkommen lassen noch Erwartungen wecken. Selbst zum Trost spenden reichte die Atmosphäre nicht aus. Dort, wo vorher ein herausragendes, neuzeitliches Gemälde eines bekannten Malers gehangen hatte, um das sich jedes Museum gerissen hätte, zierten nunmehr gerahmte Plakatblätter mit neckischen Sprüchen die Wand, während auf einem Sockel, auf dem ehemals eine außergewöhnliche Stahlskulptur ihren Platz gefunden hatte, nun ein naturalistisch gestaltetes Pappmachéschwein saß, das wahrscheinlich mit seinem menschlichen Gebaren als größtmöglicher Glücksbringer dienen sollte. Um das beklagenswerte Szenario abzurunden, war die komplette Fensterbanklänge flächenbündig mit allerlei Krimskrams und Ansichts- oder Glückwunschkarten aufgefüllt.

Jungkind hätte sicherlich auch hier nicht zu dem Personenkreis gehört, der jener älteren Dame zugestimmt hätte, denn er empfand beim Betreten des Raumes überhaupt nichts.

„Bitte, kommen Sie doch herein“, bat ihn der Oberbürgermeister näher zu kommen.
Markus Kinkel bot Jungkind einen Platz auf einer Biedermeier Couchgarnitur an, zündete sich eine Zigarette an und goss seinem Gast und dann sich selbst eine Tasse Kaffee ein. Mit seinen roten Haaren, der roten Hornbrille und dem meist hektischen Auftreten wirkte der von Statur her kleine und schmächtige Mann fast wie ein Kobold. Er galt allgemein als umgänglich und auf Menschen zugehend. Was allerdings seine Entscheidungsfreudigkeit in städtischen Angelegenheiten anging, so eilte dem Zweiundfünfzigjährigen der Ruf der Mutlosigkeit und Unentschlossenheit voraus.
Aber in seinem ersten Gespräch konnte Jungkind bei Kinkel – im Unterschied zu seinen vier Dezernentenkollegen aus der SPD – zumindest keinerlei verbohrte Voreingenommenheit feststellen. Der CDU-Oberbürgermeister zeigte sich eher offen und bot ihm sogar Unterstützung bei seiner zukünftigen Arbeit an, was Martin Jungkind in seinem Innersten hoffen ließ. Kein kritisches Wort zur FDP, keine negative Bemerkung zur Koalition noch eine herabwürdigende Äußerung über die vier SPD-Dezernenten kamen über Kinkels Lippen. Und selbst als Jungkind in einem Anflug offenherziger Plauderei Struths Namen fallen ließ, tat er so, als habe er ihn nicht gehört. Dieses überparteiische Verhalten beeindruckte Martin Jungkind einmal mehr, und er glaubte zu wissen, warum dieser Mann zum Oberbürgermeister von Blaustätten gewählt worden war.
Doch Jungkind wusste überhaupt nichts. Er hatte nämlich immer noch nicht zwischen menschlichem und politischem Verhalten zu unterscheiden gelernt.
„Ihre Ernennungsurkunde ist schon vorbereitet“, kam Kinkel nun zum eigentlichen Thema, nahm die Urkunde aus einer Mappe hervor und überreichte sie mit dem Wunsch auf gute Zusammenarbeit. „Ich freue mich, dass die Position des Familien- und Sportdezernenten

nun wieder besetzt ist", gab er ihm zu verstehen und zündete sich die nächste Zigarette an. „Haben Sie noch irgendwelche Fragen, die ich Ihnen beantworten könnte?"

Jungkind hatte eine Menge Fragen. Aber die hätte ihm Kinkel in der knapp bemessenen Zeit wohl kaum alle beantworten können.

„Ich habe so viele Fragen, dass ich kaum weiß wo ich anfangen sollte, für mich ist das hier ja alles Neuland", schüttelte er, noch aufgekratzt von dem bisherigen Gespräch, heftig den Kopf, „ich habe ein Rathaus ja kaum einmal von innen gesehen. Aber ich glaube nicht, dass ich Sie bei all Ihrer Aufgabenfülle mit diesen Dingen belästigen kann, ich werde mich schon irgendwie durchschlagen."

„Nein, nein, ich stehe Ihnen immer gerne zur Verfügung und helfe Ihnen, wenn Sie nicht weiterkommen", winkte der Oberbürgermeister freundlich ab, „ich weiß, wie das ist, wenn man sich einarbeiten muss. Also, wo drückt der Schuh im Moment am meisten?"

Da er sich offensichtlich etwas Zeit für dieses erste Zusammentreffen genommen und seine Hilfe ausdrücklich angeboten hatte, betete Jungkind den ersten Teil seines Fragekataloges, der insbesondere mit seinem Amtsantritt und den bürokratischen Handlungsabläufen zu tun hatte, herunter und es gab dabei kaum eine Frage, die Markus Kinkel nicht aus dem Stegreif hätte beantworten können. Er war offenbar außerordentlich verwaltungserfahren und erstaunlich sicher in Bürokratieabläufen, zumindest war das Jungkinds erster Eindruck und der sollte sich auch im Laufe der Zeit noch weiter verfestigen.

Während dieses Gesprächs hatte sich Jungkind die wichtigsten Zusammenhänge auf der Mappe, in der seine Ernennungsurkunde abgelegt war, notiert, wobei ihm auffiel, dass ihm der Oberbürgermeister dabei sehr genau zuschaute. Aber das hatte er absolut falsch gedeutet.

Denn Kinkel hatte ihm vielmehr irritiert zugesehen. Jene Mappe war nämlich eine Umlaufmappe, die wieder an andere Ämter und Personen zurückzugehen hatte und keineswegs als Konzeptpapier missbraucht werden durfte. Erst seine Assistentin Angela Leibrock hatte ihn zu einem späteren Zeitpunkt über diese Verwaltungswissenschaft aufgeklärt, als er unter deren Augen ebenso verfuhr. Wie viele Umlaufmappen er bis dahin für Notizen missbraucht hatte, ist nie bekannt geworden.

„Wir sehen uns dann also am Dienstag um zehn Uhr bei der Pressekonferenz", konnte sich der Oberbürgermeister langsam wieder von der Umlaufmappe lösen und wünschte Jungkind bis dorthin noch ein paar erholsame Tage.

Doch davon konnte keine Rede sein.

Drittes Kapitel

Die Farbenlehre

Die Farbenlehre

Endlich war der Tag der Amtseinführung gekommen. Als Martin Jungkind morgens aufwachte und sich wie gerädert ins Bad schleppte, ahnte er, dass diese Nacht ihre Spuren hinterlassen hatte. Kraftlos warf er einen Blick in den Spiegel und bekam seinen inneren Eindruck auch prompt bestätigt. Eine bösartige Krankheit musste sich seiner bemächtigt haben, denn unter beiden Augen lag ein tiefschwarzer Schatten, der sich in etwas abgeschwächter Form bis zu den blassen Wangenknochen hinzog. Während er sich seufzend betrachtete, stellte sich zu allem Überfluss auch noch ein unangenehmes Druckgefühl in der oberen Magengegend ein, das sich von Minute zu Minute steigerte und ihn zwangsläufig immer mehr in eine gekrümmte Haltung zwang.

Gott sei Dank war Doris Jungkind auf derartige Beschwerden eingestellt, und man durfte behaupten, dass sie neben ihrer Begabung, astrologische Phänomene zu deuten, auch eine besondere Befähigung auf dem großen Gebiet der Medizin mitbrachte. Nicht, dass sie Medizin studiert oder etwa einen medizinischen Lehrberuf ausgeübt hätte, nein, sie hatte sich als gelernte Bankkauffrau nur immer aus einem inneren Antrieb heraus für Krankheiten interessiert. Und da bekanntermaßen Menschen, die sich für Krankheitsbilder begeistern können, auch eine ebensolche Leidenschaft für Heilmethoden und Heilmittel entwickeln, hatte sie sich ein Wissen angeeignet, das manchen Arzt oder Apotheker erschrecken ließ. In diesen Kreisen gehörte sie nicht gerade zu den vorbildlichen

Patienten, die sich widerspruchslos den ärztlichen Anweisungen fügten. Sie neigte in ihrer Halbgelehrtheit vielmehr dazu, die Ganzheitlichkeit einer Behandlung immer wieder zu hinterfragen. Doris Jungkind war nämlich fest davon überzeugt, eine ärztliche Behandlungsmethode zweifelsfrei beurteilen zu können und fühlte sich nicht nur als Expertin in medizinischen Fragen, sondern gewissermaßen als übergesetzte Instanz mit entsprechender Urteilskraft. Im Gegensatz zu den Medizinern zollten ihr einige Freunde und Bekannte allerdings die gebührende Bewunderung, ließen sich von ihr bei einer Erkrankung die erste Diagnose stellen und bekamen in der Regel auch gleich das passende Medikament „verschrieben", selbstverständlich mit der lateinischen Benennung aller Inhaltsstoffe und Aufzählung möglicher Wechselwirkungen mit anderen Mitteln.

„Ich habe dir schon einmal einen Kamillentee aufgegossen, der beruhigt die Magennerven zunächst einmal, gleich wird es dir besser gehen", wurde Martin von seiner Frau am Frühstückstisch mit mütterlicher Tröstung und ärztlicher Fürsorge empfangen, „und dann nimmst du noch diese Magentropfen hier ein."

Mit entsprechendem Schwung und unter gleichzeitiger Nennung der Inhaltsstoffe verabreichte sie ihm einen gefüllten Esslöffel. „Der Zwieback bleibt heute trocken, keine Butter, keine Marmelade", kam die letzte, gutgemeinte Anweisung, während sie noch einmal mit dem Löffel über seine Lippen strich.

Martin saß da und ließ alles über sich ergehen. Er wusste zwar, dass dieser Tag am Abend auch zu Ende sein würde – und mit ihm die derzeitige Unsicherheit –, aber jene unbestreitbare Tatsache half ihm im Augenblick nicht weiter.

„Du wirst sehen, die Nervosität wird völlig verflogen sein, wenn du im Rathaus bist", beruhigte ihn seine Frau an der Haustür und gab ihm noch den unentbehrlichen, seelischen Aufmunterungspsalm mit auf den Weg, den schon Hunderttausende von Menschen mit gleicher Überzeugungskraft ihren Nächsten heruntergebetet haben:

„Du bist gut vorbereitet, mach dir da keine Sorgen! Warte ab, du machst eine gute Figur, denk an mich."
Das mag in vielen Fällen gestimmt haben, aber im Fall Jungkind war das blanker Unsinn und nichts weiter als ein liebenswürdiger Beruhigungszauber. Denn Martin machte die gleiche Figur wie immer, und seine Vorbereitungen waren wegen der fehlenden Vergleichbarkeit keineswegs beurteilbar, am wenigsten von seiner Frau Doris. Das war ja gerade das große Problem, das ihn belastete. Denn er wusste nicht, ob er mit seinem Programm politisch richtiglag oder möglicherweise völlig daneben. Selbstverständlich hatte er im Vorfeld mit Frank Struth darüber geredet. Doch dessen Erklärungen waren bestenfalls inhaltslos geblieben, woraus Jungkind nach seinen bisher gemachten Erfahrungen schloss, dass sich die Koalition familienpolitisch noch nicht festgelegt hatte.
„Du solltest in Richtung ‚bevölkerungsbewusste Familienpolitik' argumentieren", hatte sich Struth mit diesem Thema offensichtlich nur global auseinandergesetzt, „und du musst mit ‚gesellschaftspolitischen Aufgabenstellungen' jonglieren. Das kommt bei den Journalisten immer gut an und ist auch politisch eher unverfänglich."
Wieder einmal stach er mit seinem Finger in die Luft.
„Auf keinen Fall konkret werden, wie beispielsweise bei deiner Kandidatenrede im Stadtrat! Dort war das in Ordnung, da ging es ja noch um die Wahl. Aber jetzt ist das Alltagsgeschäft angesagt. Und da sollte man sich als Politiker nur festlegen, wenn es nicht mehr anders geht, oder aber, wenn man eine tiefere Absicht verfolgt."
Für Martin Jungkind war das alles schwer zu verstehen. Hatten denn seine Partei und die Koalition keine „tieferen Absichten"? Wenn das Familiendezernat doch wieder einen eigenen Status bekommen sollte, dann musste es doch auch konkrete Standpunkte zur Familienpolitik geben. Weshalb hatte man dieses Dezernat denn sonst auferstehen lassen?
Was sollten also diese weltumspannenden, aber inhaltsleeren Wortschöpfungen, was steckte da überhaupt dahinter? Nach allem, was

er hierzu in Fachzeitschriften und im Internet herausfinden konnte, bedeuteten diese Schlagworte alles oder nichts, in den meisten Fällen aber alles. Und alles konnte er den Blaustätter Bürgern doch kaum versprechen. Demnach blieben ihm doch nur konkrete Schwerpunktsetzungen, mit denen er im Unterschied zu den „tieferen Absichten“ die „besten Absichten“ verfolgte.
Und diese ganzen Absichtserklärungen schienen ihm auf den Magen geschlagen zu sein.

Als er in seinem Dezernat ankam, wurde er freudestrahlend von Angela Leibrock im Vorzimmer begrüßt.
„Willkommen im Dezernat für Familie und Sport, willkommen in einem neuen Leben“, lachte sie ihn mit rauchiger Stimme an und zog den breiten, silbernen Gürtel ihres mit Silberfäden durchwebten, schwarzen und für Jungkinds Geschmack etwas zu kurz geratenen Kleides zurecht. „Kaffee ist bereits gekocht und die ersten E-Mails habe ich Ihnen schon ausgedruckt. Alles Gratulanten.“
„So kann es bleiben“, antwortete er erleichtert, setzte seine bereits in die Jahre gekommene, braune Aktentasche vor ihrem Schreibtisch ab und gab sich locker, „dann wollen wir einmal der Familie zu ihrem Recht verhelfen.“
„Aber vorher möchte ich meine erste offizielle Amtshandlung durchführen“, versuchte er eine feierliche Haltung einzunehmen und überreichte ihr einen Blumenstrauß, den ihm seine Frau besorgt hatte.
„Ein herzliches Willkommen auch Ihnen im Dezernat und auf gute Zusammenarbeit“, schüttelte er ihr die Hand und bemerkte dabei den kräftigen Händedruck.
„Blumen habe ich in diesem Rathaus noch nicht bekommen, aber es gibt ja immer ein erstes Mal ...“, schaute Angela Leibrock fassungslos auf den Strauß und fügte auf ihre formlose Art etwas ungeschickt und beinahe vorwurfsvoll hinzu, „aber besser spät als gar nicht.“
Auch wenn die Dankesworte seiner Assistentin nicht direkt aus tiefstem Herzen kamen, so störte ihn das nicht weiter, denn er war

schon längst mit den Gedanken bei seiner Arbeit. Aber was waren überhaupt die konkreten Aufgaben eines Dezernenten? Das war ihm bisher noch von keiner Seite gesagt worden. Um nicht weiter nutzlos herumzustehen, begab er sich durch die offen stehende Tür in sein Büro und setzte sich zunächst einmal an den leeren Schreibtisch. Die Büroeinrichtung hatte er unverändert von seinem Vorgänger übernommen, obwohl ihm neues Mobiliar zugestanden hätte. Aber ihm gefiel die konventionelle Einrichtung von Anfang an gut, vielleicht auch deshalb, weil sie ihn an seine eigene, alte Büroausstattung erinnerte.

„Ich würde sagen, wir lassen die Tür offen stehen, dann weiß ich auch immer, wenn Ihnen etwas fehlt", kam Angela Leibrock hereingerauscht und zeigte auf die Verbindungstür zwischen ihrem Vorzimmer und dem Dezernentenbüro, „natürlich nicht bei Besprechungen, das würde mich doch zu sehr stören."

Sie stellte sich neben ihn, legte ihm ein Schriftstück auf den Schreibtisch und hämmerte mit dem Zeigefinger darauf herum.

„Das ist auch so einer, der zunächst nur um ideelle Unterstützung bittet, aber wenn er hier bei Ihnen am Besprechungstisch sitzt, dann heißt das auf gut deutsch gesagt nur ‚Geld', sonst nichts", schüttelte sie den Kopf, richtete sich wieder auf und wusste auch gleich was zu tun war, „dem schreiben wir ab, freundlich, aber bestimmt. Ich bereite Ihnen das vor."

Ehe Jungkind auch nur einen Blick in den Bittbrief werfen konnte, war er schon weggezogen und drei andere Schriftstücke wurden stattdessen vorgelegt.

„Das sind Einladungen zu drei verschiedenen Veranstaltungen, die der Oberbürgermeister an die Dezernenten weitergegeben hat", ließ sie ihm dieses Mal zumindest die Chance schnell einen Blick in die Unterlagen zu werfen.

Als sie aber erkannte, dass Jungkind damit nicht zurechtkam, griff sie sofort wieder ein und erklärte ihm die Gepflogenheiten in der Verwaltungsspitze.

„Der Oberbürgermeister gibt diese Einladungen in der Regel dann weiter, wenn er keine Zeit hat, sie wahrzunehmen, sie ihm möglicherweise unbedeutend erscheinen, oder aber auch, wenn diese Veranstaltungen in die einzelnen Fachdezernate fallen", schilderte sie ihm die übliche Verfahrensweise, hielt jedoch mit ihrer eigenen Einschätzung nicht hinter dem Berg. „Sie können allerdings davon ausgehen, dass er die politisch wichtigen Termine schon selbst übernimmt – Fachdezernent hin oder her –, was außerdem oft genug in den Dezernentenkonferenzen für kräftige Verstimmung sorgt", durfte Jungkind wieder ihr raues Lachen genießen.
„Muss ich jetzt alle drei Termine wahrnehmen?", verstand er trotz des inhaltsdichten Kurzlehrganges immer noch nicht, wie er nun verfahren sollte.
„Nein, nein, wir sind da schon relativ frei, auch wenn es vom Oberbürgermeister nicht so gern gesehen wird, wenn man zu oft ablehnt", lokalisierte sie in der armseligen Auffassungsgabe ihres neuen Chefs ein gewisses Problemfeld für die politische Laufbahn und klärte ihn auf: „Ich würde in diesem Fall aber nur diese eine Veranstaltung empfehlen, die anderen können auch von Amtsleitern übernommen werden." Sie zeigte auf die Einladung eines Sportvereins zu dessen hundertjährigem Bestehen.
„Und was soll ich dort sagen?", schaute Jungkind mit fragendem Blick nach oben.
„Da reichen ein paar warme Worte zum runden Jubiläum aus", winkte Angela Leibrock gleichgültig ab, „die Rede bereitet Ihnen in diesem Fall das Sportamt vor. Da müssen Sie dann nur noch Ihre persönliche Note mit der Farbenlehre einfließen lassen, fertig."
„Wie Farbenlehre?", konnte sich Jungkind nicht erklären, was es damit auf sich haben konnte, „was soll denn das heißen?"
„Na Ihre politische Färbung eben, gelb oder auch gelb-rot, was weiß ich", interessierte sich seine Assistentin offenbar nicht weiter für diese variable Materie und entfernte sich mit den Papieren. „Ich bestätige dann diesen Termin", rief sie ihm beim Hinausgehen

zu, stoppte dann aber unversehens und lehnte sich so in den Türrahmen, wie es Doris Jungkind nicht gerne gesehen hätte, „ich würde vorschlagen, dass ich Sie bis zu Ihrer Pressekonferenz um zehn Uhr allein lasse, damit Sie sich noch ein wenig vorbereiten können. Die anderen Dinge haben keine Eile, die können wir auch noch später erledigen."

„Ja, das ist eine gute Idee", bedankte sich Jungkind für den Vorschlag und kramte aus seiner Aktentasche die Unterlagen zur Pressekonferenz heraus, während seine Assistentin in ihrem Vorzimmer verschwand.

„Soll ich Ihnen einen Kaffee bringen? Mit Milch oder Zucker, oder mit beidem?", orgelte sie mit markerschütternder Betonung auf „beidem" aus ihrer kleinen Kaffeenische.

Diese Frage kam Martin Jungkind recht ungelegen. Denn er wusste nicht, ob er aufgrund seiner Magenbeschwerden zusagen sollte. Andererseits war das unangenehme Druckgefühl verschwunden, doch Doris hatte ihm ausdrücklich mit auf den Weg gegeben, jeglichen Kaffeegenuss zu meiden. Das war nun eine jener überflüssigen Gewissensentscheidungen, die er in diesem Augenblick so gar nicht gebrauchen konnte.

„Hallo, Herr Jungkind, ja oder nein?", kam eine unwillige Erinnerungssalve von nebenan, die ihm nicht viel Zeit für irgendwelche verbindlichen Ausreden ließ.

Aber er zeigte erstmalig in seinem Dezernat Rückgrat.

„Ja gerne, aber bitte nur mit viel Milch, also einen Milchkaffee, wenn es geht", hatte er sich zu einer salomonischen Entscheidung durchgerungen und lehnte sich erschöpft in seinem bequemen Schreibtischsessel zurück.

„Bei uns geht alles, auch Franzosenkaffee", röhrte es wie aus einer anderen Welt und Jungkind war erleichtert, dass er seine Assistentin zufriedengestellt hatte.

Nun hatte er Gelegenheit, sich noch ein letztes Mal mit seinen Vorlagen und den einzelnen Amtsbereichen zu beschäftigen.

Sein Dezernat bestand aus mehreren Ämtern und städtischen Eigenbetrieben. So gehörten dazu unter anderem alle städtischen Grundschulen, Kindergärten und Spielplätze, ein Jugendzentrum, die Volkshochschule und Musikschule, die Bibliothek, das Frauenbüro, der Seniorenbereich, ein Familienzentrum mit Familiencafé und alle sportlichen Einrichtungen der Stadt.
Auch wenn Familienpolitik für Martin Jungkind bislang ein relativ inhaltsloser Begriff gewesen war, so hatte er sich in den zurückliegenden Wochen doch mit aller Leidenschaft in die Materie eingearbeitet und sich mittlerweile ein Wissen angeeignet, das von städtischen Politakteuren als zumindest verblüffend bezeichnet worden wäre, wenn sie denn davon gewusst hätten.
Man muss aber korrekterweise hinzufügen, dass das auch nicht sonderlich schwer war, da es weit und breit kaum Kapazitäten auf diesem Gebiet gab und Jungkind demzufolge als Einäugiger unter Blinden bezeichnet werden konnte. Das war zumindest ein Vorsprung, den ein Normalsterblicher auszunutzen gewusst hätte. Und ein Normalsterblicher war Martin Jungkind ja nun auf jeden Fall.

Als er gemeinsam mit dem Oberbürgermeister im Konferenzraum eintraf, traute er seinen Augen nicht. Der große Raum war fast bis zum letzten Platz besetzt und Markus Kinkel machte einen ebenso überraschten Eindruck.
„So voll habe ich den Raum auch noch selten gesehen", flüsterte er Jungkind ins Ohr, „bringen wir es hinter uns, und nicht zu viel versprechen." Er schaute ihn mit hochgezogenen Mundwinkeln an. „Das kommt sonst immer wieder aufs Brot. Diese Presseleute merken sich jede Fußnote."
Jungkind glaubte seinen Freund Struth zu hören. Das waren fast die gleichen Worte, die jener ihm mit auf den Weg gegeben hatte. Und er fragte sich erneut, welche Erwartungshaltung man an ihn und seine zukünftige Aufgabe hatte. Warum war der Oberbürgermeister niemals auf ihn zugekommen, um beispielsweise die

Schwerpunkte seiner Arbeit zu erfahren? Hatte Kinkel kein Interesse an diesem Thema oder gehörte es sich vor einer Amtseinführung aus unerfindlichen Gründen nicht?
Nichts von alledem war der Fall, die Gründe für die Gleichgültigkeit waren schnell genannt. Der Oberbürgermeister wusste nämlich, dass die Koalition noch kein familienpolitisches Strategiepapier ausgearbeitet oder gar verabschiedet hatte und von daher mit keinen konkreten Absichtserklärungen seitens des neuen Dezernenten zu rechnen war. Und da austauschbare politische Floskeln keiner inhaltlichen Erörterung bedurften, sah er auch keinerlei Veranlassung mit Jungkind in Kontakt zu treten.
Nachdem die Plätze eingenommen waren, kam ein Redakteur der Landesrundfunkanstalt auf Kinkel und Jungkind zu und bat beide, doch noch einmal vor die Tür zu gehen und dann gemeinsam den Raum zu betreten.
„Das bringt mehr Dynamik ins Bild als die Pressekonferenz", meinte er erklärend.
„Dann machen wir das eben auch noch", stand Kinkel auf und erklärte seinem Dezernenten im Hinausgehen, „wissen Sie, wir brauchen die Presse, sie gehört zu unserem täglichen Geschäft. Da muss man jede atmosphärische Störung tunlichst vermeiden."
Als sie vor der Tür gerade mit ihrem Auftritt beginnen wollten, kam ein verspäteter Journalist angehetzt.
„Gehen Sie ruhig hinein", bedeutete ihm der Oberbürgermeister auf seine fragenden Blicke, „wir kommen gleich nach."
Als jener die Tür zum Presseraum öffnete und erschrocken in die laufende Kamera schaute, brüllten alle vor Lachen und am nächsten Tag konnte man diese Episode in der Zeitung nachlesen.
„Der Oberbürgermeister und der neue Familiendezernent erlaubten sich gleich am Anfang ein Späßchen ... man hat ja bei der derzeitigen Finanzlage auch kaum etwas zu lachen."
Dieser unverkrampfte Umgang mit der Presse war für Martin Jungkind überaus imponierend, und er bewunderte den Oberbürgermeister

für dessen souveränes Auftreten. Nun konnte die Pressekonferenz also endgültig beginnen.
„Ich darf unseren neuen Dezernenten für Familie und Sport, Herrn Martin Jungkind, ganz herzlich in unserem Rathaus begrüßen und bekannt geben, dass wir damit in der Verwaltungsspitze farblich komplettiert sind“, eröffnete der Oberbürgermeister launig die Sitzung und vollzog mit diesen Worten gleichzeitig die öffentliche Amtseinführung.
„Aber heute bin ich hier nur der Ansager“, schaute er lachend zu Jungkind, „das ist nämlich Ihre Pressekonferenz, Herr Familiendezernent, ich bin genauso gespannt auf das, was Sie uns zu sagen haben, wie die anderen Damen und Herren hier im Raum auch.“
Nun richteten sich alle Blicke auf die Hauptfigur der heutigen Pressekonferenz.
„Sehr geehrter Herr Oberbürgermeister, meine Damen und Herren…“, begann Jungkind äußerlich vollkommen ruhig – innerlich ein gutes Stück aufgeregter – die erste Pressekonferenz seines Lebens. Er blickte in viele aufmerksame und fragende Augen, in Gesichter, die ihn in den folgenden Jahren begleiten würden. Die Aufgabe dieser Leute war es, zukünftig seine Arbeit zu beurteilen, sie zu kritisieren und hin und wieder vielleicht auch einmal zu loben. Das war die angestammte Aufgabenverteilung zwischen Politikern und Pressevertretern, damit musste er ab dem heutigen Tag umzugehen lernen.
Er begann zunächst die wichtigsten Familienprojekte aufzuzählen, deren Bedeutung für Blaustätten zu veranschaulichen und beschrieb dann die Zusammenhänge zwischen der desolaten Haushaltslage, die den Familienetat immer weiter einengte, und den Zwangsläufigkeiten, die sich daraus für die Familienpolitik selbst, aber auch für die Stadt insgesamt, ergaben.
„Es ist an der Zeit, dass wir in unserer Stadt erkennen, dass Familienfreundlichkeit nicht nur ein Imagefaktor, sondern mittlerweile auch ein wichtiger Standort- und Wirtschaftsfaktor geworden ist“, legte er den Finger auf die Wunde, „deshalb müssen wir auch in

den nächsten Jahren und Jahrzehnten viel mehr in eine zukunftsweisende Familienförderung investieren."
Die Pressevertreter folgten seinen Ausführungen interessiert, während Jungkind den Oberbürgermeister neben sich mit seiner persönlichen Referentin über andere Angelegenheiten flüstern hörte.
„Ich stelle mir als Familiendezernent eine nachhaltige Familienpolitik vor, die aus sich heraus ein Bewusstsein für die Stärkung der Solidarität zwischen den Generationen schafft", versuchte er in abgeschaut weitblickender Pose die große Linie aufzuzeigen und vertiefte diesen Kerngedanken in einem kurzen Abriss.
Danach legte er eine kleine Atempause ein und ließ seine Lesebrille eine bemerkenswert sanfte, nach außen hin offene Sichelform beschreiben, die der Zuhörerschaft das Ergebnis seiner Überlegungen ankündigte. Diese Brillenchoreografie hatte Jungkind eigens für die Pressekonferenz einstudiert und er zeigte sich von der gelungenen Premiere mehr als begeistert.
„Blaustätten muss zu einer Stadt mit zukunftsweisender Familienförderung werden. Deshalb wird es auch einiger Schwerpunktsetzungen bedürfen, auf die ich noch im Einzelnen zu sprechen kommen werde", machte er nun mit gleicher Begeisterung ein Fass auf, das er besser verschlossen im Keller gelassen hätte.
Markus Kinkel schaute entsetzt zu seiner Referentin, die mit einem zunächst leidenschaftslosen Hochziehen der Schultern ihre Wissenslücke bedauerte, jedoch Bruchteile einer Sekunde später schon in einem mehr als verzweifelten Gesichtsausdruck eine Lebenserfahrung widerspiegelte, auf die sie gerne hätte verzichten können. Denn Kinkels Entsetzen war unversehens einer aufgebrachten Stimmung gewichen, die nicht die kleinste Entfaltungsmöglichkeit für Andersdenkende zuließ. Am liebsten hätte er in diesem Moment auf die hierarchische Ordnung verwiesen, die Handbremse gezogen oder einen Anker geworfen. Aber an eine autoritäre Intervention war im Schutz der Öffentlichkeit nicht zu denken. Er konnte nichts weiter tun als abzuwarten, obwohl ihm sein politisches Gespür sagte,

dass im nächsten Moment eine Lawine übelsten Ausmaßes ins Rollen kommen würde. Und mit dieser Befürchtung hatte er einen Realitätsbezug hergestellt, der existenter nicht hätte sein können.

„Bei allen Überlegungen dürfen wir aber nicht vergessen, dass auch städtische Institutionen, die zurzeit in Frage stehen, erhalten bleiben müssen, allein schon, um die gesellschaftspolitische Infrastruktur nicht zu gefährden“, hatte Jungkind die Lunte nun entflammt und wagte sich selbst auf stark vermintes Gelände, „an vorderster Stelle sehe ich da das Familienzentrum mit dem Familiencafé und unsere Musikschule.“

Kaum, dass er die Institutionen genannt hatte, ging ein Raunen durch den Raum, und er spürte, wie das Interesse an seinen Ausführungen den Höhepunkt erreicht hatte. Nur Kinkels Stimmung lag bei null. Doch das interpretierte Jungkind exakt umgekehrt, denn er deutete den plötzlichen Abbruch des oberbürgermeisterlichen Geflüsters und dessen aufmerksames Zuhören nicht als politische Leichenstarre, sondern als Ausdruck der Neugier.

„Die Aufgabe einer Kommune darf sich aber nicht nur in der Förderung und im Angebot von Leistungen erschöpfen“, ließ er sich infolgedessen zu weiteren geistigen Höhenflügen hinreißen und begann seine entsprechenden Zielvorstellungen zu definieren, „sie muss ebenso in der konzeptionellen Neuorientierung liegen. Um aber gesellschaftspolitische Perspektiven erarbeiten zu können und entsprechende Zielsetzungen in einem familienpolitischen Leitbild zu definieren, ist zunächst ein städtischer Familienbericht erforderlich.“

Er machte eine kurze Pause, in der er allerdings nicht bemerkte, dass Kinkel ihn aus den Augenwinkeln anfunkelte. Unterdessen konnte man erkennen, dass die Journalisten munter wurden und offensichtlich eine kleine Sensation witterten.

„Wir müssen unserer Stadt ein familienfreundliches Profil geben!“, setzte Jungkind, ohne dies beabsichtigt zu haben, zum letzten vernichtenden Schlag in seiner erst zweistündigen politischen Karriere an, „deshalb wäre ein Wettbewerb zum Thema ‚Familienfreundlichkeit' ein hervorragendes Signal für die ganze Stadt, das nicht nur die Bevölkerung für diese gesellschaftspolitische Frage sensibilisieren würde, sondern ebenso die Entscheidungsträger in den Ausschüssen und letztendlich im Stadtrat. An einem solchen Wettbewerb sollte jeder teilnehmen können, ob das nun Institutionen, Verbände und Vereine sind oder auch Einzelpersonen."

Nun glaubte er an seiner Seite ein Schnaufen gehört zu haben, das er aber nicht weiter bewertete, da er es nur für ein entspanntes Aufatmen hielt. Es war aber ein durch und durch verkrampftes Atmen, das auch nicht aus einem Schnaufer, sondern aus einer Vielzahl von Schnaufern bestand und aus Klaus Kinkel drang.

„Um mit gutem Beispiel voran zu gehen und sozusagen das erste Zeichen bezüglich der ‚Familienfreundlichkeit' zu setzen, sollten wir bei uns in der Stadtverwaltung, genauer gesagt hier im Rathaus, beginnen", wusste Jungkind nun die Spannung so zu steigern, dass er den äußersten Sinnesreiz der kommunalen Berichterstatter an einem Punkt traf, an dem deren überregional tätigen Kollegen noch nicht einmal den Stift in die Hand genommen hätten.

Der Oberbürgermeister zuckte förmlich zusammen. Doch bevor er sich noch Gedanken machen konnte, an welcher Stelle im Rathaus Feuer gelegt werden könnte, ließ Jungkind bedächtig, aber wirkungsvoll, seine Lesebrille von der Nase gleiten, legte sie auf seine Unterlagen und schaute auf.

„Ich denke an eine Spielecke für unsere kleinen Mitbürger, damit sie sich hier im Rathaus wohl fühlen, während ihre Eltern die Behördengänge erledigen. Vielen Dank für Ihre Aufmerksamkeit!", strahlte er über sein langes Gesicht und wähnte sich mit einem Blick zu seiner Seite der Zustimmung und Wertschätzung des Oberbürgermeisters sicher.

Jungkind lehnte sich zurück und war mit sich und dem Verlauf der Pressekonferenz rundum zufrieden. Das Gleiche galt auch für die

Pressevertreter. Allein Markus Kinkel machte einen insgesamt anderen Eindruck.
„Das ist ja ein volles Programm wie ich sehe“, schaute er seinen Familiendezernenten mit gequältem Lächeln an, das zweifellos ein nicht gerade kleines Stück an Missvergnügen und Unmut in sich trug.
„Dann können Sie jetzt Fragen stellen, meine Damen und Herren“, gab der Oberbürgermeister nun ein wenig entkräftet eine erste Fragerunde frei.
„Welche Einrichtungen werden Sie denn in nächster Zeit, ungeachtet Ihrer Zielsetzungen, aus haushaltspolitischen Gründen schließen müssen?“, wurde Jungkind auf den Familienetat angesprochen.
„Keine!“, kam seine ehrliche Antwort, „Der städtische Familienbericht muss zunächst abgewartet werden. Infolgedessen wird es im Augenblick keine einzige Schließung von Einrichtungen in meinem Dezernat geben.“
„Das hieße doch dann aber auch, dass der Familienetat nicht gekürzt werden darf?“, wollte es ein anderer Pressevertreter ganz genau wissen.
„Das ist korrekt!“, bestätigte er staatsmännisch.
„Werden Sie sich denn überhaupt auf die Unterstützung Ihrer Koalition verlassen können?“, kam eine Frage mit hörbar ironischem Unterton.
„Ich werde mich darauf verlassen ‚müssen‘ “, betonte Jungkind lächelnd, „aber ich bin da sehr zuversichtlich. Wer wollte sich guten Gedanken schon verschließen?“
"Politiker!“, kam es wir aus der Pistole geschossen zurück und ein allgemeines Lachen ging durch den Raum.
„Bitte etwas mehr Disziplin, sonst lasse ich den Saal räumen“, versuchte der Oberbürgermeister scherzhaft seine Autorität spielen zu lassen. „Politiker stehen guten Gedanken immer aufgeschlossen gegenüber, das kann ich Ihnen parteiübergreifend anvertrauen“, reagierte er schlagfertig, „alles Weitere wird allerdings durch die

parteipolitische Gemengelage bestimmt, wie Sie wissen. Dass dabei der ein oder andere Politiker beträchtlich an Einflussnahme verlieren kann, ist ja hinlänglich bekannt."

Mit diesen wenigen, hintergründigen Worten war eigentlich alles gesagt, und Martin Jungkind hätte nun wissen müssen, wie es um ihn stand.

„Wenn keine weiteren Fragen mehr gestellt werden", hob der Oberbürgermeister die Pressekonferenz auf, „bedanke ich mich für Ihr Kommen."

Im Ausmaß wie sich der Saal leerte, verfinsterte sich Kinkels Gesichtsausdruck. Wortlos zündete er sich eine erste Zigarette an und inhalierte diese in wenigen, kräftigen Zügen, ohne sich um das für alle geltende Rauchverbot zu kümmern.

„Wie kommen Sie überhaupt dazu, solche Versprechungen abzugeben?", fuhr er hoch, als der letzte Besucher den Raum verlassen hatte und rannte wie ein wildgewordener Löwe im Käfig, vor dem Podium hin und her. „Glauben Sie denn wirklich, die Politik im Rathaus bestimmen zu können?", fauchte er Jungkind, der wie festgeklebt auf seinem Platz sitzen blieb, wild gestikulierend an.

Jungkind verstand die Welt nicht mehr und schrumpfte hinter dem Pult auf die Normalgröße eines Mitteleuropäers zusammen. Aber auch Kinkel machte eine gut sichtbare Metamorphose durch, die sich in der Rötung seines Gesichtes und einer starken Pustelbildung vom Hals aufwärts bis in die untere Gesichtshälfte zeigte.

„Ich bin in Blaustätten der Oberbürgermeister und entscheide, ob es eine Spielecke im Rathaus gibt oder nicht", rannte er unaufhörlich weiter vor dem Podium herum und zündete sich die nächste Zigarette an, „wenn Sie entscheiden wollen, lassen Sie sich zum Oberbürgermeister wählen!"

Jungkind spürte, dass Kinkel gekränkt war.

„Das tut mir leid, ich wollte Sie natürlich nicht in Ihrer Ehre verletzen", versuchte er die richtigen Worte zu finden, reckte seinen Hals etwas weiter aus seinem herbstfarbenen Anzug heraus und

verdeutlichte seine Absichten. „Ich dachte nur, dass das vielleicht eine gute Idee für unser Rathaus wäre, Sie müssen zugeben, dass uns so etwas fehlt."
„Um Gottes willen, verschonen Sie mich weiter mit Ihren guten Ideen, und zugeben werde ich schon gar nichts", wehrte Kinkel mit herumfuchtelnden Armen und sich überschlagender Stimme ab. Doch langsam schien er sich etwas zu beruhigen, blieb im Raum stehen und begann seine rote Brille zu putzen. Einen Augenblick lang herrschte nun eine verdächtige Stille und Martin Jungkind wusste nicht so genau, ob er jetzt gehen konnte.
Er konnte nicht.
„Und wie wollen Sie beispielsweise das Familienzentrum mit dem Familiencafé und die Musikschule weiter finanzieren? Das würde mich doch einmal interessieren!", stellte Kinkel nun eine hinterhältige Frage, während er sich vor Jungkind mit einem spöttischen Gesichtsausdruck aufbaute.
Martin Jungkind fühlte sich hinter dem Podium wie ein Schüler in der Schulbank und fragte sich, welche Kompetenzen so ein Oberbürgermeister überhaupt hatte. Konnte er etwa auch Verweise aussprechen, wie ein Schuldirektor in der Schule? Von Rathausverweisen hatte er zwar noch nie etwas gehört, was aber nicht bedeuten musste, dass es sie nicht gab. Er wollte sich gar nicht erst vorstellen, wie unangenehm es für seine Frau und seine Töchter sein müsste, wenn er bereits nach drei Stunden des Rathauses verwiesen würde.
„Wo soll denn das Geld herkommen? Wir haben hohe Sparauflagen zu erfüllen wie Sie wissen! Da wird sich Ihr Koalitionspartner aber freuen ...", stützte sich Kinkel nun mit einer Hand am Podium ab, schüttelte erneut seinen Kopf und legte mit erkennbarem Unverständnis in seinem Gesicht noch einmal nach: „Sie bringen mit Ihren Absichtserklärungen und Unbesonnenheiten nicht nur mich, sondern auch Ihre Fraktion in Schwierigkeiten. Ihr Herr Struth wird nun sehen müssen, mit welchen Mitteln er Ihre Entgleisungen

wiedergutmachen kann. Wie er die Koalition aus dieser misslichen Lage befreien will, darauf bin ich wirklich gespannt."

Nun konnte man zum ersten Mal ein schwaches Lächeln über sein Gesicht huschen sehen, das aber sofort wieder einer ernsten Miene wich. „Bis auf weiteres geben Sie ohne mein Einverständnis keine Interviews. Alle Verlautbarungen haben über meinen Tisch zu laufen! Haben Sie mich verstanden?"

Jungkind hatte ihn verstanden und nickte.

Damit war der Gedankenaustausch offensichtlich zu Ende, denn der Oberbürgermeister verließ mit seiner persönlichen Referentin grußlos den Raum und Martin Jungkind ging davon aus, dass er nun auch gehen konnte.

Mit dieser Einschätzung lag er an diesem Morgen zum ersten Mal richtig.

Der erste Bürotag – so hatte Jungkind sich vor Wochen gesagt – ist der schwerste und so würde es auch mit dem ersten Monat und dem ersten Jahr sein. Aber dass die ersten Stunden schon schwer sein würden, damit hatte er dann doch nicht gerechnet.

Erst am Abend, als er etwas Abstand zu den Ereignissen gewonnen hatte, ging er noch einmal seine Unterlagen durch. Doch er konnte immer noch nicht erkennen, wo seine eigentlichen Fehler lagen und was er hätte anderes sagen sollen.

Welche Erwartungshaltung hatte der Oberbürgermeister überhaupt an ihn? Wie hätte er sich denn verhalten müssen, um dessen Anerkennung zu finden? Etwa leidenschaftslos und gleichgültig oder unverständlich und geschmeidig? Er wusste es nicht. Zumindest war sein „neu und anders" – das Kinkel offensichtlich als „unbekannt und merkwürdig" interpretiert hatte – wohl der falsche Ansatz gewesen.

Doch dieser erste Tag war nun auch vorüber, und Jungkind hoffte nicht nur auf die nachträgliche Einsicht des Oberbürgermeisters, sondern auch auf die begeisterte Zustimmung und Unterstützung seines Freundes Frank Struth.

Kaum dass er morgens die Treppe herunterkam, wedelte ihm Doris schon frohgestimmt mit der Zeitung entgegen.
„Du bist auf der Titelseite mit großem Foto“, rief sie ihrem Mann zu, „du wirst sehen, das wird deiner Fraktion auch gefallen. Kinkel ist doch nur neidisch, weil er nicht selbst auf diese Ideen gekommen ist.“
Martin setzte sich an seinen Platz am Frühstückstisch und las die fettgedruckte Überschrift: „Neuer Familiendezernent setzt auf Familienfreundlichkeit“. Darunter war etwas kleiner zu lesen „Familienzentrum mit Familiencafé und Musikschule bleiben erhalten“ und dann wurde über Einzelheiten aus der Pressekonferenz berichtet, wobei der Spielecke im Rathaus ein besonderes Interesse zukam und diese Überlegung als äußerst bürgerfreundliches Signal gelobt wurde.
„Da wird sich Kinkel wieder aufregen, ich glaube, die Sache mit der Spielecke hat er mir persönlich übel genommen“, quälte Jungkind eine ungute Vermutung und er dachte sofort wieder an seine Amtsenthebungstheorie, „ich muss heute unbedingt von Frank erfahren, welche Rechtsmittel ein Oberbürgermeister hat.“
„Wie, was für Rechtsmittel?“, fragte Doris verwundert nach, während sie ihm ein Glas Milch hinstellte.
„Mich würde interessieren, ob ein Oberbürgermeister einem Dezernenten einen Rathausverweis aussprechen kann“, versuchte er seine Frau an seiner beunruhigenden Vorstellungskraft teilhaben zu lassen.
„Das glaubst du doch selbst nicht, dass der so etwas wagen würde“, wischte sie diesen Gedanken mit einer entsprechenden Handbewegung vom Tisch.
„Aber genau darum geht es doch“, war das für ihn die ungünstigste aller Antworten, „wenn er es nur nicht wagt, hieße das aber doch, dass er die Möglichkeit dazu hätte“, kroch ihm nun eine Verzweiflung in den Körper, die sich ebenso wie Fassungslosigkeit oder Ergriffenheit im Erscheinungsbild seiner Ohren

widerspiegelte. Beide hingen nun welk wie Trockenobst herunter und erinnerten an die Vergänglichkeit des Seins. „Vielleicht ist meine Zeit auch schon vorüber, vielleicht war ich nur für ein kurzes Aufflackern bestimmt“, fügte er sich in sein vermeintliches Schicksal und blätterte in einem Anflug tiefen Selbstmitleids die Seite um. Doris Jungkind war ratlos. Die Sterne hatten für ihren Mann keine gravierenden Veränderungen im Erfolgsfeld angezeigt, das Jupiter-Glück hatte ihm sogar in seinem sechsten Sonnenhaus Schönheit und Jugend verheißen. Trotzdem lief ihr ein kalter Schauer über den Rücken, als sie nur daran dachte, wie unangenehm ein solcher Rausschmiss für die Verwandten und Freunde sein würde.

Jungkind brauchte Frank Struth nicht zu kontaktieren. Denn kaum, dass er sein Dezernat betreten hatte, war auch schon ein Dringlichkeitstermin in der FDP-Fraktion anberaumt.
„Gut, dass Sie etwas früher kommen konnten“, wurde er von Marc Ginsburg in den Fraktionsräumen begrüßt und rasch zur Seite genommen, „hier ist nach dem heutigen Zeitungsartikel die Hölle los und ich habe als Fraktionsgeschäftsführer schon einiges aus den Reihen unseres Koalitionspartners einstecken dürfen, doch darum geht es nicht, das ist ja mein täglich Brot.“ Ginsburg war offensichtlich an derart plagende Koalitionsbeschwerden gewöhnt. „Aber was ich Ihnen sagen wollte: Das ist kein schlechtes Programm, das Sie da vorgestellt haben, lassen Sie sich das nicht einreden“, bekam Jungkind nun zum ersten Mal einen positiven Hinweis aus halboffiziellem Mund, „im Großen und Ganzen könnten Ihre Vorstellungen von einer nachhaltigen Familienpolitik sogar in unser Strategiepapier einfließen, immer vorausgesetzt, dass wir den politischen Knoten zerschlagen. Aber so weit ist unsere Fraktion emotional noch nicht und insofern auch nicht sonderlich gut auf Sie zu sprechen. Geben Sie deshalb den Damen und Herren zunächst einmal Zeit, um Luft abzulassen, das gehört auch zum Ritual. Verstehen Sie, was ich meine?“ Er schaute Jungkind eindringlich an. „Ich

werde Ihnen Rückendeckung geben. Und sobald ich sehe, dass das Fraktionsschiff wieder frei ist, versuche ich, das Ruder auf Kurs zu bringen", wollte er ihn etwas aufmuntern und musste auch schon zur Tür um die ersten Fraktionsmitglieder zu begrüßen.

Martin Jungkind war am Boden zerstört.

Dann war seine Fraktion also auch verärgert, und es war tatsächlich das eingetroffen, was Kinkel vorausgesagt hatte. Nun wusste er wirklich nicht mehr, wie es weitergehen sollte. Aber vielleicht brauchte er sich auch gar keine Gedanken mehr darum zu machen, denn möglicherweise hatte der Oberbürgermeister seine Amtsenthebung schon veranlasst.

„Mein Gott Martin, was hast du dir denn dabei gedacht?", wurde er spürbar verärgert von Frank Struth begrüßt, als dieser gemeinsam mit den anderen Fraktionsmitgliedern, die Jungkind von oben bis unten mit verächtlichen und tadelnden Blicken maßregelten, den Besprechungsraum betrat.

Nun begann eine Debatte, die er sich gerne erspart hätte. Aber er war nun einmal der Hauptakteur, auch wenn ihm nicht gestattet war, aktiv an der leidenschaftlich geführten Diskussion teilzunehmen. Dazu bestand nach Meinung der Fraktion auch überhaupt kein Anlass, da die Fakten in Form des Zeitungsartikels auf dem Tisch lagen.

In einer sogenannten Koalitionsklimakonferenz, die sich ausschließlich mit existentiellen Komplikationen, die zu einem koalitionsgefährdenden Konfliktpotential werden konnten, beschäftigte, kamen alle folgenschweren Details zur Sprache. Ohne Jungkind auch nur mit einem Wort zu erwähnen, wurde die Unmöglichkeit, die er sich gestern politisch geleistete hatte, mit einem noch nie dagewesenen, liberalen Kamikazeakt verglichen. Die eigentlichen Inhalte zur Familienpolitik blieben allerdings außen vor und konnten offensichtlich nicht zur Erhellung der Sachverhalte beitragen. Für Jungkind war das die schwärzeste Stunde seiner fast zweitägigen politischen Laufbahn, und er wünschte sich in seinem gebeutelten Innersten nichts mehr, als dass ihm der Oberbürgermeister möglichst schnell die rote Karte zeigen möge. Doch dazu kam es erst einmal nicht, denn nun wurde er zu seiner großen Bestürzung auch noch ins Kreuzverhör genommen. Da ihn schon im Geschichtsunterricht das Geschehen um die heilige Inquisition mit ihren Verhörmethoden bis hin zum Scheiterhaufen deprimiert hatte, betete er um ein schnelles Ende, denn nur ein Wunder konnte ihm jetzt noch Rettung bringen.

Als wenn eine höhere Macht sein flehentliches Bitten erhört hätte – oder auch einfach die Jungkind'schen Dauermiseren selbst nicht mehr mit ansehen konnte –, trat nun eine Wendung ein, die für ein irdisches Wesen beeindruckender und zugleich unbegreiflicher nicht hätte sein können. Nun war es aber nicht so, dass es sich um ein Wunder der gewöhnlichen Sorte gehandelt hätte, es war eher eine Art Mysterium, das sich bedächtig seinen Weg durch die Fraktion bahnte und einen schleichenden Prozess des Umdenkens in Gang setzte.

Bei diesem einzigartigen Phänomen der himmlischen Erleuchtung wurde Jungkind gleichsam zum Werkzeug und zelebrierte in biblischer Vortragskunst die heilbringende Botschaft, ohne dass er jedoch die tiefere Bedeutung seiner Worte selbst verstanden hätte.

Er tat dabei zunächst nicht mehr und nicht weniger, als den Ablauf seiner gestrigen Pressekonferenz minuziös zu schildern. Doch dann trieb er ahnungslos den Keil der parteipolitischen Positionierung Schlag um Schlag in die einzige Kerbe, die Freund und Feind voneinander trennte. Mit dem ersten Schlag hob er die harsche Kritik des Oberbürgermeisters an seinen familienpolitischen Thesen hervor, mit dem zweiten Schlag dessen Maulkorberlass und mit dem dritten Schlag die bissigen Bemerkungen über Frank Struth und die Koalition.

„Ich kann nur sagen, Kinkel ist am Schluss sehr verärgert aus dem Raum gerannt“, beendete er seine Ausführungen.

„Wie kann der es denn wagen ...?!“, empörte sich eine Parteifreundin in fassungsloser Erregung und riss in ihrem liberalistischen

Zorn alle Fraktionskollegen mit, „der hat Ihnen doch politisch überhaupt keine Belehrungen zu erteilen. Das ist ja unerhört."
Damit war, gewissermaßen mit dem vierten, gemeinsamen Schlag, ein neues, gemeinschaftliches Feindbild gefunden, das eine ganz neue Qualität in die nunmehr behagliche Runde von Gleichgesinnten brachte und Jungkind aus einem Bauchgefühl heraus ermunterte, weiter Boden gutzumachen.
„Ich habe sogar das Gefühl, dass er nicht nur meine fachlichen Vorschläge im Keim ersticken will, sondern überdies auch noch meine Amtsenthebung betreibt", vollendete er sein Werk.
Damit traf er den Nerv aller Verteidiger der freiheitlichen Unabhängigkeitstheorie und legte den erbarmungslosen Faustkampfimpuls im Menschen frei, der zu allem imstande war, selbst zur regelwidrigen Konfliktbewältigung.
Einen schnelleren Wandel vom liberalen Kamikazepolitiker zum parteipolitischen Märtyrer hatte es in dieser Partei noch nicht gegeben.
Nachdem sich die tumultartigen Unbeherrschtheiten gelegt hatten, hoffte Jungkind nun auch erfahren zu können, welche Machtbefugnisse ein Oberbürgermeister überhaupt hatte. Und er sollte seine Antwort aus berufenem Mund erhalten.
„Dieser sogenannte Oberbürgermeister kann dich weder abberufen noch strafversetzen, er kann dir gar nichts!", schränkte Struth mit großem Behagen und spürbar neuer Daseinsfreude den Handlungsspielraum des Oberbürgermeisters ein. „Du bist ein vom Blaustätter Stadtrat gewählter Beigeordneter, den wiederum nur der Stadtrat mit einer Zweidrittelmehrheit abwählen kann. Dir kann bis ans Ende deiner gewählten Amtsperiode kein Mensch auf dieser Welt ans Leder, auch nicht ein Oberbürgermeister."
Das war eine Antwort!
„Als Wahlbeamter auf Zeit bist du ihm natürlich in Verwaltungsfragen unterstellt und als Verwaltungschef hat er das Recht, dienstliche Anweisungen zu erteilen", vervollständigte Struth Jungkinds Wissen, „aber seine politischen Absichten kann er ohne die

Zustimmung des Stadtrates nicht durchsetzen. Also braucht er uns, ob er will oder nicht, und das tut ihm weh!“ Er hob seinen Finger und ließ seine Augenbrauen wieder einen Ausflug unternehmen. Jungkind atmete innerlich auf und war auch nicht zu einfältig, um zu erkennen, dass ihm demzufolge die eigene Fraktion auch nicht „ans Leder“ konnte, wie Frank sich auszudrücken pflegte. Das gab seiner Stimmung einen zusätzlichen Impuls, er wurde keck.

„Deshalb würde ich auch gerne einmal auf die Inhalte meiner Familienpolitik zu sprechen kommen“, wagte er sich nun mit offenem Visier aus der Deckung und wunderte sich selbst, wie leicht ihm das über die Lippen kam, „ohne ein Strategiepapier kann ich mein Dezernat nicht positionieren. Deshalb hoffe ich auf Ihre politische Unterstützung.“

Das war das Schlagwort: Strategiepapier.

Das verstand jeder und jeder hatte auch plötzlich etwas dazu zu sagen, denn Politik war schließlich ein Strategiespiel. Da lag es auf der Hand, dass ein solches Papier einen neuen Diskussionsprozess in Gang setzte.

„Die Programmschwerpunkte von Herrn Jungkind eignen sich eigentlich ausgezeichnet zu einem gemeinsamen Konzeptentwurf“, fasste Marc Ginsburg die Ergebnisse nach einer lebhaft geführten Diskussion geschickt zusammen, „ich kann mir gut vorstellen, dass die SPD von ihren Parteigrundsätzen her einen solchen mittragen könnte.“

„Das ist wahr, diese familienpolitischen Schwerpunktsetzungen passen ebenso zu den Roten wie zu uns“, stimmte ein Fraktionsmitglied den Überlegungen Ginsburgs zu, dachte einen Augenblick nach und fasste seine unwiderlegbare Scharfsichtigkeit in einer schlichten Schlussfolgerung zusammen: „Die Grundgedanken passen aber auch ebenso zu den Schwarzen. Genau betrachtet, vertragen sie sich eigentlich mit allen Farben.“

„Was mit Blick auf die Zukunft nur gut sein kann!“, murmelte Struth für jeden hörbar vor sich hin.

War das das Ei des Kolumbus?

Es sah so aus. Wäre Jungkind innerfraktionell nicht schon rehabilitiert gewesen, diese Beurteilung allein hätte dazu ausgereicht. Allen war urplötzlich klar, dass dieses Papier der Fraktion die Möglichkeit eröffnete, sich selbst darzustellen. Denn die FDP musste sich möglichst bald mit einem eigenen Profil präsentieren, wollte sie nicht als Mitläufer der SPD gehandelt werden. Da war es von größtem Vorteil, ein Programm vorzulegen, das auch vom Koalitionspartner mitgetragen werden konnte und überdies in der Opposition Aussichten hatte, akzeptiert zu werden.

„Ich wusste, dass wir mit dir einen guten Mann verpflichtet haben", bekam Jungkind nun auch wieder Rosen von Frank Struth, „aber dein Vorschlag mit der Spielecke im Rathaus, der war ein Geniestreich, grandios, unschlagbar."

Nun konnte man den Fraktionsvorsitzenden auch wieder in Superlativen schwelgen hören.

„Besser hättest du Kinkel überhaupt nicht in die Spiel-‚Ecke' drängen können", strahlte er über das ganze Gesicht, „jetzt muss Herr Oberbürgermeister aber sehen, wie er dem öffentlichen Interesse nachkommt. Man weiß schließlich, wie hartnäckig manche Bürger sein können. Da wird er einen Platz in seinem geliebten Rathaus finden müssen, ob er will oder nicht."

Damit war das Thema abgeschlossen.

„Ich glaube, wir haben ein gutes Ergebnis erzielt", beendete Struth kurz darauf die Dringlichkeitssitzung, die für alle unerwartet zu einer Art Behaglichkeitssitzung geworden war. „Ich werde nun versuchen unseren Koalitionspartner auf Linie zu bringen. Wobei wir das auch leichter hätten haben können", durfte eine letzte kleine Kritik nicht fehlen, „das nächste Mal muss der Informationsfluss besser klappen, mein Lieber. Nicht, dass wir erst wieder aus der Zeitung erfahren müssen, was du so planst."

Für Jungkind konnte diese Ermahnung nicht mehr sein als ein typischer Selbstdarstellungsversuch seines Freundes. Was hätte Frank ihm auch vorwerfen wollen, schließlich hatte er im Vorfeld den

Meinungsaustausch mit ihm gesucht. Aber diese ganzen Missverständnisse konnten nun endlich mit dem Vermerk „erledigt" abgehakt werden.
Doch es war überhaupt nichts erledigt. Jetzt begann eigentlich erst der Kampf um dieses Papier und um jede einzelne Position.
Die Fraktion war aber trotz des Wissens um die bevorstehenden parteipolitischen Auseinandersetzungen ebenfalls erleichtert, allerdings aus einem ganz anderen Grund. Dort hatte man nämlich nach der zurückliegenden Diskussion erkannt, dass Jungkinds Programm nicht etwa ein leichtsinniger Schnellschuss gewesen war, sondern ein Geschenk des Himmels, das die Stadtrats-FDP nun in die Lage versetzte, in der Öffentlichkeit Punkte zu sammeln. So oder so konnte man nur gewinnen.
Würde nämlich der Koalitionspartner zustimmen, dann hatte man die Opposition und den Oberbürgermeister durch einen strategischen Schachzug ausgespielt und konnte sich bei seiner Wählerschaft mit stolz geschwellter Brust präsentieren. Würde er ablehnen, dann hatte man sein Bestes versucht und durfte sich des Beifalls aus der Bevölkerung sicher sein.
Was aber den sachlichen Inhalt des Papiers anging, so war dieser in den taktischen Überlegungen der führenden Stadtpolitiker zunächst einmal zweitrangig. Er öffnete zwar im Augenblick die Türen in die Öffentlichkeit und passte auch durchaus zur parteipolitischen Grundeinstellung, aber dessen Aufgabe war strategisch gesehen eine völlig andere.
Die „Jungkind'sche Doktrin" hatte sich ausschließlich dem Machtprinzip unterzuordnen und diente auf diese Weise als nützliche Verfügungsmasse, die geschickt eingesetzt zu einer Positionsverbesserung in der Wählergunst führen sollte. So unaufgeregt wurden Sachthemen bewertet, allerdings nicht nur bei den Liberalen.

Die nächsten Tage liefen für Martin Jungkind weniger turbulent ab, und er konnte sich nach der Amtseinführung und den Aufregungen

um seine familienpolitischen Zielvorstellungen mehr seinem Dezernat widmen.
Bei einem ersten Treffen mit den Amtsleitern wurden seine inhaltlichen Vorstellungen auch allgemein positiv bewertet, aber hinsichtlich seiner politischen Herkunft war die Haltung eine weniger eindeutige und spiegelte sich in zwei unterschiedlichen Grußadressen wider.
„Wir Amtsleiter stehen unvoreingenommen an Ihrer Seite", sprach der Leiter des Familienzentrums ganz offensichtlich nur für die CDU-Führungskräfte und versprach zumindest für die Anfangszeit eine gewisse Duldsamkeit.
„Das gilt aber nicht für mich, tut mir leid, da bin ich ganz ehrlich", winkte eine hagere Frau mit halsstarrigem Gesichtsausdruck ab, „ich stehe Politikern aus Erfahrung voreingenommen gegenüber, das hat nichts mit Ihnen persönlich zu tun", hätte man ihre Grundeinstellung zu Politikern allerdings auch ohne dass sie nur eine Silbe darüber verloren hätte, erkennen können. „Aber ich bin trotz alledem zu überzeugen", setzte sie mit unveränderter Miene eine Behauptung in die Welt, die so wenig zu ihr passen wollte, als wenn sie von sich behauptet hätte, dass sie die Unbekümmertheit in Person sei.
Das war also die Frauenbeauftragte, Pia von Taff, die auch wegen ihrer ungewöhnlichen Eigenheiten und sperrigen Unzugänglichkeit in Rathauskreisen spaßeshalber die „taffe Pia" genannt wurde. Vom Aussehen her hätte die etwa Vierzigjährige eine Schwester von Martin Jungkind sein können, was aber weder ihm noch ihr auffiel. In ihrer Figürlichkeit kam sie nämlich nicht nur an seine Körpergröße heran, sie hatte neben der gleichen Augenhöhe auch eine ähnlich zerzauste Frisur über einem ausgehungerten, blassen Gesicht anzubieten, womit sie vom gesamten Erscheinungsbild her ebenfalls in der Kategorie „Vogelscheuche" eine artgemäße Heimat gefunden hätte.
Jungkind erkannte sofort, dass diese Dame nichts von aristokratischer Wohlerzogenheit an sich hatte. Er vermutete sogar, dass ihr

Persönlichkeitsbild ganz und gar von taktlosem Widerspruchsgeist und schroffer Unbeherrschtheit geprägt war. Sie wirkte nicht nur etwas „spezieller“, wie ihm damals Ulf Johann zugeflüstert hatte, sie kultivierte dieses Image offenbar auch noch und tat dem Anschein nach alles, um nur ja gemieden zu werden. Er wollte ihr diesen Wunsch gerne erfüllen und hoffte auch für sich, dass er möglichst selten mit ihr zu tun haben würde. Aber diese Hoffnung zerbrach noch in der gleichen Minute, denn Pia von Taff hatte offenkundig einen ersten Anschlag auf ihn vorbereitet.

„Ich möchte gerne einmal in nächster Zeit das Thema ‚Frauenmuseum‘ mit Ihnen besprechen und Ihre Meinung dazu erfahren“, sah er sich in die Männerecke gestellt, „oder hätten Sie Zeit, gleich darüber reden?“

Jungkind wehrte mit allem, was er hatte ab, schließlich wäre ihm zu diesem Thema auch überhaupt nichts eingefallen. Er hatte doch richtig verstanden: Frauenmuseum. Frauenmuseum ... was sollte das sein? Er grübelte nach, während Angela Leibrock einen Termin mit Pia von Taff vereinbarte und kam zu der Überzeugung, dass in diesem Museum wohl kaum Dinge gezeigt würden, die für die übrige Menschheit interessant sein konnten.

Ein weiterer Termin lag ihm auch auf dem Magen, nämlich sein Einstand im Kreis der Dezernentenkollegen und des Oberbürgermeisters. Was hätte er dafür getan, wenn ihm dieses Zusammentreffen erspart geblieben wäre. Aber ein Einstand gehörte in die Rathauswelt wie ein Ausstand, ein Geburtstag, eine Büroeinweihung, ein Kollegenwechsel, eine Höhergruppierung, ein Abteilungsfest oder auch ein halbrundes oder gar rundes Jubiläum und bot zudem, so hatte das Angela Leibrock behauptet, die Möglichkeit in entspannter Runde die ein oder andere Unstimmigkeit aus dem Weg zu räumen. Was sie Jungkind allerdings aus einer nur noch schemenhaft vorhandenen Erinnerung verschwiegen hatte, war, dass bei solch stimmungsgeladenen Anlässen oft genug auch

die niederträchtigsten Auseinandersetzungen erst ihren Anfang genommen hatten.
Die sechs Amtskollegen und der Oberbürgermeister hatten sich um die Mittagszeit angesagt. Dazu hatte Angela Leibrock den Besprechungstisch mit aller Liebe eingedeckt und sich bei einem Partyservice um Speisen und Getränke gekümmert.
„Meinen Sie nicht, dass wir doch ein wenig festlicher dekorieren sollten, vielleicht mit etwas mehr Blumenschmuck?“, wagte sich Jungkind aufs Glatteis.
„Wie, Blumenschmuck?“, schaute sie ihn gereizt an, „ich glaube, dass ich diesen Tisch schon so eingedeckt habe, wie es sich für einen Einstand gehört.“
„Ich mache das ja schließlich heute nicht zum ersten Mal“, ließ sie Luft ab und schob eine entsprechende Belehrung nach, „Blumen verderben auf einem Esstisch den Geschmack, das ist ja wohl bekannt.“
„Ich habe ja nur so gemeint“, zog er seinen Einwand schnell wieder zurück und stellte die nächste Frage mit einem guten Stück mehr Einfühlungsvermögen: „Sollten wir dem Oberbürgermeister – der guten Sitten wegen – nicht das Kopfende reservieren? Was meinen Sie?“
„Nein, nein, das ist ja kein Dreigängemenü mit Tischkarten“, wurde ohne jegliche Nachsicht dieses Ansinnen ebenso abgeschmettert, „hier nimmt sich jeder am Buffet, was er will und sucht sich dann seinen Platz, das war immer so.“
„Gut, wahrscheinlich haben Sie Recht“, gab er sich damit zufrieden und ließ dem Geschehen seinen Lauf.
„Aber wenn wir schon bei den ‚guten Sitten‘ sind“, plauderte Angela Leibrock nun aus dem Nähkästchen, während sie den Gläsern eine andere Ordnung gab, „achten Sie einmal auf die Tischsitten von Ulf Johann und der ‚Frankfurterin‘, da werden Sie sich nämlich wundern.“
Ohne näher auf die sittenwidrigen Umstände einzugehen, stapelte sie die Papierservietten neben den Tellern auf. Jungkind schaute zu

ihr hin und wartete auf eine Fortsetzung der Enthüllungen, aber es kam kein Wort mehr über ihre Lippen.
„Und, was ist mit deren Tischmanieren?“, versuchte er mit dem Durchsuchen einiger Unterlagen den Desinteressierten zu spielen, der nur aus reiner Höflichkeit nachfragt.
„Das ist es ja, die beiden haben keine, ich habe es mit eigenen Augen gesehen“, nahm sie sofort wieder den Ball auf.
Sie lachte rauchig, setzte sich auf einen Stuhl, legte den Arm vor sich auf den Tisch und ließ den Kopf auf die Brust herunterfallen.
„Das ist beispielsweise die Haltung unserer Kulturdezernentin beim Essen, von wegen kultivierte Tischmanieren“, griff sie nun zu einem Suppenteller und nahm die gleiche Haltung wieder ein. „Und bei Johann sieht es ganz ähnlich aus, mit dem Unterschied, dass er noch eine klangvolle Untermalung bieten kann. Er soll die Suppe nämlich wie der gemeine Landadel im tiefsten Mittelalter gut hörbar schlürfen, so wird jedenfalls im Rathaus erzählt“, vertiefte sie ihre weltbewegenden Einblicke ins politische Geschehen, konnte dabei aber ein Kümmernis, das ihr offenbar sehr zu schaffen machte, nicht ganz verbergen, „das habe ich allerdings nie selbst gehört, leider. Sie könnten mir ja später einmal sagen, ob das wirklich stimmt.“
Während sie aufstand und den Stuhl beirückte, überkam sie wieder dieses durch Mark und Bein gehende Lachen, das wohl auch noch aus dem Mittelalter stammte und den heutigen Manieren ganz bestimmt auch nicht mehr entsprach:
„Ihr Vorgänger, Franz Sauer, hat immer gesagt, dass es früher in Militärkreisen geheißen habe: keine Tischmanieren, keine Karriere.“
„Wir sind ja nicht beim Militär“, hatte sich Jungkind von ihren Enthüllungen mehr versprochen und konnte seine Enttäuschung nur schwer verbergen, „vielleicht läuft es in der Politik ja genau umgekehrt, nach dem Motto: Gute Sitten verbauen die Karriere.“
Kaum dass dieser bedeutungsvolle Dialog um Brauchtum und Karriere sein Ende gefunden hatte, klopfte es und Bürgermeisterin

Jutta Spontek stand in der Tür. Martin Jungkind hatte sie noch nicht näher kennen gelernt und bat sie freundlich herein.
Jutta Spontek war mit ihren dreiundsechzig Jahren nicht nur die an Jahren Älteste in der Verwaltungsspitze, sie war gleichzeitig auch mit zwei Legislaturperioden Amtszeit die Dienstälteste. Sie hatte etwas durch und durch Bodenständiges und wirkte mit ihrer mütterlichen Ausstrahlung nicht nur umgänglich, sie war es auch. Auch wenn sie bisher als Bürgermeisterin und Baudezernentin nicht gerade für eine städtebauliche Wende in Blaustätten stand – und von derartigen Konzepten augenscheinlich nicht viel hielt –, hatte es niemals eine Beanstandung seitens des Oberbürgermeisters gegeben, woraus man schließen konnte, dass dieser nicht nur mit der pflegeleichten Wesensart Jutta Sponteks zufrieden war, sondern ebenso mit der städtebaulichen Qualität seiner Stadt.
„Ihre Pressekonferenz hat ja hohe Wellen geschlagen", bemerkte sie als gerade die Dezernentenkollegen von der SPD den Raum betraten, „aber es ist richtig, wenn man deutlich seine Zielvorstellungen benennt."
„Deutlich vielleicht, aber Zielvorstellungen ...?", mischte sich, kaum dass er beide begrüßt hatte, Sven Kunz scharfzüngig und mit einem überheblichen Lächeln um die Mundwinkel in das Gespräch ein. „Erwartungshaltungen wecken ist das eine, Erwartungen erfüllen, ist etwas ganz anderes", sprach er ein großes Problem der politischen Elite und damit ganz offenkundig auch seines eigenen Werdegangs an.
Doch um diese Art Selbsttäuschungen anderer zu erkennen und sie innerlich abzuschmettern, fehlte Jungkind die Befähigung. Er empfand diese Bemerkung stattdessen als böswillige Unverschämtheit, die ausreichte, um ihn in ein unangenehmes Stimmungstief fallen zu lassen.
Abgesehen von dieser einen Entgleisung verlief der Einstand unkompliziert und brachte auch keine weiteren, politischen Misstöne hervor, außer jenen vermeidbaren Schlürflauten von Ulf Johann, die jedoch bei Jungkind kein Erstaunen mehr auslösen konnten.

Selbst der Oberbürgermeister, der mit einer Flasche Champagner und ein paar passenden Worten seine Aufwartung machte, zeigte sich liebenswürdig und umgänglich, wie außerdem die übrigen SPD-Kollegen auch, was Jungkind dann doch in seinem Allgemeinzustand schnell stabilisierte und ihn nicht nur zuversichtlicher in die Welt blicken ließ, sondern wieder einmal zu regelrechten Begeisterungsschüben hinriss, die mit der Realität allerdings wenig zu tun hatten. Er glaubte tatsächlich, dass mit diesem Zusammentreffen alle vorhergehenden Differenzen vom Tisch seien.

Aber ein Einstand war nichts anderes, als irgendeine austauschbare Veranstaltung, bei der sich der gewöhnliche Politiker von seinen Amtsgeschäften ein wenig erholen konnte und in erfrischender Atmosphäre durchatmete, um sich kurz darauf wieder seinen drängenden Aufgaben zu widmen. Frank Struth hatte das seinem Freund schon einmal erklärt, als es nämlich um die Ehrung von Franz Sauer ging, aber Jungkind brauchte allem Anschein nach länger, bis er das ein oder andere begriffen hatte.

„Und? Hat er?“, erkundigte sich Angela Leibrock, kaum dass alle gegangen waren, nach dem Suppendelikt, das offensichtlich das letzte Dienstgeheimnis war, das sie noch lüften wollte.

„Nein! Ulf Johann schlürft nicht, das sieht von weitem nur so aus“, nahm Jungkind aus einem inneren Mitgefühl heraus seinen sittenlosen Kollegen in Schutz, um aber gleichzeitig mit einem neuen Gerücht seine eigene sittliche Reife in Frage zu stellen, „Sven Kunz hat sich aber mit der Gabel auf dem Kopf gekratzt, wenn Sie das interessiert.“

Und wie sie das interessierte.

„Nein! Sagen Sie nur!“, konnte man sehen, wie Angela Leibrocks anfängliche Enttäuschung augenblicklich einem großen Glücksgefühl wich.

Sie schwebte nun im siebten Gerüchtehimmel und würde – ohne es selbst zu ahnen – die Respektlosigkeit, die Sven Kunz ihrem Chef zugefügt hatte, aufs Unerbärmlichste bestrafen.

Aber der Oberbürgermeister schien doch nachtragend zu sein, auch wenn er das bei dem Einstand nicht gezeigt hatte. Denn einige Tage später musste Jungkind kurzfristig einen Termin für ihn wahrnehmen, der seine Assistentin hellhörig werden ließ.
„Das ist eine Vergeltungsaktion wie sie vor Jahren Ulf Johann erlebt hat, warten Sie ab, ob ich nicht Recht habe", prophezeite Angela Leibrock mit düsterer Miene, „Johann wurde damals verdonnert beim Jubiläum der evangelischen Kinderstube die Glückwünsche der Stadt zu überbringen und dann ..." Sie holte tief Luft und vollzog mit der rechten Hand seltsame Sprungbewegungen, „dann hatte er dort beim Sackhüpfen mitzumachen, stellen Sie sich das einmal vor. Die Leute haben sich halb tot gelacht."
Jungkind konnte sich das gut vorstellen und schluckte trocken.
Doch Sackhüpfen sollte ihm wohl erspart bleiben, denn bei diesem Termin ging es um eine eintägige Patenschaft, die Blaustätten im Rahmen einer Kampagne zur Rettung der Regenwälder Borneos und der Orang-Utans übernommen hatte. Die Stadt unterstützte damit eine Naturschutzorganisation und hatte außer der Bereitstellung eines innerstädtischen Veranstaltungsplatzes nur noch ein Grußwort beizusteuern.
Als Jungkind im Fußgängerbereich der Altstadt ankam, sah er schon von weitem die Transparente, auf denen zu lesen war: „Rettet die Lebensräume der Orang-Utans", doch beim Näherkommen musste er zu seinem großen Entsetzen erkennen, dass da vier Gestalten in Menschenaffenkostümen über den mit Bürgern gefüllten Platz tobten, wild gestikulierten und laut aufschrien. In diesem Moment dachte er an die Jubiläumsveranstaltung seines sackhüpfenden Kollegen und sah sich schon in einem rothaarigen Affenkostüm unter dem Gelächter seiner Mitbürger über den Platz rennen.
Aber was sollte er tun? Ihm war diese haarige Aufgabe zugeteilt und er musste sie nun meistern, ob er wollte oder nicht. Infolgedessen stürzte er sich beherzt in die Affenherde und fing unter dem

Beifall der Zuschauer mit bloßen Händen einen dieser riesengroßen Menschenaffen ein.

„Der Oberbürgermeister ist leider kurzfristig verhindert, ich soll für ihn einspringen", schrie er dem struppigen Orang-Utan ins Ohr.

„Sprechen Sie mir in die Augen, ich höre über die Ohren nichts", kam aus dem Innersten des Menschenaffen eine Antwort, „die Ohren sind nur angenäht."

Das war für Jungkind auch neu, doch er befolgte bereitwillig diesen ausgefallenen Wunsch, musste seine Mitteilung aber einige Male in die Augen des Kostüms brüllen, bis er endlich mit einem Kopfnicken die gewünschte Reaktion erzielte. Er wurde nun mit einer Handbewegung, die etwas zutiefst Menschliches in sich trug, zunächst an den Hauptaffen weiter verwiesen, der gerade dabei war, über eine mit Lianen dekorierte Leiter auf einen ebenfalls mit Urwaldgrün geschmückten Balkon eines Altstadthauses zu klettern. Jungkind eilte sofort dorthin, konnte seine Botschaft aber nur noch nach oben rufen, was zur besseren Verständigung auch nicht gerade beitrug.

„Kommen Sie doch bitte herauf in unser Nest", verstand ihn der Chefaffe nach einigen Anläufen dann aber doch und hielt von oben die Leiter fest.

Jungkind hatte keine Wahl, er musste hinauf in das Nest und den Bürgern und Fotografen den Affen machen. Kaum dass er auf dem Balkon angekommen war, hatte sich der Rest der Orang-Utan Familie auch schon die Leiter hochgehangelt und attackierte nun in zutiefst menschlicher Wesensart ihren Anführer.

„Das hält ja kein Mensch aus, wir schwitzen uns in diesen Kostümen noch tot", brachte eine schrille Frauenstimme ihre Beschwerde beim Chef-Orang-Utan vor, die von den anderen Affen mit entsprechenden Unmutslauten unterstützt wurde, „dein Fell ist wenigstens leicht und luftdurchlässig, aber wir müssen immer noch in diesen uralten, schweren Zotteldecken herumrennen." Sie klopfte aufgebracht mit beiden Händen auf eine Art roten Filzteppich und brachte damit unwillkürlich wieder etwas von dieser Orang-Utan-Originalität auf den Balkon, „so geht es jedenfalls nicht weiter. Wenn sich da nichts ändert, werde ich unsere Aktionsgruppe verlassen.“

Jungkind schaute sich in seinem leichten, kurzärmligen Hemd die Affensippe an und musste plötzlich heftig niesen.

„Meine Frau reagiert auch allergisch auf diese Affenkostüme“, konnte sich der Chef-Orang-Utan offensichtlich besser in ihn hineinversetzen, als in die Kostüme seiner Mitstreiter, „dieses rote Fellimitat ist wahrscheinlich mit Brandschutzmitteln imprägniert, das kann ich mir nur so vorstellen, und solche chemischen Substanzen reizen bekanntlich bei manchen Menschen die Atemwege.“

Damit kam nun zu der luftdichten und schweren Verpackung für die schweißgebadete Regenwaltaktivistin und ihre Kollegen auch noch ein nicht zu unterschätzender gesundheitlicher Aspekt hinzu.

„Jetzt fang endlich an, ich ersticke sonst, der Schweiß läuft mir schon in die Augen“, nörgelte nun ein anderer Orang-Utan herum, und Jungkind konnte durch die offenen Augenausschnitte tatsächlich beobachten, wie jenem urwaldaktiven Organisationsmitglied der Schweiß im Gesicht stand.

In diesen alten und stinkigen Säcken hätte er jetzt auch nicht drin stecken mögen, dachte er bei sich und wehrte sich ein wenig, als ihn zwei dieser rothaarigen Affen für ein Foto in die Mitte nahmen und ihre langen Arme um ihn schlangen, während ihr Anführer ans Mikrofon ging und die Regenwald-Kampagne vorstellte.

„Wir haben gerade die Hintergründe zu dieser Aktion erfahren“, war Jungkind kurz darauf mit dem Grußwort der Stadt an der Reihe und spürte, wie ihm bereits das Wasser den Rücken herunterlief, „wenn ich aber sehe wie diese Orang-Utans hier in unserem gemäßigten Klima schon schwitzen, dann frage ich mich, ob da ein tropischer Regenwald wirklich das Richtige für solche Tiere ist.“

Diesen Schlusssatz nahm die Presse natürlich gern auf, was den Oberbürgermeister kurzerhand veranlasste, ein Rundschreiben an

alle Dezernate herauszugeben, in dem er darauf hinwies, dass bei Grußworten auf „saloppe Redewendungen oder humorvolle Formulierungen“ möglichst verzichtet werden sollte, da diese missverständlich aufgefasst werden könnten.
Von nun an gehörten unmissverständliche Grußworte aller Art zum Alltagsgeschäft von Martin Jungkind, wobei es bisweilen auch ohne Worte ging. Denn bei weniger wichtigen Anlässen reichte gelegentlich schon seine körperliche Anwesenheit aus, um einer Veranstaltung die nötige Würde zu geben.

Bei dem heutigen Anlass war aber nicht nur seine körperliche Anwesenheit gefragt, sondern vielmehr der ungeteilte Dezernent in seiner Ganzheitlichkeit. Denn der Finanzdezernent hatte um einen Gesprächtermin gebeten und Martin Jungkind konnte sich gut vorstellen, dass es da um mehr oder minder unangenehmere Fragestellungen gehen würde.
Als Sven Kunz äußerlich vollkommen locker und entspannt mit einem „Wie geht es Herr Kollege, ich hoffe gut?“ das Büro von Jungkind betrat, ahnte dieser, dass Kunz sein persönliches Wohlbefinden sicherlich am wenigsten interessierte. Aber dennoch keimte in ihm die kleine Hoffnung, dass jener es vielleicht doch aufrichtig meinen könnte.
„Wie ich bei Ihrem Einstand sehen konnte, haben Sie sich ja schon soweit eingerichtet“, schaute Kunz sich noch einmal auffallend genau um, spielte dabei bedeutungsvoll mit seinem Schlüsselbund und setzte sich mit einer an Wichtigkeit kaum zu überbietenden Körperhaltung an den Besprechungstisch.
Jungkind hatte sich fest vorgenommen, mit allem, was er sagen würde, aufgeschlossen und zuvorkommend zu sein, um nur keine schlummernden Empfindsamkeiten bei seinem Gesprächspartner zu wecken.
„Die Möbel stammen noch von meinem Vorgänger“, erklärte er höflich, versuchte aber dennoch aus einem unterbewussten Impuls

heraus, eine staatstragende Haltung einzunehmen, vermutlich auch um der schnöseligen Schlüsselbundattacke auf seine Art zu begegnen. „Ich habe keine Veranlassung gesehen, die Möbel auszutauschen, umso weniger, wenn ich unsere desolate Haushaltslage betrachte, sie sind ja auch noch völlig in Ordnung."

Diese Antwort, bei der sich Jungkind – wie so oft – nichts weiter gedacht hatte, traf seinen Koalitionskollegen tief in dessen Fachdezernentenstolz. Für Kunz war diese Antwort nämlich eine Attacke – ja eine sorgfältig vorbereitete Provokation –, die sich ganz eindeutig auf seine eigene Büroausstattung beziehen musste. Und eine solche Brüskierung hatte er nicht vor, durchgehen zu lassen. Denn für ihn war Jungkinds leicht zu durchschauender, absichtsvoller Kommentar zur Sparsamkeit und finanziellen Zurückhaltung ein Anschlag auf seine Stellung als Finanzdezernent und SPD-Politiker, mit der dieser Liberale die immer wieder in der Öffentlichkeit unterstellten – und durch solche haltlosen Anschuldigungen gestützten – Verschleuderungspraktiken der Sozialdemokraten anprangern wollte.

„Wenn Sie glauben, dass Sie an dieser Stelle sparen können, dann haben Sie das ökonomische Prinzip nicht verstanden", bekam Jungkind nun die erste Breitseite ab, die Teil einer allgemeinverständlichen Lektion aus dogmatischen Lehrsätzen war.

Während dieser wirtschaftlich-haushälterischen Lehrstunde verdunkelte sich plötzlich der Raum, ohne dass man dafür aber einen der beiden Kontrahenten hätte verantwortlich machen können, und ein starkes Gewitter zog auf, das die beiden zwischen Blitz und Donner in ihrer ganzen Unterschiedlichkeit beleuchtete. Hier der seideglänzende, blondgesträhnte und braungebrannte Windhund, dort eine herbstlich matte, ungekämmte und kreidebleiche Gestalt. Da der bewegliche Politiker mit seinem asketischen Talent und dort der ahnungslose Dilettant mit seiner beschränkten Tauglichkeit. Selbst wenn man beide mit all ihren brauchbarsten Anlagen zu einem einzigen Individuum hätte verschmelzen

können, es wäre nichts dabei herausgekommen, das für Blaustätten von Nutzen gewesen wäre.
„Als ich in mein Amt kam“, kramte Kunz nun ein praktisches Beispiel zur Verdeutlichung seiner Lehrmeinung aus, das gleichzeitig aber auch den impertinenten Angriff Jungkinds abschmettern sollte, „habe ich gewusst, dass eine zeitgemäße Ausstattung des Büros ein elementarer Bestandteil des eigenen Erfolgs ist, und damit natürlich des Erfolgs unserer Stadt. Meine Gäste aus der Wirtschaft und Hochfinanz erkennen beispielsweise sofort, ob etwas en vogue oder out ist und ziehen entsprechende Rückschlüsse auf die Person.“ Er ließ sein Gegenüber nicht aus den Augen, um etwaigen, falschen Reaktionen sofort begegnen zu können, „von daher wäre es leichtfertig, dem Thema Raumambiente und persönliche Ausdrucksform einen zu geringen Stellenwert einzuräumen, gerade weil man als Führungskraft in seinem ganzen Umfeld wahrgenommen wird. Wer hier spart, spart am falschen Ende.“
Erneut ließ er seine Blicke verächtlich durch Jungkinds Büro und über diesen selbst gleiten und versuchte einen nicht gerade üppigen Erfahrungsschatz in sein Lächeln zu legen, „in unserem Geschäft muss man etwas investieren, wen man etwas herausholen will.“ Schwungvoll strich er sich nun zwei blonde Strähnen aus der Stirn und beendete sein Praxisbeispiel mit einem populären Schlusswort, das in diesem Fall aber einer Beschwörungsformel gleichkam: „Das ist nun einmal Fakt.“
Mit seiner letzten Bemerkung schob er seinen Schlüsselbund vor sich auf den Tisch, legte sein Handy daneben und musterte ein weiteres Mal sein Gegenüber, das für ihn schon vom äußeren Erscheinungsbild her jede Ausstrahlung vermissen ließ. Wie ein solcher Amateur hier in der hohen Politik landen konnte, blieb ihm ein Rätsel und musste seiner festen Meinung nach ausschließlich mit der personellen Unterbesetzung einer so kleinen Partei zusammenhängen.

Währenddessen war Jungkind mit Sven Kunzes ungeschminkten und schonungslosen Belehrungen auf dem Boden der Tatsachen angekommen.
„Jeder macht es eben so, wie er es für richtig hält“, versuchte er die Kritik einfach zu überhören, was ihm auch nicht sonderlich schwerfiel, da ihn diese kühnen Schlussfolgerungen sowieso nicht überzeugt hatten.
„Apropos ‚richtig halten‘: Sie haben es offensichtlich nicht für richtig gehalten, mit uns noch einmal ins Gespräch zu kommen“, lehnte sich Kunz nun auf seinem Stuhl zurück, hakte die Daumen in seinem Hosenbund ein und schaute Jungkind herausfordernd an. „Wir vier sind doch sehr verwundert über Sie und wissen nicht so recht, was wir von Ihnen halten sollen. Was bezwecken Sie eigentlich mit Ihren Extratouren? Wenn Sie etwa denken sollten mit Ihren Ausflügen eine eigene Politik betreiben zu können“, winkelte er nun die Arme ab und fand diesen Gedanken offenbar so grotesk, dass er sich ein kurzes, aber lautes Auflachen nicht verkneifen konnte, „dann werden Sie ganz böse auf die Nase fallen. Denn bekanntlich wackelt der Schwanz nicht mit dem Hund.“
Das war einer jener typischen Tiefschläge, deren verheerende Wirkung sich erst nach einer kurzen Verzögerungsphase einstellt.
Jungkinds aufrechte, charakteristische Körperhaltung fiel nun langsam – und von einer ausgeprägten Teilnahmslosigkeit begleitet – in sich zusammen. Während seine beiden Hände krampfhaft am Besprechungstisch Halt zu finden suchten und sich seine Füße querstellten, schienen das die letzten, aussichtslosen Anstrengungsversuche eines zu Boden sinkenden Boxers zu sein. Es konnte nur noch eine Frage von Sekunden sein, bis er gänzlich unter dem Tisch verschwand und ausgezählt aus dem Dezernat getragen wurde.
Doch in diesem verhängnisvollen Moment erinnerte er sich seiner Sportlerzeit und des ehernen Grundsatzes, dass man vor seinem Gegner keine Schwäche zeigen durfte, egal wie schlecht es um einen selbst auch stehen mochte.

„Ich bitte Sie, ich will doch keine Politik betreiben“, raffte er sich mit letzter Kraft auf und nahm auf seinem Stuhl eine Sitzposition ein, die der eines in sich ruhenden Buddhas glich, in diesem Fall jedoch in übergroßer, spindeldürrer Ausführung und länglichem Gesicht, „ich wollte selbstverständlich auch noch auf Sie und Ihre Kollegen aus der SPD zukommen. Aber mir hat bis heute schlicht die Zeit dazu gefehlt. Ich muss mich wirklich dafür entschuldigen.“
Auch wenn das ein Versuch war, seinen Kontrahenten erst einmal zufrieden zu stellen, so blieb es bei einem Versuch.
„Das können Sie erzählen, wem Sie wollen!“
Kunz hatte offensichtlich kein Interesse an durchschaubaren Schutzbehauptungen und verzog sein Gesicht zu einer beunruhigenden Grimasse, „Es ist jetzt sowieso egal. Mir geht es heute um die Institutionen in Ihrem Dezernat, die zur Schließung anstehen. Wir müssen da eine Lösung finden, die allen gerecht wird.“
„Ich verstehe nicht, welche Schließungen?“, zeigte sich Jungkind irritiert.
„Sie wissen sehr genau, was ich meine, ersparen Sie uns bitte diese Kinkerlitzchen.“
Die Stimmung von Kunz war ganz offensichtlich auf dem Nullpunkt angelangt. „Ich spreche vom Familienzentrum, dem Familiencafé und der Musikschule. Wir müssen sparen, überall. Damals in meinem Büro haben wir ja darüber gesprochen, ich dachte, das sei klar geworden. Diese Institutionen sind nicht mehr zu finanzieren!“
„Sie sprachen eben von einer Lösung, die allen gerecht wird“, fragte Jungkind mehr beunruhigt als neugierig nach, „was meinen Sie damit?“
Nun konnte man beobachten, wie sich die Miene des Finanzdezernenten etwas aufhellte und er augenscheinlich erfreut darüber war, dass auf seine Vorstellungen eingegangen wurde.
„Ganz einfach“, begann er ein wenig versöhnlicher, „ich bin fest davon überzeugt, dass Sie sich mit einer Schließung dieser Einrichtungen in der Koalition – aber auch in der Öffentlichkeit – einen

Namen für eine mutige und kompromisslose Vorgehensweise im Sinn einer zielbewussten Sparpolitik machen würden. Das ist eine riesige Chance, die sich Ihnen hier bietet."

„Da haben wir beide aber ein absolut unterschiedliches Verständnis von einer ‚Lösung, die allen gerecht wird' ", musste Jungkind seine innere Lähmung schnell überwinden und zur Abwehr übergehen: „Unsere Stadt braucht diese Einrichtungen auch in Zukunft. Ich bitte Sie als Finanzdezernent deshalb ausdrücklich um Ihre Unterstützung. Wir müssen alle gemeinsam für diese Einrichtungen kämpfen."

Sven Kunz glaubte nicht, was er da hörte und schaute seinen Kollegen an, als sei dieser gerade vom Himmel gefallen.

„Da befürchte ich aber, dass Sie allein auf verlorenem Posten kämpfen werden", wusste er nicht so recht, ob ihn diese Bitte verärgern oder belustigen sollte. „Wir haben uns nämlich in der SPD bereits festgelegt."

„Ich dachte, die Koalition hat zu diesem Thema eine gemeinsame Auffassung."

Jungkind wusste nicht mehr was jetzt stimmte, denn von Struth hatte er noch vor wenigen Tagen gehört, dass alles auf einem „guten Weg" sei.

„Sie scheinen nicht auf dem neuesten Stand zu sein, Herr Kollege", gab es nun eine gnadenlose Belehrung erster Güte, „das Thema ist entschieden! Es geht nur noch darum, wie Sie am besten aus dieser selbst verschuldeten Lage wieder herauskommen, ohne die Koalition zu beschädigen. Ich habe Ihnen ja ein Angebot gemacht. Aber wenn Sie nicht wollen, wird Ihre Fraktion sich nun mit Ihnen beschäftigen müssen."

Triumphierend griff er nach Schlüsselbund und Handy und verabschiedete sich mit einem knappen Gruß.

Jungkind musste sich zunächst einen Moment sammeln, bevor er Frank Struth anrufen konnte.

„Ach Unsinn, es ist überhaupt noch nichts entschieden“, wehrte jener ab und klärte ihn wieder einmal über die natürlichen Verwerfungen in einem Koalitionsbündnis auf, „natürlich will der größere Koalitionspartner immer etwas mit den Muskeln spielen, soll er wegen mir auch.“

„Mit anderen Worten, bis heute hat sich überhaupt noch nichts getan“, hauchte Martin mit kläglicher Stimme in den Hörer.

„Doch, die Sache mit der Spielecke im Rathaus haben wir in trockenen Tüchern“, beruhigte ihn sein Freund und amüsierte sich darüber, wie diese Entscheidung zustande gekommen war. „Ich sage dir, das war die bisher schnellste Einigung, die wir in dieser Koalition erzielt haben. Und das ging nur deshalb so reibungslos ab, weil die Roten mit dieser Entscheidung den Schwarzen ein Bein stellen konnten.“

Diese parteipolitischen Spielereien waren für Jungkind absolut uninteressant und vergnügten ihn nicht den Bruchteil einer Sekunde, umso weniger als man unter allen familienpolitischen Schwerpunktsetzungen auf die Spielecke am ehesten hätte verzichten können. Stattdessen hatte man nun ohne Not mit dieser politischen Entscheidung eine Sprengladung im Rathaus installiert, die den Oberbürgermeister und die gesamte CDU gegen ihn aufbringen würde.

„Jetzt stehe ich wie ein Steinewerfer da“, glaubte Jungkind aus dem Tal der Tränen nicht mehr herauszukommen, „Kinkel wird mir nun jeden Tag Knüppel zwischen die Beine werfen und das Leben so schwer machen, wie er nur kann.“

„Ruhig Blut, dir wird gar nichts geschehen“, war es für Frank mittlerweile doch ein gutes Stück schwerer seinen Freund zu überzeugen als noch vor Wochen, „die Koalition schützt dich und die SPD hat sich ja auch grundsätzlich nicht gegen deine Zielvorstellungen ausgesprochen.“

Jungkind fragte sich, wie schlimm es noch kommen konnte. Es hörte sich für ihn jetzt schon wie ein „noch nicht“ an und ließ keine

übergroßen Erwartungen bei ihm aufkommen. Vieles sprach tatsächlich dafür, dass die SPD längst festgelegt war.
„Und wie sieht es mit den drei gefährdeten Institutionen aus, wie steht die SPD dazu?“, hatte er eine unbestimmte Vorahnung, dass ihm die Antwort darauf ebenso wenig gefallen könnte.
„Langsam, langsam, das ist nicht so einfach, aber wir werden eine Möglichkeit finden“, versuchte ihn sein Freund mit den richtigen Worten wieder einzufangen. „Zugegeben, die Finanzierbarkeit ist ein gewisses Problem, aber Probleme sind dafür da, dass sie gelöst werden“, brachte er einen jovialen Lacher unter, der Martin aber so ganz und gar nicht zum Mitlachen animierte, „wir müssen gemeinsam überlegen, wie wir diese drei Bereiche gegenfinanzieren können, oder fürs Erste zumindest einmal einen.“
„Wie, zumindest einen?“, brach für Jungkind ein weiteres Stück des Dammes, und er stellte sich zum ersten Mal die Frage nach seiner eigenen Bedeutung, doch vor allem nach der Einflussnahme seiner Fraktion auf das politische Geschehen.
Er hatte aber keine Zeit, eine Antwort zu finden – und hätte sie zu diesem Zeitpunkt sicherlich auch kaum gefunden –, denn Struth versuchte nun mit ganzem Willenseinsatz den Damm der Beteuerungen zu stützen.
„Am besten wäre es natürlich, wenn wir alle drei retten könnten, da sind wir uns doch einig“, kam eine Antwort, der jedoch die von Martin Jungkind immer bewunderte Kunst der unerschütterlichen Überzeugungskraft fehlte und die in ihrer weiteren, erbarmungslosen Unmissverständlichkeit nur vom Koalitionspartner selbst stammen konnte. „Man muss natürlich auch erkennen, dass eine Gegenfinanzierung aus deinem eigenen Dezernat die optimalste – oder sagen wir besser die eleganteste – aller Lösungen wäre und eine durch und durch koalitionsfreundliche dazu. Es ist ja oftmals nur eine Sache des Wollens.“
Dieser ultimative Keulenschlag zwang Jungkind unversehens auf die Bretter. Was dem Finanzdezernenten nicht gelungen war, das

hatte sein Freund mit einer Lektion in politischer Koalitionselastizität erreicht.

„Hallo, bist du noch dran ...?“, vergewisserte sich Frank, ob sein Gesprächspartner noch bei Bewusstsein war und versuchte den angerichteten Schaden auf seine Art zu beheben. „Wir werden schon einen Mittelweg finden, Politik besteht nun einmal aus Kompromissen.“

Diese Bemerkung passte ebenso wenig in Jungkinds Weltbild wie der fernmündliche Rechenschaftsbericht und zerstörte mehr als sie heilte. Er hoffte nur, dass der Oberbürgermeister von der Koalitionsentscheidung, eine Spielecke im Rathaus einzurichten, noch nichts erfahren hatte.

Doch diese Hoffnung erfüllte sich leider nicht, denn einige Tage später traf er eher zufällig mit Markus Kinkel zusammen und musste verstehen lernen, dass in einem Rathausmilieu Gerüchte nicht nur hervorragend gediehen, sondern stets auch neue nach sich zogen. Zumindest in dieser Hinsicht konnte im Rathaus zu Blaustätten der „Perpetuum-mobile-Effekt“ eindeutig nachgewiesen werden.

Als Jungkind an diesem Morgen das Vorzimmer des Oberbürgermeisters betrat, um verschiedene Unterlagen abzugeben, fand er alle Türen offen und sah, dass das Oberbürgermeisterbüro kreuz und quer mit neuen Möbeln zugestellt war. Mitten in diesem Durcheinander stand auch ein auffallend ratlos wirkender Markus Kinkel mit seiner Assistentin, die beide auf ihn einen äußerst bedauernswerten Eindruck machten.

„Wie ich sehe, kommt da gerade der Richtige“, bemerkte Kinkel, dass zwei Augen auf ihn gerichtet waren und winkte Jungkind mit einem kraftlosen Lächeln herein. „Ich habe so das Gefühl, dass Sie sich mit Einrichtungen aller Art hier im Rathaus am besten auskennen.“

Ohne dass Jungkind verstand, was mit dieser rätselhaften Bemerkung gemeint sein könnte, folgte er gehorsam der oberbürgermeisterlichen Aufforderung.

„Was halten Sie von diesen Büromöbeln? Ganz ehrlich", zeigte der Oberbürgermeister auf die Einrichtungsgegenstände und schaute ihn an.
War das nun eine vorurteilsfreie Geschmacksfrage oder eine politische Fangfrage? Jungkind wusste es nicht und ging deshalb zunächst einmal langsam um die Möbel herum. Was er da sah, waren absolut gewöhnliche Büromöbel, die jedoch seinem Geschmack so ganz und gar nicht entsprachen, denn Chromgestellmöbel mit schwarzen Holzflächen und Containern hätten ihn gemütskrank gemacht. Er hatte nichts an kalten, schnörkellosen Formen, er bevorzugte eher die warme, rustikalere Linie. Niemals hätte er, so wie es Kinkel nun tat, seine Büromöbel gegen eine solche Auswahl ausdruckslosen Mobiliars eingetauscht. Aber vielleicht ging es ja gerade darum! Vermutlich war Kinkel mit dieser Lieferung ebenso wenig zufrieden und überlegte nun, an wen er diesen möbelgewordenen Fehlgriff abgeben konnte. Auch wenn Martin Jungkind ein gewaltiges menschliches Verständnis für Kinkels Situation aufbringen konnte, so war er doch unfähig, sich als Tauschpartner anzubieten. Er schaute unauffällig in das Gesicht des Oberbürgermeisters und erkannte dort zu seinem großen Entsetzen die blanke Hoffnungslosigkeit. Was sollte er jetzt tun? Befand er die Möbel für schön, lief er Gefahr, dass sie kaltlächelnd an ihn übergingen, kritisierte er sie, fühlte sich Kinkel wahrscheinlich selbst angegriffen. Es war ein Teufelskreis, dem Jungkind durch die Hintertür möglichst unauffällig entfliehen wollte.
„Diese Art Mobiliar ist derzeit sehr beliebt und außerdem passt auch alles sehr gut zueinander", wollte er es zunächst einmal bei diesen wenigen, unverfänglichen Sprachschnörkeln belassen und hoffte, dass er irgendwie – aber vor allem möglichst schnell – das Oberbürgermeisterbüro wieder verlassen konnte.
„Meinen Sie?", rückte Kinkel seine rote Brille zurecht, schaute sichtbar verärgert durch dieselbe und kam langsam auf Jungkind zu. Während dieser sich in seiner Haut immer unwohler fühlte und der

unangenehmen Begutachtung durch möglichst harmloses Umherschauen zu entfliehen versuchte, setzte Markus Kinkel alles daran, die Wesensart seines neuen Dezernenten bis in die letzte Faser zu studieren.
Jener farblos und unbedarft wirkende Anfänger hatte also tatsächlich die Stirn besessen, sich mit ihm anzulegen. Was war das für ein Typ Mensch, der, kaum dass er sich im Rathaus eingenistet hatte, auf Konfrontationskurs ging? Dachte er etwa, dass die Kampfansage bezüglich der Spielecke im Rathaus unbeantwortet bleiben würde? Dieser Coup war nicht mehr und nicht weniger als eine rein parteipolitische Provokation, mit der er sich wahrscheinlich das Wohlverhalten seiner Koalitionspartner erkauft hatte.
Kinkel bebte innerlich, aber als erfahrener Kommunalpolitiker hatte er solche Gefühlsregungen für gewöhnlich im Griff. Nur in diesem Fall entglitt ihm die oberbürgermeisterliche Contenance zusehends und endete übergangslos in einem unkontrollierten Wutausbruch.
„Sie meinen also tatsächlich, alles passt zueinander?“, fragte Kinkel mit vernehmbar gereizter Stimme nach und nahm sein Gegenüber deutlich missgestimmter ins Visier.
Jungkind spürte förmlich, wie die Luft knisterte und fand sich erneut in einer dieser misslichen Lagen wieder, in die er seiner aufrichtigen Meinung nach unverschuldet hineingeraten war.
Weshalb Kinkel so verärgert wirkte, konnte sich Jungkind nur damit erklären, dass seine Antwort wahrscheinlich zu gleichgültig und teilnahmslos geklungen hatte. Aus diesem Grund entschloss er sich zu einer entsprechenden Nachbesserung und hoffte, damit der angespannten Stimmung des Oberbürgermeisters die Verdrießlichkeit zu nehmen.
„Keine Frage, die Möbel passen ausgezeichnet zueinander, ich kann Sie zu dieser Entscheidung nur beglückwünschen“, log er, dass sich die Balken bogen und hoffte mit einer durch und durch aufrichtig gemeinten Beteuerung auf großmütige Amnestie. „Und dieses Pappmaché-Schwein, mit seiner putzmunteren, menschlichen

Ausdruckskraft, das gefällt mir besonders gut", unterstrich er mit einem gefälligen Lachen seine Worte, „wirklich, sehr witzig."
Jungkind war mit sich zufrieden und wagte dem Oberbürgermeister auch wieder in die Augen zu schauen. Doch was er da sah, war weniger erbaulich und beunruhigte ihn gewaltig.
„Sie wollen sich wohl einen Spaß mit mir erlauben, dieses Schwein kommt natürlich raus", fühlte sich Kinkel absichtsvoll verspottet, was seine Stimmung nicht gerade verbesserte und ihn zu einem Rundumschlag veranlasste, dem sein Kopf mit hochroter Färbung die nötige Beachtung verlieh. „Glauben Sie nur nicht, dass Sie gewonnen haben! Für diese Sache mit der Spielecke werden Sie noch bezahlen, das verspreche ich Ihnen."
Während die Assistentin nun übereilt den Raum verließ und die Türen hinter sich zuzog, warf sich der Oberbürgermeister in einen mit Plastikfolie überzogenen Stuhl, der einen gewaltigen Satz nach hinten machte und unmittelbar neben Jungkind zum Stehen kam. Auch wenn er einem Zusammenstoß knapp entgangen war, so fühlte er sich doch wie in einen schweren Auffahrunfall mit tödlichen Folgen verwickelt. Nur entsprechende Apparate hätten in diesem Augenblick noch auf Leben in ihm hinweisen können. Und nach Lage der Dinge wäre die Antwort auf die Frage, ob der klinisch Tote nun mit lebensverlängernden Maßnahmen wieder in unsere Welt zurückgeholt werden sollte oder ein Abstellen der Geräte gegebenenfalls doch die sinnvollere Maßnahme für alle Beteiligten sei, relativ eindeutig ausgefallen.
Wie in einem dichten Nebel, weit entrückt aus jener Rathauswelt, nahm Jungkind nun die Unfallursache wahr und erkannte, dass er mit voller Absicht auf dem unbeleuchteten Zebrastreifen der koalitionären Allianz überfahren worden war. Erst die leichtsinnige Koalitionsentscheidung hinsichtlich der Spielecke im Rathaus, die Kinkel irgendwie zu Ohren gekommen sein musste, hatte jenen offensichtlich zu dieser fahrlässigen Amokfahrt animiert.

„Glauben Sie nur nicht, dass mir in meinem Rathaus etwas entgeht!“, katapultierte sich Kinkel mit beiden Armen wütend aus dem Bürostuhl, zündete sich eine Zigarette an und rannte wieder im Raum umher. „Ich weiß über alles Bescheid, über alles!“, tobte er, was wiederum die Entfaltung der roten Pusteln in der oberen Halsgegend stark begünstigte, „Und wenn Sie im Übrigen glauben, dass Sie entscheiden können, dass die Spielecke ins Eingangsfoyer kommt, dann haben Sie sich geschnitten. Haben Sie mich verstanden?“, rannte er schnaubend auf Jungkind zu.
„Das tut mir leid, das habe ich so nicht gewollt ...“, stammelte dieser wie in Trance eine Entschuldigung, „und von einem konkreten Standort wie dem Rathausfoyer war nie die Rede ...“
„Halten Sie mich nicht für dumm, ich weiß inzwischen, was Sie für einer sind!“, tobte Kinkel erneut los und klärte ihn dabei in unverminderter Lautstärke auf. „Mir wurde außerdem zugetragen, dass Sie sich nicht nur für die Spielecke im Foyer starkmachen, ich weiß auch, dass Sie dieses intolerante Gedankengut mit dem Frauenmuseum unterstützen.“
Mit übertriebener Kraft drückte er seine Zigarette auf einem Kaffeeunterteller aus und jagte wieder auf ihn zu, um ihn an seinem weiteren Wissen teilhaben zu lassen. „Und zudem beabsichtigen Sie, die Demonstration vor dem Familienzentrum zur Zuschusserhöhung für die Skateboarder mit einem Redebeitrag zu unterstützen. Das untersage ich Ihnen hiermit ausdrücklich. Ist das klar?“
„Ich weiß überhaupt nichts von einer Demo...“, versuchte sich Jungkind mit kreidebleichem Gesicht zu verteidigen.
„Mich interessieren Ihre Ausreden nicht, ich habe anderes zu tun!“, fiel ihm Kinkel wütend ins Wort. Er packte seine Zigaretten in die Tasche, suchte einige Akten auf seinem alten Schreibtisch zusammen und gab ihm, bevor er den Raum verließ, eine letzte Warnung mit auf den Weg: „Sehen Sie sich vor! Ich erfahre alles.“
Langsam kam Jungkind wieder zu Bewusstsein und verfluchte die Koalition, die ihn mit ihrer voreiligen Entscheidung in diese

verzweifelte Lage gebracht hatte. Ohne Not war damit sein komplettes Programm mit den verschiedenen Schwerpunktsetzungen in Misskredit geraten und vermutlich der Konsensfähigkeit beraubt. Wo aber diese Anspielungen auf den Standort im Rathausfoyer, die Sache mit dem Frauenmuseum oder auch die Demonstrationsunterstützung herkamen, das konnte er sich nicht erklären. Es musste sich um Gerede handeln, denn nichts von alledem stimmte.

Nun stand er zwischen den neuen Möbeln und seiner zerschlagenen Zukunft und wusste nicht, was er tun sollte.

„Kommen Sie, das wird sich auch wieder einrenken", befreite ihn die Assistentin des Oberbürgermeisters aus seiner kläglichen Lage und beschäftigte sich auch schon wieder mit ihrem eigenen Problem. „Jetzt sind wir mit dem Inventar immer noch nicht weitergekommen, dabei ist mit den Möbeln alles in Ordnung. Aber er ist fest davon überzeugt, dass der Farbton der Stuhlarmlehnen mit dem der Tischplatten nicht übereinstimmt. Ich verstehe nicht, was er da sieht."

Jungkind warf einen kurzen Blick auf die Teile und konnte nur feststellen, dass beide schwarz waren.

Offensichtlich waren Rathausgerüchte manches Mal näher an der Wahrheit, als man dachte, denn das Familiencafé geriet unerwartet und ohne erkennbaren sachlichen Grund auf die Einsparliste des Finanzdezernenten. Doch in dessen Vorlage gab es gute Gründe, die für eine Schließung des Familiencafés im Familienzentrum sprachen, nicht zuletzt um damit zur Konsolidierung des Familienzentrums beizutragen. Diese Forderung schlug haushohe Wellen, die nicht nur aus dem Rathaus hinauswogten, sondern auch unter der Fraktionstür der FDP hindurch, in die Fraktion hineinschwappten und dort zu gewissem Zähneknirschen Anlass gaben.

„Dem Finanzdezernenten werden wir ab heute mehr auf die Finger schauen, das kannst du mir glauben", begrüßte Frank Struth Jungkind in den Fraktionsräumen mit einer Geste, aus der die Tragweite der Fraktionsentscheidung in ihrer ganzen Unerbittlichkeit deutlich wurde. „Ich habe schon mit dem SPD-Fraktionsvorsitzenden gesprochen und ihm mitgeteilt, dass wir solche Geschichten nicht mehr durchgehen lassen werden. Kunz hat keinerlei Entscheidungsbefugnis, wir haben einen Koalitionsvertrag und darin ist der Erhalt des Familienzentrums ausdrücklich festgeschrieben."

Für Martin Jungkind ging die kämpferische Geste seines Freundes mit der dürftigen Fraktionsentscheidung nicht zusammen.

„Wie du weißt, dient das Familiencafé der ersten Kontaktaufnahme und ist für das Familienzentrum eine unentbehrliche Anlaufstelle", reichte ihm deshalb dieses formale Lippenbekenntnis zum Familienzentrum bei weitem nicht aus und er berief sich auf gut unterrichtete Kreise – genauer gesagt auf seine Assistentin Angela Leibrock –, die gehört haben wollte, dass das nur der erste Schritt einer großangelegten Operation sei. „Man hört übrigens über den ‚Rathausflurfunk', dass Kunz bereits einen kostengünstigeren Standort für das Familienzentrum am Rande der Stadt gefunden haben soll. Der Koalitionsvertrag spricht in diesem Zusammenhang ja nur vom Erhalt des Familienzentrums, nicht jedoch von einem konkreten Standort."

„Der kann Standorte finden so viel er will, das Familienzentrum bleibt im Stadtzentrum, hier weichen wir keinen Millimeter zurück", brachte Struth die Haltung der Fraktion in anmaßender Überlegenheit auf den Punkt, hob seinen Finger und schaute seinen Geschäftsführer an. „Wir werden ab heute eine härtere Gangart an den Tag legen, so sehe ich das."

„Das werden wir müssen", stimmte ihm Marc Ginsburg gerne zu, der diese Auffassung schon wiederholt in der Fraktion vertreten hatte. „Wir dürfen deshalb auf gar keinen Fall zulassen, dass das Familiencafé aufgegeben wird. Wenn nämlich die erste Bastion fällt, tritt der berühmte Dominoeffekt ein, und ein solches Szenario könnte das Ende der Koalition bedeuten."

Jungkind gefiel die Sache mit dem „Dominoeffekt" überhaupt nicht. Das konnte doch nur bedeuten, dass weitere Bereiche aus seinem Dezernat hinterherfallen würden. Die Dramatik, die in dieser Vorstellung lag, musste sich in Martins Gesicht eingebrannt haben, denn Frank zog sofort die Reißleine.

„Jetzt wollen wir aber den Teufel nicht an die Wand malen“, wiegelte er unwillig ab und versicherte Martin ein weiteres Mal: „Wir stehen hinter dir, ohne uns kann die SPD überhaupt nichts entscheiden, das weißt du ja. Sie braucht uns außerdem auch bei Angelegenheiten, die für sie wichtig sind, so ist das ja nicht.“

Wieder einmal warf er seine überzeugende Ausstrahlung in die Waagschale und munterte Martin mit einem freundschaftlichen Augenzwinkern auf. „In diesem Fall kannst du dem politischen System hundertprozentig vertrauen.“

Jungkind hatte zwar mit dem politischem Vertrauen so seine Schwierigkeiten, aber er wollte seinem Freund gern glauben. Nicht nur weil er wusste, dass so ein Glaubensgefühl ungemein beruhigen konnte, sondern weil er auf Frank und die Fraktion angewiesen war. Auch wenn seine Fraktion bisher noch überhaupt nichts in seiner Sache beim Koalitionspartner erreicht hatte, außer der kontraproduktiven Entscheidung hinsichtlich der Spielecke im Rathaus, so war zumindest auch noch nichts Gegenteiliges entschieden. Das ließ ihn hoffen und er wertete die augenscheinliche Gesprächsbereitschaft des Koalitionspartners als ein gutes Signal.

„Hat sich Kinkel nach dieser ‚Möbelattacke‘ wieder etwas beruhigt?“, wollte Frank abschließend wissen, wobei er aber auf einen aufmerksamen Beobachter einen nicht sonderlich interessierten Eindruck gemacht hätte. „Schließlich haben wir ihm seine Müllpolizei genehmigt, da sollte er schon etwas Dankbarkeit zeigen.“

„Er verhält sich mir gegenüber seit seinem Ausraster wieder völlig korrekt, etwas anderes kann ich wirklich nicht behaupten“, konnte man Martins Erleichterung an dessen gelöster Körperhaltung ablesen, „wahrscheinlich hat er erkannt, dass er mir Unrecht getan hat und ich mit dieser Spielecken-Entscheidung nichts zu tun habe.“

Frank stimmte ihm lächelnd zu und war in diesem Moment einmal

mehr davon überzeugt, dass er mit Martin den richtigen Griff getan hatte. Auch wenn jener – wie in diesem Fall – dem politischen Gegenspieler mit beispielloser Arglosigkeit und unglaublicher Einfältigkeit begegnete, so kamen ihm und seiner Fraktion diese Eigenschaften auch nicht ungelegen.
Martin war relativ gut zu führen und hatte sich durch seine parteipolitische Pflegeleichtigkeit inzwischen längst das fraktionelle Wohlwollen erworben. Umso mehr, als man erkannte, dass er keine Extratouren zur Befriedigung einer politischen Profilierungssucht unternahm, wie das die Dezernenten der SPD immer wieder einmal taten. Seine Eigenwilligkeit beschränkte sich ausnahmslos auf die Sachebene und diese Spielwiese wollte man ihm auch weitestgehend belassen. Insbesondere, weil ein erfahrener Kommunalpolitiker wusste, dass die Mühlen einer Stadtverwaltung sehr, sehr langsam mahlten und der Faktor „Zeit“ viele interne Streitfragen zu verschiedenartigen Sachverhalten regelte, bevor auch nur eine einzige Entscheidung hierzu herbeigeführt worden war.
Martin Jungkind ahnte von diesem verwaltungsinternen Phänomen nichts, weshalb er auch für sich und seine Programmschwerpunkte genau auf diesen Zeitfaktor als aussichtsreiches Hilfsmittel setzte. Hätte er sich etwas mehr mit der Vernachlässigung des Faktors „Zeit“ im politischen Geschehen auseinandergesetzt, wäre ihm nicht entgangen, dass die Zeitrechnung vor und hinter einer Rathaustür eine grundverschiedene war.
Doch da er von diesen ungewöhnlichen Zusammenhängen nichts wusste, ging er mit einem etwas besseren Gefühl in sein Büro zurück als dem, mit dem er gekommen war.

Auch wenn Jungkind noch eine gewisse Vertrautheit in seinem neuen Umfeld fehlte, so konnte man doch nicht behaupten, dass er sich die Gesetzmäßigkeiten einer Verwaltung, mit all ihren abenteuerlichen Umständlichkeiten, nicht aneignen wollte. Auf seine Art war er nämlich durchaus ein Abenteuertyp, der sich für das

Unbekannte interessierte und sich sogar aus dieser Neigung heraus – gemeinsam mit seiner Frau Doris – für die Aborigines im fernen Australien einsetzte. Nicht, dass er jemals dorthin gefahren wäre, ein solcher Gedanke hätte sich allein schon aus gesundheitlichen Gründen verboten, denn er hatte seit seiner frühesten Kindheit mit den vielfältigsten Allergien zu tun, die einen Buschaufenthalt unmöglich gemacht hätten. Aber er konnte doch für sich behaupten, dass das Fremdartige, aus der sicheren Entfernung betrachtet, immer schon eine enorme Anziehungskraft auf ihn ausgeübt hatte. Insofern gab es für ihn auch eine ganze Reihe Parallelen zwischen den Blaustätter Parteiblöcken mit ihren vertrauten Traditionen und den Aborigines mit ihren kultischen Bräuchen. Trotz einiger Gemeinsamkeiten fand er allerdings für die verwaltungsinterne Denkweise kein Übereinstimmungsmerkmal. Aber genau diese musste er möglichst schnell beherrschen lernen, wollte er die strukturierten Handlungsabläufe für sich nutzen, um dementsprechend im zwischenbürokratischen Bereich punkten zu können.

Dazu bestand heute die Möglichkeit, denn in seinem Terminkalender war von seiner Assistentin „Feldgottesdienst“ eingetragen, und Jungkind ging davon aus, dass das nur ein Gottesdienst unter freiem Himmel sein konnte. Doch da hatte er sich getäuscht.

„Der ‚Feldgottesdienst‘ findet in der Regel einmal im Jahr im Rathausfestsaal statt“, klärte ihn seine Assistentin zunächst über den Ort des Geschehens auf, „und wird so genannt, weil da alle Amtsleiter und Führungskräfte zusammenkommen. Der Oberbürgermeister und die Dezernenten sitzen dort vor und sind, wenn man so will, für die Gestaltung des Hochamtes verantwortlich.“

„Wie, Hochamt?“, konnte Jungkind mit der Antwort immer noch nichts anfangen, was wiederum seine Assistentin ermunterte ihre mit Lippenstift verschmierten Zahnreihen zu zeigen und rauchig aufzulachen.

„Das müssen Sie sich so vorstellen“, rückte sie ihren schwarzen Lieblingslederrock zurecht, „Sie und Ihre Kollegen sitzen vorne auf einem Podium. Von dort oben beten Sie mit all Ihrer Überzeugungskraft den Amtsleitern die Verwaltungsgrundsätze herunter, warnen vor Zweifeln aller Art, weisen den Weg in die Zukunft und erläutern, was von den Rathausmitarbeitern in nächster Zeit erwartet wird", hatte dieser Feldgottesdienst offenbar den Humor von Angela Leibrock voll getroffen. „Sie werden ja gleich die originellsten Durchhalteparolen hören. Und schauen Sie einmal genau in die Gesichter der Zuhörer, die Amtsleiter können nämlich die jährlichen Appelle nicht mehr hören. Aber was wollen sie machen, wenn ihr Chef die Glocken läutet. Der Oberbürgermeister hält unverbesserlich an der jährlichen Zeremonie fest, ich nehme an, um seine eigene Stimmung etwas aufzubessern", stellte Angela Leibrock eine persönliche Vermutung zu der ihrer Meinung nach überflüssigen Aufführung an.

Als Jungkind im Rathausfestsaal ankam, waren die Stuhlreihen bereits von denen besetzt, die den Karren allgemeinhin mit fachlicher Befähigung zogen und von denen, die denselben aus persönlichem Antrieb heraus mit politischem Instinkt lenkten.

„Wir sitzen alle gemeinsam in einem Boot", begann der Oberbürgermeister nach der Begrüßung bedeutungsschwer, „und wollen unsere Stadt mit starken Ruderschlägen nach vorne bringen, Schlag um Schlag."

Er schaute über seine Lesebrille und machte bereits die erste, bedeutsame Atempause: „Aber auf hoher See kann es auch einmal vorkommen, dass man auf der Stelle rudert, dann nämlich, wenn der Wellengang zu heftig ist und der Wind einem ins Gesicht bläst." Offensichtlich sprach er seine isolierte Position in der Verwaltungsspitze an und weniger die Ruderer in ihren Gurten. „Das darf uns aber nicht verzweifeln lassen oder gar in unserer Entschlossenheit erschüttern, wir müssen unser Boot auf Kurs halten, egal was kommen mag, denn die Zeiten werden sich auch wieder ändern und wir werden dann die Früchte unserer Arbeit ernten", nahm seine Rede nun stark pastorale Züge an und erinnerte Jungkind an die

Karfreitagspredigt vom vergangenen Jahr. „Es gibt keine Garantien auf dieser Welt, für nichts, für niemanden. Das gilt auch für unsere Stadtverwaltung. Sie alle, die Sie hier sitzen, sind Teil dieser Verwaltung und müssen sich verinnerlichen, dass es das Prinzip des ‚Es war immer so' schon lange nicht mehr gibt", ließ Kinkel seinen Blick durch den Saal schweifen und suchte offenbar in der Weite des Raumes nach neuen Weisheiten, die er plötzlich auch gefunden zu haben schien, denn er beschwor seine Gemeinde unerwartet mit einem: „Glück ist Geschick, liebe Mitarbeiterinnen und Mitarbeiter!"
Nicht nur die Amtsleiter schauten einigermaßen verwirrt auf, auch Jungkind wusste nicht, was dieser Aufruf zu bedeuten hatte. Vielleicht war es aber auch nur eine dieser flexiblen Parolen, die zum Füllwerk des Ganzen gehörte und keinen tieferen Sinn in sich barg. Doch die fragenden Gesichter mussten den Oberbürgermeister auch irritiert haben, denn er räusperte sich und setzte erneut an.
„Ich komme aus dem Westerwald, wie Sie wissen", begann er sehr bedächtig und man konnte erstmalig eine gewisse Aufmerksamkeit bei der Zuhörerschaft feststellen, die nun ganz offensichtlich mit persönlichen Enthüllungen rechnete, „und aus diesem Landstrich kommt jener Sinnspruch, der nicht mehr bedeutet als: Nimm dein Glück selbst in die Hand. Denn ohne eigenes Zutun gelingt nichts."
Nun konnte man aber ein schlagartiges Nachlassen der Konzentration notieren, die Kinkel auch durch keinen noch so eleganten Schlenker mehr zurückgewinnen konnte. „Wir haben mit der Haushaltskonsolidierung einen steinigen Weg vor uns, der jedem von uns Opfer abverlangen wird. Aber wir sehen auch ein Licht am Ende des Tunnels, das dürfen wir nicht vergessen", vertiefte Kinkel nun aktuelle Problemfelder exemplarisch, während Jungkind aus der ersten Zuhörerreihe hören konnte, dass mit dem Licht am Ende des Tunnels wohl nur ein entgegenkommender Zug gemeint sein könne.
Nach einer halben Stunde zähfließender Verwaltungsdetails, entbehrlicher Ratschläge und ermüdender Beschwörungsformeln

endete der Oberbürgermeister schließlich und man hätte behaupten können, dass die Zuhörer erschöpfter waren als er selbst.
„Deshalb erwarte ich von Ihnen allen bei unseren derzeitigen Sparbemühungen Solidarität, Mitarbeit und Begeisterung", gab Kinkel die letzte Durchhalteparole aus und glaubte offenbar fest daran, dass Amtsleiter und Führungskräfte mit Leidenschaft ihre eigenen Ämter zugrunde richteten.
Diesen Standpunkt vertraten die anderen Dezernenten in ähnlicher Weise, denn sie wiederholten die Forderungen des Oberbürgermeisters, allerdings mit dem Unterschied, dass ihre Appelle auf die eigene Farbenlehre abgestimmt und in einer knappen Viertelstunde vorgetragen waren. Jungkind kam als Letzter an die Reihe und erklärte aufgrund mangelnder Vertrautheit mit den eigenen Parteigrundsätzen in zwei Minuten, dass seines Erachtens schon alles gesagt sei, wofür er unter zustimmendem Lachen den mit Abstand stärksten Beifall für den nachhaltigsten Redebeitrag erhielt.
„Beten Sie für einen guten Ausgang bei den weiteren Haushaltsberatungen", beendete der Oberbürgermeister den Feldgottesdienst mit ein paar passenden Worten und entließ seine Gemeinde in den faden Rathausalltag.

Auch wenn ein Feldgottesdienst der inneren Erbauung dienen sollte, so konnte Martin Jungkind dieses Gefühl nicht mitnehmen oder gar konservieren. Umso weniger, als er am nächsten Morgen einen eher unbehaglichen Termin vor sich hatte, genauer gesagt eine Dezernentenkonferenz, die wahrscheinlich ohnehin alles Andächtige in ihm auslöschen würde.
Dezernentenkonferenzen fanden jeden Dienstag von neun bis zwölf Uhr statt und waren eine Zusammenkunft aller Dezernenten, der Bürgermeisterin und des Oberbürgermeisters, zu der aber – je nach Tagesordnung – auch noch Fachleute wie Amtsleiter und andere Führungskräfte hinzugeladen werden konnten.

Die Sitzungen, die immer im großen Konferenzraum abgehalten wurden, folgten jedes Mal dem gleichen Muster. An einem überdimensionalen Konferenztisch, der den langgezogenen Raum fast gänzlich ausfüllte, waren alle „Gesetzten" aufgereiht, während die hinzugezogenen Fachleute auf den Stühlen, die an den Wandseiten aufgestellt waren, wie Bittsteller Platz nehmen durften. Am Konferenztisch selbst gab es eine unveränderliche Sitzordnung, die vom Oberbürgermeister festgelegt war, doch deren Sinn sich Jungkind nicht erschloss.
Die Dezernentenkonferenz – kurz „DK" genannt – konnte man als oberstes, städtisches Verwaltungsgremium bezeichnen, das der Abstimmung von Verwaltungs- und Beschlussvorlagen diente und die Beteiligungsebene aller Dezernate herstellte, wie es im Amtsdeutsch hieß. Als ein solches Instrument hätten diese DK's die gängigen Erwartungen auch ohne weiteres erfüllen können, wären sie nicht oft genug an endlosen Diskussionen um die absurdesten Bedeutungslosigkeiten gescheitert. Aber selbst wenn diese mitunter hartnäckigen Hindernisse genommen waren, konnte es durchaus sein, dass die menschliche Beschränktheit der reinen Vernunft ein Schnippchen schlug und alles Errungene wieder zunichtemachte.
Unter so viel fahrlässiger Beharrlichkeit wäre Jungkind sicherlich nicht weiter aufgefallen, hätte er seine ausgeprägte Ahnungslosigkeit verbergen können. Doch das gelang ihm schon deshalb nicht, weil diese Spielart naiver Einfältigkeit unermüdlich ans Licht strebte und sich dort als solche zu erkennen gab.
Für ihn waren diese Sitzungen demzufolge die reine Zeitverschwendung und halfen ihm in seinen Bestrebungen, seine Zielvorstellungen ein Stück weit voranzutreiben, keinen Schritt weiter. Er hatte sogar das unbestimmte Gefühl, dass seine Arbeit jeden Dienstag von neun bis zwölf Uhr behindert wurde. Obwohl er diesen Eindruck mit nichts belegen konnte, so täuschte ihn seine innere Ahnung nicht.

Er hatte jedoch nicht als einziger Probleme mit den Dezernentenkonferenzen. Markus Kinkel war in einer ähnlich misslichen Lage. Seine Schattenseite offenbarte sich in seiner Entscheidungsschwäche und Unentschlossenheit, die sich wie ein roter Faden durch sämtliche oberbürgermeisterlichen Handlungen zog und speziell in einem Entscheidungsgremium wie der DK schnell an ihre Grenzen stieß. Hinzu kam, dass er sich durch Einwände von dritter Seite noch mehr verunsichern ließ, was dazu führte, dass er vollkommen blockierte und im letztmöglichen Entscheidungsstadium zum Rettungsanker des Vertagens griff.
Viele erkannten, dass Wankelmut nicht gerade zu den optimalsten Vorzügen zählte, die einen Verwaltungschef auszeichnen sollten. Nur Kinkel sah diese Unzulänglichkeit nicht. Auf diese Art konnte er ebenso wenig aus seiner Haut wie Jungkind.
Stattdessen forderte er von allen Fachämtern immer mehr und immer detailliertere Informationen an, die ihm die Entscheidung erleichtern sollten. Er hoffte damit insgeheim, die Entscheidungen, die er zu treffen hatte, irgendwo in diesen Bewertungen und Betrachtungen zu finden.
Das war im Grunde sein inständigster und größter Wunsch.
Das war aber auch sein größter Irrtum. Denn die einzelnen Ämter erledigten ihre Arbeit in aller Regel sehr gewissenhaft und lieferten nachvollziehbare und verständliche Stellungnahmen ab, die dennoch ganz der Betrachtungsweise der einzelnen Amtsbereiche entsprachen. So konnte das Kulturamt beispielsweise die kulturelle Bespielung eines leerstehenden, alten Schwimmbades durch Theatergruppen mit guten Argumenten bejahen, während das Bauaufsichtsamt hierzu fachliche Argumente vorbrachte, die wiederum gegen eine Bespielung sprachen. Solche gegensätzlichen Vorlagen erregten jedes Mal den Unmut des Verwaltungschefs und strapazierten dessen oberbürgermeisterliche Beherrschung so lange, bis sich diese in einem unbeherrschten Tobsuchtsanfall entlud.
„Soll ich denn alles allein machen?“, war seine Standardfrage, die

er dann mit wildem Händefuchteln über den Tisch schrie, während seine Gesichtsfarbe in solchen Momenten so stark in seine Haarfarbe hineinspielte, dass man an hellen Sommertagen. an denen der Raum mit gleißendem Sonnenlicht durchflutet war, manchmal nur noch schemenhaft einen schwachen Schattenriss zwischen Gesicht und rotem Haaransatz erkennen konnte.
Die Entscheidungen musste er aber effektiv allein fällen, denn die vermochte ihm kein Mensch am Tisch abzunehmen. Die Dezernenten konnten nur ihren fachlichen Standpunkt zu den Beschlussvorlagen äußern und der stimmte, wie nicht anders zu erwarten, mit den Fachvorlagen der Ämter überein. Aber diesen Zusammenhang wollte Kinkel partout nicht verstehen und schlug sich, wenn nach langer Diskussion immer noch keine übereinstimmenden Vorlagen und einvernehmlichen Lösungen gefunden waren, aber eine Entscheidung dringend erforderlich war, in der Regel auf die Seite der Dezernentenmehrheit.
Das war wiederum weniger gut für Jungkinds Position und die Vorlagen aus seinem Dezernat. Deshalb suchte er mit seinen Mitarbeitern mittels wohlüberlegter, sogenannter „DK-Vorlagen“ Mittel und Wege, um relativ ungeschoren das verminte Gebiet der obligatorischen Auseinandersetzungen zu passieren, was ihm jedoch aufgrund der bekannten Konstellation in der Konferenz viel zu selten gelang.

Eine Dezernentenkonferenz der übelsten Sorte sollte Jungkind an diesem Tag erleben, bei der es unter anderem um den Erhalt des Familiencafés im Familienzentrum ging, das auf Bestreben des Finanzdezernenten auf die Sparliste gerutscht war und dessen Fortbestand oder Schließung nun in aller Unvoreingenommenheit bewertet werden sollte.
Auch wenn der Stadtrat mit seiner Koalitionsmehrheit aus SPD und FDP letztendlich zu entscheiden hatte, so war zunächst einmal eine fachliche Beurteilung – aufgrund eines detaillierten, schriftlichen Sachvortrages seitens des Familiendezernates – durch die

Dezernentenkonferenz erforderlich, dem sich dann abschließend eine vorurteilsfreie Empfehlung des Oberbürgermeisters an den Stadtrat anschloss. Erst ab diesem Zeitpunkt war der Stadtrat Herr des Verfahrens.

Für Jungkind war diese komplizierte Prozedur immer noch ein Buch mit sieben Siegeln, weshalb er froh war, dass zumindest die bürokratische Vorlagenerstellung in den Zuständigkeitsbereich des Familienzentrums fiel. Von daher sollte es in diesem Bereich schon einmal keine Probleme geben.

Trotzdem erwartete er Querfeuer seitens der Koalitionskollegen aus der SPD, die den Finanzdezernenten in dieser Streitfrage sicherlich unterstützen würden. Schließlich war das Familiencafé ein ganz besonderer Streitpunkt zwischen ihm und Sven Kunz gewesen, den Frank Struth bis heute noch nicht über die Koalitionsschiene geklärt hatte.

„Wenn wir im Stadtrat die Beschlussvorlage hinsichtlich des dauerhaften Erhalts des Familiencafés vorliegen haben, dann sind alle Spatzen gefangen", hatte ihm Struth zwar Mut zugesprochen, aber was war, wenn die Spatzen erst gar nicht in den Stadtrat kamen, weil der Oberbürgermeister die Freigabe einer positiven Beschlussvorlage verweigerte?

Doch darauf hatte Frank auch eine Antwort parat gehabt.

„Dann werden wir ihn ganz einfach zwingen, deshalb wird er sich im Vorfeld zweimal überlegen, ob er eine destruktive Verweigerungshaltung einnimmt", wusste sein Freund, wie man einem Oberbürgermeister beikam.

Doch das „Wie", das hatte er Martin nicht verraten.

Jungkind hatte eine außerordentlich umfassende und aussagefähige DK-Vorlage vom Leiter des Familienzentrums anfertigen lassen, aus der ganz zweifelsfrei hervorging, wie wichtig das Familiencafé für das Familienzentrum und die Familienangebote in der Stadt war und welche Ausstrahlungskraft dieser Familientreffpunkt auch über die Stadtgrenzen hinaus hatte.

Doch mit diesen Details hatte sich augenscheinlich keiner der Dezernenten beschäftigt. Stattdessen hatten sie die Messer gewetzt. „Diese Vorlage ist schlichtweg untauglich!", begann der Finanzdezernent, kaum dass der Tagesordnungspunkt aufgerufen war, mit übertrieben ausdrucksvoller Geste und einem nervösen Kopfschlenker, mit dem er zwei blonde Haarsträhnen in hohem Bogen aus der Stirn schleuderte. „Da stimmt doch weder die Form, noch ist die Sachdarstellung nachvollziehbar. Ich beantrage deshalb diese DK-Vorlage, allein schon aus formalen Gründen, abzuweisen."

Während sich Kunz auf seinem Stuhl zurücklehnte und die SPD-Kollegen nur zustimmend nickten, überlief Jungkind ein zittriger Fieberschub. Er wusste, dass er jetzt parieren musste, sollten seine bisherigen Anstrengungen und die seiner Mitarbeiter nicht umsonst gewesen sein.

„Was soll denn das heißen?", versuchte er eine gewisse Entrüstung zu zeigen, doch sein Gesicht wirkte noch blasser als sonst, was ihn eher erschreckt und verzweifelt als wütend aussehen ließ. „Das ist doch nicht die erste Vorlage, die mein Amt erstellt, ich bitte Sie. Wo sollten hier formale Fehler vorliegen?", erinnerte er sich nun wieder an seinen politischen Lehrmeister, Frank Struth, der Behauptungen seiner Kontrahenten einfach durch eigene Behauptungen überdeckte. „Die Sachdarstellung ist aussagefähig, in der vorgeschriebenen Form erörtert und unter Punkt ‚Lösung / Beschlussvorschlag' steht das Ergebnis zu den vorangehenden Ausführungen, nämlich: Erhalt des Familiencafés am jetzigen Standort", war Jungkind zufrieden mit seiner perfekten Abwehr und versuchte nun einen taktisch geschickten Gegenstoß auszuführen, mit dem er auch den Oberbürgermeister auf seine Seite zu ziehen hoffte. „Ich weiß, dass Sie zu dieser Thematik eine gänzlich andere Auffassung haben, aber deswegen kann man doch nicht die formale Ebene kritisieren und damit eine wichtige Entscheidung für die Stadt verzögern."

„Sie lassen sich doch von Ihrer Fraktion instrumentalisieren!“, fuhr es nun aus Kunz wie lange aufgestaut heraus, während er sich mit gekreuzten Armen auf dem Tisch abstützte und Blickkontakt mit dem Oberbürgermeister suchte, „Sie merken ja überhaupt nicht, dass Sie nur eine Marionette sind, die in vorderster Front verheizt werden soll. Das könnte uns ja egal sein, aber es ist uns nicht egal, wenn Sie mit Ihren blindwütigen Aktionen Parteipolitik in die Stadtverwaltung tragen.“

Das war ein unerwarteter Bodycheck, der Jungkind vollkommen aus der Bahn warf. Er würde Politik ins Rathaus tragen, gerade er? Und das Festhalten am Familiencafé sollte der ausdrückliche Wunsch seiner Fraktion sein? Wenn es so gewesen wäre, dann hätte sich auf Koalitionsebene längst etwas abzeichnen müssen. Doch seiner Fraktion schien dieses Thema ebenso gleichgültig zu sein, wie seinem Hund Hugo, weshalb er manches Mal an der Ernsthaftigkeit der Fraktionsbeteuerungen zum Erhalt des Familiencafés zweifelte.

„Da muss ich dir absolut zustimmen, Sven“, hatte sich Markus Kinkel offensichtlich für die stärkere Seite entschieden und zeigte das, indem er sich aufstellte, was ihm aber an wahrer Körpergröße nicht viel brachte. „Sie haben wohl gedacht, dass alles, was Sie und Ihre Fraktion sich so vorstellen, auch umgesetzt wird“, fuhr er Jungkind schroff an, „wir haben andere und wichtigere Projekte zu schultern als das Familiencafé.“

„Ich habe dir ja schon gesagt, dass wir den Bereich des Familiencafés sofort vermarkten könnten“, beeilte sich Sven Kunz dem Oberbürgermeister in vorauseilendem Gehorsam zur Seite zu springen, „das ist beste 1A-Geschäftslage.“

Jungkind wusste, dass dieser Grund in gleichem Maß auch für den Erhalt des Treffpunkts in jener zentralen Lage sprach, was auch aus der Beschlussvorlage deutlich hervorging. Aber das interessierte keinen in dieser Runde. Wahrscheinlich hätte er noch hundert andere gute Argumente nennen können, es hätte an der festen

Absicht, das Café aufzugeben, nichts geändert. Es war offenbar von Anfang an beschlossene Sache gewesen, den Antrag auf Erhalt des Familiencafés abzuweisen und stattdessen ein Ladenlokal an dieser Stelle zu etablieren, um die Miete als Einnahmequelle für den desolaten Haushalt heranzuziehen.

„Ich denke, wir brechen die Diskussion hier ab, es ist ja alles gesagt und wir sind uns einig. Die Beschlussvorlage aus dem Familiendezernat wird damit zurückgewiesen", war die Stimmung bei Kinkel wieder in bester Ordnung und er beauftragte Kunz mit der Aufstellung einer „korrekten" Verwaltungsvorlage.

Wie die aussehen würde, wusste jeder an diesem Tisch. Und Jungkind fragte sich, warum der Oberbürgermeister dann nicht schon heute entschied? Er war doch bereits festgelegt. Was war es, was ihn immer und überall zögern ließ? Er hatte doch ganz offenkundig Rückendeckung von der SPD erhalten. Oder ging es um die öffentliche Meinung, die er nicht einschätzen konnte? Jungkind wusste es nicht, er wusste nur, dass er für sein Familiencafé nichts mehr tun konnte.

Doch für Trauerbewältigung blieb ihm keine Zeit, denn der nächste Tagesordnungspunkt war schon aufgerufen. Dabei ging es um zusätzliche Sparmaßnahmen, die den Haushalt entlasten sollten.

Jetzt war der Finanzdezernent in seinem Element. Er sprühte buchstäblich vor abenteuerlichen Einsparideen und halsbrecherischen Verschlankungsvorschlägen, die jedoch allesamt nicht umzusetzen gewesen wären, aber dennoch die Blaustätter Bürger in hellen Schrecken versetzt hätten. Ein Sparvorschlag war aber sehr wohl umzusetzen, nämlich die Schließung des beliebtesten Freibades der Stadt. Das Grafensteinbad war in einem stark sanierungsbedürftigen Zustand und hätte in den nächsten Jahren mit hohen Zuschüssen instand gesetzt werden müssen, weshalb dieser Schließungsgedanke vordergründig nicht von der Hand zu weisen war.

„Daran habe ich auch schon gedacht", stimmte ihm der Oberbürgermeister gedankenverloren zu, „das wäre auch vor dem

Hintergrund, dass wir zu viele Freibäder haben, eine richtige Entscheidung. Aber wie wird die Öffentlichkeit darauf reagieren?!"
„Wie auf alle Sparmaßnahmen", konnte der Finanzdezernent mit einem breiten Grinsen eine sichere Prognose abgeben, „es wird Widersprüche, Diskussionsabende, Demonstrationen und Unterschriftenlisten geben, eben das komplette Bürgerwehrprogramm."
Markus Kinkel verzog daraufhin sein Gesicht so heftig, dass man hätte glauben mögen, dass dieser Fall schon eingetreten sei und die Lawine sich bereits auf das Rathaus zubewegte.
„Wir könnten aber auch vier Brunnen schließen", brachte sich nun Bürgermeisterin Jutta Spontek in die Diskussion ein, wobei Jungkind ihren Vorschlag für einen Scherz hielt, um den Oberbürgermeister nach dem vorangegangenen Tiefschlag mit dem Freibad wieder etwas aufzumuntern, „der Wasserverbrauch und die Säuberungsaufwendungen sind nicht unerheblich, da könnten wir pro Jahr einige Tausend einsparen."
Als Jungkind bemerkte, dass keiner lachte, begriff er erst die Ernsthaftigkeit, die in diesem absurden Einfall steckte, denn die Aussprache über das Für und Wider setzte sogleich mit aller zur Verfügung stehenden Urteilskraft ein. Es ging so weit, dass tatsächlich zwei konkrete Brunnenanlagen in der Innenstadt ins Auge gefasst wurden und zwei weitere Anlagen in den Stadtteilen.
„Das ist doch nicht euer Ernst", versuchte Ulf Johann kopfschüttelnd diese Schließungen zu verhindern, „Brunnen gelten nur mit Wasser als Brunnen. Wenn nichts mehr sprudelt, spricht man gewöhnlich von defekten Brunnenanlagen", ließ er seine Arme wieder einmal am Körper herunterbaumeln und appellierte an den politischen Instinkt seiner Kollegen, vielleicht aber auch an deren Vernunft, „wenn wir einen solchen Vorschlag tatsächlich in die Öffentlichkeit bringen, dann sollten wir auch als Ergänzungssparmaßnahme den Wasserverzicht in zwei Schwimmbädern anführen und das Trockenschwimmen zur neuen sportlichen Disziplin erheben", gluckste er vor sich hin und fuhr fort, „dann können wir auch

ganz gewiss sein, dass selbst die überregionale Presse auf unsere Stadt aufmerksam wird."

Diese Argumentationskette überzeugte den Oberbürgermeister sofort, denn er pflichtete dem Sozialdezernenten ohne jede Einschränkung bei und ließ die Brunnen weiter sprudeln. Doch Kunz war mit der unfruchtbaren Ergebnisausbeute zur Sparauflage überhaupt nicht zufrieden.

„Dann bleiben nur noch Steuererhöhungen", war er schnell bei der Sache und ordnete seinen vor sich liegenden Schlüsselbund, „aber da blockieren ja wieder Ihre Parteifreunde", schaute er Jungkind strafend an, „die FDP will auf keinen Fall Steuererhöhungen, das weißt du ja", wandte er sich wieder Kinkel zu, „wenn also die FDP Steuererhöhungen ausschließt und du keine Schließungen von städtischen Einrichtungen willst, dann müssen wir an die freiwilligen Leistungen."

Bei diesem Vorschlag zuckte Kulturdezernentin Hilla Frankfurter sichtlich zusammen.

„In meinem Dezernat ist wirklich kaum noch etwas einzusparen, das ist dir ja bekannt", schaute sie ihren Parteifreund verstimmt an, „die Freie Szene steht mir schon jeden Tag in der Tür und in unserem Theater ist nach der letzten großen Mittelkürzung nichts mehr einzusparen."

„Dann müssen wir eben in jedem Dezernat einsparen, so einfach ist das", wurde Kinkel nun zusehends nervöser und legte eine entsprechend vorwurfsvolle Schärfe in seine Worte, „ich sehe nicht ein, dass ich hier alles machen soll. Wozu habe ich denn einen Finanzdezernenten? Ich gebe dir jetzt den Auftrag, dich mit allen Dezernenten zusammenzusetzen und Sparkonzepte für jedes Dezernat zu erarbeiten. Wiedervorlage in vier Wochen. Ende der Diskussion!"

„Nur keine Aufregung und die Tonlage immer den existenten Umständen anpassen", zeigte Kunz dem Oberbürgermeister mit einem respektlosen Lächeln, dass dieser in der DK auf das Wohlwollen der SPD-Dezernenten angewiesen war, „ich kümmere mich schon um

die Sparkonzepte, da kannst du dich ganz beruhigt zurücklehnen, schließlich sind wir hier alle hoch bezahlte Manager, die um die Finanzsituation unserer Stadt wissen."
Vielsagend schaute er seine Parteikollegen an und fügte mit einem belehrenden Blick auf Jungkind hinzu: „Da darf der Bürger schon Kreativität in den Sparvorschlägen erwarten, Kreativität ist bekanntlich der Schlüssel zum Erfolg!"
Martin Jungkind wunderte sich einmal mehr, dass Kunz solche anmaßenden Belehrungen von sich gab, obwohl ihm selbst der „Schlüssel zum Erfolg" fehlte. Wenn er sich nämlich als kreativer Manager verstand, dann hätte er schon vor Jahren ein Konsolidierungsprogramm für den Haushalt aufstellen und strukturelle Veränderungen vorschlagen müssen. Nichts davon war aber bis heute geschehen.
Und der Oberbürgermeister hätte diese Unzulänglichkeiten erkennen und auf Konzepte drängen müssen, anstatt auf eine simple Sparpolitik als einzigen Ausweg aus der Haushaltsmisere zu setzen. Wie wollten diese beiden Strategen denn weiter vorgehen, wenn alle Einsparmöglichkeiten erschöpft waren und in der Stadt an keiner Stelle mehr etwas einzusparen war?
Und im Familiendezernat stand man bereits mit dem Rücken zur Wand. Hier gab es wirklich kaum noch Möglichkeiten, es sei denn, man wollte einzelne Bereiche, wie jetzt das Familiencafé, vollständig aufgeben. War das die zukünftige Politik dieser städtischen Führungsriege? Und diente sein Dezernat etwa als Steinbruch für die weiteren Sparmaßnahmen?
Martin Jungkind befürchtete das Schlimmste.

Deshalb entschied er sich zu einer Untersuchungsreihe quer durch alle Bevölkerungsschichten, sah aber aus Zeitgründen von aufwendigen Doppelblindstudien ab. Von vier unterschiedlichen Personengruppen, denen er die Zusammenhänge und den aktuellen Sachverhalt objektiv schildern wollte, erwartete er sich neue Erkenntnisse und damit eine bessere Einschätzung seiner Lage.

Bei dem auserwählten Personenkreis dachte er an Frank Struth als einem Vertreter aus dem parteipolitischen Führungsblock, an Angela Leibrock als Vertreterin der abhängigen aber stets gut unterrichteten Rathausmehrheit, an seine Frau Doris als Sachverständige für überirdische Phänomene und an seine beiden Töchter Britta und Simone als Vertreterinnen einer unpolitischen, aber kritischen Jugend.

Nach der ersten Befragungsrunde zeigten sich bereits gravierende Unterschiede in den Bewertungskriterien, die sich in den weiteren Gesprächen noch stärker verfestigten. Von daher konnte es im Ergebnis nicht verwundern, dass Jungkinds Stellung innerhalb der parteipolitischen Gesamtgemengelage sehr unterschiedlich beurteilt wurde.

Struth schätzte die Lage zwar kritisch ein, fand aber dennoch für seine Fraktion eine Wendung zum Guten, die Jungkind und seinem Dezernat hingegen nicht helfen konnte.

„Da haben also die Roten und die Schwarzen in der Dezernentenkonferenz eine große Koalition gezimmert, aha ...", ließ er jede Silbe auf der Zunge wie ein süßsaures Drops zergehen und schaute gedankenverloren aus dem Fenster in den düsteren Zulieferhof des Rathauses. „Das heißt, dass wir demnächst im Rat eine Beschlussvorlage mit der Empfehlung zur Aufgabe des Familiencafés vorgelegt bekommen werden. Nun gut, dann werden wir das Café eben verlieren ...", strich er sich leidenschaftslos über den Kopf, setzte sich Jungkind gegenüber und beruhigte ihn mit politisch gut bekömmlichen Argumenten. „Egal wie es läuft, es hat auf dich als Beigeordneten keine Auswirkungen. Wir müssen nun alles daransetzen, um eine Koalitionskrise zu vermeiden, denn darauf wartet die SPD nur."

Frank entwickelte nun eine Logik, der Martin überhaupt nicht folgen konnte: „Bisher hat nämlich jeder Koalitionspartner der SPD vorzeitig das Handtuch geworfen. Diesen Gefallen werden wir unserem großen Partner aber nicht tun!" Er versuchte eine selbstbewusste, kämpferische Unbeugsamkeit vorzuspielen, die jedoch im gleichen Augenblick von Martin als willfährige Ergebenheit enttarnt wurde und nur der Verzweiflung, den Machteinfluss im Rathaus verlieren zu können, entsprungen sein konnte: „Wenn, dann muss die SPD den Koalitionsvertrag von ihrer Seite aus aufkündigen, falls sie mit der CDU ins Bett steigen will. Wir werden die Koalition jedenfalls nicht verlassen, das steht außer Frage."

Martin stürzte unvermittelt in eine tiefe Glaubenskrise. Da wurde seine Fraktion vor aller Augen von ihrem Partner betrogen und als Dank signalisierte man Wohlverhalten. Er und sein Dezernat waren also von nun an der Gemütslage und der Willkür des Koalitionspartners ausgeliefert. Das war ein parteipolitischer Offenbarungseid, der schlimmer nicht hätte kommen können.

Seine Assistentin sah das ähnlich düster und hatte sogar über ihre geheimnisvollen Rathauskanäle Hintergrundinformationen zusammentragen können, die alles noch dramatischer erscheinen ließen. „Viele gehen davon aus, dass wir Stück für Stück unser Dezernat verlieren werden, das Familiencafé soll erst der Anfang gewesen sein", hatte Angela Leibrock unangenehme Botschaften mitzuteilen, „der Oberbürgermeister und die Dezernenten sollen sich vor einigen Tagen darauf verständigt haben, dass die überwiegenden Einsparleistungen vom Familien- und Sportdezernat erbracht werden."

Sie stand wieder einmal aufgedonnert wie eine Primadonna in der Tür, wobei ihr knallrotes Kostüm und die feuerroten Schuhe bei Jungkind auf schonungslose Ablehnung stießen.

„Es ist sogar von der Schließung des Familienzentrums auf Raten die Rede. Es heißt, dass es zunächst an einen kleineren Standort wechseln soll, der alte Schlachthof ist da im Gespräch", konnte man nun ein besorgtes Stirnrunzeln bei ihr feststellen, „einige machen sich auch Gedanken um Ihr ‚Überleben', gerade weil Sie politisch vollkommen isoliert seien und keinerlei Chancen in der Dezernentenrunde hätten, um Ihre Zielsetzungen durchsetzen zu können. Es wird allerdings auch bemerkt, dass Ihnen Ihre Fraktion die Unterstützung versagt, zumindest aber keinerlei Schutz mehr bieten kann oder will", drückte sie ihre Besorgtheit mittels einer abwertenden Handbewegung aus. „Jeder erkennt mittlerweile – und nicht nur hier im Rathaus –, dass Ihre Fraktion von der SPD ungeniert an der kurzen Leine spazieren geführt wird. Und als ob das nicht genügen würde, lassen es Ihre Liberalen auch noch zu, dass der Koalitionspartner munter von der CDU angefüttert wird. Das kann böse ins Auge gehen, glauben Sie mir das."

Diese ganze Anfütterungsaktion ging Jungkind ebenso gegen den Strich wie seiner Assistentin. Aber an diesen politischen Spielchen konnte er nun einmal nichts ändern. Er fragte sich nur, wo er überhaupt noch etwas ändern konnte und erhoffte sich hierin eine deutlichere Antwort seitens seiner Frau.

„Die Sterne stehen gar nicht so schlecht für dich, das habe ich dir ja schon einmal gesagt", begann Doris behutsam, teilte ihm dann aber mit, dass da eine neue Sternenkonstellation aus dem Nichts aufgetaucht sei, die der ersten gewissermaßen entgegenlaufen würde. „Dummerweise steht aber nun auch Pluto in deinem Zeichen, was wiederum für einen tiefgreifenden Wandel spricht, denn er wechselt in den Steinbock", war sie etwas kleinlauter geworden, da sie diesen Pluto vermutlich in dem ganzen Sternengewirr übersehen hatte, „und wenn Pluto im Steinbock steht, dann legt er Wert auf klare Hierarchien und perfekte Strukturen, was nicht heißen muss, dass die Meinungsvielfalt eingeschränkt wird, aber das kann es natürlich bedeuten."

Sie wagte den Blick nicht von den Unterlagen zu wenden, weil sie genau wusste, wie verzweifelt und niedergeschlagen ihr Mann nun dreinschauen musste.

„Pluto gibt uns aber auch durchaus die Kraft uns anzupassen und unterzuordnen, auch nach neuen Möglichkeiten des Miteinanders zu suchen, und er fragt uns, wie viel Freiheit sich jeder nehmen kann und wie viel Individualität unser Planet überhaupt verträgt", suchte sie eilig nach einer anderen Variante, die vielleicht etwas

mehr Sonnenschein in Martins Gemütszustand bringen konnte, „andererseits steht Mars ebenfalls in deinem Zeichen, was eine große Chance für dich sein kann, denn Mars steht für Flirtfreudigkeit und unwiderstehliche Verführungskraft.“
Der Planetenhokuspokus brachte ihn nicht weiter. Sollte er etwa mit Kinkel oder Kunz flirten, um seine Institutionen zu sichern?
„Ich würde an deiner Stelle nun alles daransetzen, das Familienzentrum zu retten“, brachte seine Tochter Britta die komplizierte Gesamtproblematik auf eine einfache Formel, „was kann dir denn schon passieren, du bist doch noch für über sieben Jahre gewählt.“
Kindermund tut Wahrheit kund, erinnerte sich Jungkind an den alten Spruch und musste dabei etwas schmunzeln. Was konnte ihm tatsächlich passieren? Nichts. Lohnte es sich denn nicht für sein Dezernat und die einzelnen Einrichtungen zu kämpfen, auch wenn man nicht mit dem großen Erfolg rechnen durfte? Es verlangte nur nach ein klein wenig mehr Beherztheit und Entschlossenheit, dann konnte man vielleicht sogar den Kollegen die Stirn bieten. Wie gern hätte er einmal die Stimme gehoben und laut und deutlich gesagt, was Sache ist.
Doch kaum, dass er diesen Gedanken tollkühn zu Ende gedacht hatte, verließ ihn auch schon wieder der Mut und er sackte, von den draufgängerischen Gefühlen erdrückt, in sich zusammen. Allein würde er sowieso nichts ausrichten können, da brauchte man kein Prophet zu sein, um das zu erkennen. Wie konnte man überhaupt auf einen solchen irrwitzigen Gedanken kommen?
Was sich Kinder aber auch alles so einfallen ließen ...

Viertes Kapitel

Das Spiel

Das Spiel

Auch wenn alles meist wolkenverhangen aussah, so gab es doch auch die schönen Augenblicke, in denen Martin Jungkind als eindeutiger Gewinner dastehen konnte. Das war beispielsweise beim städtischen Marathonlauf der Fall, bei dem er als Sportdezernent teilnahm und keine schlechte Figur abgab.

„Sie werden als Sportdezernent ja automatisch an dem Lauf teilnehmen", hatte ihm Kinkel keine Wahl gelassen. „Gibt es jemanden aus unserer Runde, der sich das auch noch antun würde?", fragte er in der Dezernentenkonferenz nach.

Werner Finkenpfeifer meldete sich freiwillig. Als eifriger Wandervogel, der jedes Wochenende mit seinem Boxer querfeldein spazieren ging und einmal im Jahr sogar an einer organisierten Hochgebirgstour seines Wanderclubs teilnahm, fühlte er sich geradezu berufen. Dieser Hochgebirgsvorbereitungen hätte es allerdings nicht bedurft, da die Marathonstrecke an beiden Flussufern der Blau entlangführte und nahezu flach war. Ein weiterer Unterschied lag zweifelsohne auch in der Streckenlänge von 42 Kilometern, die möglichst ohne Übernachtung an einem einzigen Tag bewerkstelligt werden wollte.

Es war ein nebliger Sonntagmorgen, als die beiden Dezernenten in einem Feld von weiteren tausend sportbegeisterten Blaustätter Bürgern, nach einem spektakulär inszenierten Startschuss aus einer Leuchtmunitionspistole – abgefeuert durch den Oberbürgermeister – starteten, um in ein paar Stunden wieder an gleicher Stelle durchs Ziel zu laufen.

Zu Beginn trabte Jungkind noch neben seinem Kollegen her, der hinsichtlich der auf ihn zukommenden Strapazen bereits eine Vorahnung zu haben schien, denn in dessen Gesicht hatten sich mittlerweile jammervolle Spuren eingegraben. Tiefe Furchen durchzogen Stirnpartie und Wangenbereich, und ein gewissermaßen ausdrucksloses Augenpaar signalisierte eine reale Besorgtheit, die sich deutlich im Laufstil niederschlug.
Bereits nach den ersten fünf Kilometern begann er schwer zu hecheln, zudem ein seltsames Pfeifen von sich zu geben und ständig langsamer zu werden, was Jungkind mit seinen langen Beinen immer mehr aus dem Rhythmus brachte und letztendlich zu einer sportlichen Entscheidung zwang. Nach einer mit Buschwerk verdeckten Flusswindung zog er das Tempo schlagartig an und ließ seinen Kollegen ohne ein letztes barmherziges Wort stehen.
Erst jetzt spürte er wieder das einzigartige Erlebnis des Laufens. Die Freiheit durchströmte in ihrer ganzen Ungezwungenheit mit jedem Atemzug seinen Körper und erfüllte ihn mit vertrauten Empfindungen, die er schon lange nicht mehr so wahrgenommen hatte. Auch der alte sportliche Ehrgeiz stellte sich plötzlich wieder ein und trieb ihn zu einer ungeahnten Höchstleistung an. Dessen ungeachtet warf er hin und wieder einen Blick zurück. Schließlich konnte man nicht wissen, ob der Kollege nicht einer dieser unangenehmen Spätstarter war, der jeden Augenblick vorbeiziehen konnte. Diese Sorge stellte sich jedoch als unbegründet heraus. Finkenpfeifer blieb verschollen und tauchte erst wieder im Ziel auf, als Jungkind längst umgezogen neben dem Oberbürgermeister und einigen Stadtverordneten im Biergarten bei seinem dritten großen Glas Apfelsaftschorle saß.
„Hopp, hopp, hopp", sprang Kinkel lachend auf, als der Verwaltungsdezernent endlich auf die Zielgerade einbog und forderte mit einem rhythmischen Klatschen die Aktivierung der letzten Kraftreserven. „Los Werner, blamier uns nicht, noch bist du nicht Letzter."
Doch bei Finkenpfeifer war nichts mehr zu aktivieren, nicht einmal

ein pflichtgemäßes Lächeln. Er sah aus wie der Tod, keuchte in einer seltsamen, fast besorgniserregenden Tonlage und stürzte wie ein gefällter Baum auf die Wiese, kaum dass er unter dem Zieltransparent mit der Werbeaufschrift eines Weinkontors „Bei uns gibt's keine Verlierer, bei uns gibt's nur Flaschen" durchgewankt war.
„Der scheint erledigt zu sein, aber ich meine, er übertreibt", setzte sich Kinkel mit einem prüfenden Blick auf Jungkind wieder hin, um dann aber den Hals erneut in Richtung des immer noch flach liegenden und nach Luft schnappenden Sportsmannes zu recken und einen bemerkenswerten Vergleich anzustellen: „Es ist doch unmöglich, dass Sie schon eine kleine Ewigkeit gut erholt neben mir sitzen und der so tut, als habe er mit letzter Kraft das Ziel erreicht."
„Es macht schon einen gewaltigen Unterschied, ob man Lauferfahrung hat oder eben nicht, beim Marathonlauf kommt es nämlich auf viele Faktoren an, wie beispielsweise auf die Atemtechnik, die ..."
Jungkind wurde jedoch in seinen sportlichen Aufklärungsbemühungen abrupt unterbrochen.
„Tut mir leid, ich habe kein Verständnis, wenn man sich vor den Bürgern so gehen lässt", ließ Kinkel keine spekulativen Erklärungen an sich heran und begründete seine Überzeugung mit hörbar aufgebrachter Stimme und einer abwertenden Handbewegung zu dem am Boden liegenden Finkenpfeifer. „Wenn ein Politiker versagt, weil er seine Fähigkeiten falsch eingeschätzt hat, dann spricht das für dessen miserable Führungsqualitäten. Hier neben uns liegt also eine totale Fehlbesetzung, wenn Sie so wollen. Die Menschen da draußen möchten nämlich ihren Helden zujubeln und sich von Gewinnern motivieren lassen. Verlierer haben nichts Erotisches, die bemitleidet man bestenfalls einen halben Tag lang", bekam Jungkind wieder einmal eine kostenlose Lehrstunde in politischer Erkenntnistheorie, „was hier gerade vor unseren Augen geschieht, ist eine unglückselige Momentaufnahme, die aber trotzdem negative Wellen schlagen wird", vermied er den gefallenen Dezernenten

auch nur mehr eines Blickes zu würdigen und wies stattdessen ausschließlich mit den Augen in dessen Richtung. „Diese Bruchlandung wirft nämlich nicht nur ein schlechtes Licht auf den Herrn Verwaltungsdezernenten, sondern auf die gesamte Verwaltungsspitze. Das ist die Problematik, von der ich rede!", ereiferte er sich über seine eigenen Worte und sah schon eine spöttische Berichterstattung mit allen überflüssigen Einzelheiten auf sich und die Führungsriege des Rathauses zukommen. „ Ein solches Trauerspiel kommt der Presse doch gerade recht."

Tatsächlich nahm sich die Presse dieser belanglosen Sportveranstaltung und Kinkels innersten Befürchtungen an.

„Langstreckenlauf ist offenbar keine Verwaltungsdisziplin", konnte man am nächsten Tag als Aufmacher in der Blaustätter Zeitung lesen. „Verwaltungsdezernent hatte keine Chance gegen Sportdezernent."

Dieser Artikel musste Finkenpfeifer dann doch sehr verletzt haben, denn vor der nächsten Dezernentenkonferenz sprach er Jungkind auf jenen rabenschwarzen Sonntag an.

„Sie haben sich nicht kollegial verhalten, das möchte ich Ihnen an dieser Stelle schon einmal sagen", schaute er mit missvergnügter Miene an ihm hoch und wirkte auf Jungkind wie ein trotziges Kind, das ein Spiel verloren hatte und nun raufen wollte. „Solche Sportveranstaltungen sind doch nicht dazu da, um Revierkämpfe auszutragen. Haben Sie denn gar kein politisches Gespür?"

Jungkind verstand ihn nicht. Welches politische Gespür sollte man denn bei einem Marathonlauf haben? Davon hatte er noch nie gehört. Außerdem war der Oberbürgermeister vor wenigen Tagen ganz anderer Meinung gewesen, als er nicht ihm, sondern dem Verwaltungsdezernenten die Fehleinschätzung seiner sportlichen Fähigkeiten vorwarf.

Finkenpfeifer sprach nun aber im Gegensatz dazu von einem fehlenden politischen Gespür, wenn man seine sportlichen Begabungen entsprechend einsetzte. Welche Sichtweise war nun die richtige

und kam dem olympischen Gedanken am nächsten? Oder gab es beim parteipolitischen Leistungssport überhaupt keine allgemeingültigen Regeln?
Es war insgesamt eine äußerst unübersichtliche Gemengelage von politischen Mustern, die zunächst einmal begriffen und eingeordnet werden wollte, was Jungkind in der Kürze der Zeit aber nicht gelang, weshalb er auf eine einfache Entschuldigung zurückgriff.
„Ich musste in meinen Laufrhythmus kommen, tut mir leid", suchte er nach möglichst unverfänglichen und politisch blassen Worten, die er in ein dazu passendes, einfältiges Lächeln einpackte, „beim Marathonlauf ist es nämlich wichtig, sein eigenes Tempo zu finden. Und Sie haben es letztendlich ja auch für sich gefunden. Insofern können Sie mit Ihrem Ergebnis sehr zufrieden sein."
Doch diese magere Belobigung konnte die Stimmung seines Gegenübers nicht im Geringsten aufhellen.
„Es geht doch hier nicht um banale Lauftechnik oder irgendwelche Bilanzen", kam nun neben dem Verwaltungsdezernent wieder der Sicherheitsdezernent mit all seinen Bedenken durch, „wir waren doch hier nicht als Freizeitsportler unterwegs, sondern als Politiker. Und als solche werden wir von den Bürgern auch wahrgenommen. Haben Sie sich darüber überhaupt einmal Gedanken gemacht?"
Hatte Jungkind nicht.
„Die Öffentlichkeit muss doch nach dem getrennten Zieleinlauf denken, dass wir in der Koalition zerstritten sind und jeder eine eigene Politik betreibt", schüttelte Finkenpfeifer den Kopf und tat so, als habe sich diese Betrachtungsweise in der Bevölkerung nicht schon längst herumgesprochen. „Es wäre eine Katastrophe, wenn das nun das bittere Fazit aus Ihrem sportlichen Alleingang wäre. Eine Katastrophe!", betonte er noch einmal, verzog sein Gesicht in vorwurfsvoller Unnachgiebigkeit und ließ ihn ohne eine letzte Rechtfertigungsmöglichkeit stehen.
Jungkind hätte sich auch nicht rechtfertigen können, er erkannte nämlich keine Katastrophe. Stattdessen vermutete er, dass seinem

Kollegen die abfälligen Bemerkungen Kinkels zu Ohren gekommen waren und dieser ihn nun, gewissermaßen als Auslöser der oberbürgermeisterlichen Demütigungen, verantwortlich machte.
Alles war sehr kompliziert, auch im zwischenmenschlichen Bereich.

Mit diesen Worten hätte man auch gut den Termin mit der Frauenbeauftragten überschreiben können. Denn Pia von Taff war nicht nur für ihre charakteristische Unerschrockenheit bekannt, sondern auch dafür, dass sie ihre fachlichen Forderungen in gleicher Unmissverständlichkeit und Kompromisslosigkeit vertrat. Eine solche Wesensart war für Jungkind im weiblichen Umgang neu. Er hatte sein bisheriges Leben lang eher mit Frauen zu tun gehabt, die in der Sache entgegenkommend und persönlich zumindest diskret aufgetreten waren. Insofern verwunderte es nicht, dass sich bei dem Besprechungstermin um das zutiefst befremdliche Thema „Frauenmuseum" eine verkrampfte Abwehrhaltung in ihm regte, die sich gleichermaßen auch gegen die Verfechterin dieses paradoxen Vorschlags richtete.
„Soll ich Tee kochen? Die Taff trinkt nur Tee", wurde Jungkind von seiner Assistentin auf den bevorstehenden Termin hingewiesen.
Für ihn hatte Tee in einem gesunden Körper nichts zu suchen, er trank Tee nur dann, wenn er krank war. Bei Magenbeschwerden griff Doris immer gerne auf einen Kamillentee oder in problematischeren Fällen auch auf einen Schafgarbentee zurück, und eine Erkältung bekämpfte sie mit einem auf Spitzwegerichkraut basierenden Bronchialtee, meist kombiniert mit einem heißen Fußbad aus Eibischwurzelextrakt. Er hoffte nur, dass die Frauenbeauftragte keine Grippe hatte.
„Für Sie ist der Kaffee schon durchgelaufen", wurde er von seiner Assistentin aus seinen Gedanken gerissen. „Ich habe außerdem noch einen wunderbaren chinesischen Entspannungstee gefunden", kam sie in sein Büro gerannt und las ihm die Packungsbeilage vor, „da steht Folgendes: Für die besonderen Augenblicke der

Zweisamkeit sorgen ausgesuchte Baldrianwurzel- und Johanniskrautbeimengungen für die nötige Entspanntheit."
Es mochte sein, dass der Tee bei Chinesen seine Wirkung voll entfaltete, auch gerade in den besonderen Augenblicken der Zweisamkeit. Bei Pia von Taff bedurfte es aber sicherlich mehr als eines Heißgetränks, um deren innere Verspannungen zu lösen.
Das hatte Jungkind richtig eingeschätzt. Denn kaum, dass die Frauenbeauftragte sein Büro mit einem mehr oder minder höflichen Gruß betreten hatte, zog sie schon einen ersten Graben.
„Ich frage mich wirklich, mit welcher Stimmung ich das Dezernat nach unserem Gespräch verlassen werde", setzte sie sich mit angriffslustiger Miene und entsprechender Körperhaltung an den Besprechungstisch.
Jungkind wunderte sich, dass sie überhaupt zu anderen Stimmungslagen als der gegenwärtigen fähig war und stellte sich auf weitere Blessuren ein.
„Das Frauenbüro scheint ja nur noch als Alibi-Einrichtung zu dienen, um die Wählerinnen bei der Stange zu halten, das ist ein unerhörter Affront gegen alle Frauen", erzürnte sie sich, ohne ihr blasses Gesicht aber durch eine entsprechende Durchblutung an ihrer Aufgebrachtheit teilhaben zu lassen, „das schaue ich mir nicht mehr lange mit an, das können Sie mir glauben!", profitierten stattdessen aber ihre rötlichblonden Haare von der Empörung, die nun wie elektrisiert in alle Richtungen standen.
Sie griff zur Tasse und nahm einen tiefen Schluck.
„Man muss ja mittlerweile das Gefühl haben, als habe sich die Politik gegen das Frauenbüro verschworen", ließ sie in ihrer Angriffslust nicht nach, kramte einen Stapel Unterlagen aus einer abgegriffenen Umhängeledertasche hervor und schob einen Teil davon mehr schroff als nachgiebig über den Tisch.
Von einer Verschwörung gegen das Frauenbüro wusste Jungkind nichts, er konnte sich aber gut vorstellen, dass es Verschwörungstheorien gegen die Frauenbeauftragte selbst gab.

„Das ist das Exposé mit allen Erläuterungen zum ‚Frauenmuseum'", wies sie in gleichbleibender Gereiztheit auf die Unterlagen hin und schob ihm ein weiteres Papier zu, „und hier habe ich bereits eine Beschlussvorlage für die Dezernentenkonferenz, den Familienausschuss und den Stadtrat vorbereitet, damit wir nicht noch mehr Zeit in dieser Sache verlieren."

Wenn es ihr Ziel war, ihren Vorgesetzten völlig kopfscheu zu machen, dann hatte sie das mit dieser Beschlussvorlagenflut erreicht. Bei Jungkind stellte sich nun eine außerordentlich heftige Schnappatmung ein, die sich von Seite zu Seite steigerte und bei der fettgeduckten Absichtserklärung „Der Stadtrat beschließt die Einrichtung eines Frauenmuseum" in einem qualvollen Stoßseufzer entlud. Was er da las, war pures Nitroglycerin mit einer Sprengkraft, die weit über sein Dezernat hinausging. Sie wollte also tatsächlich für ihr „Frauenmuseum" einen Stadtratsbeschluss erwirken, obwohl jedem bekannt war, dass schon für bestehende Einrichtungen keine Finanzmittel mehr bereitstanden und aus demselben Grund auch das Familiencafé kurz vor dem Aus stand. Jungkind schaute sie verständnislos an.

Aber er hatte ihrer unbeugsamen Entschlossenheit und Angriffslust, die ihn nicht unerheblich einschüchterte, nichts entgegenzusetzen, weshalb er krampfhaft nach einem Ausweg aus dieser unbehaglichen Situation suchte. Doch bevor er auch nur einen einzigen zielführenden Gedanken fassen konnte, setzte Pia von Taff ihre Lesebrille auf und benutzte diese, im Unterschied zu anderen Brillenbesitzern in seiner näheren Umgebung, unverkennbar zum Lesen.

„Ich darf mit meinen Ausführungen beginnen", hatte sie offensichtlich an dieser Stelle keine Wortmeldung ihres Gegenübers eingeplant und fuhr mit einem unerwarteten Harmonieansatz fort, „es ist ja schon lange mein Anliegen, für Frauen ein kreatives Forum zu schaffen, ihnen – für ihre künstlerischen Aktivitäten – einen öffentlichen Raum zur Verfügung zu stellen, wenn man so will", blieb sie in unbeugsamem Einklang mit sich und ihrer unveränderlichen

Absicht, „natürlich verlangen solche Projekte in der Regel nach einer dauerhaften und sicheren Finanzierung.“
Da war es geschehen, sie hatte es gesagt!
Jungkind sah sich schon in Sack und Asche gehüllt als bankrotten Nimmersatt, der immer nur Ansprüche gestellt hatte, ohne aber einen einzigen Einsparvorschlag eingebracht zu haben, aus dem Rathaus gejagt.
„Doch uns Frauen ist sehr wohl bewusst, dass keine Finanzmittel für neue Projekte zur Verfügung stehen, auch nicht in den nächsten Jahren“, blieb sie in ihrer Stimmlage unverändert, während Jungkind sicherheitshalber einmal mit den abenteuerlichsten Finanzierungsvorschlägen rechnete, „aus diesem Grund haben wir ein Konzept erarbeitet, das keiner zusätzlichen Finanzmittel bedarf.“
Wie, keine Gelder? Er hatte doch richtig verstanden.
Das war natürlich etwas ganz anderes und eine wichtige Voraussetzung, die das Vorhaben zumindest nicht geradewegs auf die rote Liste setzte. Solche kostenneutralen Konzepte lagen zurzeit voll im Trend und erfreuten sich bei den Rathauspolitikern größter Beliebtheit. Ob das nun die Idee mit den neu aufgestellten Bürgerbriefkästen war, die durch die Müllabfuhr geleert wurden oder auch das Projekt mit den städtischen Hilfspolizisten, die seit neuestem Belobigungsbons für umsichtige und mustergültige Verkehrsteilnehmer ausstellen durften. Beide Maßnahmen hatten für großen Zuspruch in der Bürgerschaft gesorgt, der nur noch durch die zweistündige Freigabe der nichtöffentlichen – und mit hohen Mauern eingefriedeten – Parkanlage hinter dem Finanzamt überboten werden konnte. Dort war der arbeitenden Bevölkerung über die Mittagszeit hinweg das Privileg eingeräumt worden, mit den Finanzbeamten gemeinsam zwischen plätschernden Brunnenanlagen, prächtig angelegten Blumenbeeten, gepflegten Rasenflächen und schattenspendenden Maulbeerbäumen die nötige Erholung zu finden.
Martin Jungkind taute nun etwas auf und spürte, wie seine Füße wieder warm wurden. Er wollte sich nach dieser konstruktiven

Wende, die er bei jener hartnäckigen Frauenanwältin nie für möglich gehalten hätte, für die weiteren Ausführungen öffnen und blickte mit der frauenpolitischen Brille erwartungsvoll über den gesellschaftspolitischen Tellerrand.
„Das ‚Frauenmuseum' soll nicht an einen Ort gebunden und mit einem festen Museumsbestand ausgestattet sein, wir wollen etwas anderes", erklärte Pia von Taff ihre Vision und nahm einen weiteren Schluck Tee zu sich, „es soll vielmehr ein Museumsort sein, der sich aus der Fülle weiblicher Kreativität immer wieder selbst erneuert und die herkömmlichen Normen starrer Museumskultur durchbricht."
Abgesehen von der „Fülle weiblicher Kreativität" hörte sich dieser Konzeptansatz für Jungkind nicht schlecht an und die weiteren Vertiefungen der Frauenbeauftragten hatten ebenfalls Hand und Fuß, auch wenn für seinen Geschmack die männliche Komponente insgesamt etwas zu kurz kam.
„Männer haben an diesem Museumsort offensichtlich nichts zu suchen", bemerkte er dementsprechend einsilbig und senkte seinen Kopf über die vor ihm liegenden Papiere.
„Im Gegenteil, Männer sind uns willkommen", wurde er zunächst eines Besseren belehrt, um dann aber erwartungsgemäß in seiner Skepsis bestärkt zu werden, „natürlich als Besucher, nicht als Akteure."
Natürlich.
„Wobei Sie aber nicht so falschliegen", gab sie sich verbindlich und machte sich einige Notizen, „es wäre bestimmt spannend, wenn Künstler den Kampf um die Gleichberechtigung der Frau aus ihrer männlichen Perspektive darstellen würden, vielleicht in einem geschlechterspezifischen Bilderzyklus."
Sie schaute Jungkind zustimmend an, der für solche kulturellen Hirngespinste allerdings überhaupt nichts übrighatte und nur ungern mit ihnen in Verbindung gebracht werden wollte, „kein schlechter Gedanke. Aber in der Regel ist das Museum natürlich Künstlerinnen vorbehalten."
Natürlich.

„Sie werden sich sicherlich fragen, an welche Räumlichkeiten ich gedacht habe“, nahm sie die Brille ab und schaute Jungkind ungeniert an, der diese Frage wegen der zu erwartenden, neuen Problemstellungen eigentlich nicht beantwortet haben wollte, doch da hatte sie es schon ausgesprochen, „das Familienzentrum wäre natürlich der geeignete Ort.“
Natürlich.
Noch bevor er sich der negativen Tragweite eines solchen Gedankens zuwenden konnte, kam auch schon die Begründung.
„Wir könnten diese Räumlichkeiten hervorragend bespielen, ohne den Betrieb zu stören und würden dem Familienzentrum überdies zu einer zusätzlichen Bestandssicherheit verhelfen“, versprühte sie nun sogar einen schwach dosierten Hauch von Liebenswürdigkeit, der das gesamte Museumspaket in einem helleren Licht erscheinen ließ.
Dies war eine Rechtfertigung, der sich Jungkind anschließen konnte, mehr noch, für ihn war die Sicherung des Familienzentrums das mit Abstand beste Argument für die Einrichtung eines „Frauenmuseums“. Früher hätte er diesen Gedanken noch laut geäußert, mittlerweile wusste er aber seine Überlegungen politisch weit geschickter zu formulieren und ihnen ihre verfängliche Deutlichkeit zu nehmen.
„Das ist eine überlegenswerte Idee mit viel Charme“, lobte er die Frauenbeauftragte mit strategischer Abgeklärtheit, „lassen Sie mir ein paar Tage Zeit, ich werde Sie über meine Entscheidung unterrichten.“
Pia von Taff hatte von einem Politiker keine andere Antwort erwartet und war insofern von Jungkinds Rückäußerung nicht weiter überrascht oder gar enttäuscht. Sie erinnerte sich nur, dass sie damals bei dem ersten Treffen mit ihrer skeptischen Bemerkung absolut richtiggelegen hatte.

Am gleichen Abend traf Jungkind seinen Freund Frank Struth nach einer Podiumsdiskussion zum Thema „Sport im Alter“ und hatte dabei Gelegenheit das „Frauenmuseum"-Projekt anzusprechen. „Du musst diesen Beschlussvorschlag sofort in die Dezernentenkonferenz bringen, bevor die Grünen Wind davon bekommen und einen ähnlichen Antrag im Ausschuss stellen", riet Frank zur Eile und schien sichtlich erfreut darüber zu sein, wieder einmal ein Frauenthema von liberaler Seite in die Öffentlichkeit bringen zu können. „Das kann uns vielleicht das Familienzentrum retten, denn jeder weiß, dass mit Feministinnen nicht zu spaßen ist", freute er sich über die unerwartete Unterstützung, „wenn die ‚taffe Pia' doch politisch nur etwas zugänglicher wäre, sie würde sich gut in unseren Reihen machen."

Diese Frage stellte sich für die Frauenbeauftragte jedoch nicht. Sie wäre eher ins Kloster gegangen, als dass sie einer Partei beigetreten wäre.

„Wer ist eigentlich die ältere Dame da hinten?", zeigte Frank mit dem Kopf zum Buffet, „ich meine, die hätte ich schon öfters gesehen."

„Das ist Frau Lambrecht", wusste Martin sofort, wer gemeint war, „die findest du jeden Tag auf einer Veranstaltung. Sie hat mir einmal gesagt, dass sie nicht gern allein zu Hause isst."

Über Frau Lambrecht war bekannt, dass sie seit 30 Jahren Eisenbahnerwitwe war und in dieser verpflichtenden Funktion Deutschland von Norden bis Süden bereist hatte. Mit ihren 82 Jahren lebte sie nun allein in Blaustätten und verbrachte ihre Abende am liebsten im Umfeld kalter oder warmer Buffets, die ihr knappes Haushaltsbudget zudem ein wenig entspannten.

Auf sie war Verlass, wie auf die sprichwörtliche Pünktlichkeit der Bahn, wenn es darum ging, das Buffet nach einer Veranstaltung zu eröffnen. In ihrem blauweißen Pepitakostüm und einem etwas verblassten hellblauen Popelinhut übernahm sie unaufgefordert die Gastgeberrolle. Von ihrer Größe her wäre sie nicht weiter aufgefallen, hätte sie nicht sommers wie winters diesen Hut getragen, der sie gewissermaßen zur Fähnleinführerin an der Häppchenfront machte.

„Dem Weingenuss scheint sie aber auch nicht abgeneigt zu sein, wie ich sehe", bemerkte Frank, als sie sich ein weiteres Mal nachschenken ließ, „diese Frau Lambrecht gefällt mir, die schaue ich mir einmal näher an."

„Wundere dich nicht, wenn sie dich ausfragt, das tut sie mit jedem", bereitete ihn Martin beim Hingehen auf das Gespräch vor und vermutete: „Aus meiner Sicht betreibt sie das Frage- und Antwortspiel als Leistungssport. Sie scheint sich unwohl zu fühlen, wenn sie jemanden nicht einordnen kann."

„Sie kenne ich!", schoss ihr Finger wie ein Florett auf Struths Brust zu, kaum dass dieser sich mit einem Gruß neben sie gestellt hatte und eine Melonenscheibe mit Schinken auf einem kleinen Teller drapierte.

„Ich wüsste nicht woher", spielte der den Irritierten und schaute sie fragend an, „nein, da müssen Sie sich täuschen."

„Natürlich kennen wir uns, wie war noch gleich Ihr Name?", ließ sie sich aber auf nichts ein und versuchte die schwache Defensivverteidigung ihres Gegenübers auszuspielen, während sie eine Kirschtomate blitzschnell in ihrem Mund verschwinden ließ, „aha, Frank Struth von der FDP, aha, Struth ...", konnte man sehen wie sie beim Kauen den nächsten Spielzug überlegte.

Sie stellte ihren kleinen Teller ab, trank erneut einen Schluck französischen Rotwein und schaute ihren Gesprächspartner von oben bis unten an.

„Struth, aus Lemgo nehme ich an, oder aus Osnabrück?", fragte sie nach, hatte aber offensichtlich mit der falschen Antwort auch keine größeren Probleme. „Aha, gebürtig in Schweinfurt und zur Schule gegangen in Bamberg."

Doch ihre Lässigkeit täuschte. Sie rückte ihren Hut zurecht und wusste, dass es nun schwer werden würde einen gemeinsamen Bezugspunkt zu finden. In der Osnabrücker Gegend war ihr eine gleichnamige Firma bekannt, aber aus der Bamberger Ecke kannte sie diesen Namen nicht. Hätte sie nicht die Naturbegabung einer

Spurenleserin und die Zähigkeit einer alten Frau gehabt, wäre mit dieser vierhundert Kilometer auseinander liegenden Antwort das Thema eigentlich schon erledigt gewesen. Doch nicht für Frau Lambrecht. Sie tat für die Entdeckung einer Gemeinsamkeit alles und war von daher durchaus einem Preziosensammler vergleichbar, der unaufhörlich nach Perlmutt besetzten Deckeln für seine Tabakdosensammlung sucht.

„Haben Sie Verwandte in Würzburg?", eröffnete sie geschickt mit ihrer beliebten Nebenstadtvariante eine Rochade und kam mit diesem Stellungswechsel tatsächlich zu einer ausbaufähigen Antwort, und damit erstmalig in die eigene Punktewertung. „Aha, Bekannte haben Sie dort, und die heißen?", wollte sie wissen. „Eberhard und wohnen am Kiliansdom in der Domstraße", wiederholte sie die Antwort und ließ diese bedächtig wie ein Fruchteis im Hochsommer auf der Zunge zergehen.

Mit meisterhafter Selbstbeherrschung schob sie sich nun eine kleine Brezel und ein gefülltes Schinkenröllchen auf ihren Teller, knüllte eine grüne Papierserviette in ihrer linken Hand zu einer Kugel zusammen und schaute sich Struth noch einmal genau an. Sie hatte den Deckel gefunden und musste diesen jetzt nur noch auf die Dose setzen. Würzburg war der Schlüssel zur Gemeinsamkeit und würde sie heute Abend als klare Siegerin vom Buffet gehen lassen. Jetzt ging es nur noch darum mit einer gekonnten Pirouette den Schlusspunkt zu setzen.

„Dann haben wir beide in Würzburg über einige Ecken herum bekanntschaftliche Beziehungen ...", begann sie bedeutungsvoll und wusste die Neugier bei ihrem Gesprächspartner zu steigern. „Meine Großgroßcousine, väterlicherseits, wohnte nämlich auch in Würzburg", konstruierte sie nun eine Gemeinsamkeit, die tollkühner nicht hätte sein können, aber unerklärlicherweise geradewegs zum Ziel führte. „Früher war ich häufig dort und habe mit meiner Cousine auch hin und wieder das Fischlokal am Dom besucht, also ganz in der Nähe Ihrer Bekannten", freute sie sich ihren letzten Trumpf ausspielen zu können, „und da kann es doch gut sein, dass wir uns einmal über den Weg gelaufen sind."

„Das ist ja unglaublich, dort haben wir auch hin und wieder gegessen, ich erinnere mich gut daran, das war wirklich ein ausgezeichnetes Fischrestaurant", war Struth sichtlich erstaunt über diese zufällige Übereinstimmung und ergänzte: „Meine Bekannten sind sogenannte Nordlichter und als solche große Fischliebhaber, aber behaupten Sie jetzt nur nicht, dass Sie das gewusst hätten." Sprachlos über die Meisterschaft, wildfremde Menschen zu uralten Freunden zu machen, schüttelte er lachend den Kopf.

Das hätte Frau Lambrecht auch nie getan, sie war ja schließlich keine Wahrsagerin. Ihre Methode basierte schlichtweg auf dem gesunden Menschenverstand und einer einzigartigen Kombinationsgabe.

„Sie hatten also Recht, wir kennen uns offensichtlich wirklich von früher", gab sich Struth geschlagen, „obwohl Sie mich eigentlich auch aus der städtischen Politik als langjährigen FDP-Fraktionsvorsitzenden kennen müssten." Eine feine Gekränktheit konnte man nicht überhören.

„Ich beschäftige mich nicht mit Politik", kam eine Erklärung, die einem Kommunalpolitiker wie Struth überhaupt nicht gefallen konnte, „als mein Mann damals als Lokführer begann, haben wir die CDU gewählt und später, nachdem er in die Gewerkschaft eingetreten war, die SPD. Für die FDP hatten wir im Grunde genommen überhaupt keine Verwendung", schaute sie ihn mit einem Schulterzucken und fragenden Blick an.

„Heute hätten Sie aber ganz sicher ‚Verwendung' für die FDP", sah Struth nun aber die einmalige Chance gekommen eine neue Wählerin zu werben. „Wir tun nämlich sehr viel für ältere Mitbürger. Wir haben beispielsweise für die Einrichtung eines Seniorenbeirates gesorgt und für ein preislich reduziertes Seniorenfrühstück im Familiencafé, an jedem Montag und Mittwoch von elf bis zwölf Uhr", stellte er ihr die Fraktionsarbeit in der praxisnahen Umsetzung und den schönsten Farben dar, „außerdem setzen wir uns für

ein Seniorenprogramm im Theater und im Kommunalen Kino ein", hob er den Finger, „und eine Bestuhlung bei Vernissagen haben wir auch durchgesetzt."
„Das finde ich gut", lobte ihn seine neue Bekannte mit sichtbarem Interesse, „wenn da einmal eine Veranstaltung mit anschließendem Buffet stattfindet, könnten Sie mich das wissen lassen."

Leider kamen solche entspannten Augenblicke im Leben eines Beigeordneten viel zu selten vor, und in den städtischen Ausschusssitzungen waren sie schon gar nicht zu finden. In diesen zählte das Gesetz des Stärkeren und entsprechend wurde um jedes Wort und jede Fußnote hart gekämpft. Hier waren die Stadtratsmitglieder gefragt, die von ihren Fraktionen aufgrund ihres fachlichen Kompetenzvorsprungs in diese Gremien entsandt wurden. So saßen beispielsweise im Bauausschuss von Blaustätten unter anderem eine Biochemikerin neben einer Diätassistentin, einem Gebrauchtwagenhändler, einer Bankangestellten, einem Fußpfleger und einem pensionierten Lateinlehrer, die sich allesamt kraft ihres parlamentarischen Amtes für die richtungsweisenden, städtebaulichen Entwicklungen zuständig erklärten. Oder wie es bei den Mitarbeitern des Stadtplanungsamtes hieß: für die „zukunftsweisenden Bauverhütungen".
Diese spätnachmittäglichen Fachausschusssitzungen erlaubten den Stadtratsmitgliedern nicht nur ihren eigenen Standpunkt und den ihrer Fraktion zum Besten zu geben, sondern auch die Verwaltungsmitarbeiter mit den absurdesten Anfragen, merkwürdigsten Aufgabenstellungen und abwegigsten Untersuchungen vom eigentlichen Tagesgeschäft abzuhalten.
Eine Steigerung dieses Szenarios konnte man nur noch in den Stadtratssitzungen erleben, die seit Neuestem aber nicht mehr im innerstädtisch gelegenen Kongresszentrum stattfanden, sondern im Saalbau einer zum Stadtbereich zählenden Gemeinde. Das sollte nicht etwa zur Ausgewogenheit zwischen Stadt und Gemeinden

beitragen, sondern vielmehr der Kostenreduzierung dienen, denn der Saalbau in Lütschental konnte zu einem niedrigeren Preis angemietet werden als das repräsentative Kongresszentrum in Blaustätten.
An solchen Maßnahmen erkannte man sofort die Handschrift des Finanzdezernenten, der mit dieser ebenso dogmatischen, wie kläglich bescheidenen Aktion den Sparwillen der Stadtverwaltung dokumentieren wollte, ohne aber bei seinem Einsparkonzept den Fahrtkostenanteil oder den nicht unerheblichen Zeitfaktor dagegenzustellen.
So fuhren die Stadtverordneten, leitenden Verwaltungsangehörigen, fachlichen Berater und Dezernenten in der Zeit des stärksten Verkehrsaufkommens aus der Innenstadt heraus, um sich dann im Saalbau von Lütschental um sechzehn Uhr einzufinden. Die Besucherreihen wurden dort zwar von den Bürgerinnen und Bürgern lange nicht mehr in dem Maße frequentiert wie einst im Kongresszentrum, doch das empfanden die meisten politischen Akteure nicht unbedingt als Nachteil. Oft genug war es nämlich während der Debatten zu regelrechten Tumulten auf den Rängen im Kongresszentrum gekommen, die nunmehr der Vergangenheit angehörten.
Als Familien- und Sportdezernent spielte Jungkind in den Stadtratssitzungen keine der stadttragenden Hauptrollen. Sein Dezernat wurde in Politikerkreisen als „Nischendezernat“ bezeichnet, wie beispielsweise das Sozial- oder Kulturdezernat auch. Diese Begriffsbestimmung hatte einen wissenschaftlichen Hintergrund und wurde durch langjährige Parteienforschung mit entsprechend aussagefähigen Wahlanalysen untermauert, die eindrucksvoll belegten, dass jene Dezernate nicht das Profil mitbrachten, alle kommunalen Wählerschichten gleichermaßen überzeugend anzusprechen.
Daraus leiteten die Kommunalpolitiker nun nicht etwa ab, die „weichen Standortfaktoren“ zu stärken und ihnen mit fördernden Maßnahmen zu einer höheren Akzeptanz in der Bevölkerung zu

verhelfen, sie entschieden sich aus Gründen der nachweisbaren Bürgernähe vielmehr dafür, den Fokus noch mehr auf das Hauptdezernat, das Finanzdezernat und das Baudezernat zu richten. Von daher war es auch nicht weiter erstaunlich, dass bei den weit über hundert Tagesordnungspunkten einer Stadtratssitzung selten Themen aus den Nischendezernaten zu finden waren.
Doch in einer Sitzung war das anders.
„Die kommende Stadtratssitzung bestreiten Sie ja fast allein“, konnte sich der Oberbürgermeister in der Dezernentenrunde eine spöttische Bemerkung an Jungkind nicht ganz verkneifen, „ich schätze, dass man mit einer gut zweistündigen Debatte rechnen muss, auch wenn es nur um sieben Tagesordnungspunkte geht. Aber die haben es in sich.“
Jungkind lief wieder einmal ein kalter Schauer über den Rücken. Zwei Stunden waren die Hälfte der Sitzungsdauer, und er wusste selbst, dass bei dieser Debatte kein Auge trocken bleiben würde. Für ihn ging es um viel.
„Was macht denn eigentlich das Strategiepapier zur Familienpolitik?“, wollte Kinkel immer noch gut aufgelegt mit einem breiten Lächeln wissen, obwohl er die Antwort längst kannte. „Da scheint Ihre Koalition ja absolut leidenschaftslos zu sein. Ich habe so das Gefühl, dass die Familienpolitik nicht gerade das große Steckenpferd Ihrer Fraktion ist“, stichelte er weiter und schaute beifallsuchend die anderen Dezernenten an, „aber Sie haben ja noch etliche Jahre vor sich, da läuft noch viel Wasser die Blau hinunter.“
Kinkel hatte in seiner Schadenfreude den Finger auf die Wunde gelegt. Nichts war bis heute geschehen, auch wenn Struth immer wieder auf „ermutigende Gespräche“ mit der SPD verwies und das geflügelte Wort „Alles wird gut“ zur Durchhalteparole erklärte.
Und nun war man bereits an einem Punkt angelangt, an dem es um wesentliche Entscheidungen hinsichtlich der weiteren Ausrichtung des Familiendezernates ging. Auf der Tagesordnung standen die Spielecke im Rathaus, das Familiencafé, das „Frauenmuseum“,

der Auftrag zur Erstellung eines städtischen Familienberichtes und der „Wettbewerb zur Familienfreundlichkeit“.
Außer dem „Frauenmuseum“ waren das alles Themen, die Jungkind bei seinem Amtsantritt gefordert hatte und an denen er nun gemessen werden würde. Aber auch die Opposition wollte sich nichts vorwerfen lassen und hatte aus parteitaktischen Gründen zwei weitere Anträge eingebracht, mit denen sie Jungkind in seiner Arbeit „unterstützen“ wollte. Sie forderte, dass sich die Koalition – gerade so wie der Familiendezernent zu Beginn seiner Amtszeit – endlich zum Fortbestand des Familienzentrums und der Musikschule bekennen sollte.
Einige Tage vor der Stadtratssitzung wurde dann bekannt, wie die Koalition in den einzelnen Fragen entscheiden würde, und Martin Jungkind begriff, dass nichts von dem, was ihm sein Freund in den schönsten Worten versprochen hatte, auch nur im Ansatz umgesetzt worden war.
„Wer konnte denn diese außergewöhnliche Problematik erahnen, ganz ehrlich, du doch auch nicht“, hatte Frank Struth ein Paket geschnürt, das nur von zwei Männern gemeinsam getragen werden konnte. „Wir waren vielleicht auch beide etwas zu blauäugig. Mit einer solch dramatischen Finanzlage habe ich jedenfalls nicht gerechnet“, warf er seine Arme in die Luft, wiegte seinen Kopf von links nach rechts und legte eine halbe Schweigeminute ein.
Beide wussten, dass das nicht stimmte, doch sie gaben sich mit der aufrichtigsten aller Lügen zufrieden. Frank, weil er damit aus der Erklärungsnot herauskam und Martin, weil er von neuen politischen Gleichgewichtsstörungen nichts mehr hören wollte.
„Wir sollten aber auch nicht zu schwarz sehen und nun alles wieder schlechtreden“, ging Frank aus der Schweigeminute an Körper und Geist gestärkt hervor, schlug seinem Freund aufmunternd auf die Schulter und legte die nötige Begeisterung in die Stimme, „die Spielecke und das ‚Frauenmuseum‘ werden

wir durchsetzen, das ist doch schon einmal ein großer Erfolg", schaute er ihn freudestrahlend an, „und mit den Themen Familienzentrum und Musikschule befassen wir uns im Augenblick überhaupt nicht", konstruierte er auch hier ein politisches Erfolgsmodell, „das heißt, der Status quo gilt auch weiterhin, das ist doch genial!"
Das war weder genial noch eine Erfolgsnachricht und würde von jedem Politiker sofort als lächerlicher Winkelzug enttarnt werden. Die Wirklichkeit sah anders aus. Die Koalition konnte weder ein familienpolitisches Strategiepapier vorlegen, noch sandte sie familienfreundliche Signale aus. Die Schließung des Familiencafés und die Zurücknahme des Familienberichtes mit dem „Wettbewerb zur Familienfreundlichkeit" war ein letzter Beweis für diese These und sprach eher für eine familienfeindliche Politik. Welche Interpretationsmöglichkeit ließ da noch der momentane Fortbestand des Familienzentrums und der Musikschule zu?
„Dann haben wir bis heute mit der Spielecke im Rathaus und dem ‚Frauenmuseum' nur zwei kostenneutrale Einrichtungen durchsetzen können, während wir im Gegenzug mit dem Familiencafé schon eine der wichtigsten Institutionen verloren haben", hatte Martin in der Schweigeminute nur diese eine bittere Erkenntnis gewonnen, „kein Mensch wird uns glauben, dass wir den Fortbestand der beiden letzten großen Familieneinrichtungen sichern wollen, und ich kann die Leute mittlerweile verstehen ..."
Er wirkte sehr deprimiert, was er auch mittels einer unnachahmlichen Körpersprache meisterhaft herausarbeiten konnte.
„Das ist doch Unsinn!", erschrak Frank über den sichtbaren Zusammenbruch seines Freundes und setzte alles daran diese zerstörerische Betrachtungsweise umzukehren. „Wir beide sind doch nun schlauer geworden", umarmte er ihn und versuchte mit dieser flankierenden Stützmaßnahme auch dessen inneres Gleichgewicht wiederherzustellen, „ich verspreche dir, jetzt geht es erst richtig los für uns beide."

Da er nicht allzu viele Möglichkeiten hatte, wollte Martin ihm das glauben und bildete sich tatsächlich ein, dass er politisch schlauer geworden war.
So musste die Stadtratssitzung wieder einmal als Plattform für die rituellen Schaukämpfe herhalten, die hier in höchster Perfektion und von wahren Profis ihres Faches ausgetragen wurden. Da hinter den Kulissen bereits alles entschieden war, ging es für die familienpolitischen Sprecher der einzelnen Fraktionen nur noch darum, eine gute Figur abzugeben. Sie fieberten ihrem großen Auftritt entgegen, wie Toreros vor dem Sprung in die Arena, allerdings mit der sicheren Gewissheit, dass sie als bejubelte Sieger das Mikrofon verlassen würden.
Es wurde nun erklärt, widersprochen, zerredet, beschworen, ermahnt und appelliert. Nichts half, die Entscheidungen standen fest und führten Schlag um Schlag den entzauberten Rednern die Ohnmacht eines Oppositionsdaseins vor Augen.
Jungkind bemerkte, wie die Pressevertreter eifrig mitschrieben und konnte sich vorstellen, was morgen in der Zeitung stehen würde. Aber irgendwann war die Schlacht um die unterschiedlichen familienpolitischen Auffassungen der Blaustätter Stadtverordneten geschlagen und der Oberbürgermeister leitete zum nächsten Tagesordnungspunkt über. Glücklicherweise standen nun eine ganze Reihe von Anträgen aus den Fraktionen zu unterschiedlichen Themen auf dem Programm, die erfahrungsgemäß intensive Aussprachen mit sich brachten und dementsprechend viel Zeit in Anspruch nahmen.
Während solcher Debatten hatte die Verwaltungsspitze, die den siebenundsiebzig Stadtverordneten auf einem Podium vorsaß, ein wenig Ruhe und konnte sich liegengebliebenen Büroarbeiten widmen oder einfach nur etwas entspannen. Die Verwaltungsbank setzte sich aus elf Personen zusammen, weshalb sie auch allgemein nur „Elferrat" genannt wurde. In der Mitte saß der Oberbürgermeister als Verwaltungschef und Sitzungsleiter, neben ihm die Bürgermeisterin, die Dezernenten und das Personal, das für Technik und

Protokoll zuständig war. Da Jungkind als letzter Dezernent hinzugekommen war, saß er ganz außen neben Hilla Frankfurter, der Kulturdezernentin, und bezog auch von ihr, ob nun gefragt oder ungefragt, die notwendigen oder auch entbehrlichen Hintergrundinformationen zu den Rednern oder zur Lage überhaupt. Durch ihre persönlichen Wertungen konnte er tiefe Einblicke in die Welt einer erfahrenen Kommunalpolitikerin gewinnen und nicht zuletzt den Untiefen der Politik etwas näherkommen.

Hilla Frankfurter gehörte zu den Dezernenten, die sich während ausgiebiger Stadtratsdebatten lieber etwas erholten. Ihre Entspannungstherapie folgte dabei immer dem gleichen Muster und war in den Abläufen nicht austauschbar. So begann sie zunächst mit dem Feilen ihrer Fingernägel, ordnete dann ihre Handtasche, schickte einige SMS ab und zerstreute sich in der verbleibenden Zeit mit dem beliebten Spiel des Schiffchenversenkens auf ihrem Handy. Exakt in dieser letzten Erholungsphase befand sie sich, als sie Jungkind ansprach.

„Diese endlosen Diskussionen stehlen uns doch nur die Zeit", beugte sie sich flüsternd zu ihm herüber und unterbrach ihre Beschäftigung, „wissen Sie wer das ist?", deutete sie auf einen SPD-Mann mittleren Alters hin, der gerade gegen die Vorschläge der CDU argumentierte, „das ist auch so eine Leuchte, der Prototyp eines Wichtigtuers, der sich nur zu gern selbst reden hört. Der hat bisher noch nichts Konkretes zustande gebracht, aber er schwafelt und schwafelt, als wenn jede Silbe extra bezahlt würde", bewegte sie nun andeutungsweise abwertend ihren Kopf von links nach rechts und machte die Reihe ihrer Parteifreunde der Sitzordnung nach durch, „und die ‚Dame' da neben ihm, die weiß auch nicht, was sie tut, grausam sage ich Ihnen, einfach grausam, sie scheint Wasser in den Ohren zu haben ..."

Und so stellte sie die Befähigung ihrer sogenannten Parteifreunde reihum in Frage und endete mit einer sehr persönlichen und daher umso aufrichtigeren Beurteilung.

„In diesem Stadtrat haben doch in der Mehrzahl die vom Leben Enttäuschten und Unzufriedenen ihre private Selbstverwirklichung gefunden“, schaute sie Jungkind mit schwermütigem Blick an, der einen umso mehr berührte, als man wusste, dass sie als ehemalige Stadtverordnete aus ihrem eigenen Erfahrungsschatz berichtete, „von denen weiß doch keiner, was er tut, aber genau das sollen wir Dezernenten dann umsetzen.“

Sie zupfte nun an ihrer Dirndljacke herum, nahm eine kleine Schere aus ihrer Handtasche und schnitt einen Faden ab.

„Wir sollten die alten Zöpfe abschneiden“, suchte sie weitere Fäden auf ihrer Jacke, „wir müssen auch einmal sagen können: nein, tut uns leid, du nicht.“

„Dann macht es für Sie auch keinen Sinn, in die CDU zu wechseln?“, versuchte Jungkind einen Scherz einfließen zu lassen, um ihre Stimmung ein wenig aufzuhellen.

Aber sie hatte sich offensichtlich in ihrer Enttäuschung über die Umstände, die hier herrschten, festgebissen, denn sie winkte nur ab und vertraute ihm mit unbewegter Miene an: „Das sind auch alles Nieten, schauen Sie sich doch um, das ist dasselbe in Schwarz. Hier sitzen doch nur frustrierte Feierabendpolitiker herum, die große Politik spielen wollen!“

Während sie sich wieder ihren Schiffchen zuwandte, stellte Jungkind fest, dass die Stadtverordneten keinerlei Notiz von den Dezernenten nahmen. Sie waren viel zu sehr damit beschäftigt, aufeinander einzudreschen und immer wieder neue Argumente und Beweismittel vorzutragen, die in diesem Fall auf eine revolutionäre Veränderung in der Müllentsorgung hindeuteten. Doch als man glauben durfte, dass der Durchbruch geschafft war, löste sich die Auseinandersetzung völlig unerwartet in der bitteren Erkenntnis auf, dass wesentliche Informationen zu einer Entscheidung fehlten. Das musste ein absolut schockierender Moment für die Zuhörer gewesen sein, die ihrem Unwillen über die Stadtverordneten nun lauthals Luft machten.

Aber die Fraktionen hielten an dieser Stelle zusammen und reichten die Rüge weiter. Sie machten die Verwaltung nun ebenso ungalant für die mangelhafte Vorbereitung dieses Tagesordnungspunktes verantwortlich. Wobei die SPD/FDP-Koalition an den CDU-Oberbürgermeister als Verwaltungschef einen besonderen Vorwurf richtete und ihn aufforderte, bis zur nächsten Sitzung seine „Hausaufgaben" zu machen. Diese unerbittliche Diskussion blieb wie so oft ohne messbaren Erfolg. Sollte Hilla Frankfurter mit ihrer vernichtenden Kritik den Nagel auf den Kopf getroffen haben?
Jungkind schaute durch die Reihen und machte sich so seine Gedanken. Einmal angenommen jeder der Stadtverordneten würde seine Parteizugehörigkeit für eine gewisse Zeit vergessen und nur nach seinem gesunden Menschenverstand und dem vorliegenden Sachverhalt entscheiden, dann müsste es doch in der Mehrzahl vernünftige Entscheidungen geben, die Blaustätten weiterbringen sollten. Weshalb schlossen sich also die ehrenamtlichen Stadtverordneten, die viel ihrer Zeit für ihre Stadt opferten, nicht in der jetzigen städtischen Notsituation für eine gewisse Zeit aus Vernunftgründen zu einer verschworenen Gemeinschaft zusammen? Was sollte daran falsch sein? Nur die parteipolitische Maxime des Machterhalts hebelte doch offenbar diese Einsicht aus.
An diesen einfältigen Gedankenspielen konnte man gut erkennen, dass Martin Jungkind immer noch nichts begriffen hatte. Konnte er sich als ehemaliger Sportler etwa ein Volleyballspiel vorstellen, bei dem man sich auf eine Punkteteilung verständigte? Wohl kaum. Aber genau diese Spielregeln wollte er hochmotivierten Amateurpolitikern verordnen, die sich mit Leib und Seele ihrer Partei verschrieben hatten. Bis heute hatte er nicht verstanden, dass es in der Politik nur ums Gewinnen ging, um sonst nichts.
„Glauben Sie ja nicht, dass auch hier neben uns nur Könner sitzen", riss ihn Hilla Frankfurter aus seinen Illusionen und schreckte nun auch vor Anwürfen gegen ihre eigenen SPD-Kollegen nicht zurück, „Sven Kunz wollte viel lieber Bürgermeister werden. Was

vielleicht auch besser für unsere Stadt gewesen wäre, wenn man bedenkt, dass er als Finanzdezernent nur im Nebel herumstochert", schaute sie Jungkind vielsagend an, „und Kinkel ist der Treppenwitz schlechthin. Mit ‚Toleranz' kann man doch keine Stadt regieren. Ein Oberbürgermeister, der Angst vor seinem eigenen Schatten hat! Weshalb lässt er sonst alles hundertmal prüfen, bis er entscheidet? Ich sage Ihnen, wir sitzen hier in einem Tollhaus und keiner bemerkt es!"

Jungkind traute seinen Ohren nicht. Hilla Frankfurter ließ an keinem ein gutes Haar. Auch nicht am Oberbürgermeister, der damals mit seinem Wahlslogan „Toleranz für Blaustätten" den SPD-Kandidaten, der gleich nach der verlorenen Wahl einen Ministerposten in einem anderen Bundesland angeboten bekam, überraschend deutlich geschlagen hatte.

„Aber dass Sie hier sitzen, das nenne ich drei Sechser mit Zusatzzahl, wissen Sie das eigentlich?", nahm sie nun offensichtlich Jungkind in die Schusslinie. „Drei!", betonte sie noch einmal und wandte sich wieder ihrem Zeitvertreib zu.

„Wie, drei Sechser? Was meinen Sie damit?", fragte er irritiert nach.

„Normalerweise geht so etwas in der Politik überhaupt nicht", legte sie die Stirn in Falten und teilte ihm ihre Auffassung mit einem äußerst gequälten Gesichtsausdruck mit, „wenn man in eine solche Position gehoben wird, dann hat man in der Regel eine jahrelange Wasserträgertätigkeit hinter sich. Mit sechzehn, siebzehn Jahren hat man begonnen und sich über die Jahre in der Partei hochgedient, Wahlkämpfe bestritten, sich positioniert, selbstverständlich auch Rückschläge erlitten und sich wieder hochgekämpft", flüsterte sie nun ein wenig lauter und richtete mit beiden Händen ihre Hochsteckfrisur etwas auf, „ich selbst habe sogar zweimal aus Gründen der Parteiräson auf gute Positionen verzichten müssen, bis ich dann endlich – nach unentwegtem Engagement an der Parteibasis – zur Beigeordneten gewählt wurde. Und selbst das war ein ganz enormer Glücksfall für mich gewesen."

Aus diesem Blickwinkel betrachtet, verstand Jungkind nun seinen vermeintlichen Lottogewinn als Quereinsteiger, der eine Parteipolitikerin wie sie offenbar mit Bitterkeit erfüllen musste.
„Ich habe mich aber weder um dieses Amt beworben, noch darum gerissen“, stellte er ihrer komplexen Parteitheorie die schlichte Realität gegenüber, „ich wurde gefragt und um Übernahme des Amtes gebeten. Mit Sicherheit hätte ich mich keiner parteipolitischen Kandidaten-Auseinandersetzung gestellt, bei der es nur um Besetzungsansprüche gegangen wäre.“
„Es geht mir um die gängigen Abläufe in der Politik“, ließ sie seinen Einwand nicht gelten und schaute ihn auch nicht mehr an, „in Ihrer Partei hätten Sie ja bei einer Kampfabstimmung nicht die besten Karten gehabt, wahrscheinlich sogar noch nicht einmal den Hauch einer Chance, wie ich gehört habe“, wollte sie jetzt, ohne auf seine Erklärungen einzugehen, ihre Hintergrundkenntnisse zum Besten geben, „Parteifreunde von Ihnen haben mir anvertraut, dass man Sie noch nie beim Plakate kleben oder an Wahlständen gesehen habe. Sie seien in die Parteiarbeit überhaupt nicht eingebunden, Ihnen würde der typische ‚Stallgeruch‘ vollkommen fehlen“, konnte man nun einen Vorwurf heraushören, den sie als Liberale mit Sicherheit ebenfalls gegen ihn erhoben hätte.
Jungkind ahnte, dass ihn die weitere Gesinnungsauseinandersetzung immer tiefer in den „Frankfurter-Sumpf“ ziehen würde, weshalb er es vorzog, das Gespräch möglichst schnell zu beenden.
„Stimmt vollkommen“, bestätigte er deshalb ohne Wenn und Aber und rettete sich mit einer unsensiblen Anspielung aus dem politischen Treibsand, „daran sehen Sie aber, dass ein ‚Stallgeruch‘ mitunter so aufdringlich sein kann, dass selbst gestandene Politprofis vereinzelt auf Geruchsneutrale zurückgreifen.“
Hilla Frankfurter lachte leise vor sich hin und versenkte nun in Ermangelung weiterer politischer Sachverhalte ein Schiffchen nach dem anderen.

Der nächste Morgen begann mit unerfreulicher Zeitungslektüre. „Es ist so gekommen, wie du vermutet hast“, wurde Martin von seiner Frau mit einem merklich bedrückten Unterton in der Stimme am Frühstückstisch begrüßt, „ein kompletter Verriss.“
„Ich habe es geahnt“, setzte er sich an seinen angestammten Platz und brauchte keine Brille, um die Überschrift lesen zu können, „Familiendezernent als Supermann gestartet und als Bettvorleger gelandet“, stand da in fetten Lettern.
Aber auch das Kleingeschriebene blieb dem Tenor des Aufmachers treu.
„Von dem Anspruch, den Jungkind bei seinem Amtsantritt an sich selbst gestellt hat, ist nichts übrig geblieben. Schlimmer noch, er hat das Familiencafé auf dem Altar der Politik geopfert und wird ebenso das Familienzentrum und die Musikschule aufgeben, auch wenn die Koalition das zum jetzigen Zeitpunkt noch bestreitet. Martin Jungkind ist als verantwortlicher Familiendezernent für den Niedergang der Familienpolitik in unserer Stadt verantwortlich. Ob er nun kein Durchsetzungsvermögen hat oder auch politisch angepasst ist, kann man nicht mit letzter Gewissheit sagen. Eines ist jedoch sicher: Wenn er weiter so agiert, wird es in wenigen Jahren keine Familieneinrichtungen in Blaustätten mehr geben ...“
Als ob das nicht genügt hätte, forderte die CDU, die Freie Wählergemeinschaft und Bündnis 90 / Die Grünen in eigenen Presseerklärungen den sofortigen Rücktritt des Familien- und Sportdezernenten.
„So kann es nicht weitergehen“, versuchte Doris einen Ausweg zu finden, nachdem er zum dritten Mal den Artikel gelesen hatte, „du musst Frank endlich erklären, dass du das nicht mehr mitmachst, du wirst ja zum Gespött der Stadt.“
Das war mit das Schlimmste, was man Martin sagen konnte. In seiner Familie hatte es schon immer geheißen, dass es entsetzlich sei, wenn man sich „versündigte“. Aber weitaus dramatischer war es, wenn man sich „blamierte“. Das stand in der Schmähskala an oberster Stelle und bedeutete für denjenigen – aber auch für dessen

Familie –, dass jeder untadelige Bürger auf der Straße den Kopf schütteln durfte und mit dem Finger auf ihn zeigen konnte, wann immer er wollte.

„Siehst du denn auch keine Möglichkeit, deine Fraktion vom Fortbestand der noch verbleibenden Familieneinrichtungen zu überzeugen?", wollte sie wissen und schaute ihn fragend an.

„Du glaubst nicht, was ich schon alles versucht habe", schaute er seine Frau hilfesuchend an, „aber ich komme nicht weiter, egal wie ich auch argumentiere. Die Fraktion ist nett und freundlich zu mir und verspricht das Blaue vom Himmel, aber sobald sie mit der SPD geredet hat, sieht alles auf einmal Grau in Grau aus."

„Wenn deine Fraktion hinter dir steht, dann muss sie doch auch die SPD von den Plänen überzeugen können", schüttelte Doris den Kopf, „ich verstehe ja noch, dass das nicht immer gelingen kann, aber dass sie sich niemals durchzusetzen vermag, das kann mir keiner erzählen."

Was sollte er seiner Frau erklären, die Politik hatte eben ihre eigenen Gesetze. Und erst recht Koalitionen, in denen ein kleiner Partner Tag für Tag um sein kärgliches Brot kämpfen musste.

„Ich lasse dich hier nicht aus der Tür, bis du dir im Klaren darüber bist, was du zukünftig ändern willst", erkannte sie, dass ihr Mann schon wieder klein beigeben wollte, „willst du denn wirklich als Totengräber deines Dezernates in die Stadtgeschichte eingehen? Was sollen denn unsere Verwandten und Bekannten denken? Die glauben möglicherweise noch die Lügen, die in der Zeitung stehen", hoffte seine Frau wieder auf den familiären Katalysatoreffekt. Der setzte auch prompt ein und ließ in Martin abermals diese beklemmende Phobie vor kopfschüttelnden Menschen hochkommen, die hinter jeder Ecke und jedem Vorhang standen und nur darauf warteten, mit dem Finger auf ihn zu zeigen.

„Du hast Recht, es muss sich etwas ändern", nickte er ihr zu und wirkte dabei so erschöpft, als habe er mit diesem Versprechen bereits eine allumfassende Bewusstseinsänderung durchlitten.

„Dann würde ich vorschlagen, dass du dich ab heute für das Familienzentrum und die Musikschule starkmachst und nichts unversucht lässt, um diese beiden Institutionen zu retten, was hältst du davon?", versuchte sie ihn möglichst behutsam in jene Richtung zu schieben.
„Wahrscheinlich ist das das Beste", konnte man erkennen, dass die politische Auseinandersetzung nicht direkt seine Disziplin war, „viele Möglichkeiten bleiben mir ja nicht mehr."
„So ist es. Du musst dich endlich profilieren, egal, was auch geschehen mag. Du hast das Zeug dazu!", bestärkte sie ihn noch einmal und knöpfte ihm sein Hemd zu.
Doris wusste, dass nun eine schwere Zeit auf ihren Mann zukommen würde, doch sie erkannte auch, dass es keine Alternative gab. Sollte es nämlich so weitergehen wie bisher, konnte man damit rechnen, dass er in einem Jahr von der Presse und der Opposition vollständig demontiert sein würde. Und da er aus existentiellen Gründen nicht zurücktreten konnte, blieb nur dieser eine Weg.

In der wöchentlichen FDP-Fraktionssitzung waren die vernichtenden Presseberichte ebenfalls das beherrschende Thema.
„Man sollte die Kirche im Dorf lassen", beruhigte Struth seine Fraktionskollegen in seiner unnachahmlich jovialen Art, „dieser Sturm wird sich in ein paar Tagen legen und dann sieht die Welt wieder ganz anders aus."
Doch mit diesen immer gleichen Durchhalteparolen in unterschiedlicher Prägung konnte sich Jungkind nicht mehr zufriedengeben, das wusste er.
„Für mich sieht die Welt in Blaustätten so aus, wie sie heute ist, nämlich durch und durch armselig", widersprach er seinem Freund mit belegter Stimme und wagte sich zum ersten Mal aus der Deckung, „bis jetzt haben wir in der Familienpolitik nichts erreicht, überhaupt nichts! Das weiß jeder, der hier sitzt. Wir haben sogar zugelassen, dass das Familiendezernat abgebaut wurde, das

Dezernat, das wir selbst vertreten. Was soll denn noch passieren? Ich werde dieses Spiel jedenfalls nicht weiter mitmachen, das kann ich versprechen. Das Familienzentrum und die Musikschule werde ich mit allem verteidigen, was mir zur Verfügung steht."
Er erschrak selbst über seine unmissverständliche Kampfansage und versuchte die Parteifreunde von seiner Mission zu überzeugen: „Wir dürfen diese beiden letzten großen Institutionen nicht verloren geben, egal, was unser Koalitionspartner auch fordern mag. Dieses Mal muss sich die SPD endlich einmal nach uns richten. Oder sind wir in dieser Koalition nur noch die Jasager?"
Das war eine Sternstunde, für Jungkind und für die neoliberale Profilschärfung seiner Fraktion.
„Völlig korrekt!", bekam er Zustimmung von einem Fraktionsmitglied, „wir müssen unser liberales Profil noch mehr schärfen. Das geht am besten bei einer Auseinandersetzung mit unserem Koalitionspartner."
„Das ist richtig!", hatte Struth kein größeres Problem, dem beizupflichten und das derzeitige Manko in seinem ganzen Ausmaß aufzudecken. „Wir müssen unsere Kontur sicherlich noch ein gutes Stück stärker herausarbeiten. Uns fehlt immer noch die harte Kante, die uns zur unverwechselbaren Familienpartei macht."
Nach dieser eindeutigen Standortbestimmung und Kursvorgabe durch den Fraktionsvorsitzenden konnte man beobachten, wie der dümpelnde Parteisegler nun von allen Fraktionsmitgliedern für die große Fahrt über die koalitionären Untiefen aufgetakelt wurde.
„Wann hat uns die SPD überhaupt das letzte Mal Zugeständnisse gemacht?", kam die Frage eines altgedienten Fraktionsmitgliedes, das der Einfachheit halber die Antwort gleich mitlieferte, „das war damals, vor fast genau fünfzehneinhalb Jahren, als wir auch eine Koalition hatten und es um Steuererhöhungen ging. Wir haben seinerzeit klipp und klar gesagt, dass es mit uns keine Erhöhungen geben würde. Und das Ergebnis? Sie haben die Finger davon gelassen!", lachte er sich selbst zu und zog daraus auch gleich die

naheliegenden Schlüsse: „Man muss nur richtig auftrumpfen, dann kommt ein großer Koalitionspartner ganz schön ins Schwitzen, das könnt ihr mir glauben."
Offensichtlich war er der Einzige in der Runde, der eine solch tollkühne Verweigerungshaltung in einer Koalition miterlebt hatte, denn man konnte bemerken, dass die anderen wie gebannt an seinen Lippen hingen.
„Das stimmt, ich erinnere mich noch gut an die Angelegenheit, das war damals ein ganz gewagtes Manöver", zollte ihm eine jüngere Parteifreundin Anerkennung. „Insofern haben Sie schon Recht", wandte sie sich Jungkind zu, „wir werden eine viel härtere Gangart an den Tag legen müssen."
„Es muss etwas geschehen, da sind wir uns alle einig", beendete Struth nach weiteren Wortmeldungen die Diskussion und formte Daumen und Zeigefinger zu einem Kreis, der durch sachte Handbewegung gewissermaßen den Takt zur folgenden Beurteilung vorgab. „Wir müssen ab heute mit härteren Mitteln kämpfen, eine andere Gangart versteht unser Partner offenbar nicht", vermied er es aber die Thematik, die seinen Freund betraf, auch nur mit einem einzigen Wort anzusprechen, „deshalb würde ich vorschlagen, dass ich auf unserem Landesparteitag in zwei Wochen einige entsprechende Sätze an unseren Koalitionspartner richte."
Dieser Vorschlag kam hervorragend an und sorgte schlagartig für eine außergewöhnlich ausgelassene Stimmung, wie allgemein in Momenten der vermeintlichen Stärke.
War das nun endlich die Wende, auf die Jungkind gewartet hatte? Er wusste es nicht so genau. Denn konkret angesprochen hatte die Familienthematik keiner. Obwohl ihm andererseits prinzipiell zugestimmt worden war. Konnte man daraus schließen, dass diese grundsätzliche Haltung automatisch für alle Problemfelder galt? Eine Garantie gab es dafür wahrscheinlich nicht.
Warum verstand man eigentlich Politiker so schlecht? Dieses Phänomen war doch bis heute ungeklärt. Wahrscheinlich lag es daran,

dass sie in einem politischen Jargon redeten, der Sachzusammenhänge und Vorstellungsabläufe auf eine andere Ebene transferierte, die für Außenstehende nicht erfassbar war.
Aber er wollte sich nicht verrückt machen, beim Landesparteitag würde er einfach noch einmal genau hinhören.

Ein Landesparteitag schwebte als höchste parteipolitische Instanz über allem. Dort kamen nicht nur die Köpfe einer Landespartei zusammen, dort durften auch die Parteisoldaten jedes Jahr aufs neue durch Ehrungen, Auszeichnungen und Lobeshymnen erfahren, dass ohne sie letztlich nichts ging. Nicht anders war es an jenem Samstagmorgen im Blaustätter Kongresszentrum, als sich die Landes-FDP zu ihrem regulären Parteitag traf.
Als Jungkind das Foyer betrat, fiel sein Blick geradewegs auf die Parteivorsitzende, die, umgeben von einigen Vertrauten, mit überschwänglichen Gesten einzelne Parteifreunde begrüßte. Doch sie war sich auch nicht zu schade, hin und wieder dem ein oder anderen mit übertriebenem Lachen um den Hals zu fallen und damit die lange eingeübte Natürlichkeit zu versprühen, die so viele an ihr liebten. Denn gerade bei solchen Anlässen war es wichtig die Gemeinsamkeiten, die alle verband, herauszustellen und Feindseligkeiten, Missstimmungen oder Antipathien soweit es ging zu unterdrücken.
Martin Jungkind hatte dieses Gemeinschaftsgefühl schon im Parkhaus erfahren, als ihm ein Parteifreund mit liebenswürdigem Wink den Stellplatz überließ. Doch gegenwärtig quälte ihn sein schlechtes Gewissen, da er seit ewigen Zeiten keinen Parteitag mehr besucht hatte. Er glaubte, dass man ihm das ansehen musste, wie damals in seiner Kindheit, als er nicht zur Beichte gegangen war und der Pastor ihm zur Buße fünf Ave-Maria aufgebrummt hatte.
Dieser unglückselige Vorfall, der immer einmal wieder in ihm hochkam, war aber keineswegs mit der jetzigen Situation vergleichbar. Er war nämlich kein Parteisoldat mehr, dem man sagen konnte,

was er zu tun hatte oder was er erwarten durfte. Kraft seines Amtes gehörte er mittlerweile vielmehr zu den Parteioberen, die die Richtung vorgaben und aus der gleichen Befähigung heraus politische Wahrheiten von Unwahrheiten zu unterscheiden vermochten. In dieser Position, die im Grunde genommen der des Pastors aus seiner Jugend vergleichbar war, gab es nichts mehr zu beichten oder zu bereuen.

„Es freut mich, Sie zu sehen", wurde er von seiner Landesvorsitzenden nicht gerade mit übertriebener Begeisterung, aber doch mit einer höflichen Geste begrüßt. „Man hört ja viel von Ihnen", kam eine Art zweideutiger Anerkennung, die Jungkind nicht sonderlich überzeugte, „wir müssen in den nächsten Tagen einmal miteinander telefonieren."

Das sagte sie immer, wenn sie ihn sah, obwohl er bis zum heutigen Tag noch keinen Anruf von ihr erhalten hatte. Und man konnte davon ausgehen, dass das auch in Zukunft so bleiben würde. Denn als ausgewiesener Gefolgsmann von Struth war er unbrauchbar für den inneren Machtzirkel. Doch das ließ sie ihn heute nicht spüren, da allgemeine Waffenruhe herrschte und man sich nach den politischen Spielregeln darauf verständigt hatte, den innerparteilichen Schlagabtausch zu meiden. Ein solches Wohlverhalten galt in Wahljahren, in denen es um die Besetzung wichtiger Parteiämter ging, allerdings nicht. Da waren die gespielten Gemeinsamkeiten eher Mangelware und Wohlerzogenheiten gehörten nur in ganz bescheidenem Umfang zum parteipolitischen Repertoire.

Obwohl Jungkind nun in der Öffentlichkeit als einer der wichtigsten Funktionsträger der FDP galt, bekleidete er in den internen Gremien seiner Partei nicht ein einziges Amt. Das war mehr als außergewöhnlich und sorgte bei vielen Parteifreunden für Stirnrunzeln und Kopfschütteln. Auch an diesem Tag konnte jeder sehen, dass er nicht auf dem Podium – in den Reihen des Parteivorstandes – Platz genommen hatte, obgleich er aus seiner städtischen Führungsposition heraus ohne Frage dort hingehört hätte. Selbst in

den ersten beiden Reihen des Plenums, wo für Fraktionsvorsitzende und andere Funktionsträger Plätze reserviert waren, war kein Schild mit seinem Namenszug zu finden. Stattdessen hatte er sich unter die nicht wenig erstaunten Parteisoldaten gemischt.
Während ihm die internen Praktiken einer Partei vergleichsweise fremd waren und er sich deshalb auch keineswegs zurückgesetzt fühlte, empfanden das die um ihn Sitzenden anders. Sie schlossen aus seinem, für Politiker seines Standes, unüblichen Sitzplatz, dass er bei der Parteivorsitzenden in Ungnade gefallen war und damit die Gunst des Parteivorstandes völlig verloren haben musste.
„Wir freuen uns ganz besonders, dass der Familien- und Sportdezernent von Blaustätten, unser Parteifreund Martin Jungkind unter uns ist", wurde er ganz offiziell von der Landesvorsitzenden begrüßt, die ihn mit ihrem Blick in den ersten Reihen suchte. „Wo ist er denn?", fragte sie nach und Jungkind stellte sich in seiner ganzen Größe in der drittletzten Reihe auf. „Ach, da hinten am Horizont", brachte sie den ersten Lacher unter, während sich viele umdrehten, „daran sieht man wieder, dass es bei den Liberalen keine hinteren Ränge gibt."
Jungkind war froh, dass das erledigt war, umso mehr, als er sich noch gut an die Worte seiner Kollegin Hilla Frankfurter erinnerte, die ihm verraten hatte, was seine Parteifreunde über ihn tuschelten. Er wusste, dass ihm nicht wenige aus zutiefst persönlichen Gründen seine politische Karriere missgönnten und lieber heute als morgen sein Scheitern gefeiert hätten.
Nun begann der eigentliche Parteitag mit vielen klugen Beschlussvorschlägen, die vom provinziellen Geistesblitz bis zur sensationellen Fiktion reichten und mit endlosen Aussprachen einen großen Teil des Vormittags ausfüllten. Einen nicht geringen Stellenwert nahm dabei ein Aufhebungsantrag zur Jagdsteuer ein und die Gründung eines bürgerlichen Zukunftsbündnisses mit sozialliberaler Ausrichtung. Doch auch der bebauten Umwelt hatte man sich mit freiheitlicher Weltanschauung verschrieben und forderte

europaweit eine soziokulturelle Veränderung, die durch staatliche Stiftungsmodelle unterstützt werden sollte. Auch wenn jeder wusste, dass diese Staatsgrenzen überschreitende Forderung mehr als einige Nummern zu groß für einen Landesparteitag war, so wollte der Parteivorstand damit doch bereits ein Zeichen für die kommende Bundestagswahl setzen, bei der es nicht weniger als um den Einzug eigener Landesvertreter in den Bundestag ging.
Nachdem endlich über die richtungsweisenden Resolutionen abgestimmt worden war, rief die Parteivorsitzende den Tagesordnungspunkt „Berichte aus den Städten und Gemeinden" auf und bat Frank Struth ans Rednerpult.
Mit ihm stellte sich ein Meister seines Fachs den aufnahmewilligen Zuhörern, der mit dem Charme des leidenschaftlich entflammten Heilsbringers den Saal erobern konnte wie kaum ein anderer. Er verstand es, aus einem Nichts ein strahlendes Etwas zu machen und aus einem Halbsatz ein Gefühl. Während die große Masse der Parteifreunde, ebenso wie die politisch Aktiven aus der zweiten Reihe, mit großen Augen zu ihm aufschauten, ließ er manchen Führungspolitiker seiner Partei am eigenen Talent zweifeln. Struth war Vollblutpolitiker – durch und durch – und als solcher mit jener Begabung gesegnet, die man auf dieser Welt nicht erwerben kann. Da er natürlich um seine unbezahlbare Fähigkeit wusste, spielte er sie bei politischen Veranstaltungen ungeniert aus und unterstrich damit nicht nur seine unbestrittene Tauglichkeit zu höheren politischen Weihen, sondern auch gleichzeitig seinen Führungsanspruch in der Landespartei. Dummerweise hatte er jedoch keine Hausmacht, was wohl auch an dem besseren Geschick der Parteivorsitzenden gelegen haben mochte, die im Umgang mit Parteifreunden ihre unverwechselbare Natürlichkeit unendlich vollkommener einzusetzen vermochte als er. Diesen femininen Gefühlsvorsprung war er nicht in der Lage auszugleichen, so sehr er als Homosexueller auch seine intuitive Seite bemühte. Aber er hatte mit dem selbstgeflochtenen Koalitionsbündnis in Blaustätten und der Besetzung des

Familiendezernates durch einen Vertrauten nun doch zwei Asse im Ärmel, die möglicherweise die ersehnte Fahrkarte in den Parteivorstand, wenn nicht sogar in den Bundestag, sein konnten. Von daher wollte er diese beiden Karten beim Landesparteitag zum ersten Mal ausspielen, um anhand der Reaktionen den derzeitigen parteipolitischen Zuspruch für sich selbst zu testen. Und so beschenkte er seine Parteifreunde mit einer virtuosen, strategiebewussten Rede, die an parteipolitischer Vollkommenheit kaum zu übertreffen war. Mit ausschweifenden Brillengesten illustrierte er die vielfältigen Fraktionserfolge in der Koalition, wies auf den Fortschritt in vielen Bereichen hin und hob die hervorragende Arbeit von Jungkind in dessen Funktion als Sport- und Familiendezernent von Blaustätten hervor, um irgendwann – und für jeden völlig überraschend – mit einem „aber" aufhorchen zu lassen.

„Aber! Aber ...", wiederholte er und setzte wieder einmal auf die klassische Redeunterbrechung, die er selbst hätte erfunden haben können. „Wir wissen alle, dass es in einer Koalition nicht immer leicht zugeht. Ich würde lügen, wenn ich behauptete, dass das in unserer Koalition anders wäre. Ein Koalitionsbündnis ist eben keine Liebesheirat, sondern eine Vernunftehe", wärmte er eine uralte politische Weisheit auf großer Flamme auf und ergänzte mit erhobenem Zeigefinger: „Für uns Liberale zählen dennoch nicht nur die nüchternen Bilanzen, für uns stehen vielmehr die thematischen Inhalte im Vordergrund, die wir auch hier nie aus den Augen verloren haben. Deshalb ist uns in dieser relativ kurzen Zeit so vieles gelungen."

Und er sparte auch nicht mit Eigenlob: „Ich glaube, wir brauchen uns nicht zu verstecken."

„Das war wohl die obligatorische Einleitung ...", dachte sich Jungkind und rechnete nun mit dem großen, parteipolitischen Bekenntnis zur Familienpolitik und einer entsprechend unnachgiebigen Fußnote an die SPD. Doch Standortbestimmungen dieser Art waren in Struths Programm nicht vorgesehen. Stattdessen zählte er

in begeisterten Worten die mageren Ergebnisse des ersten Koalitionsjahres auf, die er erwartungsgemäß als außerordentliche Erfolge verkaufte.
„Ungeachtet dessen, sende ich aber von hier auch deutliche Worte an unseren Koalitionspartner! Ich sage ihm klipp und klar ...", gab er seinem fraktionellen Fackelzug einen kämpferischen Abschluss und schaute bedeutungsvoll in die Menge, während Jungkind den begonnen Satz beschwörend vollendete: „... dass es mit uns keine weiteren Schließungen von Familieneinrichtungen geben wird." Doch da Erwartungen nicht selten zu Enttäuschungen werden, konnte man in diesem Fall von einem exemplarischen Schulbeispiel sprechen. Denn Struth hätte nicht im Traum daran gedacht, sich festzulegen. Er wusste schon seit seinem ersten Koalitionsbündnis von vor elf Jahren, dass unnachgiebige Standpunkte unversöhnliche Reaktionen nach sich zogen und das koalitionäre Miteinander erheblich erschweren konnten. Daraus hatte er gelernt, schnell gelernt, mochte man behaupten. Denn nach der ersten blutigen Nase änderte er seine Koalitionstaktik grundlegend und griff fortan nur noch auf unverfängliche, möglichst neutrale Protestvarianten zurück, die beim politischen Mitkonkurrenten weder Blessuren noch unangenehme Verstimmungen zurückließen.
„Wir Liberalen haben noch eine ganze Menge vor, liebe SPD! Ein kleiner Partner hat Biss, wie ihr wisst!", vollendete er seine Mahnung deshalb politisch hygienisch und schaute von links nach rechts, setzte seine Lesebrille ab und holte mit erhobener Stimme zum finalen Schlussakkord aus: „Ich kann unseren Koalitionspartnern aus der SPD nur raten: Zieht euch warm an!"
Der Saal tobte und Struth strahlte in Siegerpose vom Rednerpult herunter, als habe er gerade eine Wahl gewonnen.
„Liebe Freunde, wir sind in Blaustätten wieder zur treibenden Kraft geworden, ohne die Liberalen geht zukünftig nichts mehr, mit uns muss man rechnen!", endete er und verließ unter großem Beifall die Bühne.

Struth hatte mit seiner mitreißenden Rede nicht nur die Erwartungshaltung der meisten Parteifreunde erfüllt, er hatte auch mit einem Schlag die boshaften Hoffnungen seiner Gegenspieler zerstört. Damit war er dem eigenen Anspruch auf höhere Weihen wieder ein großes Stück näher gerückt und wusste, dass er auf die richtige Strategie gesetzt hatte.

So glücklich der parteipolitisch Erfahrene über seinen Erfolg war, so ernüchtert und verzweifelt saß der politisch Unerfahrene in der jubelnden Menge. Das verlorene Vertrauen zu seinem Parteifreund und einstigen Förderer nagte gewaltig an Jungkind und quälte ihn weit mehr als die verlorene Zuversicht in die politische Zukunft. Ihm stand die Enttäuschung förmlich ins Gesicht geschrieben und verriet in den hängenden Gesichtszügen hoffnungslose Niedergeschlagenheit.

Sein Freund hatte ihn nun zum wiederholten Mal ohne den schützenden Schirm des Fraktionsbeistandes im Regen stehen lassen. Nichts hatte Frank oder seine Fraktion bisher für ihn und den Fortbestand des Familiendezernates getan, vielmehr war er immer wieder mit blumigen Bekenntnissen, zuversichtlichen Versprechungen und hoffnungsvollen Erklärungen vertröstet worden. Erst in diesem Augenblick wurde ihm bewusst, dass er über die ganze Zeit – wenn auch nicht vorsätzlich aber zweifelsohne fahrlässig – getäuscht worden war. Alle Beteuerungen hatten offensichtlich nur Halbwertszeit und wurden je nach politischer Gefechtslage den parteistrategischen Absichten angepasst.

Es gab folglich keine verlässliche Unterstützung für seine familienpolitischen Programmschwerpunkte durch die Fraktion, noch einen entsprechenden Schutz der streitgegenständlichen Familieneinrichtungen vor dem Zugriff des Koalitionspartners. Vielleicht war sogar schon längst eine Vereinbarung zwischen den beiden Partnern getroffen worden, die eine Schließung des Familiendezernates zugunsten eines Machtanspruches an anderer Stelle vorsah. Obwohl Jungkind nun die parteipolitische Verkettungstheorie in

kühnen Analysen nachgewiesen und damit zwangsläufig die letzte Prüfung zum Mitspieler abgelegt hatte, fehlte ihm immer noch die erforderliche Spielpraxis. Und dieser Umstand führte unweigerlich zu einem weiteren Ballverlust.
Er vermochte es nämlich nicht, aus den immer wieder gemachten Erfahrungen die richtige Erkenntnis zu ziehen, doch vor allem sich selbst mehr in die Pflicht zu nehmen. Stattdessen schielte er, kaum dass er die Koalition enttarnt hatte, auf die Opposition und hoffte, dass ihm von deren Seite Unterstützung zukommen würde.
Was er in seiner letzten Hoffnung aber vergaß, war die Tatsache, dass er der Opposition nicht angehörte.

Doris Jungkind verstand die komplizierten, politisch vielschichtigen Zusammenhänge besser als ihr Mann. Das lag nicht nur daran, dass sie einen einzigartigen Erfahrungsschatz aus ihrer Beschäftigung mit mehrdeutigen Sternenkonstellationen mitbrachte, das hatte auch mit ihrem unverschleierten Blick auf die Realität zu tun. Deshalb war der spätabendliche Versuch ihres Mannes, doch noch eine allerletzte Rechtfertigung für die struthsche Parteitagsrede zu finden, auch überflüssig. Sie wusste, dass es schon lange genug nichts mehr zu entschuldigen gab und ihr Mann nun endlich begreifen musste, dass die Versprechungen seiner Parteifreunde keine Bedeutung mehr für ihn haben durften.
„Du musst dich endlich auf dich selbst besinnen, alles andere bringt dich doch nicht weiter“, versuchte sie ihm deshalb die letzten Illusionen von einer glücklichen Wende auszureden und forderte ihn auf einen Schlussstrich zu ziehen, „ich bin fest davon überzeugt, dass du an der Aufgabe wächst“, schaute sie mit einem Blick an ihm hoch, der mehr als hoffnungsvolle Zuversicht ausstrahlte, „du kannst das, da habe ich überhaupt keine Bedenken.“
Das hätte sie auch zu einem Kleinkind sagen können und jenem bestimmt die Angst vor dem Ungewissen genommen. Doch bei ihrem Mann setzte mit dieser unverblümten Botschaft eine partielle

Atemlähmung ein, die mit einer feinen Schweißperlenbildung im Stirnbereich einherging. Dieser emotionale Impuls sorgte zwar zum Teil für die Auflösung der seelischen Blähungen, aber er reichte bei weitem nicht aus, um eine kontinuierliche Gemütsauffrischung einzuleiten.

Das lag sicherlich auch daran, dass sich allmählich der Verstand einschaltete, der die Situation ungeschönt und mitleidslos beleuchtete. Bisher konnte Jungkind sich nämlich hinter der Gleichgültigkeit seiner Fraktion verstecken und im dichten Koalitionsnebel Deckung suchen, aber in Zukunft würde er ohne Netz und doppelten Boden auf sich allein gestellt für seine Überzeugungen kämpfen müssen.

Doris Jungkind wollte ihrem Mann in dieser schweren Zeit eine Freude bereiten und hatte aus diesem Grund ein Gartenfest arrangiert, das für kurze Zeit von dem allgegenwärtigen Thema ablenken sollte. Um ausgelassen feiern zu können, hatte sie sich auch ein Kleidermotto einfallen lassen, nämlich „Not macht erfinderisch".

Als die Gäste am Abend eintrafen, konnte man sämtliche Notlagen bürgerlichen Lebens an deren einfallsreicher Bekleidung ablesen. Ob das nun die gebundene Krawatte aus einem Rollladengurt war, die schnöselig über einem Hemd aus Wellpappe herunterhing oder auch der Faltenrock, der aus geblümten Übergardinen geschneidert zu der Bluse aus aneinandergenähten Topflappen in kontrastreicher Harmonie stand. Alles, was man auch sah, wies auf eine besondere Zwangslage hin und sprach mehr oder weniger für das Improvisationstalent des Trägers.

„Ich hätte wetten können, dass du als Bettvorleger gehst", orgelte Martins alter Studienfreund Fis mit seiner seltsamen Fistelstimme durch den Garten, kaum dass er seinen Freund entdeckt hatte, „aber als Strohpuppe machst du auch keine schlechte Figur. Das ist wirklich eine ‚bezaubernde' Amtskleidung", zupfte er gespielt desinteressiert an Martins Kostüm herum und sorgte für ein erstes Stimmungshoch unter den Gästen, „dann kann man also sagen:

vom Supermann über den Bettvorleger zur Vogelscheuche. Ihr seid schon sehr innovativ im Rathaus, das hätte ich nicht gedacht."
Das war das Letzte, was Martin mit seiner Maskerade beabsichtigt hatte, nämlich eine polemische Auseinandersetzung mit seinem Amt und seiner Person vom Zaun zu brechen. Er wollte an diesem Abend von Rathäusern, Dezernaten und der Politik allgemein nichts hören. Seine Verkleidung war mehr einem Anflug übermütiger Albernheit zu verdanken, die ihn beim Weinholen im Keller überfallen hatte. Dort waren ihm alte Strohhüllen ins Auge gefallen, die vormals zum Schutz der Weinflaschen gedient hatten, und nun um Arme und Beine gestreift als ideale Verkleidung dienten. Mit ein paar herumliegenden Bastmatten und einem alten Strohhut war das Werk schnell vollendet und drückte auf mitleiderregende Art und Weise eine „Notlage" aus, die auf einem Getreidefeld sicherlich keine schlechte Figur abgegeben hätte.
„Man liest ja in letzter Zeit viel über dich, mein Junge", mischte sich nun die alleinstehende, hochbetagte Tante seiner Frau ein, die sich dank ihres kleinen, schwarzgrauen Oberlippenbärtchens und des durch und durch maskulinen Aussehens nicht weiter hatte verkleiden müssen. „Ich habe gehört, dass du jetzt auch die Spielplätze schließen willst. Na ja, wir haben ja auch immer weniger Kinder", konnte sie sich vorbehaltlos mit einer solchen Maßnahme anfreunden und drehte an ihrem Hörgerät den schrillen Pfeifton etwas herunter, „man sieht sowieso mehr Hunde in den Sandkästen als Kinder."
„Nein, Tante Hedwig, das hast du falsch verstanden, da geht es nur um die Verlegung eines Spielplatzes, von einer Schließung ist keine Rede", versuchte Martin den immer noch durchdringenden Pfeifton des Hörgerätes mit fester Stimme zu übertönen.
„Mir ist es auch egal, wenn du Spielplätze schließen willst", wurde der Richtigstellung nicht die Bedeutung beigemessen, die sich Jungkind gewünscht hatte. „Ich bekomme sowieso keine Kinder mehr", lachte sie mit heiserer Stimme, die erahnen ließ, weshalb

die Männer immer einen großen Bogen um sie gemacht hatten, „du machst das schon richtig, was brauchen wir auch Spielplätze."
„Unser Martin ist allem Anschein nach zum großen Schließmeister geworden", mischte sich nun ein Bademeister ein, der auch als ältester Jugendfreund von Martin an Tante Hedwig eine brisante Frage stellte: „Aber was macht er nur, wenn alle Spielplätze und Familieneinrichtungen geschlossen sind? Haben Sie sich darüber schon einmal Gedanken gemacht?"
Nun war die Stimmung so richtig angeheizt.
„Ich für meinen Teil bin fest davon überzeugt, dass so einem Politiker dann auch wieder etwas einfällt", gab er sich gleich eine Antwort auf seine Frage.
„Er hat doch noch das Sportdezernat!", hatte Tante Hedwig dieses Mal offensichtlich alles verstanden – allerdings falsch entschlüsselt – und versuchte mit laut erhobener Stimme und missvergnügtem Blick den Angriff zu parieren und damit die Familienehre zu verteidigen, womit sie aber das genaue Gegenteil erreichte.
Die Gäste tobten förmlich vor Begeisterung und der Bademeister bekam Oberwasser.
„Aber so weit ist es Gott sei Dank noch nicht, noch gibt es ja das Familiendezernat", zog jener seinen rotweiß gestreiften Rettungsring in Anbetracht der zu erwartenden Springflut etwas höher und schaute durch seine angelaufene Taucherbrille die immer noch stark verärgerte Tante an. „Zunächst muss nämlich das Familienzentrum geflutet werden, das steht ganz oben auf der Liste", streckte er den Daumen in die Höhe, „insofern ist der Schachzug mit dem ‚Frauenmuseum' äußerst geschickt, da muss man den Hut ziehen", hatte er der Tante durch die fragwürdige Belobigung ein leichtes Kopfnicken abgewinnen können. „Die Feministinnen werden auf jeden Fall Taucheranzüge brauchen, so sehe ich das. Was meinen Sie?"
„Das macht er schon richtig! Auf Martin kann man sich verlassen, was er sagt, das macht er auch", unternahm Tante Hedwig den

letzten Versuch, den mehrdeutigen, und sicherlich böswilligen, Unterstellungen des Bademeisters zu begegnen.
Auf dem Gartenfest herrschte nun eine Stimmung, die besser nicht hätte sein können und zweifellos jeden Gastgeber erfreut hätte. Doch in diesem Fall war das etwas anders, was wohl daran gelegen haben mochte, dass der Gastgeber selbst zum Opfer des Stimmungshochs geworden war.
„Das ‚Frauenmuseum'-Projekt finde ich äußerst spannend und durchaus mutig", näselte eine Freundin von Doris, die von Kopf bis Fuß in lila Farbtöne eingekleidet war und unter Freunden den Decknamen „Lila Bärbel" trug, eine ernst gemeinte Belobigung an Martin, „deine emanzipatorische Handschrift wird in die Stadtgeschichte eingehen, da bin ich mir sicher."
Diese Anerkennung tat Jungkind offenbar gut, denn man konnte erkennen, wie sich seine Mundwinkel ein wenig nach oben zogen und sein Gesichtsausdruck schwach aufhellte. Doch dieser atmosphärische Erregungszustand war nur von kurzer Dauer.
„Mut ist etwas anderes, da muss ich Ihnen widersprechen", nahm der Bademeister die Meinung der Frauenrechtlerin nicht sonderlich ernst und setzte lieber auf die Partei der furchtlosen Lacher, „Mut wäre es gewesen, wenn Martin ein ‚Männermuseum' eingerichtet und sich zum Verfechter des Patriarchats in Blaustätten gemacht hätte. Oder wenn er beispielsweise das Familiencafé ins Rathaus neben die Spielecke verlegt hätte, nur allein um Politikern zu zeigen, dass Kinder auch Familien haben."
Er zog über den Schnorchel tief Luft und sprach nun wieder Tante Hedwig in gespielter Besorgtheit an: „Man kann nur froh sein, dass Martin auf den Familienbericht verzichtet hat, der hätte ja möglicherweise etwas aufdecken können. Beispielsweise, dass unseren Stadtpolitikern die Familie doch nicht so wichtig ist, wie sie immer gerne beteuern."
Fern des ernsthaften deutschen Frohsinns entwickelte sich nun eine übermütige und vollkommen unkontrollierbare Ausgelassenheit,

die Martin zwar immer gemocht hatte, die er aber an diesem Abend überhaupt nicht ertragen konnte. Es lag vielleicht auch daran, dass in manchen Späßen ein Körnchen Wahrheit steckte, die ihm veranschaulichte, wie er als Politiker in der Öffentlichkeit wahrgenommen wurde.

Er musste erkennen, dass die bei seinem Amtsantritt erklärten Zielsetzungen und familienpolitischen Absichten schon lange vergessen waren. Längst wurde er mit den Entscheidungen der Koalition gleichgesetzt und als austauschbarer Politiker verstanden. Konturen existierten nicht mehr und ein eigenes Profil wurde ihm abgesprochen.

Von seinen internen Anstrengungen und Kümmernissen – ob nun in der Fraktion oder auch in der städtischen Verwaltungsspitze – wusste natürlich kein Mensch. Wie auch, wenn er sich nicht öffentlich äußern durfte. Einerseits war er durch sein Mandat als politischer Beamter an seine Partei gebunden und andererseits hatte ihn Kinkel schon früh darauf hingewiesen, dass Öffentlichkeitsarbeit alleinige Sache des Oberbürgermeisters sei. Die beiden legitimierten Sprachrohre hatten sich allerdings nie für seine Ziele eingesetzt, sie waren stattdessen – trotz unterschiedlicher Politikansätze – im Begriff, in einträchtiger Gemeinsamkeit das Familiendezernat zu Tode zu sparen.

Sein Dezernat stand mittlerweile schlechter da, als zu Beginn seiner Amtszeit. Selbstverständlich war ihm das nicht verborgen geblieben, aber er hatte immer wieder nur zu gern den Beteuerungen seiner Fraktion, doch vor allem seines Freundes Frank Struth, vertraut. Erst jetzt fiel ihm wie Schuppen von den Augen, dass er sich nicht mehr hinter seiner Fraktion oder der Verwaltungsspitze verstecken konnte, nur weil es bequemer und weniger aufreibend für ihn war. Er hatte sich bereits mitschuldig am Zerfall seines Dezernates gemacht, aber damit sollte jetzt Schluss sein. Er musste sich nun endlich auf sich besinnen, wie Doris schon gesagt hatte, und aus eigener Kraft das Ruder herumzureißen versuchen. Wenn es nicht anders ging, gegen alle und jeden. Nur diese eine Möglichkeit

würde ihm noch bleiben, wollte er nicht als Konkursdezernent in die Blaustätter Stadtgeschichte eingehen.
„Es war ein wirklich schönes Fest, auch wenn die politischen Scherze bisweilen etwas überhandgenommen haben", versuchte seine Frau, die in einem groben Jutesack wie ein prall gefüllter Sack Kartoffeln aussah, spät in der Nacht die emotionalen Wogen ein wenig zu glätten, „aber trotzdem habe ich lange nicht mehr so gelacht, und du wahrscheinlich auch nicht."
Martin hatte nicht gelacht und konnte ihr von daher auch nicht zustimmen.

Für die Umsetzung seiner konsequenten Überlegungen sollte Jungkind bald schon Gelegenheit haben, denn der Oberbürgermeister hatte mit seinen Adjutanten bereits zum nächsten Schlag gegen ihn und sein Dezernat ausgeholt.
„Wie es aussieht, haben wir im ‚Alten Schlachthof' einen geeigneten Standort für das Familienzentrum gefunden", wurde er in der Dezernentenkonferenz von Markus Kinkel ohne jede Vorwarnung vor vollendete Tatsachen gestellt, „die Fläche ist zwar etwas kleiner als die jetzige, aber sie wird ausreichen. Erst recht, wenn wir einzelne Aufgabengebiete an private Träger übergeben."
Er hob dabei vorwurfsvoll die Stimme, um Jungkind wissen zu lassen, dass dieser als Fachdezernent längst auf den Gedanken der Teilprivatisierung hätte kommen können: „Außerdem kann man sich darüber hinaus gut vorstellen, dass verschiedene Angebote, wie beispielsweise diese Sucht- und Vandalismustherapiegruppen oder das gesamte Aufgabengebiet um die Familiendienste an Verbände, Kirchen oder andere Initiativen abgegeben werden, was spricht dagegen?"
Kinkel schaute in die Dezernentenrunde und erntete für seinen begnadeten Einfall zustimmende Gesichter.
„Es gibt sicherlich auch Bereiche, die wir komplett aufgeben können. Schließlich haben wir als Kommune keine Verpflichtung an

überflüssigen und überholten Traditionen festzuhalten", kam nun seitens des Finanzdezernenten wieder einmal der obligatorische Einwand, der jedoch, wie so oft, am eigentlichen Thema vorbeiging.
„Wie auch immer, Sie können die Einzelheiten ja mit dem Finanzdezernenten noch einmal besprechen", schaute Kinkel kurz zu Jungkind und dann zu Kunz, der zustimmend nickte, „die Fraktionen werden die Verwaltungsvorlage zu dem Standortwechsel noch heute erhalten, ich denke, wir können dieser Vorlage alle zustimmen."
Normalerweise hätte Jungkind in einer solchen Situation keine Einrede erhoben und eine Klärung der Angelegenheit in der Fraktion gesucht. Aber heute – nach seiner nächtlichen Erleuchtung – war das anders. Er fasste sich ein Herz und tat das, was er sich vorgenommen hatte. Er protestierte mit aller Entschiedenheit.
„Das kommt alles sehr überraschend für mich", entschuldigte er sich fast schon verlegen für seine Unfolgsamkeit, die mit einem gepfefferten Protest so wenig zu tun hatte wie ein Gerichtsverfahren mit einer Lyriklesung, „davon höre ich heute zum ersten Mal."
„Ich kenne die Beschlussvorlage überhaupt nicht", ergänzte er und versuchte so eindringlich wie möglich das Debakel durch einen naheliegenden Vorschlag abzuwehren, „deshalb würde ich Sie bitten, die Entscheidung auf kommende Woche zu verschieben."
„Ich habe doch gerade das Papier erläutert", schnaubte ihn der Oberbürgermeister mit aufgerissenen Augen missbilligend an, „Herr Kunz hat die Vorlage hervorragend vorbereitet, da fehlen nur noch ein paar belanglose Ergänzungen."
Während er in nicht zu übersehender oberbürgermeisterlicher Verärgerung mit einigen Blättern in der Luft herumfuchtelte, ließ er seinen Fachdezernenten über sein Verständnis von einer zukunftsweisenden Haushaltskonsolidierung nicht im Unklaren: „Herr Kollege, hier geht es um die Reduzierung erheblicher Zuschussmittel, überall muss gespart werden, da werde ich keine Woche verlieren, nur weil Sie wieder einmal eine Extrawurst gebraten haben wollen. Sie können ja dagegen stimmen, wenn Sie sich unsolidarisch erklären wollen."

Er schüttelte den hochroten Kopf und warf seine Brille verärgert auf den Tisch, um dann mit zweideutigem Lächeln anzumerken: „Reden Sie mit Ihrer Fraktion, Ihr Herr Struth wird schon wissen, was Sie zu tun haben."
Jungkind spürte, dass er noch in die Position des kaltblütigen Einzelkämpfers hineinwachsen musste, weswegen er sich bei der Abstimmung auch vorsichtshalber enthielt. Aber auch die mehrdeutige Bemerkung Kinkels war ein Grund dafür, nicht überstürzt gegen einen Standortwechsel zu stimmen und in eigener Sache vorerst einmal eine neutrale Haltung einzunehmen.

„Herr Oberstein hat gerade angerufen, er möchte so schnell als möglich mit Ihnen reden, es geht um das Familienzentrum", wurde Jungkind von seiner Assistentin informiert, kaum dass er sein Dezernat nach der Sitzung betreten hatte.
„Dann ist also ein Standortwechsel so gut wie perfekt?", fragte sie mehr beiläufig und verfolgte Jungkind bis an dessen Schreibtisch. „Was habe ich Ihnen vor Monaten gesagt: Da ist etwas im Busch. Und, habe ich richtiggelegen?"
„Ja, Sie haben richtiggelegen", beeilte er sich, sie mit einem schnellen Lob wieder loszuwerden, „aber warten wir erst einmal ab, noch ist es nicht so weit."
„Abwarten? Wie beim Familiencafé?", schüttelte sie den Kopf und rauschte zurück in ihr Zimmer, „bald werden wir nichts mehr zum Abwarten haben, das ist meine Prognose, wenn Sie es wissen wollen."
„Nein, will ich nicht", antwortete er knapp und verstimmt, „verbinden Sie mich lieber mit Herrn Oberstein."
Max Oberstein war der Leiter des Familienzentrums. Er hatte das Zentrum vor zweiundzwanzig Jahren, als eines der ersten seiner Art in Deutschland, aufgebaut und immer wieder durch interessante Familienangebote erweitert. Mittlerweile hatte das Haus auch über die Landesgrenzen hinaus einen hervorragenden Ruf, der

selbst Experten aus anderen Städten nach Blaustätten lockte, um sich über die langjährigen Erfahrungen auf dem Gebiet der Familienförderung zu informieren.
„Es ist unglaublich, was sich Markus Kinkel da erlaubt hat“, machte sich Oberstein am anderen Ende der Leitung Luft, nachdem er von Jungkind die Einzelheiten aus der Dezernentenkonferenz erfahren hatte, „Kinkel macht tatsächlich mit Kunz und den anderen SPD-lern gemeinsame Sache, jetzt verstehe ich auch, weshalb Kunz in der letzten Zeit so viele Informationen von mir haben wollte.“
Max Oberstein war Parteifreund von Kinkel und hatte als CDU-Urgestein maßgeblichen Anteil an dessen Wahlerfolg gehabt. Bei zahlreichen Wahlveranstaltungen war er engagiert gewesen wie kaum ein anderer, und es verging kein Tag, an dem man ihn nicht an Kinkels Seite gesehen hätte. Oberstein war felsenfest davon überzeugt, dass man mit Kinkel den geeigneten Kandidaten für das Oberbürgermeisteramt gefunden hatte.
Auch in der „Toleranz“-Kampagne, die vor allem die menschliche Seite Kinkels herausstellte, fand sich Oberstein, wie viele andere bürgerliche Wähler, wieder. Er begeisterte sich als praktizierender Christ jeden Tag aufs Neue für dessen außergewöhnliches und überwältigendes Einfühlungsvermögen, das jener immer wieder überzeugend seinen Mitmenschen mit ernsten Problemen entgegenbrachte.
Doch bereits innerhalb des ersten Jahres mussten Oberstein und andere Unterstützer aus der Stadtverwaltung erkennen, dass sich ihr Parteifreund geändert hatte. Er wurde zunehmend unzugänglicher, ging persönlichen Gesprächen aus dem Weg und ließ schließlich nur noch den Kontakt auf Amtsebene zu.
Offiziell versteckte er sich hinter seiner neuen Überparteilichkeit, die jedwede Bevorzugungen ausschloss. Der wahre Grund war aber ein anderer: Die alte CDU-Seilschaft hatte schlichtweg ausgedient. Sie war zweifellos imstande gewesen, ihn über unbefestigte Wege auf die Autobahn der politischen Eitelkeiten zu eskortieren, einen

Schnellstrecken-Nachweis konnte sie jedoch nicht erbringen. Nun waren Helfer anderen Kalibers gefragt, Profis, die im Geschwindigkeitsrausch kühlen Kopf bewahrten und einen Fahrbahnwechsel auch in entgegengesetzter Fahrtrichtung bravourös meisterten. Deshalb streckte er auch gleich seine Fühler ins jenseitige Lager aus und fand dort einige gefällige SPD-Karrieristen, die ihm seine Machtstellung gegen entsprechende Privilegien sichern halfen. Diese Erfahrung war eine bittere Pille für Max Oberstein gewesen, an der er schwer zu schlucken hatte. Umso mehr, da Kinkel einst als junger Sachbearbeiter bei ihm begonnen hatte, als er selbst noch Leiter des Sozialamtes war. Doch auch diese Episode hatte Kinkel aus seinem Gedächtnis gestrichen. Sie passte, wie so vieles aus seiner Vergangenheit, nicht mehr zu seinem parteipolitischen Aufstieg.

„Was können wir denn da noch tun?“, klang Oberstein merklich verzweifelt, „ich habe die Befürchtung, dass Ihre Fraktion hier auch wieder einmal einknicken wird.“

Auch wenn er diese Bemerkung vor seinem Vorgesetzten nicht hätte machen dürfen, so trieb ihn die tiefsitzende Verbitterung dazu. Seine Verdrossenheit über die parteipolitischen Machenschaften war gewaltig und Jungkind, dem er anfangs noch unvoreingenommen gegenübergestanden hatte, war für ihn mittlerweile zu einer weiteren Enttäuschung im undurchsichtigen Spiel der Stadtpolitik geworden.

„Wir können nur noch an die Presse gehen!“, machte er einen Vorschlag, mit dem er sich und Jungkind in eine heikle Situation gebracht hätte. „Wegen mir kann mich Kinkel dann abmahnen, das ist mir inzwischen auch egal.“

Martin Jungkind konnte sich den hochroten Kopf seines Amtsleiters gut vorstellen.

„Der ‚Alte Schlachthof‘ ist doch bestenfalls halb so groß wie unser jetziger Standort, und überdies liegt er am Ende der Welt!“, tobte Oberstein. „Deren Strategie ist doch nicht schwer zu durchschauen.

Die wollen das Familienzentrum nach einem Jahr mit dem Argument schließen, dass die Besucherzahlen erheblich eingebrochen sind. Verstehen Sie?! Das ist die große Stoßrichtung."
„Ich werde mit meiner Fraktion reden, Sie wissen, dass ich gegen einen Standortwechsel bin", versprach ihm Jungkind, den fahrenden Zug aufzuhalten, „danach sehen wir weiter."
Doch dieses Meisterstück traute ihm sein Mitarbeiter offenbar nicht zu.
„Ich sage Ihnen auf den Kopf zu, dass Sie nichts erreichen werden!", klagte Oberstein in höhnischem Tonfall, ohne auch nur im geringsten Rücksicht auf die Gefühle seines Gegenübers zu nehmen, „Wir wissen doch beide, dass es so ausgehen wird wie immer, machen wir uns doch nichts vor ..."
Jungkind entschuldigte die Bitterkeit seines Mitarbeiters, auch wenn er von dessen Direktheit überrascht war. Doch er wollte Oberstein beweisen, dass jener zumindest in einem Punkt falschlag, nämlich in der Annahme, dass er und seine Fraktion bei der Frage des Standortwechsels einbrechen würden.

Frank Struth war meilenweit entfernt von irgendwelchen depressiven Verstimmungen oder leidenschaftlichen Befürchtungen, das hatte sich schon deutlich während des Beachvolleyballspiels gezeigt. Stattdessen fühlte er wieder einmal den politischen Herzschlag wie kaum ein anderer und passte seinen eigenen Puls den Umständen an. Kein Ball ging ihm verloren, jede Chance nutzte er, baggerte, pritschte, hechtete durch den Sand und bot sich als Spieler für die nächsthöhere Spielklasse an, ohne eine solch sportliche Ambition bisher überhaupt ins Auge gefasst zu haben.
Jungkind versank indessen bei fast jedem Schritt im Sand und man mochte meinen, dass er in tiefem Geläuf unterwegs war. Er bekam kaum einen ordentlichen Aufschlag hin, geschweige denn ein Ass und schlug manchen Heber – der bei seiner Körpergröße eher ein Schlenzer war – gegen das Netz. Zu allem Überfluss verletzte er

sich auch noch vor Ende des Spiels bei einem Schmetterball und musste mit einer schmerzhaften Zerrung in die Kabine.
Dieser Tag hatte ihm alles abverlangt und letztendlich seelische wie körperliche Blessuren hinterlassen, die sich auch an seiner gebeugten Körperhaltung ablesen ließen. Nun hoffte er auf seinen Freund, den Wundheiler, und saß in der Umkleidekabine, bereit die heilkräftigen Beschwörungsformeln zu empfangen.
Doch der war nicht dazu aufgelegt, wieder einmal in dieser stickigen Atmosphäre seinem Freund das Herz zu erleichtern.
„Was ist denn heute wieder?", sah er ihn schon da sitzen und verdrehte so die Augen, dass Martin das mitbekommen musste. „Ich habe mittlerweile das Gefühl, dass die Umkleideenthüllungen auch nicht mehr das sind, was sie einmal waren ...", ging er an ihm vorbei und duschte sich länger als sonst.
Er hoffte, dass Martin gegangen war, wenn er herauskäme. Aber dieser Wunsch ging nicht in Erfüllung.
„Und? Wo drückt dieses Mal der Schuh?", fragte er ihn ein wenig ungehalten, während er schwungvoll seine Badelatschen vom Holzrost katapultierte.
Wie oft hatte er schon in den letzten Monaten darüber nachgedacht, zum SC Lütschental zu wechseln? Nun stand sein Entschluss fest. Das würde ihm nicht nur einige neue Wähler bringen, damit würde er vor allem diesen unnötigen Gesprächskargheiten entgehen.
Martin saß vor seinem Spind und bemerkte von den sportlichen und grundsätzlichen Abwanderungsgedanken seines Freundes nichts. Er war vielmehr auf die Ereignisfolge des Tages konzentriert und schilderte diese zum Leidwesen seines Sportskameraden minuziös.
„Wir haben keine sieben Möglichkeiten, mein Lieber", knöpfte Frank sein Hemd zu. Dann strich er über dasselbe wie über eine Uniform, kreuzte seine Arme auf dem Rücken wie einst Napoleon vor der Schlacht bei Waterloo und schritt die leeren Spindreihen ab. „Entweder ‚Alter Schlachthof' oder Schließung ist das Thema, nicht

etwa ‚Alter Schlachthof' oder Fortbestand am innerstädtischen Standort."

Jungkind traute seinen Ohren nicht.

„Wie, Schließung?", schluckte er trocken.

Frank drehte auf dem Absatz herum und kam wieder auf ihn zu.

„Du weißt doch mittlerweile, wie es läuft, was soll ich dir denn noch erzählen", schaute er genervt an die Decke, „wir hatten vorgestern eine Dreierkonferenz, SPD, CDU mit Kinkel und wir. Und dort haben wir uns aufgrund der Finanzkrise darauf verständigt, so oder so zu entscheiden."

„Wie ...?", fragte Martin sprachlos nach.

„Na wie wohl?", stellte sein Freund die Frage zurück und raubte ihm nun die letzten Illusionen.

„Die beiden Großen wollten die Kiste am liebsten sofort schließen, ebenso wie unser städtisches Theater und das Kommunale Kino, mein Gott wo lebst du denn?!", schien Frank jeden Moment seine parteipolitische Contenance zu verlieren. „Zumindest beim Familienzentrum haben wir einen befristeten Übergang erreichen können, hoffe ich zumindest."

„Wie, befristeter Übergang ...?", ahnte Martin bei seiner Frage aber schon, was gemeint sein könnte.

„Der ‚Alte Schlachthof' bietet sich als Übergangslösung für ein, zwei Jahre an. Diese Variante kann uns zumindest etwas Luft verschaffen", setzte er sich und trommelte mit seinen Fingern auf der Sitzbank herum, „bis dorthin müssen wir die Familienaufgaben möglichst diskret an Vereine und andere Institutionen abgegeben haben, sicherlich muss man dabei auch Privatisierungen ins Auge fassen. Aber das musst du im Einzelnen prüfen, da kommt jedenfalls noch eine große Aufgabe auf dich zu."

Für Martin Jungkind stürzte wieder einmal ein Kartenhaus mit ohrenbetäubendem Lärm zusammen.

„Wir sind uns doch einig, dass es so nicht mehr weitergehen kann. Wie willst du denn eine solche Geldschleuder in heutiger Zeit noch

finanzieren?", hob Frank seine Augenbrauen und Arme in synchroner Perfektion an, „das kann unsere Stadt einfach nicht mehr leisten."
Sehr langsam vermochte sich Martin aus einer Art fortdauernder Daseinsstarre zu befreien und den letzten Schockzustand zu überwinden. Zögernd stand er auf, schaute gedankenverloren in seinen leeren Spind, strich sich durch sein zerzaustes Haar und wandte sich seinem Freund zu.
„Das werde ich nicht zulassen ... ihr habt den Bogen überspannt ... ich gehe in die Öffentlichkeit, tut mit leid ... es geht nicht mehr anders", tickerten abgehackte Sätze im Telegrammstil über seine Lippen, deren Zusammenhang sich Frank zunächst überhaupt nicht erschloss.
Erst nach dem dritten Entschlüsselungsversuch offenbarte sich ihm der tiefere Sinn und die Tragweite, die in diesen Wortfetzen lag. Doch da hatte Jungkind die Umkleide schon fast verlassen und Struth musste – in einer für ihn auch ungewohnten Situation – hinter dem Flüchtigen herlaufen, um noch den obligatorischen Übereinstimmungsvermerk zu erhalten.
„Jetzt komm doch zurück und setz dich wieder hin, ich bin doch noch lange nicht fertig, ich habe natürlich einen Plan B, du kennst mich doch", konnte er ihn mit einer freundschaftlichen Umarmung überzeugen, zurückzukehren und sich wieder auf die schmale Bank zu setzen.
Nun drangen Satzfolgen an Martins Ohr, die er zuvor noch niemals gehört hatte. Es war ein lieblicher Gesang aus hoffnungsvoller Zuversicht und wohlklingender Zukunftsträumerei, der sich wie ein frischer Frühlingsduft an einem sonnigen Morgen balsamgleich auf Seele und Verstand legte. Als Struth erkannte, dass sich der Zustand seines Klienten wieder stabilisierte, wagte er sich an den realitätsbezogeneren Teil seines Liedes.
„Ich werde morgen in der Presse erklären, dass wir beide – der Fraktionsvorsitzende der FDP und der Familiendezernent von

Blaustätten – vorbehaltlos für den Erhalt des Familienzentrums einstehen, wenn auch aus finanziellen Gründen an einem anderen Standort."
Er ließ seinen Dezernenten keinen Atemzug lang aus den Augen und erkannte infolgedessen, dass es mit jenem Vorschlag nicht getan war.
„Gleichzeitig werde ich aber auch die Zusage machen, dass es mit uns beiden – heute wie in Zukunft – keine Schließung des Zentrums geben wird", konnte er nun eine sichtbare Erleichterung in den Gesichtszügen seines Freundes feststellen, die ihn dann auch von weiteren zweckdienlichen Zugeständnissen abhielt, „was hältst du davon?"
Was sollte Martin dazu sagen?
Vor einigen Stunden hätte er sich mit einem solchen Ergebnis wohl kaum zufriedengegeben. Aber nach den neuesten Erkenntnissen war das wohl die beste aller Lösungen.
Das Familienzentrum blieb immerhin erhalten, wenn auch in einem etwas bescheideneren Rahmen, der Finanzhaushalt konnte ein wenig entlastet werden und er selbst würde endlich einmal als Retter einer Einrichtung dastehen können.

Von Hurrarufen konnte jedoch keine Rede sein. Die Presse bemerkte nur, dass sich der Familiendezernent endlich einmal für eine eigene Institutionen eingesetzt habe, wenn auch offensichtlich viel zu spät und zu zögerlich.
„Er lebt also doch noch" hieß es in einem bissigen Kommentar, in dem die Halbierung des Familienzentrums und die Verlagerung an einen denkbar ungünstigen Standort kritisiert und Jungkind angelastet wurde. Gleichzeitig äußerte der Kommentator die Vermutung, dass dieser Standortwechsel nicht mehr als ein politischer Winkelzug sei, der ein „Sterben auf Raten" für das Zentrum bedeuten würde.
Auch wenn Jungkind von der Presse enttäuscht war, so war er noch mehr von den Bürgern seiner Stadt enttäuscht, die sich mit keinem vernehmbaren Protest für die Erhaltung ihres Familienzentrums

eingesetzt hatten. Bei einer Besprechung mit Bürgermeisterin Jutta Spontek beim Oberbürgermeister hatte er das vor kurzem noch anders erlebt.
Während der Unterredung in Kinkels Büro vernahm man nämlich auf einmal vom Rathausplatz her ein schallendes Gekreische und ohrenbetäubende Sprechchöre. Nachdem sich an der störenden Geräuschkulisse nichts änderte, sprang der Oberbürgermeister plötzlich entnervt auf und eilte mit raschen Schritten zum Fenster, um zu sehen, was da unten vor sich ging.
„Was ist denn da los?", fragte er mit ungläubigem Gesichtsausdruck und erstauntem Tonfall, „da scheint offensichtlich eine Demonstration im Gang zu sein."
„Ist das eine Kundgebung?", fragte er seine Assistentin, die er hereingerufen hatte und zeigte mit dem Kopf auf den Rathausplatz. „Wie sehen die denn überhaupt aus?"
„Das ist doch die angemeldete Demonstration für das Grafensteinbad", klärte sie den Sachverhalt rasch auf, „da sollen Sie doch später noch ein paar kurze Worte sprechen."
„Was?", hob Kinkel erschreckt die Stimme und setzte in der gleichen Frequenz eine komplette Frageliste auf: „Wer hat denn das vereinbart? Was soll ich denn da sagen und warum erfahre ich das überhaupt erst jetzt? Meine Referentin soll sofort zu mir kommen, hier läuft ja wieder alles schief."
„Sie ist erst gegen zwölf Uhr von ihrem Termin zurück", fiel es der Assistentin nicht gerade leicht, diese Nachricht zu überbringen, „aber sie hat vor einigen Tagen die Demonstration erwähnt, ich war selbst zugegen. Sie hat Ihnen auch Unterlagen dazu vorbereitet ..."
„Ich weiß nichts von dieser Sache", unterbrach der Oberbürgermeister seine Assistentin schroff und fuchtelte mit den Händen in der Luft herum, „wozu habe ich eine persönliche Referentin, wenn sie nicht da ist?", wurde er zusehends nervöser. „Was soll ich mit den Unterlagen? Ich kenne die Sachlage selbst. Jetzt hängt wieder alles an mir."

Jutta Spontek und Martin Jungkind hatten nun auch Interesse an dem Vorfall gewonnen und gingen zum Fenster. Was sie da sahen, war schon ungewöhnlich für einen Rathausplatz, auf dem sich normalerweise nur Brautpaare und deren Familien in festlicher Kleidung trafen. Da standen etwa 80 Leute mit Taucherbrillen, Schwimmflossen und Badesachen herum und hielten ihre Transparente in Richtung Rathauseingang. Andere hatten sich auch Liegestühle, Luftmatratzen und Sonnenschirme mitgebracht und stellten damit ein bühnenreifes Badeidyll dar.

„Das ist aber wirklich eine phantasievolle Aufmachung, das muss man schon sagen", bemerkte Jungkind amüsiert und wertete die Kundgebung damit zunächst einmal nach dem äußeren Erscheinungsbild. Aber seine ästhetische Sichtweise wurde von seinen beiden Gesprächspartnern weder gewürdigt noch kommentiert.

„Was machen wir denn da?", zündete sich Kinkel eine Zigarette an, schaute fragend zur Bürgermeisterin, gab sich dann aber selbst die Antwort, „Nein, wir können das Grafensteinbad nicht schließen, ich habe diesen Widerspruch von Anfang an erwartet. Habe ich nicht schon in der damaligen Dezernentenkonferenz meine Bedenken geäußert?"

Aber auch hier erwartete er keine Antwort.

„Diese Schließung ist ein unausgegorener Sparvorschlag unseres Herren Finanzdezerneten. Wie kann man denn ein solches Thema öffentlich machen, wenn man weiß, dass es nicht konsensfähig ist? Das ist doch erste Lehrstunde Politik."

Er schüttelte verärgert den Kopf und füllte im Stehen seine Tasse.

„Und nun habe ich das Vergnügen diese Unbedachtheit wieder an vorderster Front geradezubiegen."

Das Grafensteinbad war in den letzten Wochen ganz an die Spitze der Einsparliste des Finanzdezernenten gestiegen, auch wenn noch keine diesbezügliche Entscheidung gefallen war. Der Oberbürgermeister stand dem Gedanken anfangs noch unschlüssig gegenüber, hatte sich aber nach und nach mit einer Schließung angefreundet. Dafür gab es auch gute Gründe, denn man wusste, dass allein die Sanierungskosten die Millionengrenze weit übersteigen würden und eine nicht unbeträchtliche Investitionssumme darüber hinaus erforderlich würde. Nun war der Tag der Wahrheit gekommen, fast 80 Wähler standen vor der Rathaustür und wollten wissen, ob sie in der kommenden Badesaison auf dem Trockenen sitzen würden oder das kühle Nass genießen durften.

„Lass sie doch demonstrieren", setzte sich Jutta Spontek zurück an den Tisch und versuchte den Oberbürgermeister zu beruhigen, „an deiner Stelle würde ich da überhaupt nicht hinausgehen, was willst du denn auch sagen?!"

„Soll ich mich etwa verstecken?", kam dieser nach einem letzten Blick aus dem Fenster an den Tisch zurück, zog noch einmal kräftig an seiner Zigarette und überflog die mittlerweile vorliegenden Unterlagen seiner Referentin. „Ich kann doch nicht ‚toter Hund' spielen, was stellst du dir denn vor?", konnte er sich mit dem Vorschlag der Bürgermeisterin ganz und gar nicht anfreunden, „Nein, ich werde diese Einsparvorlage einfach zurückziehen, fertig!"

Damit hatte Jungkind auch verstanden, was es bedeutete, wenn es von Politikern hieß:

„Er hat unter dem enormen ‚Druck der Straße' seine Entscheidung zurückgezogen."

„Aber wo wollen wir denn dann noch große Summen einsparen?", setzte sich Jungkind auch wieder hin und wollte wissen, wo denn noch ein unentdecktes Einsparvolumen unbemerkt schlummerte. „Bei mir im Familienbereich, in dem wirklich nichts mehr zu holen ist, will man laufend zugreifen und hier, wo es um eine beträchtliche Einsparsumme geht, sollen wir wegen einiger Demonstranten den Kopf einziehen? Wir haben doch nachweislich zu viele Freibäder in unserer Stadt, das geht doch aus dem vorliegenden Gutachten ganz deutlich hervor. Erklären Sie doch den Leuten, wie es aussieht und dass wir in den verbleibenden Bädern entsprechend investieren wollen. So war es doch in der Dezernentenkonferenz vereinbart."

„Meinen Sie, dass die Leute da draußen das hören wollen?", hatte Kinkel nur einen verächtlichen Blick für ihn übrig, „soll doch Ihre Koalition den Leuten erklären, dass der Stöpsel herausgezogen wird."

Jungkind zuckte mit den Schultern. In diesen Koalitionsdetails kannte er sich nicht so aus. Er war froh, wenn er mit der Koalition seine eigenen Angelegenheiten halbwegs geregelt bekam. Und für das Schwimmen hatte er noch nie etwas übrig gehabt. Als Kind war ihm immer Wasser in die Nase gelaufen und er hatte heute noch den Chlorgeschmack im Mund, wenn er nur daran dachte.

„Ich wollte die Gewerbesteuer erhöhen, da hätte kein Dezernat zu bluten brauchen. Wenn das von Ihrer Koalition nicht gewünscht ist, dann liegt der ‚Schwarze Peter' bei der Stadtratsmehrheit und nicht bei mir", holte Kinkel zu einem erneuten Schlag gegen seinen Familiendezernenten aus, der sich aber auch in diesem Fall für sachlich unzuständig erklärte.

„Markus, du machst es dir hier aber auch ein wenig zu einfach", versuchte nun die Bürgermeisterin mit betont ruhiger und versöhnlicher Stimme Entspannung in die Situation zu bringen, „es ist dir doch bekannt, dass die FDP keine Steuererhöhungen will und die SPD sich da zähneknirschend angeschlossen hat. Insofern wäre es doch nicht falsch, wenn du als Verwaltungschef entsprechende Alternativen zu deinen Steuererhöhungen anbieten würdest."

„Das will die Koalition doch nur, aber nicht mit mir", ging er erst gar nicht auf den gutgemeinten Vorschlag ein und ergoss nun seine ganze Wut mit entsprechend gereizter Stimme erneut über sie, „soll sich doch die Koalition mit ihren Einsparvorschlägen in die Öffentlichkeit stellen. Ich tue das jedenfalls nicht für sie! Niemals!"

Wie man am nächsten Tag in der Zeitung lesen konnte, war Kinkel nicht wortbrüchig geworden. Er hatte sich tatsächlich auf die Seite der Demonstranten gestellt und sich für den Erhalt und eine

aufwendige Sanierung des Freibades ausgesprochen. Damit hatte er die Koalition in ganz erheblichen Zugzwang gebracht und indirekt dafür gesorgt, dass Jungkind auch mit seinem Familienzentrum in der Sparliste nach oben rutschte.
Was Jungkind aber aus diesem Geschehnis gelernt hatte, war, dass man nur eine Taucherbrille und einen Satz Schwimmflossen brauchte, um bei Politikern ein Umdenken zu bewirken, vorausgesetzt, man fand noch einige mit der gleichen Ausrüstung. Und diese Erfahrung konnte er in seiner Zeit als Beigeordneter mehrfach machen. Sobald nämlich eine Interessensgruppe laut genug opponierte und Druck aufbaute, lief im Rathaus das Räderwerk an und man hatte in der Regel auch keine ganz schlechten Aussichten, seine Forderungen durchzusetzen. Selbst Leserbriefe, die alle im morgendlichen Rathaus-Pressespiegel abgedruckt waren, sorgten für Diskussionen in der Dezernentenkonferenz. Und waren es zu einem Thema einmal mehr als fünf, lief das besagte Räderwerk ebenso an wie bei einer öffentlichen Kundgebung. Denn Leserbriefe waren sogenannte „Vervielfältiger", die von anderen wahlmündigen Bürgern auch gelesen wurden. Sie konnten bei manchen Politikern regelrechte Panikattacken auslösen, insbesondere dann, wenn sie redaktionelle Presseberichte nach sich zogen.
Doch in dieser Beziehung hatte er in seinem Dezernatsbereich Glück. Seine Klientel war mehrheitlich friedfertig und hatte es nicht so sehr mit dem Schreiben, und auf die Straße ging sie schon gar nicht.

Die Auseinandersetzungen, die Jungkind hin und wieder mit seinen Kollegen aus der Verwaltungsspitze hatte, bekamen bei einem gemeinsamen Abendessen anlässlich eines internen Meinungsaustausches eine ganz andere Wendung.
Das lag vielleicht auch daran, dass sich in dem kleinen Luftkurort, nicht weit von Blaustätten entfernt, über den ganzen Tag hinweg eine heitere, fast ausgelassene Stimmung aufgebaut hatte, die

Hoffnung auf eine Entspannung der Gesamtlage in der Dezernentenrunde gab. Mochte es am frühlingshaften Wetter gelegen haben, am Ortswechsel oder nur an der unverdächtigen und harmlosen Themenwahl, sicher war, dass sich etwas zum Guten bewegte. Und dieser Eindruck sollte sich am Abend in dem kleinen Parkhotel noch in überraschender Weise bestätigen.

Nach dem Essen klopfte der Oberbürgermeister mit einem Löffel an sein Glas, wartete einen Augenblick, bis gespannte Ruhe eingekehrt war und faltete die Hände vor seiner Brust.

„Ich glaube, dass wir heute einen großen Schritt nach vorne getan haben", fasste er die Ergebnisse wohlgelaunt mit einem zuversichtlichen Lächeln zusammen, „wir haben nicht nur die ein oder andere Unstimmigkeit ausräumen können, wir sind uns auch persönlich ein gutes Stück nähergekommen. Und die persönliche Komponente, liebe Kollegen, darf bei unserer nervenaufreibenden Tätigkeit weiß Gott nicht unterbewertet werden", breitete er die Arme aus, „wie heißt es so schön: Die Chemie muss stimmen."

Er schaute in die Runde und blieb mit dem Blick bei Martin Jungkind hängen.

„Deshalb möchte ich Ihnen heute das ‚Du' anbieten, lieber Herr Jungkind", konnte man nicht nur bei dem Geehrten ein auffallend überraschtes Gesicht feststellen, „wir arbeiten nun seit anderthalb Jahren zusammen und haben in dieser Zeit manche Hürde gemeinsam gemeistert. Ich würde sagen, da ist das ‚Du' schon lange fällig", streckte er seinen Cognacschwenker über den Tisch.

Was diese Geste zu bedeuten hatte, gerade nach allem was zwischen ihm und dem Oberbürgermeister vorgefallen war, konnte sich Jungkind nicht erklären. Wollte Kinkel mit diesem kollegialen „Du" einen neuen Weg einschlagen, einen Weg, der auf einen vernünftigeren Umgang miteinander setzte? Oder war es nicht mehr und nicht weniger als ein Versuch, ihn in die Riege der Helfershelfer und folgsamen Befehlsempfänger einzureihen? Möglicherweise gab es aber auch überhaupt keinen tieferen Hintergrund und eine

Verbrüderung gehörte nach einer gewissen Zeit einfach zur gängigen Praxis in einer Stadtverwaltung, wie viele andere Heimsuchungen und entbehrliche Prüfungen auch.
Aber bevor Jungkind diese nicht ganz alltägliche Situation überhaupt realisieren konnte und mit Kinkel die Gläser kreuzte, brach plötzlich eine kollektive Verduzung unerfreulichsten Ausmaßes über ihn herein, vor der es allem Anschein nach kein Entrinnen gab. Offensichtlich sahen sich seine Kollegen nun ebenfalls bemüßigt, sich diesem Ritual anzuschließen, wobei die Vermutung nahelag, dass eine emotionale Neigung zu einer Verbrüderung auf deren Seite so wenig vorhanden war wie bei Jungkind selbst.
Die Szenerie wirkte mehr als grotesk und man mochte glauben, dass genau nach diesem Muster eine Massenhysterie ablaufen musste.
Bürgermeisterin Jutta Spontek, die Martin Jungkind bereits vor Monaten das „Du" angeboten hatte, betrachtete sich das seltsame Schauspiel einigermaßen entsetzt. Als begeisterte Theatergängerin und Mitherausgeberin einer Bühnenzeitschrift, bei der sie zugleich auch für die Theaterkritiken zuständig war, sah sie ein Bühnenstück vor sich ablaufen, das förmlich nach einer Besprechung schrie. Und so formulierte sie für sich selbst eine Kurzkritik:
„Interaktives Theater der besonderen Art wurde gestern Abend im Parkhotel in dem avantgardistischen Stück ‚Dezernentenverduzung' von Markus S. Kinkel geboten. Die Akteure, alles progressive Laiendarsteller, gaben ihr Bestes und hatten nicht nur den Mut zum Abstrusen, sie versuchten auch aus der widersprüchlichen Botschaft des Stoffes, der in seiner konfliktgeladenen Unversöhnlichkeit eher die disharmonische Seite bediente, die uralte Triebhaftigkeit aus Hass und Zwietracht in unbarmherziger Einzigartigkeit herauszuarbeiten.
Dies gelang nicht immer, auch wenn ab und an ein gewisses schauspielerisches Talent bei dem ein oder anderen Akteur aufblitzte. Die Dissonanzen blieben in ihrer Unergründlichkeit trotz alledem weitgehend stimmig, verloren aber an Intension, je stärker

die Auseinandersetzung mit der Materie vertieft wurde. Insofern konnte die künstlerische Darbietung nicht über die gesamte Dauer des Stücks überzeugen. Das mochte sicherlich auch an der expressiven Ausgestaltung der bizarren Tragikomödie gelegen haben, die alle Fragen des Hier und Heute unbeantwortet ließ und sich auch im Kern ihrer Aussage nicht festlegte.
Alles in allem hat diese Aufführung wieder einmal bewiesen, dass man aus der schaurigsten Kakophonie noch eine grandiose Burleske machen kann, vorausgesetzt die Komödianten fühlen sich eins mit ihrem Part."
Aber sie sagte nichts und beobachtete nur, wie Jungkind nun mit seinen feinen Duzfreunden auf das Wohl der Stadt anprosten musste.
Von einer solchen Verduzungsausschreitung hatte er vorher noch nie gehört, geschweige denn eine solche jemals miterlebt. Als Einziger versuchte sich Sven Kunz noch aus dem kollektiven Zwang zu befreien, was Jungkind erstmalig eine gewisse Sympathie für seinen Gegenspieler abforderte.
„Das ‚Du' bietet der Ältere an, so habe ich das gelernt", glaubte Kunz ein Schlupfloch gefunden zu haben und schlug Jungkind den Ball ins Feld.
„Das sehe ich anders, im emotionalen Rahmen halte ich überhaupt nichts von Konventionen, das ‚Du' ist eine persönliche Willensentscheidung und hat mit dem Alter nichts zu tun", parierte Jungkind dessen Vorhandspiel aber überraschend geschickt und entzog sich solchermaßen dem unangebrachtesten „Du", das es auf dieser Welt je gegeben hätte.
Sven Kunz war nun zugegebenerweise in einer sehr misslichen Lage und konnte, egal wie er sich auch entscheiden mochte, nur verlieren. Seine Entscheidung war nach Lage der Dinge die klügste, wenn auch für beide die unangenehmste, denn er entschied sich für die schlichte Verduzung nach Dezernentenart und schloss sich damit seinen Kollegen an. Alles andere hätte ihn als ausgemachten

Kontrahenten von Jungkind überführt, auch wenn das jeder am Tisch wusste und seit langem ein offenes Geheimnis war.
Nun war Martin Jungkind also mit der gesamten Führungsspitze der Stadtverwaltung kollegial verbrüdert und hoffte, dass er dadurch wenigstens einen gewissen Stallgeruch bekommen würde, der ihm sein Dasein in der Stadtverwaltung ein wenig erträglicher machen sollte.

Fünftes Kapitel

Das Finale

Das Finale

Auch wenn Jungkind ab dem Verduzungsabend bei sich selbst eine zunehmende, politische Verträglichkeit diagnostizierte, so hatte dieser Befund wenig mit der Realität zu tun und konnte nur als „Placeboeffekt“ bezeichnet werden. Denn die Verbrüderung war eine absolut wirkungslose Maßnahme, zumindest, was den messbaren Erfolg für ihn selbst anging.

Ganz anders sah es bei Kinkel aus. Er hatte seinen Vorteil aus dem „Du“ gezogen und spielte nun den Verbündeten, der über die ganze Zeit durch die Koalition ausgebremst und gegen seinen neuen Duzfreund instrumentalisiert worden war.

„Ich kann dir verraten, dass ich mit der ‚Alten Schlachthof‘-Lösung zunächst überhaupt nicht einverstanden war“, schüttete er ihm an einem Morgen in einer perfekt inszenierten Darbietung sein leiderfülltes Herz aus. „Aber deine Koalition – und selbst meine eigene Fraktion – haben mich zu diesem Schritt gedrängt“, zündete er sich mit bekümmerter Miene eine Zigarette an, blies den Rauch befreiend über Jungkinds Kopf hinweg und zeigte ihm seine beiden Daumen, „Daumenschrauben sage ich dir, Daumenschrauben haben sie mir angelegt.“

„Das kann doch nicht wahr sein!“, konnte sich Jungkind die Höllenqualen nur zu gut vorstellen und fühlte sich von so viel Offenheit ebenso geschmeichelt, wie er von der parteipolitischen Niedertracht abgestoßen war.

„Wenn es nach mir ginge, würde der Familienpolitik viel mehr

Gewicht beigemessen, das kannst du mir glauben", log Kinkel, dass sich die Balken bogen, „schließlich sind intakte Familien mit Kindern unsere Zukunft, aber ich habe in meiner Fraktion auch nicht den Rückhalt, den ich mir wünsche."

Nun zog er die politischen Register wie aus dem Lehrbuch: „Aber was soll ich machen, wenn deine Fraktion nur das Beiboot der SPD abgibt. Jetzt müssten endlich einmal von eurer Seite familienpolitische Positionen besetzt werden. Die FDP stellt doch schließlich den Familiendezernenten! Oder habe ich da etwas falsch verstanden? Ich kann dir nur raten: pass auf, Martin, pass um Gottes willen auf. Nicht, dass du auf dem Tisch der Kommunalpolitik geopfert wirst!", schwappte in biblischer Passion ein gespielt aufrichtiges und brüderliches Wohlwollen über den oberbürgermeisterlichen Besprechungstisch geradewegs in Jungkinds Seele.

Der nickte betroffen.

„Mir ist auch zu Ohren gekommen, dass die Koalition zurzeit eine Veränderung im Bereich der Sporteinrichtungen plant, eine Zusammenlegung – oder ‚Arrondierung' – wie es in Verschleierung der Tatsache genannt wird", setzte der Oberbürgermeister einen nachdenklichen Blick auf, rückte etwas näher zu ihm hin und vertraute ihm an: „Da kommt eine Schließungswelle in Form eines Strategiepapiers auf dich zu, ich weiß es von einem CDU-Amtsleiter aus dem Finanzdezernat, aber das muss unter uns bleiben, ich verlasse mich da auf dich!"

„Keine Silbe kommt über meine Lippen!", beeilte sich sein Gegenüber, erst gar keine falschen Gedanken aufkommen zu lassen, „du kennst ja meine eigenen Probleme mit meiner Fraktion und speziell mit der Koalition."

Und ob Kinkel die kannte, waren sie doch der tiefere Beweggrund seines Verbrüderungsmanövers gewesen. Er sah nämlich zwischenzeitlich die große Chance gekommen, Martin Jungkind Stück für Stück auf seine Seite zu ziehen, und bei einer Neuauflage des bürgerlichen Bündnisses von dieser Bindung zu profitieren.

Selbstverständlich war dieser Schachzug mit dem Fraktionsvorsitzenden der CDU eng abgestimmt, der lieber heute als morgen die Koalition mit der FDP und der Freien Wählergemeinschaft aufgewärmt hätte.
So kam man im Fraktionsvorstand der CDU überein, dem Ratschlag des Oberbürgermeisters zu folgen und die Strategie dahingehend zu ändern. Jungkind sollte fortan mehr Unterstützung bei seinen Forderungen erhalten, egal wie entgegengesetzt diese den eigenen Vorstellungen auch sein mochten. Es ging schließlich um das große Ziel. Und das konnte vor Ablauf der Legislaturperiode nur erreicht werden, wenn man die Koalition unablässig und massivst unter Druck setzte, bis sie schließlich an der Dauerbelastung zerbrach.
In Jungkind regten sich indessen andere Empfindungen.
Er fühlte sich endlich verstanden. Von einem Berufskollegen, der dem Koalitionslager noch nicht einmal angehörte und dessen parteipolitische Orientierung anderes hätte erwarten lassen. Erst jetzt wurde ihm die soziale Kompetenz, die diesen Mann in so einzigartigem Maß auszeichnete, bewusst, und er schämte sich angesichts seiner kritischen Äußerungen aus vergangenen Tagen.
Wie oft hatte er Kinkel Unrecht getan!
Aber wie hätte er auch erahnen können, dass jener ein Werkzeug der Parteipolitik war, der nur auf Druck der Stadtratsmehrheit und der eigenen Fraktion handelte. Doch nun kannte er die Hintergründe, den Antrieb der skrupellosen Wortführer. Dieses vertrauliche Gespräch hatte ihm Augen, Ohren und Herz geöffnet, und er nahm sich fest vor, den angebotenen Schulterschluss mit seinem neuen Freund, dem Oberbürgermeister, in Zukunft zu suchen.

„Bist du dir sicher, dass er es auch wirklich ehrlich mit dir meint?“, war seine Frau Doris nicht so schnell von dem plötzlichen Wetterumschwung zu überzeugen. „Du wirst doch nicht vergessen haben, was er dir schon alles aufgetischt hat.“
„Das ist typisch Doris ...“, dachte sich Martin.

Von Beginn an hatte sie alles mit misstrauischem Blick beobachtet und hinter jeder Ecke einen Hinterhalt vermutet. An seiner Stelle hätte sie sicherlich jeden Stein zweimal umgedreht und fraglos alle Untiefen weit umschifft. Er kannte seine Frau nur zu gut. Aber dieses Mal lag sie mit ihrer Skepsis absolut daneben. Dafür sprach nicht nur sein untrügliches Gespür, dafür gab es auch handfeste Beweise.

„Markus Kinkel wird doch kaum ein internes Geheimnis ausplaudern, der ist doch Vollblutpolitiker genug, um zu wissen, dass ich damit sofort zu meiner Fraktion rennen könnte", belächelte er in hartnäckiger Überzeugung die Bedenken seiner Frau, „nein, er weiß, dass er in mir einen Vertrauten gefunden hat, der von seiner Fraktion schon genau so oft im Regen stehen gelassen wurde, wie er offensichtlich selbst. Das verbindet uns und aus diesem Grund hat er mir auch seine Unterstützung angeboten."

„Die Sternenkonstellation sieht aber ganz anders aus, da sehe ich Trugbilder und Brüche", ließ sie sich von Martins Begeisterung für seinen neuen Freund nicht weiter beeindrucken, „doch abgesehen davon, wie erklärst du dir, dass nach so langer Zeit unerwartet ein Sinneswandel bei ihm eingetreten sein soll. Beschäftigt dich diese Frage denn überhaupt nicht?"

„Er hat eben in den letzten Monaten erst bemerkt, dass mich die Koalition immer wieder mit fadenscheinigen Erklärungen abspeist und ich trotz alledem mit dem gleichen beharrlichen Durchsetzungswillen meine Ziele weiter verfolge", schüttelte er den Kopf und schaute Doris verständnislos an, „das ist doch nicht so schwer zu verstehen. Du musst deinen Mitmenschen auch einmal zugestehen, dass sie ihre Meinung ändern und aus Fehlern lernen."

„Wenn du meinst", sagte sie und spürte, dass er von diesem Gedanken nicht so schnell abzubringen war und jede weitere Auseinandersetzung mit dem Thema unweigerlich in einer fruchtlosen Kontroverse enden würde.

„Weshalb sollte er mir sonst seinen Mittelsmann – den Amtsleiter von Sven Kunz – nennen, das ist doch ein enormer Vertrauensbeweis",

war Martin mit dem vorschnellen Rückzieher seiner Frau ganz und gar nicht einverstanden, vermisste er doch den respektvollen Umgang mit sich und seinem Standpunkt.
Von seiner Frau erwartete er, dass sie sich von guten Argumenten überzeugen ließ und zu einer zutreffenden Einschätzung der Sachlage kam, die im Idealfall mit seiner eigenen übereinstimmte oder dieser zumindest in wesentlichen Teilen entsprach. Mit einem „Wenn du meinst" fühlte er sich an überholte Traditionen erinnert, bei denen dem Familienvorstand die nötige Ehrerbietung bezeugt wurde. Doch diese Zeiten waren lange vorbei. Heute stand an Stelle der Tradition längst die Diskussion, die in der Regel eine gepflegte Auseinandersetzung mit einem entsprechenden Ergebnis krönte. Unnötigerweise war seine Frau nun aber in die lange überholten Traditionen des familiären Miteinanders zurückgerudert und hatte ihn damit eines erfolgreichen Gedankenaustauschs beraubt.
Doch Doris Jungkind war überhaupt nicht gerudert, weder vor noch zurück. Schon deshalb nicht, weil sich für sie als emanzipierte Frau jede Art willfährigen Ruderns verbat. In ihrer Selbständigkeit war sie absolut unabhängig und entschied folglich in eigenverantwortlicher Souveränität, ob sie eine einseitig geführte Diskussion beendete oder nicht. Und in diesem Fall hatte sie sich für einen einseitigen Abbruch entschieden, mehr nicht.
„Markus braucht mich doch überhaupt nicht, der kann als Oberbürgermeister tun und lassen, was er will", kämpfte Martin hingegen, in Unkenntnis des emanzipatorischen Sachstandes, immer noch um die Auseinandersetzung mit seiner Frau, „von daher ist es ein außergewöhnlicher Glücksumstand, dass er meine Position stärken will. Soll ich da etwa ablehnen?", fragte er mit einer guten Portion Eindringlichkeit in der Stimme nach und führte zur Hilfestellung ein weiteres Beispiel an: „Oder soll ich lieber nach Krümeln im Käse suchen?"
Was musste sie noch tun, um ihm zu verstehen zu geben, dass sie sich längst aus dem Gedankenaustausch verabschiedet hatte. Er

erinnerte sie an einen kleinen Jungen, der bettelnd aufschaut – wobei die Blickrichtung hier eine umgekehrte war – und entschied sich deshalb, ihm, neben dem erlösenden Kopfnicken, einen letzten Ratschlag mit auf den Weg zu geben.

„Ich verstehe dich zwar“, gewährte sie die ersehnte Absolution in Form eines mustergültigen Ablassbriefes, „du musst ab heute aber aufmerksamer sein und diesem neuen Propheten kritischer gegenübertreten, nicht dass du zwischen die Mühlsteine gerätst“, warnte sie ihn eindringlich, „du kennst Kinkel viel zu wenig, um dich ihm vorbehaltlos anzuvertrauen, denk daran. Vielleicht hegt er sogar eigene Absichten, die deinen entgegenlaufen. Wer weiß, was in so einem Politiker vorgeht.“

In diesem Moment wäre es ihm lieber gewesen, wenn sie sich doch an die traditionelle Linie gehalten und auf kritische Betrachtungen verzichtet hätte.

Man konnte sicherlich auch ein Weihnachtsgeschenk kritisch beäugen und so lange nach abwertenden Argumenten suchen, bis sich am Ende Unvollkommenheiten finden ließen, die das Geschenk herabwürdigten.

So ähnlich kam es ihm mit Kinkel vor, der in den Augen seiner Frau keine Gnade fand, egal wie entgegenkommend er sich auch zeigte.

Es dauerte nicht lange, da tauchte – wie aus heiterem Himmel – bei einer Fraktionssitzung das Strategiepapier zur Familien- und Sportpolitik als Tischvorlage auf.

Nicht einmal einen eigenen Tagesordnungspunkt hatte es für dieses wichtige Papier gegeben, stattdessen war es mit anderen bedeutungsloseren Themen unter dem „TOP: Verschiedenes“ einsortiert und Jungkind beim Durchblättern dieser neu hinzugekommenen Unterlagen in die Hände gefallen. Ihm stockte der Atem, als er schwarz auf weiß las, worauf sich die Koalitionäre verständigt hatten. Und tatsächlich, es war so, wie Kinkel ihm anvertraut hatte, einige Sporteinrichtungen sollten „arrondiert“ werden.

Aber das war noch nicht alles! Beim weiteren Überfliegen der Zeilen stellte er zu seinem großen Entsetzen fest, dass auch beabsichtigt war, die Musikschule zu privatisieren und das Familienzentrum mit dem Frauenmuseum, nach Abwicklung der einzelnen Familienabteilungen und Förderkreise, umgehend zu schließen.
Jungkind sackte förmlich in sich zusammen.
Frank Struth musste seinen Freund beobachtet haben. Denn kaum, dass dessen Gesichtszüge entgleisten und zeitgleich die charakteristische Schnappatmung einsetzte, sprang er ihm wie ein helfender Samariter zur Seite.
„Wie ich sehe, hast du dir das Konzept bereits durchgelesen, du wirst sicherlich auch noch die ein oder andere Überlegung dazu beisteuern, so kenne ich jedenfalls meinen alten Freund", fand er anregende Worte für den schwer Angeschlagenen, der aber eher einen Seelsorger gebraucht hätte als einen Animateur, „wie gesagt, es ist nur ein erstes Konzept! Wir wollen mit der SPD das Strategiepapier erst nach eingehender Diskussion in unseren Fachgremien verabschieden."
„In welchen Fachgremien ...?", raffte sich Martin zu einer indiskreten Nachfrage auf.
„Im Finanzgremium der Koalition ...", ertappte sich Struth auf dem Glatteis und suchte sofort wieder festen Boden unter die Füße zu bekommen, „selbstverständlich wirst du als Fachdezernent auch dabei sein, das liegt ja auf der Hand."
„Das heißt also, Sven Kunz hat dieses Konzept gestrickt", vermochte Martin den Fehltritt seines Freundes, trotz mangelhafter Sauerstoffversorgung, zutreffend zu beurteilen, „gut zu wissen, dass er jetzt auch in der Koalition für die Familienpolitik zuständig ist. Du findest das also in der Form in Ordnung?", hopsten Wortfetzen über seine Lippen, die Frank beim Zusammenfügen aber dennoch als massive Verärgerung entschlüsseln musste.
„Du weißt doch, wie das in einer Koalition zugeht", wiegelte er trotz alledem in bemerkenswerter Gelassenheit ab und vollendete

den Satz wie verschiedentlich vorher schon: „Der große Partner fordert in allen Gremien den Führungsanspruch, das ist eben so. Damit müssen wir leben."
„Und das soll nur ein Konzept sein?", schüttelte Martin ungläubig den Kopf und befreite sich auf diese Weise zu seiner eigenen Überraschung von der störenden Fehlatmung.
„Beim nächsten Termin bist du ja mit dabei, da wirst du sehen, dass noch alles offen ist", wollte Frank die Angelegenheit offensichtlich nicht weiter vertiefen und versicherte ihm noch einmal: „Es ist noch überhaupt nichts entschieden, nichts!"
Das mochte zwar sein, das musste aber nicht unweigerlich bedeuten, dass morgen auf dieser Grundlage nicht schon eine Entscheidung fallen konnte. Schließlich musste es doch einen Grund geben, weshalb er zu den Beratungen nicht von Anfang an hinzugezogen worden war.
Er wusste nur eines. Falls das Papier in dieser Form verabschiedet würde, konnte er sein Dezernat an den Nagel hängen und sich gleich daneben. Denn ein „Rumpfdezernat" war in den Verwaltungsstatuten so wenig vorgesehen wie ein so sehr in seiner Kompetenz gestutzter Dezernent.
Die nachfolgende Fraktionssitzung vertrieb ein wenig die finsteren Gedanken in Jungkinds Kopf, auch wenn er immer wieder einmal über Möglichkeiten nachdachte, wie das Unheil noch abzuwenden sein könnte.
„Ich wollte dich noch fragen, ob du zur FDP-Weihnachtsfeier in den Landtag kommst", sprach ihn Frank nach der Sitzung an, „das wäre wichtig, damit wir dort mit unserer Stadtratsfraktion eine starke Präsenz zeigen."
„Hatte ich vor", wirkte Martin noch ein wenig verschnupft, was seinen Freund jedoch nicht weiter störte, „aber was heißt ‚starke Präsenz zeigen', wird dort etwa eine Anwesenheitsliste geführt?"
„Unsinn!", entgegnete sein Freund und klärte ihn über die Zwangsläufigkeiten von Weihnachtsveranstaltungen und anderen

derartigen Zusammenkünften auf: „Da geht es eigentlich um gar nichts, aber trotzdem wird an einer Weihnachtsfeier, ähnlich wie bei einem Parteitag oder einem Sommerfest, so eine Art Truppenparade abgehalten, bei der die einzelnen Gruppierungen zeigen, wer zu ihrer Gefolgschaft gehört." Er machte eine bedeutende Handbewegung. „Außerdem entscheiden sich da auch häufig ungebundene Parteimitglieder wie auf einer Börse für das ein oder andere Lager." Nun verklärte sich sein Blick und man durfte annehmen, dass es noch eine Steigerung dazu geben musste.
So war es auch.
„Aber das Spektakulärste ist natürlich, wenn man aus der gegnerischen Truppe einen Akteur – am besten noch eine zentrale Galionsfigur – für die eigene Gefechtsstellung rekrutieren kann. Das bedeutet zugleich nämlich auch einen enormen Zuwachs an Parteisoldaten, die einen ja letztendlich wählen müssen."
Jetzt erschloss sich Jungkind auch der Begriff des Parteisoldaten, der in seiner ganzen Unbekümmertheit brav zu seiner Überzeugung stand und unbeirrt das Parteibekenntnis herunterbetete, während die Parteioberen schon längst an variablen Grundsätzen und austauschbaren Zielvorstellungen herumdokterten, die das eigene Fortkommen entsprechend begünstigen konnten.
„Dann sollte ich mich jetzt vielleicht doch einmal als Galionsfigur anbieten, das würde sicherlich das liberale Gefechtsfeuer enorm durcheinanderbringen", versuchte Jungkind mit einer unüberlegten Bemerkung seinem Freund die Rücksichtslosigkeit mit dem Strategiepapier heimzuzahlen.
Doch das war offenbar weit übers Ziel geschossen und schien dem Fraktionsvorsitzenden nicht im mindesten zu gefallen.
„Du solltest immer wissen wo du herkommst!", ließ er mit aufbrausender Stimme keinen Zweifel aufkommen, wie er über solche Phantastereien dachte. „Ich habe dich zu dem gemacht, der du heute bist, vergiss das nie!", konnte er seine Erregung kaum zügeln, rannte nun quer durch den Raum und blieb wieder vor Jungkind

stehen. „Ohne mich würdest du ins Bodenlose fallen und dort verschwinden, wo du hergekommen bist. Das sollte dir immer bewusst sein. So etwas will ich nie mehr hören!"
Das war klar und deutlich und auch für Jungkind eine absolut unmissverständliche Darlegung eines nachvollziehbaren Standpunkts. Er hatte nun gelernt, dass man solche humoristischen Einlagen in der Parteipolitik so ungern hörte, wie unsittliche Witze im Kloster. Aber er bemerkte auch, dass Franks Nervenkostüm extrem dünnhäutig geworden war. Wie konnte er sonst gerade von ihm, der am liebsten überhaupt nichts mit der Politik zu tun gehabt hätte und zudem jederzeit loyal zu ihm und der Fraktion stand, annehmen, dass er ein Überläufertyp war?
Doch dieser überzogene Gefühlsausbruch hatte nichts mit Jungkinds unpassendem Scherz zu tun. Er zeigte nur, dass Struth in letzter Zeit empfindlicher und gereizter geworden war und sich nicht mehr so im Griff hatte wie früher. Es war im Grunde genommen ein übles Krankheitsbild, das sich da bei ihm zeigte und bei einem gestandenen Machtpolitiker eigentlich nichts zu suchen hatte. Schon vor einigen Wochen hatte FDP-Fraktionsgeschäftsführer Marc Ginsburg im Beisein von Jungkind warnend den Finger gehoben, als Struth am Abend zuvor im Ortsverband Süd eine offene Rede gegen die Landesvorsitzende gehalten hatte, nur weil diese ihn bei einem Empfang absichtsvoll übergangen und mit keinem Ton in ihrem Grußwort erwähnt hatte.
„Dünnhäutigkeit zählt zu den tödlichen Politikerkrankheiten, sie macht einen angreifbar, das weißt du doch", hatte ihm damals Ginsburg in der Fraktion souffliert, „das musst du dir schnell wieder abgewöhnen. Empfindungen haben in der Politik so wenig zu suchen wie Authentizität, das muss ich dir doch nicht erklären."
„Ich weiß!", hatte Frank damals gesagt und abgewinkt.
Er hatte sich über seine gefühlsmäßige Entgleisung mehr geärgert als jeder andere und hätte die Rede am liebsten ungeschehen

gemacht. Aber sie war unter den Parteifreunden und zog ihre Kreise, nach der Devise: „Struth zeigt Nerven".
Das war auch der tiefere Grund, weshalb er nun bei der Weihnachtsfeier Punkte gutmachen wollte und eine Vorstellung, wie Martin sie abgeliefert hatte, auf keinen Fall gebrauchen konnte.

Es roch nach Glühwein, Zimtgebäck und Lebkuchen, als Jungkind das mit Politikern aller Güteklassen gefüllte Foyer vor den Fraktionsräumen der FDP im Landtag betrat. Inmitten des Raumes stand ein bunt geschmückter Tannenbaum, vor dem sich die Landesvorsitzende farblich gut abgestimmt präsentierte. Sie sah auffallend entspannt aus und bot in ihrem Kostüm aus dunkelgrüner Seide mit goldroten Mustern, schmalem Nerzkragen und ebensolchen Ärmelabschlüssen kein schlechtes Pendant zum Weihnachtsbaum.
„Herr Jungkind, das ist aber schön, dass Sie Zeit gefunden haben", freute sie sich laut genug, um von allen gehört zu werden, „ich hoffe Sie haben das Jahr gut überstanden und können sich nun über die Weihnachtstage etwas erholen."
Jungkind konnte das bestätigen und bekam für die richtige Antwort ein Glas Glühwein von einem perfekt gekleideten Jungliberalen überreicht.
„Wissen Sie, hin und wieder habe ich Sie schon bedauert", drückte sie ihm tröstend den Arm und beugte sich in einem Duft von Gucci und einem feinen Hauch Haarfestiger zu ihm hin. „Kommen Sie denn in der Verwaltungsspitze mit diesen seltsamen Vögeln klar? Ich glaube, die roten Dezernenten haben mit Kinkel in der Verwaltungsspitze eine große Koalition gezimmert."
„So sehe ich das manchmal auch", lachte er und dachte bei sich: „Eigentlich ist sie überhaupt nicht eingebildet wie Frank immer sagt, da hat er sich in ein Feindbild verrannt."
„Und in der Fraktionsarbeit kommen Sie zurecht?", kam nun eine Frage, deren Beantwortung nicht so einfach gewesen wäre, die sie jedoch ganz bewusst unbeantwortet im Raum stehen ließ, während

sie allerdings neben dieser unübersprungenen Hürde nun geschickt eine kaum niedrigere platzierte. „Wissen Sie, wir müssen uns einmal zusammensetzen und über eine Position für Sie in der Partei nachdenken, Sie bekleiden immerhin eine wichtige Funktion und haben einen hohen Bekanntheitsgrad in der Öffentlichkeit", schaute sie ihn ermutigend an, während sie lächelnd die Augenbrauen hob, „mir würden da schon einige durchaus interessante parteipolitische Ämter für Sie einfallen."

„Vorsicht, Achtung, Lebensgefahr!", blitzten bei Jungkind in diesem Moment alle Lichter auf und ein schriller Heulton setzte sich zwischen seinen Ohren fest. Dieses Angebot hatte etwas mit den Gefechtslagen zu tun, von denen Frank gesprochen hatte. Das war einer der größten Gefahrenmomente in seiner parteipolitischen Karriere, dessen war er sich absolut sicher. Auch das Anspringen seines Frühwarnsystems war ein untrüglicher Beweis für seine Befürchtungen, denn es entleerte nun vollständig und auf einen Schlag – zweifelsohne durch die Beimengung von Glühwein begünstigt – alle verfügbaren körpereigenen Wasserspeicher. Hätte er in der Mittagssonne eines warmen Apriltages gestanden, wären aufsteigende Dunstschleier, wie nach einem heftigen Frühlingsgewitter, um ihn herum zu erkennen gewesen.

Martin Jungkind sah sich schon als neue Galionsfigur vor dem Bug der Parteivorsitzenden durch die tobende parteipolitische Gischt furchen. Er spürte, wie ihm der raue Wind die Luft abschnürte und sah ganz deutlich, wie Frank Struth das Entermesser gegen ihn erhob.

Nein, lieber wollte er in Blaustätten im parteipolitischen Abseits stehen, als im Blickpunkt der Partei auf Landesebene um sein Leben bangen.

„Vielen Dank für Ihr Vertrauen ...", versuchte er deshalb die Klippe so geschickt wie möglich zu umschiffen, ohne das Riff zu rammen, „doch in nächster Zeit dürfte in meinem Dezernat noch mehr Arbeit auf mich zukommen. Ich befürchte, dass mir da keine Freiräume für parteipolitische Aufgaben bleiben."

Er hoffte die richtige Erklärung gefunden zu haben und würzte mit einer persönlichen Bemerkung seine Rechtfertigung nach: „Meine Frau beklagt sich auch immer wieder, dass sie mich kaum noch zu sehen bekommt."

„Dann später einmal, Sie können jederzeit auf mich zukommen", verstand sie, was er ihr sagen wollte und verabschiedete ihn für den Augenblick gleichbleibend freundlich: „Wir sehen uns im Laufe des Abends bestimmt noch öfter."

Sie sahen sich auch noch öfter, aber sie redeten nicht mehr miteinander. Es war für den Moment auch alles gesagt.

„Die Schlange hat mich gerade begrüßt", wurde Jungkind von seinem Freund Frank Struth über den kürzesten Höflichkeitsaustausch aller Zeiten unterrichtet, kaum dass er eingetroffen war, „hat sie dich auch schon kostenpflichtig abgewiesen?"

„Wie zu erwarten, kurz und schmerzlos", hatte sich Martin mittlerweile ganz gut auf die Unaufrichtigkeitsebene in der Politik eingestellt und verriet kein Wort über das konspirative Gespräch mit der Parteivorsitzenden.

„Ihr ganzer Hofstaat steht um sie herum und schleimt sich in vorweihnachtlicher Vorfreude bei ihr ein, schau dir das nur an", schien er sich vor so viel widerlicher Kriecherei zu ekeln. „Wo ist denn eigentlich unsere Mannschaft abgeblieben? Verdammt noch mal, wir hatten uns doch fest verabredet."

Doch er konnte sich auf seine Gefolgschaft verlassen. Kaum, dass er sie verteufelt hatte, standen seine Leute auch schon geschlossen, in gleicher Ergebenheit wie die Jubelabteilung seiner Konkurrentin, um ihn herum, so dass er sich nun endlich im Kreis seiner Blaustätter Führungsmannschaft ausgiebig sonnen konnte. Und er wusste seinem Anhang auch schon das ein oder andere kleinere Erfolgsergebnis des Abends zu präsentieren, doch vor allem berichtete er begeistert von einem Husarenstück, welches ihm gelungen war, das allerdings nicht bei jedem auf die erwartete Zustimmung stieß.

„Freunde, wie ich das sehe, haben wir das gegnerische Lager heute

Abend schwer ins Schwitzen gebracht, mein Killerinstinkt hat mich nicht im Stich gelassen", begann er mit einem Eigenlob in bedeutungsvoller Pose, „einige alte Kontakte haben gestochen, blitzsauber, sage ich euch!"

Er leerte nun sein drittes Glas Glühwein und rieb sich mit einem gelbblau gestreiften Taschentuch dicke Schweißtropfen von der Stirn.

„Es könnte auf einen Zuwachs bei uns hinauslaufen", setzte er eine bedeutsame Miene auf, ließ seinen Augenbrauen alle Entfaltungsmöglichkeiten und schaute seinen Geschäftsführer vielsagend an, „wie es aussieht, können wir die Schumann-Brüder auf unsere Seite ziehen, wenn nicht noch etwas Unvorhergesehenes dazwischenkommt."

Die Schumann-Brüder gehörten zu den sogenannten „Gelben Wilden", einer liberalen Bewegung der frühen achtziger Jahre auf Bundesebene und waren mittlerweile auch beide Anfang der fünfzig. Sie hatten bis vor etwa fünfzehn Jahren noch als Aushängeschild für den „Progressiven Liberalismus" gestanden und die Partei schmückte sich in dieser Zeit gerne mit ihnen. Inzwischen war dieses Modell aber überholt und durch den „Verantwortlichen Liberalismus" ersetzt worden. Diese Form des Liberalismus war, laut der neuesten Untersuchungsergebnisse, weit zukunftsfähiger, viel besser zu vermitteln und beängstigte – allein schon von der Definition her – weder mündige Wähler noch freiheitlich geprägte Parteimitglieder. So irrten die einstigen Vorzeigeliberalen von einem zum anderen Lager und dienten ihre Doppelstimme für einen sonnigen Platz in einer vorderen Parteireihe an.

Doch die Sonne schien in den letzten Jahren immer weniger für sie. Das hatte auch damit zu tun, dass beide etwas heruntergekommen aussahen und mit ihren verwaschenen Jeans, derben Baumwollhemden und ungekämmten Haaren besser in eine andere Partei gepasst hätten. Was sie aber in ihrem Andienungsverhalten ebenfalls behinderte, war ihre ausgeprägte Diskussionsfreudigkeit, die manche Sitzung zu einer wahren Tortur werden ließ. Alle diese Barrieren wären vielleicht noch zu nehmen gewesen, wenn nicht eine unüberwindliche Hürde, über die aber kein Parteifreund offen sprach, jede Kontaktaufnahme und jedes weitere Zusammentreffen extrem erschwert hätte. Sie stanken nämlich beide abscheulich aus dem Mund.

„Nicht die Schumann-Brüder", flehte Ginsburg, als er die Namen hörte und drehte den Kopf zum Durchatmen, so als stünden die beiden schon in ihrer Mitte, in eine andere Richtung, „bei ihren überflüssigen Diskussionsbeiträgen kann man ja vielleicht noch auf Durchzug schalten, aber gegen distanznahe Gespräche ist kein Kraut gewachsen", winkte er ab und hoffte, dass die Landesvorsitzende in diesem Duell gewinnen würde.

Kaum, dass Ginsburg sein Gebet zum Himmel geschickt hatte, stolzierte der bereits nach der Ernennung von Jungkind aufs Unangenehmste enttäuschte Altpolitiker mit wichtigem Gehabe ins Foyer und wurde sogleich von der Parteivorsitzenden mit lautem Aufkreischen begrüßt. Nun setzte ein Drücken und Küssen ein, dass man hätte denken mögen, der Erbonkel aus Amerika sei überraschend eingetroffen. Und so war es in gewisser Weise auch, denn die Parteivorsitzende hatte dem Altvorderen nicht zuletzt ihren Aufstieg und ihr Amt in der Partei zu verdanken. Doch auch bei wichtigen Entscheidungen und innerparteilichen Machtkämpfen stand er ihr weiterhin zur Seite und wurde dafür mit entsprechenden öffentlichkeitswirksamen Streicheleinheiten entlohnt. Nach dem unübersehbaren und aufbauenden Begrüßungszeremoniell war das liberale Urgestein nun günstig eingestimmt für neue Taten und begann seine Runde durch das Foyer zu drehen. Er nickte den eifrig Grüßenden zu, die mitunter ihre Bücklinge bis auf den im römischen Verband verlegten Marmor ausführten und nicht selten in dieser untertänigen Haltung für einige Sekunden verharrten, um vielleicht die großmütig ausgestreckte Hand kurz drücken zu dürfen. Doch er versäumte es auch nicht, dem Struth'schen Lager, als dem

Kreis der Verdammten, einen Aufmerksamkeitsbesuch abzustatten, um die Abtrünnigen wieder einmal daran zu erinnern, dass seine Bedeutsamkeit und Ausnahmestellung in der Partei strömungsübergreifend existent war.

„Guten Abend, meine Freunde", gab er den Jovialen, reichte jedem die Hand und wandte sich würdevoll Struth zu. „Du musst mehr Druck aufbauen! Ich weiß, dass Kinkel mit seiner CDU etwas am ‚Drehen' ist", ließ er von seiner Betonung her keinen Zweifel an der erstklassigen Information aufkommen, „das habe ich von einem unserer Leute im Landesamt für Straßenwesen erfahren, der dort mit Kinkels Schwägerin den Schreibtisch teilt. Also, Augen offen halten!"

Er zwinkerte ihm noch einmal vielsagend zu und empfing auch schon im Weitergehen mit weit geöffneten Armen und strahlenden Augen den Vorsitzenden der Jungliberalen.

Ihn hatte er auch „aufgebaut" und gefördert, wie er immer gerne betonte und wünschte sich von dem jungen Mann nichts mehr, als dass ihm dieser in vielleicht zwanzig, fünfundzwanzig Jahren als Parteivorsitzender die gleiche Reverenz erweisen mochte, wie er sie heute erfahren hatte. Auch wenn diese Gleichung – allein schon von der Altersrechnung her – gewagt war, so entschädigte doch das Feuerwerk an Liebenswürdigkeiten aus dem Mund des Jungliberalen für die Unbestechlichkeit der Sterbetafeln.

„Was soll denn das heißen?", fragte Struth ein wenig irritiert in die Runde, „Kinkel ist doch absolut kaltgestellt. Der kann bestenfalls noch dem verbotenen Glücksspiel nachgehen", lachte er kurz auf, „und wenn er auf ‚Rot' setzt, wird er früher oder später erkennen, dass da nichts zu gewinnen ist."

Frank Struth fühlte sich in seiner Koalition sicher, allein schon deshalb, weil es keine größeren Probleme zwischen seiner FDP und der SPD gab. Alles lief weitestgehend harmonisch ab, wenn auch überwiegend im Sinn des größeren Partners. Aber darauf hatte man sich als kleinerer Partner, der die politische Evolutionslehre kannte,

eingestellt und wusste mit diesen nicht zu beeinflussenden Fehlentwicklungen umzugehen.
Was sollte die SPD also an einem großen Partner CDU finden, der sich ebenso stark in einer Koalition profilieren musste, wie sie selbst? Da bot ein kleiner Partner doch alle Vorteile, die man sich als Volkspartei nur wünschen konnte. Deshalb verschwendete er auch nicht einen einzigen Gedanken an eine Koalitionsaufkündigung seitens der SPD und maß der Information keinerlei Bedeutung bei.
Damit lag er, zumindest was die SPD anging, vollkommen richtig. Und die CDU war bekanntermaßen ebenso wenig an einer großen Koalition interessiert.
Doch hatte er die mehrmaligen Offerten der CDU vergessen, die an seine Adresse und die seiner Fraktion gerichtet waren und die er allesamt mit einem höflichen, aber deutlichen „Nein“ beantwortet hatte. Er war davon ausgegangen, dass die CDU das akzeptiert hatte. Das war jedoch nicht der Fall.

Die CDU wollte wieder möglichst schnell dorthin, wo die prall gefüllten Pötte standen. Da hierzu aber, nach der vorherrschenden Konstellation im Stadtrat, die FDP als einer der Juniorpartner unerlässlich war, suchte man nun nach Mitteln, den Wunschpartner wirkungsvoll zu überzeugen, und dachte in diesem Zusammenhang auch über die Methode des „Bist du nicht willig, so brauch ich Gewalt“ nach.
Diesen Druck baute die CDU allmählich auf und unterstützte nun Positionen aus dem Familien- und Sportdezernat, die sie anfangs noch abgelehnt hatte. Was Jungkind auch forderte, fand den Zuspruch der Opposition, während die Koalition eher zurückhaltend agierte und sich immer wieder gerne hinter haushaltspolitischen Zwängen versteckte.
So verhielt es sich auch bei der Frage der Zahnputzräume für Ganztagsschulen und des kostenfreien Familieneintritts bei Sportveranstaltungen, die er vorgeschlagen hatte.

„Das ist eine brillante Idee, meine Unterstützung hast du", gab Kinkel gleich grünes Licht, als Jungkind ihm seine Überlegungen mitteilte, „und du meinst die Koalition trägt diese Idee mit den Zahnputzräumen mit? Immerhin ist da eine hohe Investitionssumme erforderlich."

Natürlich war die SPD nicht damit einverstanden, wodurch die FDP erneut in eine gewisse Zwangslage geriet, aus der sie sich nur mit einem Rückzieher oder mit kräftigen Muskelspielen befreien konnte.

„Da hast du uns wieder einmal ein Ei ins Nest gelegt", beklagte sich Struth aufs Bitterlichste und schaute Martin mit einem mehr als vorwurfsvollen Blick an, „wie oft habe ich dir schon gesagt, dass solche Alleingänge nichts bringen, außer dass sie große Probleme in der Koalition auslösen. Oder bezweckst du das gar? Manchmal habe ich so das Gefühl."

„Was interessiert mich die Koalition, sie hat sich auch nie für mich interessiert!", bekam Frank nun eine durch und durch unangebrachte Antwort, die ihm überhaupt nicht gefiel. „Was hat mir denn der pflichtbewusste Weg über unsere Fraktion bis heute gebracht? Nichts!", hatte Martin sich vorgenommen nunmehr offen für sich und seine Sache einzustehen, „Deshalb suche ich jetzt mein Glück über den offiziellen Verwaltungsweg."

Das hieß im Klartext nicht mehr und nicht weniger als über den Oberbürgermeister, was verständlicherweise bei seinem Freund nicht gerade Jubelstürme auslöste.

„Wir haben schon einiges erreicht, so ist es ja nicht!", versuchte der die Situation dennoch mit aller Beherrschung zu meistern, was ihm aber nicht durchgängig gelang. Denn kaum, dass er einen Anflug von Genugtuung in Martins Gesicht wahrgenommen haben wollte, brach auch die aufgestaute Verstimmung mit aller Macht aus ihm heraus: „Wer kommt denn überhaupt auf einen solchen aberwitzigen Gedanken? Zahnputzräume! Jedes Kind wird zu Hause eine Zahnbürste und einen Becher haben, wo leben wir denn?"

Damit hatte er seinem Freund alle Illusionen auf eine Unterstützung seitens der Fraktion geraubt.

„Wir haben kaum das Geld, unsere kommunalen Aufgaben aufrechtzuerhalten und nun willst du Zahnputzräume in allen Ganztagsschulen einrichten. Was kommt als Nächstes, Frisierstuben?", ereiferte er sich mehr als ihm nach Martins Meinung zustand, „in der SPD habe ich mir nicht nur ein klares ‚Nein' zu diesen Hirngespinsten abholen dürfen, sondern auch schallendes Gelächter. Und ich will dir sagen, ich habe mitgelacht."

Dieser Einfall mit den Zahnputzräumen war Jungkind nicht selbst gekommen. Bei einem abendlichen Treffen hatte ihn ein Freund, der als Zahnarzt in Blaustätten tätig war, auf diese einzigartige Idee gebracht. Und aus gutem Grund, wie der meinte. Denn die Blaustätter Kinder hatten keine Möglichkeit, sich nach dem gemeinsamen Mittagessen ihre Zähne zu putzen. Das kam aus zahnärztlicher Sicht einer tickenden Zahnbombe gleich, die in späteren Jahren gigantische Löcher in die Zahnreihen sprengen konnte, und im schlimmsten Fall sogar tiefe Krater bis an den Fuß der Zahnwurzeln freizulegen im Stande war. Zufälligerweise hatte sein Freund auch den passenden Fachvortrag zur Hand, der aufgrund von zahnmedizinischen Studien an neunundfünfzig norwegischen Ganztagsschulen belegte, dass fehlende Zahnhygiene nach dem Mittagessen zu zweiundzwanzig Komma sieben Prozent mehr Zahnbehandlungen führte. Aber auch die jugendzahnärztlichen Dienste in Münster, Karlsruhe und Saarbrücken kamen zu ähnlich ernüchternden Ergebnissen und boten fachliche Begleitung bei der Umsetzung solcher Projekte an. Aber allzu viele Pilotprojekte dieser Art gab es bisher in Deutschland nicht, weshalb auch keine verwertbaren Daten vorlagen, die Jungkind in seiner Absicht, alle Blaustätter Ganztagsschulen mit Zahnputzräumen auszustatten, hätten nützen können.

Während Jungkind mit der beleidigenden Antwort seines Freundes höchst unzufrieden war, schien Kinkel äußerst glücklich darüber zu sein. Denn diese überraschende Unstimmigkeit passte hervorragend in sein Konzept und so fühlte er der Koalition auf den Zahn. „Verkehrte Welt!", stand eines Morgens in der Blaustätter Zeitung, „Opposition unterstützt Koalitionsdezernenten in dessen Absicht, eine flächendeckende Versorgung mit Zahnputzräumen in Ganztagsschulen anzubieten. Oberbürgermeister stellt sich ausdrücklich hinter die Forderungen seines Fachdezernten."

Es schien sich ein politischer Erdrutsch anzukündigen, der für kurze Zeit alles außer Kontrolle geraten ließ und auch eine Sondersitzung der FDP-Fraktion erforderlich machte.

„So geht das nicht weiter, du setzt mit deinen einfältigen Vorschlägen die Koalition aufs Spiel!", wurde er von Frank in barschem Tonfall gerügt, und er spürte, dass die Stimmung unter den Fraktionsmitgliedern ebenfalls auf dem Tiefpunkt angelangt war, „du bringst uns mit solchen hirnrissigen Forderungen fortlaufend in Erklärungsnot und belastest das Koalitionsbündnis auf das Äußerste. Man sollte ja bald glauben, dass du dich auf die Seite der Opposition geschlagen hast."

Er schüttelte den Kopf und ließ diesen Gedanken möglicherweise etwas zu lange auf sich wirken, denn plötzlich schlug er mit der Hand auf den Tisch und fragte seinen Freund mit weit aufgerissenen Augen: „Oder glaubst du etwa, dass Kinkel und die Opposition dich aus sachlichen Gründen unterstützen?"

Martin war ein weiteres Mal bitter enttäuscht über seinen Freund. Natürlich war ihm bewusst, dass die Opposition über eine solche Steilvorlage nicht unfroh sein konnte und politische Vorteile daraus zog, andererseits hatte ihm Kinkel aber auch versichert, dass die CDU in sachlicher Hinsicht bedingungslos hinter den Vorschlägen stand.

Doch darum ging es zunächst einmal überhaupt nicht, zum ersten Mal stand für Jungkind sein gebeuteltes Dezernat im Vordergrund und nicht das Seelenheil der Koalition oder etwa der Opposition. Er wollte endlich wieder Boden unter die Füße bekommen und sich mit Standpunkten, die er gegen alle Widerstände durchzusetzen bereit war, profilieren. Das war seine letzte Chance, nachdem ihm die Koalition fast alle seine familienpolitischen Zielvorstellungen ruiniert hatte. Nur dieser letzte Weg quer durch die politischen Lager sah er noch.

„Wir werden deine Alleingänge zukünftig nicht mehr hinnehmen, das musst du wissen, uns bliebe bei einem weiteren Fehltritt von dir nichts anderes übrig, als entsprechend zu handeln. Du spielst mit dem Feuer, das sage ich dir als Fraktionsvorsitzender!", drohte ihm Struth unverhohlen mit Sanktionen, die Martin tief erschauern ließen, auch wenn er nicht genau wusste, wie solche Zwangsmaßnahmen im Einzelnen aussehen konnten. „Es liegt in deinen Händen, ob wir wie bisher harmonisch zusammenarbeiten oder ob wir in den Ring steigen müssen."

Das war eine Kampfansage, die selbst bei Jungkind keine Missverständnisse aufkommen ließ. Der Appell von Struth war eindeutig. Er wusste, dass das die letzte Gelegenheit sein würde, reumütig in den Schoß der Fraktion zurückzukehren. Jede andere Entscheidung bedeutete, dass er sich außerhalb des Schutzes der Koalition stellte und damit angreifbar machte.

Auf dem Weg in sein Büro ließ er die beschworene „harmonische Zusammenarbeit" noch einmal Revue passieren und stellte fest, dass diese sich nicht sonderlich positiv auf ihn und sein Dezernat ausgewirkt hatte. Vielmehr überwogen die Nebenwirkungen der fraktionellen Entscheidungen und die damit einhergehenden folgenschweren Rückschläge. Das machte den Entschluss wiederum bedeutend leichter, das sonst in Politikerkreisen gut verträgliche „Vitamin B" abzusetzen.

Infolgedessen entschied er sich das Haus der Harmonie endgültig zu verlassen.

Das Entsetzen musste ihm noch immer im Gesicht gestanden haben, als er in gebeugter Körperhaltung in sein Dezernat schlich.

„Wie es aussieht, gab es eine Abreibung", diagnostizierte Angela

Leibrock trocken und folgte ihrem Chef an dessen Schreibtisch, „die Koalition wird demnach bei den Zahnputzräumen nicht einlenken."
Jungkind nickte schwach und versuchte, sich in seinem Stuhl zu verstecken.
„Jetzt geben Sie nur nicht klein bei, unser Dezernat braucht endlich einen vorzeigbaren Erfolg", ließ sie einen Rückzieher nicht zu und versuchte ihn aufzumuntern, „schauen Sie mich an, ich habe meine Kampfposition schon eingenommen."
Er schaute hoch und sah, wie sie auf ihren wieder einmal mit Lippenstift verschmierten Zähnen Zahnputzbewegungen andeutete.
„Jetzt an Fastnacht verkleiden Sie sich einfach als Zahnarzt", schlug sie ihm vergnügt vor, „dann bekommen Sie auch mehr Gefühl für die Materie."
„Ich tue alles, wenn es uns nur weiterbringt", versprach er ihr mit einem schwachen Seufzer. „Wenn ich die Forderung nach Zahnputzräumen allerdings weiterhin aufrechterhalte, stelle ich mich gegen die Koalitionsentscheidung und verletze damit die Spielregeln. Was das bedeutet, muss ich Ihnen ja nicht erklären."
Er schaute aus dem Fenster in ein benachbartes Antiquitätengeschäft, in dessen Auslage gerade eine Muskete aufpoliert wurde: „Ich sehe schon, dass wir für vogelfrei erklärt werden und höre, wie uns die Kugeln um die Ohren pfeifen."
Angela Leibrock kannte die politischen Spielregeln sehr genau, aber diese dramatische Einschätzung der Lage hielt sie dann doch für übertrieben.
„Wir haben immerhin den Oberbürgermeister auf unserer Seite, das dürfen Sie nicht vergessen, der wird uns im schlimmsten Fall Asyl gewähren", versuchte sie der Auseinandersetzung eine hoffnungsvollere Note zu geben.
Sie folgte nun dem Blick ihres Vorgesetzten auf die andere Straßenseite, wobei ihr Interesse aber mehr einem Brautmodengeschäft galt.
„Eigentlich hat man Ihnen seitens der Koalition die zugesagte Mitgift vorenthalten. Sollten Sie nicht ein Dezernat erhalten, das gut

ausgestattet und pflegeleicht zu führen ist? Glauben Sie mir: Die reiche Braut, die alles mitbringt, hat es nie gegeben! Alle Versprechungen waren nur Rattenfängerei."
Angela Leibrock zog schwer nach Luft und man konnte davon ausgehen, dass ihre Beweisführung noch nicht abgeschlossen war.
„Nichts davon hat gestimmt! Stattdessen wurden Ihnen jeden Tag neue Probleme aufgehalst. Sie sind mit dieser attraktiven Koalition einer raffinierten Heiratsschwindlerin aufgesessen, das sage ich Ihnen!", änderte sich nun schlagartig ihre Gemütsverfassung.
Aufgebracht warf sie den Kopf herum, richtete ihre schwarz-rotgold getigerte Bluse mit einigen schnellen Handgriffen wie ein Soldat vor dem Fahnenappell und raubte Jungkind mit ihrer ganzen Stimmgewalt die letzten Illusionen.
„An ein gebrochenes Eheversprechen braucht man sich nicht gebunden zu fühlen. Da muss man irgendwann einen Schlussstrich ziehen! Sonst macht man sich am eigenen Unglück mitschuldig."
Die letzten Worte ließen auf persönliche Erfahrungen schließen. Nach ihrer äußeren Erregung zu urteilen, lag da unter der Oberfläche deutlich mehr als nur die Auseinandersetzung mit den parteipolitischen Problemen. Und so war es auch. Denn vor etlichen Jahren wurde sie von ihrem Partner Alex sitzen gelassen, obwohl dieser sie ein Leben lang auf Händen tragen wollte, wie er ihr einmal ganz am Anfang der Beziehung versichert hatte. Mehr noch, an einem Silvesterabend legte er sogar, in einem Anflug lebensfremder Unbekümmertheit, ein Heiratsgelübde ab und versprach ihr zu allem Überfluss noch „den Himmel auf Erden". Wobei man sagen musste, dass der Einfluss der abendlichen „Schluckimpfung" – wie Alex gerne den erhöhten Alkoholkonsum bezeichnete – einen nicht geringen Anteil an diesem fruchtlosen Versprechen hatte. Kaum dass er nämlich am nächsten Tag wieder klar denken konnte, hatte er diesen Ausrutscher auch schon zutiefst bereut und hätte ihn sicherlich einen Tag später vergessen gehabt, wäre dieses Neujahrsgelöbnis nicht von Angela bei jeder passenden und unpassenden

Gelegenheit aufgetischt worden. Da es aus dem Blickwinkel von Alex aber überhaupt keinen geeigneten Zeitpunkt für das Heiratsthema gab, suchte er nach einem Weg diese Einbahnstraße möglichst unbemerkt zu verlassen, um nach dem Motto „Freie Fahrt für freie Bürger" wieder ein unabhängiges Leben auf der Überholspur führen zu können.
„Es ist besser, wenn wir uns trennen", stand er eines Morgens mit einem gepackten Koffer in der Küchentür, „wir sind wahrscheinlich zu verschieden", hatte er sich einen Trennungsgrund herausgesucht, der bei siebenundsechzig Prozent der deutschen Paare der beliebteste aller Vorwände war und der selbst in langjährigen Partnerschaften wie dieser immerhin noch mit neunundfünfzig Prozent die Rangliste der Beweggründe anführte.
Für Angela Leibrock war das die bitterste Erfahrung ihres Lebens gewesen, abgesehen von der niederträchtigen Hinterhältigkeit ihrer besten Freundin, die Alex sofort aufgenommen hatte und seit dieser Zeit mit ihm zusammenlebte, obwohl sie immer beteuert hatte, dass sie sich eine feste Partnerschaft ohne Trauschein nicht vorstellen könnte.
Jungkind, dem diese Art Partnerschaftsproblematik nicht so geläufig war wie seiner Assistentin, mühte sich ein wenig mit dem „Heiratsschwindler"-Vergleich herum, doch glaubte er nach einer Weile den tieferen Sinn verstanden zu haben und schaute kopfnickend zu ihr auf.
„Sie müssen sich aus den Fängen dieser einseitigen Partnerschaft befreien, machen Sie klar Schiff!", sah sie ihn wild entschlossen an, so als wollte sie mit diesem Schritt eine Wiedergutmachung ihres eigenen Schicksalsschlages erreichen. „Was brauchen Sie eine Partnerin, die morgen vielleicht schon in einem anderen Bett liegt? Sie müssen dieses Mal Farbe bekennen, wenn Sie nicht zum Gespött der Leute werden wollen."
Das wollte Martin Jungkind nun als Allerletztes.

Für Fastnacht hatte er sich die Berufskleidung des befreundeten Zahnarztes ausgeliehen. Allerdings stieß diese bei der Rathausübergabe am Rosenmontag nicht auf den ungeteilten Beifall aller Karnevalisten.
„Das nenne ich Werbung in eigener Sache", lobte wenigstens Markus Kinkel die zahnärztliche Maskerade, die ganz in seinem Sinn war, „da werden manche verschnupft dreinschauen."
Der Oberbürgermeister hatte sich als Sonnenkönig kostümiert und wurde von Bürgermeisterin Jutta Spontek, die wohl seine Mätresse darstellen sollte, begleitet.
„Wir müssen uns in den kommenden Tagen einmal zusammensetzen, ich habe da einige Informationen, die dich erstaunen werden", puderte er sich vor einem kleinen Handspiegel die Nase.
Nun arbeitete er seine naturgegebene kleine Warze am rechten Nasenflügel mittels eines Abtönungsstiftes zu einem gut sichtbaren Schönheitsfleck heraus, legte etwas Rouge auf die Wangenknochen auf und rückte seine Perücke zurecht.
„Dürfte ich mir kurz einmal Euren königlichen Puder ausborgen?", ersuchte Jutta Spontek ihren König mit hoheitsvoller Miene um eine kleine Gefälligkeit und kicherte so kokett wie möglich, „es ist ja nur zu Eurer eigenen Erbauung."
Kinkel schaute sie von oben bis unten an, rümpfte mit ausdrucksvoller Noblesse die Nase und schüttelte schockiert sein königliches Haupt.
„Ihr stinkt nach Mottenkugeln, meine Liebe, haltet drei Schritte Abstand, nicht dass dieser pestilenzartige Mief unsere Gäste abschreckt", starrte er sie strafend an, nahm etwas Riechsalz und wandte sich Jungkind zu, „habt Ihr nicht einen steilen Zahn, der als Ersatz dienen könnte? Ich habe diese alten Klamotten so satt, sage ich Euch, ich bin als König doch auch nur ein Mensch."
Wie es den Anschein hatte, nahm die Verstoßene ihrem Herrscher diese beleidigenden und verhöhnenden Worte übel, denn sie entfernte sich sichtlich verstimmt mit hörbarem Kleiderrauschen

– allerdings nicht ohne den Mottenkugelduft als letzten Abschiedsgruß zu hinterlassen – und suchte nach einem Zufluchtsort, wo sie sich mehr Verständnis für ihren Makel erhoffte. Diesen fand sie auch schnell bei der Trachtengruppe des KC-Lütschental, die mit dieser Problematik seit Jahrhunderten vertraut war und von daher ein entsprechendes Einfühlungsvermögen mitbrachte.

Jungkind begriff, dass eine Karnevalsveranstaltung eine durchaus ernsthafte Angelegenheit war, bei der man sich trotz Maskerade und ungenierter Redeweisen ebenfalls an gewisse Spielregeln zu halten hatte. Wie wäre sonst das Intermezzo zwischen Oberbürgermeister und Bürgermeisterin zu erklären gewesen? Jutta Spontek hatte offenbar mit ihrer Bitte um die Puderdose die unumschränkte Autorität, die mit einer gewissen Distanz einherging, aus den Augen verloren. Das musste der Grund gewesen sein, weshalb sie mit entsprechender Schroffheit – ganz gewiss auch zugleich für Vergehen in ihrer Bürgermeistertätigkeit – abgestraft wurde. Noch bevor Martin Jungkind seine Betrachtungen zur „Fastnacht im politischen Milieu“ als unbeteiligter Dritter vertiefen konnte, strömten neue Erfahrungen auf ihn ein, die ihn dieses Mal jedoch selbst zum Betroffenen machten, nämlich in der Minute, als ihm sein ehemaliger Freund Frank Struth in die Füße lief. Dieser hatte sich als Napoleon verkleidet und setzte trotz seines südländischen Aussehens und der etwas zu üppigen Körperfülle alles daran, zumindest in Gestik und Mimik seinem Ideal gleichzukommen.

„Du gehst als Zahnarzt wie ich sehe, sehr amüsant“, blieb er mit einem gezwungenen Lächeln kurz bei Jungkind stehen ohne diesem jedoch seine Meinung über dessen Maskerade vorzuenthalten, „wenn du meinst, dass es sinnvoll ist, Politik in die Fastnacht zu tragen, dann stellst du dich auch hier außerhalb der ungeschriebenen Gesetze. Die Politik hat sich aus der Fastnacht herauszuhalten!“

Mit dieser kurzen, aber ebenso unmissverständlichen Vertiefung bezüglich der fünften Jahreszeit räumte Napoleon auch schon das Feld, um gemeinsam mit dem Sonnenkönig, dem Kaiser von China,

Einstein, Kleopatra und Mozart eine gute Figur für ein Pressefoto abzugeben, geradeso wie die anderen Fraktionsvorsitzenden eben auch.

Während Jungkind durch die Massen der feierfreudigen städtischen Bediensteten geschoben und von allen Seiten ausgelassen gegrüßt wurde, traf er auf seine Dezernentenkollegen aus der SPD, die gemeinsam an einem Stehtisch am Rande des Rathausfestsaales standen und mit ernsten Fastnachtsgesichtern ein vermutlich unerfreuliches Thema diskutierten. Kaum dass sie ihn bemerkten, winkten sie ihn herbei und schilderten ihm einen Vorfall, der alle dagewesenen Abartigkeiten sittenloser Unanständigkeiten sprengte.

„Hast du gewusst, dass Markus eine geheime Akte über jeden von uns angelegt hat?“, wurde er von Sven Kunz in die tiefsten Abgründe der internen Verwaltungsarbeit eingeweiht, „als Oberbürgermeister begibt er sich da auf glattes Parkett, das kann ihm das Genick brechen.“

Das, was der Finanzdezernent ihm da in lebhafter Empörung mitteilte, passte von seiner schwerwiegenden Bedeutung nicht so recht zu dessen alberner Aufmachung. Wie es aussah, hatte er wohl beabsichtigt, sich als Sparschwein zu verkleiden, was ihm aber aufgrund seines untrüglichen Stilgefühls misslungen war. Denn seine Maskerade litt ganz erheblich unter dem Einfluss der aktuellen Schwarzweiß-Mode und dem Trend zu klaren, schlanken Formen. So war das Sparschwein mehr oder minder zu einer Art Spardalmatiner mutiert und verkörperte nun ein Schönheitsideal, das die dürftige Haushaltslage in einem ganz anderen Licht erscheinen ließ.

„Er führt sogar ein Rügenbüchlein, stell dir das einmal vor, wie in der Schule“, verzog Werner Finkenpfeifer hinter seiner gelungenen Feuermelder-Verkleidung, immerhin noch in sehr aussagekräftiger Anschaulichkeit, sein Gesicht, „wenn das öffentlich wird ...“, winkte er mit akutem Stimmverlust ab, „... eine Katastrophe“, fand er den einzigen Begriff, der diese Unglaublichkeit beschreiben konnte, „eine Katastrophe!“

„Warten wir ab, ob da nicht noch mehr herauskommt", legte Hilla Frankfurter nach, die mit ihrer einzigartigen Verkleidung die traditionelle Fastnacht verkörperte, wie kaum eine andere, „ich bin auf alles vorbereitet."

Hilla Frankfurter hatte in ihrer barocken Üppigkeit und dem entgegenstehenden Hang zum Kleinteiligen all ihre kärgliche Lebensweisheit und das ungestillte Verlangen nach tosenden Beifallsstürmen in eine Maskerade gelegt, die jene Sehnsüchte in hohem Maß erfüllen konnte. Nichts hatte sie dabei dem Zufall überlassen und mit jeder gewebten Faser und jedem Farbtupfer des Kostüms die kulturelle Note in Formvollendung betont. Sicherlich war eine solche Verkleidung auch Geschmacksache, speziell die Rocklänge, aber als Kulturdezernentin konnte man ihr die fachliche Urteilsfähigkeit in solchen Dingen kaum absprechen. Dennoch wirkte sie als ungarische Csárdástänzerin eher wie eine Landpomeranze, die es noch einmal wissen wollte.

„Wir sollten ihm unser Misstrauen aussprechen, klar und deutlich ...", legte der Spardalmatiner seine Handflächen auf dem Tisch aneinander, was gewöhnlich auf eine längere Grundsatzrede mit kümmerlicher Aussagekraft hindeutete.

„Wir haben doch überhaupt nichts Greifbares in Händen", ahnte das wohl auch die Rechtsdezernentin, die unverkleidet bis auf einen Strohhut mit Blaustätter Stadtwappen zwischen dem Funkenmariechen und dem Feuermelder stand und postwendend ihren Einspruch einlegte, „ihr kennt doch das Rathaus, da wird viel geredet, wenn der Tag lang ist. Wer weiß, ob das überhaupt stimmt. Vielleicht handelt es sich nur um irgendwelche dahingeschriebenen Notizen."

Diese naive, trockene Leidenschaftslosigkeit schien ihre Kollegen bis ins Mark zu erschüttern.

„Es wird schon etwas an diesen Gerüchten dran sein", schlug der Feuermelder Alarm, „glaubst du etwa, dass sich jemand die Sache mit dem Rügenbüchlein so einfach aus den Fingern gezogen hat? Ich traue ihm das jedenfalls zu."

Am Aschermittwoch erfuhr Jungkind mehr als ihm lieb war. „Vorgestern hatte ich nur eine unsichere Information, heute habe ich es aber schwarz auf weiß“, weihte Markus Kinkel seinen Familiendezernenten in die verdeckten Ermittlungen seines Stabes ein, „euer Strategiepapier zur Sport- und Familienpolitik liegt nun definitiv vor und es sieht nicht unbedingt gut für dein Dezernat aus.“
„Das kann nicht sein, ich war bisher noch zu keiner Arbeitssitzung geladen, da musst du getürkte Hinweise vorliegen haben“, vermochte sich Jungkind nicht vorzustellen, dass an solchen Behauptungen etwas dran sein könnte.
„Hier, die Kopien sind noch warm“, kramte Kinkel einige zusammengeheftete Blätter aus seinem Schreibtisch hervor und drückte sie ihm in die Hand, „schau sie dir an, beide Fraktionsvorsitzenden haben unterschrieben, außerdem mit Datum vom letzten Freitag.“
Ungläubig überflog Jungkind das Papier und erkannte schnell, dass es sich um die unveränderte Vorlage aus der Fraktionssitzung handelte, die ihm Struth damals noch als Konzept verkauft hatte.
„Wie ich dieses Strategiepapier lese, läuft alles auf eine Aufgabe deines Dezernates hinaus, nicht heute und morgen, aber doch in naher Zukunft“, fand der Oberbürgermeister nicht gerade aufmunternde Worte, „du musst nun handeln, sonst ist alles zu spät.“
Martin Jungkind fühlte sich wie zu Kinderzeiten auf der Geisterbahn, als ihm im dunklen Labyrinth der schauerlichen Strecke die übelsten Überraschungen auflauerten. Dennoch wollte er damals bei keinem Kirmesbesuch auf eine solche Fahrt verzichten, obwohl er immer am ganzen Körper gezittert hatte, bis er wieder das Tageslicht sah. Ähnlich erging es ihm heute, mit dem Unterschied, dass ihm die Fahrkarte zugesteckt worden war und er nicht wusste, ob er am Ende der Höllenfahrt die Sonne überhaupt noch einmal wiedersehen würde.
„Mir bleibt kaum etwas anderes übrig, ich kann der Konfrontation mit der Koalition eigentlich nicht mehr aus dem Weg gehen“, murmelte er kraftlos in sich hinein und hinterließ den Eindruck eines

gebrechlichen, alten Mannes, der allein schon vom körperlichen Zustand her nicht mehr in der Lage war, einen derartigen Konflikt durchzustehen, geschweige denn einen gepfefferten Befreiungsschlag auszuführen.

„Was heißt ‚eigentlich'? Da gibt es keine Alternative, du musst da nun durch", erkannte Kinkel zwar die kämpferische Untauglichkeit seines Dezernenten, setzte aber in Ermangelung anderer Möglichkeiten auf dieses letzte Aufgebot, um die starre Front des politischen Gegners doch noch aufzubrechen, „du stehst ja nicht allein im Feld, ich werde dir Flankenschutz geben und meine Fraktion hat auch Unterstützung signalisiert."

Diese Zusage wäre für jeden anderen Politiker in Jungkinds Lage sicherlich ein gewisser Trost gewesen, für ihn war sie das jedoch ganz und gar nicht. Ihm brachten die vermeintlich fürsorglichen Worten des Oberbürgermeisters keinerlei Erleichterung. Vielleicht war es auch eine Ahnung oder noch mehr eine Verzweiflung, die in ihm ausgelöst wurde. Denn durch eine derartige Provokation würde er in die erste Reihe neben die Parteistrategen katapultiert, die tagaus, tagein nichts anderes taten, als sich und ihrer Partei mit scharfzüngigen Reden und geschickten Winkelzügen taktische Vorteile zu verschaffen. Und Auseinandersetzungen dieser Art würden ab dem Zeitpunkt „X" zur Tagesordnung gehören.

Doch eine solche Hauptrolle lag ihm überhaupt nicht und war ihm seit jeher verhasst. Ihn hätte man mehr als Indianertyp bezeichnen können, der sich einem Häuptling mühelos unterordnen konnte, ohne darunter zu leiden. Aus diesem Grund hatte er auch keinerlei Probleme mit einem Häuptling Struth gehabt, obwohl der manche Entscheidung anders getroffen hatte, als er das getan hätte. Aber das war der Preis, den ein Indianer für ein rundum Sorglospaket zahlen musste. Denn ein starker Führer bot nicht nur einen verlässlichen Schutz vor Angriffen aus der zweiten und dritten Reihe, er diente ebenfalls als Blitzableiter, Zielscheibe und Prügelknabe. Diese Sicherheit hatte Jungkind immer viel bedeutet und letztendlich auch einem ernsthaften Aufbegehren bei eher ungünstigen Koalitionsentscheidungen entgegengestanden. So gesehen, war in der zurückliegenden Zeit nicht alles schlecht gewesen, denn ein solch breiter Rücken musste erst einmal gefunden werden. Und ob Kinkel ihm diese Deckung auch würde bieten können, das war die große Frage.

Frank Struth dachte nicht daran, etwas gerade zu biegen, er hatte zukunftsweisende Visionen, in die Jungkinds mögliche Störfeuer gar nicht so schlecht passten.
„Soll er doch machen, was er will, ich möchte die Koalitionsentscheidung nicht mehr kommentieren", tat er den Gesprächsvorschlag seines Geschäftsführers, noch einmal mit Jungkind über das Strategiepapier zu reden, kurzerhand ab.
„Aber wenn er nun doch eine öffentliche Position gegen die Koalition einnimmt? Das könnte uns in Schwierigkeiten bringen. Wie ich das sehe, wird ihn der Oberbürgermeister unterstützen und für seine Zwecke zu instrumentalisieren versuchen", verstand Marc Ginsburg die Gleichgültigkeit seines Fraktionsvorsitzenden nicht, „Jungkind wirkte jedenfalls in dem Telefonat außergewöhnlich bestimmt, ja geradezu kämpferisch."
„Dann warten wir eben einmal in Ruhe ab, was ihm sein neuer Freund Kinkel rät", blieb Struth weiterhin gelassen. „Jetzt Nerven zu zeigen, könnte die Opposition zu Reaktionen animieren, die im Moment äußerst ungelegen kämen. Nein, nein, wir bleiben bei unserer Strategie und argumentieren weiterhin mit den fehlenden Finanzmitteln und unserem Sparkonzept."
Damit wusste er sich mit seinem Koalitionspartner auf einer Linie. Und eine solche Position bot zusätzliche Sicherheit.
„Wir haben keine schlechten Karten, mein Lieber", huschte ein listiges Lächeln über sein Gesicht, „ich befürchte, unser Martin wird sich eine blutige Nase holen."
Struth wusste, dass bei seinem ehemaligen Freund weder politisches Gespür, noch Wagemut und Ehrgeiz zu den Grundtugenden

gehörten. Ohne diese würde es aber nahezu unmöglich sein, eine eigene Position aufzubauen, noch weniger eine solche zu halten. Von daher blickte er sehr gelassen in die Zukunft.
Währenddessen bastelte der Oberbürgermeister immer noch mit seinem Fraktionsvorstand an einem geschickten Aufschlag herum, der die Koalition in Bedrängnis bringen sollte. Doch es war nicht leicht die Sparkonzepte der SPD/FDP-Koalition auszuhebeln und vor allem als CDU eine inhaltliche Position einzunehmen, die im Ergebnis eine Erhöhung des städtischen Schuldenberges mit sich brachte. Erst nach zähen Debatten kam man auf den grandiosen Einfall, Jungkind allein ins Feuer zu schicken und die öffentliche Reaktion zunächst einmal abzuwarten. Die nicht ganz leichte Aufgabe, jenen auf die Spur zu setzen, kam Kinkel zu, der indessen fest davon überzeugt war, seinen Duzfreund für das Himmelfahrtskommando begeistern zu können.
Aber auch Jungkind hatte bemerkt, dass er nun an der unausweichlichen Wegekreuzung angekommen war und Farbe bekennen musste.
„Dir bleibt nichts anderes übrig, das habe ich dir schon vor Monaten gesagt“, verstand Doris die Zögerlichkeit ihres Mannes nicht mehr. „Willst du etwa wieder klein beigeben und reumütig in den Schoß der Fraktion zurückkehren? Du musst nun endlich Flagge zeigen und für deinen eigenen Standpunkt eintreten.“
Sie schüttelte wieder einmal so ihren Kopf, wie er es gar nicht mochte.
„Nun bist du der Spielführer auf dem Platz, es gibt keinen mehr, der dir Anweisungen geben könnte.“
Das war es ja gerade, was ihn lähmte. In so einer Situation war er noch nie gewesen, genauso wenig wie er jemals in der Altherrenmannschaft des SC-Blaustätten die Liberoposition eingenommen hatte. Er war immer Rückraumspieler gewesen. Als gelernter Sportlehrer wusste er, dass man nicht so einfach eine andere Position übernehmen konnte, ohne mehrere Trainingseinheiten und

Testspiele absolviert zu haben. Erst dann war ein Spieleinsatz unter realen Bedingungen – und meist nur eine Halbzeit lang – möglich. Zudem war für eine Liberoposition noch weit mehr Spielpraxis erforderlich, aber das alles schien seine Frau nicht im Geringsten zu interessieren.

„Sprich mit Kinkel, der hat dir doch seine Unterstützung angeboten", war sie meilenweit von jedem Praxisbezug im Mannschaftssport entfernt, „er wird dir auch sagen können, wie man am geschicktesten die gegnerischen Abwehrreihen ausschaltet."

Er schaute zu seiner Frau herunter, die außer ihrer Kugelform nichts mit Sport zu tun hatte und nickte nur. Wie hätte er ihr auch in wenigen Sätzen das begreiflich machen sollen, was ihm während seines Studiums in zwei Praxisseminaren verdeutlicht worden war?

Als das Strategiepapier zur Familien- und Sportpolitik seitens der Koalition vorgestellt werden sollte, war für Jungkind der letzte Zeitpunkt gekommen, sich zu positionieren. Aus diesem Grund suchte er auch um einen Termin bei Markus Kinkel nach.

„Ich bin dir wirklich dankbar, dass du dir die Zeit nimmst, um mir einige Tipps zu geben", bedankte er sich artig in etwas gebeugter Haltung beim Oberbürgermeister, als er dessen Büro betrat, „ich weiß, dass du viel um die Ohren hast."

„Ich habe es dir doch versprochen, das tue ich wirklich gerne für dich", zeigte der sich gönnerhaft, legte andachtsvoll den Kopf zur Seite und in entsprechender Weise die Hände übereinander, „wenn wir zwei nicht zusammenhalten, wer dann?"

Das war für beide ein Auftakt nach Maß, der Kinkel in einer sicheren Ausgangslage wähnte und Jungkind den ermutigenden Eindruck gab, bereits die erste Trainingseinheit im Kampf um seine neue Position absolviert zu haben.

„Wenn du dich nun in der Politik etablieren willst, musst du zuallererst kapitale strategische Fehler vermeiden", bedeutete Kinkel mit wichtiger Miene, hob den Kopf und bereitete seinen Duzfreund auf die politische Organspende vor, „das heißt, du musst dich einerseits geschickt wie eine Schlange im Unterholz bewegen, andererseits hast du aber wie ein Löwe in achtunggebietender Haltung dazustehen.“

Er zündete sich eine Zigarette an, öffnete das Fenster und stieß in selbstbewusster Zufriedenheit den Rauch über Blaustätten.

„Mein lieber Martin, Politik ist mehr als ein Geschäft, Politik ist Leidenschaft, Erfüllung und Elixier. Du wirst diese magische Essenz als Politiker immer wieder aufsaugen wie ein trockener Schwamm, um sie dann fein dosiert in Tropfenform an die erwartungshungrigen Parteifreunde und die unentschlossenen Wähler abzugeben.“

Nun nahm er einen tiefen Atemzug frischer Blaustätter Luft, wie einen großen Schluck kaltschäumenden Bieres an einem heißen Sommertag, schloss das Fenster wieder und brachte seine Theorie praxisnah auf den Punkt.

„Aber in deiner Ausnahmesituation ist anderes gefragt, du musst auf einen Schlag die Richtung ändern und ins Rampenlicht treten. Deshalb darfst du dich auch nicht nur zu dem Strategiepapier äußern, du musst ein gutes Stück mehr in die Waagschale werfen, um aus dem Windschatten deiner Koalition herauszutreten. Denn dein Erkennungswert hat nur dann Bestand, wenn er in Stein gemeißelt ist, für jeden sichtbar!“, hob er die Stimme an, um die Wichtigkeit seiner Aussage zu unterstreichen.

Jungkind fröstelte. Er wollte sich eigentlich überhaupt nicht in der Politik etablieren und lieber etwas weniger als mehr in die Waagschale werfen. Und seinen Erkennungswert „in Stein meißeln“, wollte er schon gar nicht.

„Du solltest, nachdem das Strategiepapier der Presse vorgestellt wurde, klipp und klar erklären, dass du an diesem Papier nicht mitgearbeitet hast und es aus inhaltlichen Gründen auch nicht mitträgst“, zog Kinkel seine rote Brille kurz aus und bemerkte, dass seine Sehschwäche offensichtlich wieder zugenommen hatte, „natürlich musst du für den Erhalt des Familienzentrums mit dem ‚Frauenmuseum' eintreten, ebenso wie für den Erhalt der Musikschule und du darfst auch bei den Zahnputzräumen nicht einknicken", setzte er die Brille wieder auf und notierte sich „Augenarzttermin vereinbaren" in seinen Kalender, „nur kleineren Veränderungen bei den Sportzentren oder in den Familieneinrichtungen würde ich unter gewissen Umständen zustimmen, aber auch nur dann, wenn dir dafür Ausgleichsmaßnahmen an anderer Stelle zugesagt werden."

Nun fror Jungkind nicht mehr, dafür pochte sein Herz bis in den Hals und seine fahle Gesichtsfarbe wich einer leichtrötlichen Färbung. Im Grunde genommen hatte er nicht beabsichtigt, seine Fraktion mit einer Fülle von Forderungen zu erschrecken. Es war nicht seine Art, mit der Tür ins Haus zu fallen. Sicherlich würde es doch vollkommen ausreichen, wenn er erwähnte, dass er am Strategiepapier nicht beteiligt gewesen sei und sich insofern zur Zeit dazu inhaltlich auch nicht äußern könnte.

Hätte der Oberbürgermeister seine noch vorhandene Sehschärfe etwas genauer auf Jungkind gerichtet, wäre ihm sicherlich die Leidenschaftslosigkeit seines Klienten nicht entgangen. Doch für Kinkel existierte Interesselosigkeit an der Politik nicht und von politischer Abschreckungskraft hatte er noch niemals gehört. Insofern bemerkte er auch nicht, dass sein Duzfreund auf gedanklichen Abwegen war und eher eine unspektakuläre Lösung des Konflikts anstrebte als eine beispiellose.

„Du musst deine Position allerdings mit Nachdruck vertreten, sonst wird sie nicht wahrgenommen", kreuzte er die Arme in Unkenntnis der entgegengesetzten Betrachtungsweise vor der Brust und setzte einen Schlusspunkt, der seinem Schützling schlagartig die Luft abschnürte, „deshalb bleibt dir nichts anderes übrig, als mit Rücktritt zu drohen, falls man deinen Forderungen nicht nachkommen sollte."

Es dauerte zwei, drei Sekunden, bis Jungkinds Hirn wieder mit Sauerstoff versorgt war, während rhythmische Kalt-Warmschübe

für eine günstige Beeinflussung des gesamten Bewegungsapparates sorgten.
„Wie, Rücktritt ...?“, gelang das Zusammenspiel der körpereigenen Regenerationskräfte jedoch nur unvollkommen, „... Rücktritt?“, formulierte irgendetwas in Jungkind die Frage neu – wenn auch nicht konkreter –, während ein Paar blutunterlaufener Augen Markus Kinkel anstierte.
„Mein Gott, es wird schon nicht dazu kommen“, erkannte Kinkel, dass sich sein Gegenüber im freien Fall befand und versuchte so schnell wie möglich ein doppeltes Netz zu spannen, „die Rücktrittsandrohung ist doch nur ein taktisches Mittel, das den Druck auf deine Fraktion und die SPD erhöhen und gleichzeitig die Öffentlichkeit für dich einnehmen soll, mehr nicht.“
Das Netz brachte jedoch überhaupt nichts. Jungkind schlug mit ungebremster Geschwindigkeit auf dem Boden der Tatsachen auf und zerschmetterte dabei das taktische Stilmittel in tausend kleine Teile.
„Aber wenn das schiefgeht? Die anderen werden doch diese Taktik auch kennen“, formulierte er einen Gedanken, der so schlüssig war, dass er selbst davor erschrak, „ich meine, was ist, wenn sich meine Forderungen nicht durchsetzen lassen? Dann müsste ich doch unweigerlich zurücktreten?“
„Es gibt keine Rücktritte in der Politik“, wurde er überparteilich belehrt, „wenn, dann sind das Übertritte in eine andere, aussichtsreichere Stellung. Der freie Fall existiert nicht“, konnte man ein wenig Unbeherrschtheit aus Kinkels Stimme heraushören, als dieser ihn darüber aufklärte, dass auch die physikalischen Gesetze in der Politik aufgehoben sind, „aber ich gehe fest davon aus, dass deine Fraktion einlenken wird und ihren Koalitionspartner zur Einsicht zwingt.“
Davon ging Kinkel nun in Wahrheit ganz gewiss nicht aus. Er hoffte vielmehr, dass die öffentliche Diskussion die FDP in Schwierigkeiten bringen würde, und letztendlich die inhaltlichen, aber auch internen Auseinandersetzungen mit Jungkind zum Bruch der Koalition führten.

„Dir kann jedenfalls nichts passieren, egal wie es auch ausgeht“, spürte Kinkel, wie sich Jungkind wieder ein wenig erholte und versprühte rasch das klassische Optimismusextrakt aus Zuversicht und Daseinsfreude, das auch Struth so gerne benutzte, „außerdem bin ich ja auch noch da, es läuft doch alles hervorragend.“
Auch wenn Martin Jungkind die verworrenen Kombinationszüge nicht vollständig begriff und lieber einen leichteren Weg gegangen wäre, so vertraute er letztendlich doch der oberbürgermeisterlichen Erfahrung und versprach Kinkel, den von diesem verordneten Maßnahmenkatalog zu befolgen und – nach der Vorstellung des Strategiepapiers durch die Koalition – in die Offensive zu gehen.

„Endlich einmal ein rundum perfekter Artikel“, wurde er am Frühstückstisch von seiner Frau Doris überglücklich empfangen, „was habe ich dir gesagt, du musst nur für deinen Standpunkt eintreten, dann läuft es wie von selbst. Jetzt wird sich deine Fraktion Gedanken machen müssen.“
„Familiendezernent stellt sich mit seinen Forderungen gegen das Strategiepapier der Koalition und droht mit Rücktritt!“, konnte Martin lesen, „Wird sich die Koalition den Forderungen beugen oder bei ihrem Sparkonzept bleiben?“
Auch wenn Jungkinds Unnachgiebigkeit in dem Bericht Anerkennung fand, so wurde gleichermaßen auf die prekäre Blaustätter Finanzsituation hingewiesen, die nach dem ernsthaften Sparwillen der SPD/FDP-Stadtratsmehrheit entlastet werden sollte.
„Ich hoffe, dass Frank jetzt einlenkt und wir eine gemeinsame Linie finden. Auf eine gewisse Art war er ja immer verlässlich“, glaubte Martin immer noch an eine Versöhnung, „gewöhnlich sind wir doch ausgezeichnet miteinander ausgekommen, ich würde ihm jedenfalls nichts nachtragen“, hatte er sich auf eine baldige Kontaktaufnahme seitens seines Fraktionsvorsitzenden eingestellt und schon ein paar nachsichtige Worte zurechtgelegt, mit denen er die Entschuldigung für die sinnlose Entzweiung annehmen wollte.

Diese Hoffnung erfüllte sich jedoch nicht. Stattdessen ließ dieser ihm durch den Fraktionsgeschäftsführer ausrichten, dass die Koalition nicht erpressbar sei und die Fraktion erwarte, dass er sich umgehend von seinen unerfüllbaren Forderungen verabschiedete.
„Ich glaube, Sie müssen zurückrudern“, empfahl ihm Marc Ginsburg mit dem charakteristisch gemütsarmem Gesichtsausdruck eines Geschäftsführers, „die Fronten sind so verhärtet, dass sich eine Seite bewegen muss.“
„Aber ich habe mich doch festgelegt, soll ich denn sehenden Auges mein Dezernat aufgeben? Oder will die Fraktion wirklich, dass ich zurücktrete?“, verspielte Jungkind nun in all seiner Verzweiflung sein letztes Hemd und beging den besagten kapitalen Fehler, vor dem ihn Kinkel gewarnt hatte.
„Sie haben sich da ohne Not in eine Ecke manövriert, aus der Sie nur schwer wieder herauskommen“, diagnostizierte Ginsburg die abenteuerliche Tollkühnheit nüchtern als fehlgeschlagene Aktion, „die Fraktion hat sich jedenfalls entschieden, das Sparkonzept mit der SPD umzusetzen, da gibt es kein Zurück mehr“, schaute er ihn emotionslos an, während er persönlich über so viel politische Einfalt gerührt war.
Hatte denn diesem Sonderling kein Mensch verraten, dass er nur als Strohmann dienen sollte? Jeder wusste doch, dass er von Struth ferngesteuert werden würde, nur offensichtlich er selbst nicht. Dabei war eine solche Verfahrensweise in der Politik nichts Außergewöhnliches und kam gar nicht so selten vor, wie mancher Bürger vielleicht glauben mochte. Speziell dann nämlich, wenn irgendwelche Hindernisse den Weg nach oben blockierten und den direkten Zugriff auf das zustehende Amt vereitelten, wurde diese Behelfskonstruktion immer wieder gerne gewählt und ein loyaler Befehlsempfänger – gewissermaßen als verlängerter Arm – installiert. Diese Praxis hatte sich in all den Jahren bewährt.
Außerdem waren die Beamtenbezüge eines Beigeordneten grundsätzlich gesichert, egal ob dieser sich nun hochmotiviert mit

vorbildlichen Denkansätzen und neuen Konzepten einbrachte oder auch nur diskret hinter seinem Schreibtisch versteckte und mehr schlecht als recht Sachbearbeitertätigkeiten ausübte. Sogar bei einer Dezernatsaufgabe bestand die Besoldung bis ans Ende der Amtszeit fort, selbst dann, wenn keine andere Beschäftigung blieb, als am Ufer der Blau spazieren zu gehen. Was hatte also den parteipolitisch unerfahrenen Jungkind geritten, sich selbst Knüppel zwischen die Beine zu werfen und einen eigenen Weg einzuschlagen?

„Ich würde Ihnen raten, noch einmal mit Frank Kontakt aufzunehmen und einzulenken, anders bekommen wir die Kuh nicht vom Eis", versuchte ihm Ginsburg eine letzte Brücke zu bauen.

Doch diese Brücke betrat Jungkind nicht einmal mit dem großen Zeh, denn er war von Kinkel vor einer solchen Zumutung ausdrücklich gewarnt worden.

„Lass dir nur nicht das Büßergewand über den Kopf ziehen", hatte dieser ihm eingetrichtert, „wenn, dann muss Struth in Sack und Asche gehüllt angekrochen kommen."

„Ich bin der Meinung, dass Frank auf mich zukommen müsste", schlug er deshalb dieses Angebot kategorisch aus, „schließlich hat er mich mit dem Strategiepapier hintergangen und vollendete Tatsachen geschaffen, ohne mit mir auch nur ein einziges Wort gewechselt zu haben."

„Wie Sie meinen", hob Marc Ginsburg gleichgültig die Schultern und war sich in diesem Augenblick nicht mehr so sicher, ob Naivität nicht doch ein gutes Stück auch etwas mit Beschränktheit zu tun haben könnte, zumindest aber mehr als im Allgemeinen angenommen.

In dieser angespannten politischen Lage platzte zu allem Überfluss im Sportzentrum eines Stadtteiles von Blaustätten die Hauptwasserleitung und setzte über Nacht die gesamte Einrichtung unter Wasser.

„Was machen wir denn da? Am Wochenende finden doch dort die Ausscheidungsspiele der Schülermannschaften statt", rannte

Angela Leibrock aufgeregt durch das Dezernat und zeigte Jungkind den Spielplan, „alle Trikots sind nass und die Umkleiden und Duschen müssen aussehen wie nach der Sintflut. Zum Glück kann wenigstens die Halle genutzt werden.“
Es handelte sich dabei um das jährliche „Kids-Fußballturnier“, an dem alle Grundschulen von Blaustätten und zweier Nachbarstädte teilnahmen und das alljährlich in jenem Sportzentrum ausgetragen wurde.
„Wir können doch in der Kürze der Zeit keinen anderen Standort mehr finden!“, ließ sich Jungkind offenbar von der Nervosität seiner Assistentin anstecken, denn er schoss plötzlich mit seinem Bürostuhl in die Höhe, als sei er in eine Art Teilchenbeschleuniger geraten, was sich allerdings auf seinen Einfallsreichtum durchaus förderlich auswirkte. „Dann müssen wir eben sehen, dass wir genügend Helfer finden, die in den verbleibenden vier Tagen mit anpacken.“
Angela Leibrock blieb wie angewurzelt stehen, zeigte mit ihrem rot lackierten Zeigefinger bedeutungsvoll auf ihren Chef und strahlte als habe der ihr ein Geheimnis aus dem innersten Dunstkreis der Verwaltungsspitze ins Ohr geflüstert.
„Das ist die Idee! Aber ich habe da noch einen ganz anderen Einfall, brillant sage ich nur“, lobte sie sich vorsichtshalber schon einmal selbst.
Jungkind konnte wieder einmal beobachten, wie die einzelnen Haare ihrer pechschwarzen Kurzhaarfrisur sich gewissermaßen selbständig machten und den Anschein erweckten, als würden sie aus allen Richtungen geheime Signale empfangen.
„Sie werden nämlich als Beigeordneter die Helferbrigade anführen, das ist der Dreh. Verstehen Sie?! Nach dem Motto: Der Sportdezernent nimmt die Sache selbst in die Hand und arbeitet an vorderster Front mit!“
Sie strahlte über das ganze Gesicht und man konnte davon ausgehen, dass sie von diesem einzigartigen Gedanken noch Wochen begeistert sein würde.

„Das wird uns in der Öffentlichkeit einen gewaltigen Zuspruch verschaffen und genau den brauchen wir jetzt."
„Sie sind unbezahlbar, das ist wirklich eine exzellente Idee!", freute sich Jungkind und fühlte sich schon als selbstloser Helfer auf einer Woge der Begeisterung und Sympathie durch die Halle getragen.
„Ich werde sofort alles in die Wege leiten", eilte sie in ihr Vorzimmer und nahm den Hörer in die Hand. „Morgen früh stehen Sie da draußen und bügeln die Trikots trocken", erhielt er die letzten, präzisen Anweisungen aus dem Regieraum, „lassen Sie sich heute Abend von Ihrer Frau erklären, wie man mit einem Bügeleisen umgeht."
Am nächsten Morgen stand Martin Jungkind mit einem T-Shirt, das die Aufschrift „Notbügler von Blaustätten" trug, im Sportzentrum am Bügelbrett und sonnte sich im Blitzlichtgewitter der Pressevertreter.
„Jeder Helfer ist gerne gesehen und erhält auch ein solches T-Shirt als kleines Dankeschön", konnte man die Botschaft des Sportdezernenten in der Zeitung lesen und der Redakteur versprach in seinem Kommentar: „Morgen werden wir wieder vor Ort sein und sehen, ob andere Politiker das Bügeleisen auch für unsere Kinder in die Hand nehmen."
Das war ein Aufruf, dem keine Fraktion fernbleiben konnte.
An besagtem Vormittag standen sechs weitere Bügelbretter neben Jungkind, und alle Fraktionsvorsitzenden einschließlich des Oberbürgermeisters bügelten einträchtig, was das Zeug hielt. Doch sobald der gemeinsame Fototermin vorüber war, der am nächsten Tag mit der Untertitelung „Die Notbügler von Blaustätten" in die Stadtgeschichte eingehen sollte, wurden auch die einzelnen Bügelbretter wieder zusammengeklappt und die Trikots in die Wäschetrockner geworfen.
„Es freut mich, dass du auch kommen konntest und für die gute Sache mit angepackt hast", ging Jungkind auf Struth zu, als dieser sein Bügelbrett unter den Arm klemmte, wie ein Südfranzose sein Baguette.

„Das ist doch selbstverständlich", spielte der den Wohltätigen und vergaß offenkundig, dass die Presse nicht mehr zugegen war, „mein Credo war immer: Politik ist die Hilfe am Nächsten, über alle Parteigrenzen, Fraktionszwänge und Wahlbezirke hinweg. Für mich zählt nur der Mensch, das Individuum."

„Siehst du eine Möglichkeit, dass wir in den entscheidenden Fragen doch noch zusammenkommen?", hatte Jungkind einen denkbar schlechten Zeitpunkt erwischt, denn er stellte übergangslos – ohne jedes Fingerspitzengefühl – die entscheidende Frage und riss mit dieser plötzlichen Kaltdusche seinen ehemaligen Freund aus dessen leidenschaftlichster Wahlkampfstimmung.

Struth war abgebrüht genug, um alle möglichen politischen Auseinandersetzungen auszutragen, aber auch um sämtliche Brücken hinter sich abzubrechen. Ein Behelfsbrückenbau-Marke Geschäftsführer – war nicht seine Sache. Deshalb konnte es in diesem Fall allenfalls noch ein Kapitulationsabkommen erster Klasse geben, ohne Wenn und Aber.

„Nur dann, wenn du dich in der Öffentlichkeit kompromisslos auf die Seite der Koalition stellst und erklärst, dass der Sparkurs auch vor dem Familien- und Sportdezernat nicht Halt machen kann", kam eine unmissverständliche Antwort.

„Ihr werdet also das Strategiepapier zur Abstimmung in den Stadtrat einbringen?", fragte Jungkind eingeschüchtert nach und spürte, wie sein Mund trocken wurde.

„Ja, und zwar unverändert", gab es offensichtlich von Fraktionsseite kein Entgegenkommen mehr, „du hast zu hoch gepokert, viel zu hoch!", drehte sich Struth beim Fortgehen noch einmal zu ihm um und ließ ihn seine ganze Verbitterung spüren. „So hintergangen wie du hat mich zuvor noch kein Mensch, obwohl ich immer zu dir gestanden habe wie ein Bruder! Ich dachte, auf dich sei Verlass und habe dir vertraut wie keinem andern", winkte er aufgewühlt ab, bewegte sich zwei Schritte von ihm fort und drehte sich ein letztes Mal um, „du bist die größte Enttäuschung meines Lebens!"

Für Struth stand fest, dass ihn sein ehemaliger Freund hintergangen hatte, andere Reflektionen ließ er gar nicht erst zu. Das war nun also der Dank für die großherzige Gönnerschaft! Ohne sein Zutun wäre jener schließlich niemals in eine solch herausgehobene Position gekommen, bestenfalls hätte er von einer solchen Karriere träumen können. Alles hatte dieser Mann ihm zu verdanken, wirklich alles. Und wie war ihm seine Güte vergolten worden? Mit Verrat.
Struth nahm die Realität nicht wahr. Er erkannte weder, dass er seinen Freund unablässig getäuscht, noch dass er diesen letztlich an die Politik verraten hatte. Sein Ehrgeiz hatte ihn noch nicht einmal daran gehindert, Jungkind am Ende ohne jegliches Schuldgefühl auf dem parteipolitischen Altar des eigenen Erfolgs zu opfern. Stattdessen sah er nur die Gegenreaktionen und wertete die verzweifelten Befreiungsversuche seines Parteifreundes als verräterische Angriffe.
Die Vorwürfe Struths gingen Jungkind unter die Haut.
Aber welche Möglichkeiten hätte es für ihn noch geben sollen, nachdem er von dem intriganten Treiben gegen ihn erfahren hatte? Umso mehr, als er sich immer gerne untergeordnet hatte und es in dieser Disziplin sicherlich keinen verlässlicheren Menschen als ihn gab. Aber selbst die treueste Gefolgschaft schien am Ende nicht mehr genügt zu haben. Vollkommene Selbstaufgabe hieß die letzte Forderung, der er sich allerdings unter keinen Umständen beugen wollte.
Jungkind wusste nun, dass das Tischtuch zerschnitten war und keinerlei Gemeinsamkeiten mehr bestanden.
Es gab kein Zurück.

Als der Tag der entscheidenden Stadtratssitzung gekommen war, versicherte er sich noch einmal beim Oberbürgermeister der Unterstützung der CDU.
„Mir ist nichts davon bekannt, dass meine Fraktion sich in dieser Frage anders orientiert hätte“, hatte Kinkel sich entschlossen, den

Uninformierten zu spielen, „wahrscheinlich wird alles ausgehen, wie so oft, es wird zu einer Vertagung kommen. Ich kann mir nicht vorstellen, dass sich die Koalition auf ein Kräftemessen einlässt. Schließlich hat die Öffentlichkeit starke Sympathien für deine Forderungen gezeigt", schien er aber an einer Vertiefung des Themas nicht weiter interessiert und schob eine dringende Terminangelegenheit vor.
„Du rechnest also nicht damit, dass das Strategiepapier den Stadtrat passiert?", versuchte Jungkind wenigstens noch eine schnelle Einschätzung zu bekommen.
„Das Strategiepapier ist umstritten, das weißt du ja selbst, kein Mensch kann bei solch ambivalenten Themen voraussagen, wie es wirklich ausgeht", ließ sich Kinkel indessen nicht weiter festlegen und beendete das Gespräch so unbestimmt er es begonnen hatte.
Martin Jungkind hatte ganz und gar kein „ambivalentes" Gefühl, ihn quälte nach dem letzten Gespräch mit Struth eher ein starkes Unbehagen in der unteren Magengegend. Und die vagen Äußerungen des Oberbürgermeisters vermochten seine Beschwerden nicht gerade zu lindern. Es blieb ihm nichts anderes übrig, als die Entscheidung des Stadtrates abzuwarten.
Die Stadtratssitzung begann äußerst harmonisch. Es gab zwischen der Koalition und der Opposition kaum strittige Themen und so glaubte man sich zu fortgeschrittener Stunde, je nach dem Verständnis des Einzelnen, zu einem gemütlichen Kaffeeklatsch in die Wandelhalle einer Pfarrei versetzt oder aber zu einem kultivierten, rotarischen Clubtreffen in die Gesellschaftsräume eines stilvollen Restaurants. Selbst der Tagesordnungspunkt „Strategiepapier der SPD-FDP zur Familien- und Sportpolitik" löste keine Aufregungen aus, wie man sie sonst bei fraktionellen Anträgen kannte und speziell hier erwartet hätte. Es blieb stattdessen geheimnisvoll ruhig, so als habe man sich darauf verständigt, an diesem Tag keine entgegengesetzten Positionen einzunehmen.
Aus dieser kontemplativen Stimmung heraus entsprang dann ein fraktionsübergreifender Beschluss, der ausgewogener nicht hätte

sein können und alle parteipolitischen Kompromisslösungen in sich vereinigte.
Das Strategiepapier wurde nämlich dahingehend abgeändert, dass das Familienzentrum mit dem „Frauenmuseum" und die Musikschule weiterhin bestehen bleiben konnten, vorausgesetzt die Finanzierung dieser Einrichtungen würde mit den Etatmitteln des Familiendezernates realisiert werden können, ebenso wurde mit den Zahnputzräumen verfahren. Damit hatte sich die Koalition eine fabelhafte Ausgangslage für ihr Sparpaket geschaffen und die Oppositionsparteien hatten gezeigt, dass sie frei jeder parteipolitischer Rivalität bereit waren, auch vernünftige Entscheidungen für das Wohl der Stadt mitzutragen.
Eine Umsetzung dieser Beschlüsse war jedoch schlechterdings unmöglich, umso mehr, als in der gleichen Sitzung im Zuge der Sparbemühungen unter anderem der Familienetat um fünfzehn Prozent gekürzt wurde und im darauffolgenden Jahr um weitere zehn Prozentpunkte reduziert werden sollte. Doch das interessierte keinen der Stadtverordneten, schließlich fiel die Problemlösung in den Aufgabenbereich des Fachdezernenten. Wichtig war vielmehr, der Öffentlichkeit gezeigt zu haben, dass man die Weichen für einen Fortbestand der Familieneinrichtungen, trotz der desolaten Haushaltslage, gestellt hatte.
Der „Schwarze Peter" befand sich nun einmal mehr in Jungkinds Händen. Und man konnte davon ausgehen, dass ihm jene Karte kein Mensch mehr abnehmen würde.
Jungkind war ein weiteres Mal am ganzen Körper gezeichnet, was sich insbesondere an seiner gekrümmten Haltung und den herunterhängenden Mundwinkeln ablesen ließ. Er hatte mit allem gerechnet, aber nicht mit einer solch doppelzüngigen Entscheidung, die in ihrer Niedertracht alles Dagewesene in den Schatten stellte. Es sah zwar auf den ersten Blick so aus, als habe er auf der ganzen Linie gewonnen, aber in Wahrheit stand er mit dem Rücken zur Wand. Denn egal wie er jetzt verfuhr, er würde sich den Hals

immer weiter zuziehen und am Ende stranguliert an dem trockenen Ast hängen, den ihm der Stadtrat zugewiesen hatte. Wollte er nämlich die ehemals streitgegenständlichen Projekte aus seinem reduzierten Haushalt finanzieren, dann musste er an anderer Stelle drastische Einsparungen vornehmen, was wiederum die bisher gesicherten Einrichtungen in Gefahr brachte. Dass solche Entscheidungen aber neue Kriegsschauplätze ungeahnten Ausmaßes nach sich ziehen würden, das war nicht schwer zu erahnen und beflügelte Martin Jungkinds Phantasie auf das Schrecklichste.

„Endgültig hat sich der Blaustätter Stadtrat für die gute Sache zusammengerauft und den Familieneinrichtungen eine Chance gegeben. Das ist das, was der Familiendezernent wollte. Nun liegt es an ihm, den Beschluss mit einfallsreichen Konzepten umzusetzen“, beurteilte die Stadtzeitung die Lage durchaus zuversichtlich.

Doch bei einer 25-prozentigen Mittelreduzierung gab es keine Konzepte, die Jungkind in die Lage versetzt hätten das Familienangebot auf Dauer aufrechtzuerhalten. Die Unlösbarkeit dieser Aufgabenstellung lag nicht nur in der Natur der Sache, sie lag vor allen Dingen in seinen Händen.

Er stand nun völlig allein da. Selbst der Leiter des Familienzentrums, der hochzufrieden mit der Stadtratsentscheidung hätte sein müssen, fiel ihm nicht um den Hals. Max Oberstein verhielt sich während einer Haushaltsbesprechung eher zurückhaltend, ließ ihn aber bei dem Thema „Zuschussreduzierung“ über seine Auffassung nicht im Unklaren.

„Wenn auch nur fünfhundert Euro an unserem Budget gekürzt werden, gebe ich alle Verantwortung für den Einrichtungsbetrieb an Sie ab“, stellte er sich stur und hielt auch mit einem persönlichen Vorwurf nicht zurück: „Zuerst haben Sie unter dem Tisch einer Verlagerung an den ‚Alten Schlachthof‘ zugestimmt und nun wollen Sie uns dort ausbluten lassen. Manche sind schon über ihre eigene Raffiniertheit gestolpert“, nickte er sich bekräftigend zu.

Während Jungkind sich noch über die ungeschminkte Mitteilsamkeit seines Amtsleiters wunderte, glaubte Angela Leibrock darin eine ungünstige Einflussnahme des Oberbürgermeisters erkannt zu haben.
„So weit würde der sich doch nie vorwagen, wenn er nicht von oben gedeckt wäre“, ließ sie ihren Vermutungen freien Lauf und vervollständigte ihren Verdacht: „Es ist doch auch seltsam, dass der Oberbürgermeister nichts mehr von sich hören lässt. Ich ahne da etwas, das kann ich Ihnen flüstern.“ Sie hob den Kopf und gab jeder Silbe eine ganz individuelle Betonung: „Da geht einer auf Freiersfüßen, das sage ich Ihnen!“
Nun verdrehte sie die Augen und staubte mit ihrer Handfläche immer wieder einen Aktenstapel ab.
„Nach Beendigung der Eiszeit will er offensichtlich mit allen Mitteln einen Machtwechsel herbeiführen.“
Diese Bestrebungen, die aus der begeisterten Leidenschaft für politische Veränderungen resultieren mochten, wurden Kinkel immer wieder nachgesagt, weshalb sie für Jungkind keine weitere Bedeutung hatten. Aber ihm selbst war auch aufgefallen, dass ihm der Oberbürgermeister aus dem Weg ging. Selbst dann, wenn er ihn einmal bei einer Veranstaltung oder einer Dezernentenkonferenz traf, gab es keine vertiefenden Gespräche mehr.
„Jetzt warte ab, da wird sich schon noch ein Weg finden“, hielt er Jungkind gerne auf Distanz und gab ihm bestenfalls Ratschläge mit auf den Weg, die für seinen Familiendezernenten allerdings nicht durchsetzbar waren. „Du musst deinen Amtsleitern einfach Druck machen damit sie die Einsparvorlagen umsetzen, schließlich ist das deren Aufgabe.“
Hätte Kinkel einen solchen Vorschlag ernst gemeint, würde ein Wort von ihm ausgereicht haben, seine CDU-Leute auf Kurs zu bringen. Doch Markus Kinkel hatte keine Lust, ein beendetes Spiel wieder aufzunehmen, umso weniger, da er es haushoch gewonnen hatte. Längst war er schon in neuen Spielvorbereitungen.

Hinter den Kulissen sah das Leben anders aus und hatte nichts mit dem zu tun, was Jungkind in seiner Not so plagte. Dort war Kinkel fast am Ziel seiner Träume angelangt. Und diese Träume deckten sich zufälligerweise mit den Wunschvorstellungen des Fraktionsvorsitzenden der FDP.

Beide waren sich in den letzten Wochen näher gekommen und man konnte geradezu von einem beispiellosen Interesse für die Überzeugungen des anderen sprechen, das die eigene Weltanschauung erstaunlich gut farblich abtönte. Bereits nach drei vertraulichen Treffen war eine einzigartige Deckungsgleichheit festzustellen, die den Willen nach politischem Wandel durch eine neue Allianz alter Prägung krönte. Die einstige Koalition aus CDU, FDP und Freier Wählergemeinschaft sollte wieder aufleben.

Die vielen Berührungspunkte, die Kinkel nun erstaunlicherweise bei Struth finden konnte, hätte es ohne einen Sinneswandel bei diesem sicherlich kaum gegeben. Und jene Kehrtwendung war nicht nur eine Folge der Verselbständigung Jungkinds, sie hatte schon lange vorher in Struths Innenleben eingesetzt. Er war seit weit über einem Jahr mit sich und der Welt unzufrieden, ob das nun seine Partnerschaft betraf, den fortschreitenden Haarausfall und die Faltenbildung unter den Tränensäcken oder seine indiskutable Stellung in der Partei. Nichts, aber auch gar nichts lief in der letzten Zeit rund, alles schien sich gegen ihn verschworen zu haben und seine von allen bewunderte Lässigkeit kam plötzlich mit Zentnergewichten an den Flügeln daher. Die Midlifecrisis hatte auch vor ihm nicht Halt gemacht und forderte unbarmherzig ihren Tribut.

Um diesem Abwärtsstrudel zu entkommen und dem Leben wieder die alte Frische mit starkem Haarwuchs und gesellschaftlichem Erfolg zu geben, hatte Struth sich entschlossen, aufs Ganze zu gehen. Er wollte seinen größten Traum, nämlich Parteivorsitzender der FDP auf Landesebene zu werden, endlich in die Realität umsetzen und nicht mehr auf Gelegenheiten warten, die vielleicht nie kommen würden. Und da ihm die Zeit davonlief, hieß es nun Nägel mit Köpfen machen.

Dazu musste er zwangsläufig in die Führungsspitze der Stadtverwaltung aufrücken, was unweigerlich einen Platzverweis für Jungkind zur Folge haben würde, da nur dieser eine Dezernentenstuhl im Zugriffsbereich der Liberalen lag. Was aber von weitaus größerer Bedeutung war – und schließlich auch der CDU den Zuschlag sicherte –, war die Zusage Kinkels, die ausscheidende Bürgermeisterin Jutta Spontek in einem Jahr mit den Stimmen der CDU beerben zu können. Da die SPD in dieser Hinsicht nichts zu bieten hatte, wollte Struth zum geeigneten Zeitpunkt den Koalitionsvertrag aus „inhaltlichen" Gründen aufkündigen.
Politisch gesehen, galt ein solches Unterfangen nicht als ungefährlich, schließlich handelte es sich bei Jungkind um einen Parteifreund. Zudem würde bei einem Koalitionswechsel wieder einmal das nicht ausrottbare Vorurteil von der liberalen Unzuverlässigkeit neue Nahrung erhalten. Aber auch seine alte Sorge, in der Dezernentenposition als Homosexueller möglicherweise angreifbar zu sein, beschäftigte ihn nicht minder, obwohl Markus Kinkel ihn hierin seitens der CDU beruhigte. Auch wenn er ihm sein Schwulsein nicht ausreden konnte, so redete er ihm doch ein, dass das Thema Gleichgeschlechtlichkeit für die CDU mittlerweile so wenig ein Tabuthema sei, wie die Gleichstellung von Mann und Frau.
Jetzt lag das zu lösende Problem für beide Parteistrategen nur noch in der Aufgabe, Jungkind möglichst rasch vom Stuhl zu katapultieren. Auch wenn der vorgeschlagene Rücktritt die eleganteste Lösung gewesen wäre, so konnte man doch absehen, dass sich in nächster Zeit eine zweite Chance bieten würde, die sicherlich auch keine ganz schlechte Ausgangsbasis bot. Denn man brauchte kein Prophet zu sein, um vorauszusehen, dass Jungkind schon in naher Zukunft an der Umsetzung seiner familienpolitischen Aufgaben scheitern würde. Das Resultat musste unweigerlich „Rücktritt" heißen oder aber „Abwahl" mit der dann erforderlichen Zweidrittelmehrheit im Stadtrat.

Dazu waren allerdings die Stimmen von Bündnis 90 / Die Grünen erforderlich, was jedoch keine unüberwindliche Hürde darstellen sollte, wenn man die Gesetzte der Politik kannte und nach deren Spielregeln handelte. Man musste in diesem mittelschweren Fall – den eine solche personelle Umbesetzung darstellte – wohl nicht mehr tun, als das Sozialdezernat der Grünen im Gegenzug mit einem entsprechenden Ämterzuwachs aufzufrischen und sich vielleicht für den ein oder anderen kleinen Kuhhandel im Bereich untergeordneter Stellenbesetzungen offen zu zeigen.
Ein solcher Handel gehörte zum politischen Geschäft wie der Güteraustausch zum Wirtschaftsleben und das Ziel war demzufolge, hier wie da, einzig und allein von Gewinnmaximierung bestimmt. Deshalb wäre auch nicht ein einziger Akteur – etwa aus falsch verstandenem, politischem Verantwortungsbewusstsein – auf den Gedanken gekommen, einen solchen Vorschlag von vornherein zurückzuweisen oder gar die Arme über dem Kopf zusammenzuschlagen und mit diesen entlarvenden Darstellungen in die Öffentlichkeit zu rennen.
Der Preis bestimmte das Geschäft, nicht das Gewissen.

Für Jungkind gestaltete sich hingegen nichts mehr leicht.
Er kam aus den vielschichtigen Problemstellungen nicht mehr heraus und erkannte jeden Tag mehr, dass er mit seinem Dezernat auf abschüssiger Strecke unterwegs war. Was der Fahrt noch einen besonderen Schub gab, waren die tückischen Attacken aus Koalitionskreisen, die naturgemäß vom größeren Koalitionspartner ausgingen und nicht selten durch deren Dezernenten ausgeführt wurden.
Die SPD war sich ihrer starken Stellung in der Koalition bewusst und sah sich durch das zögerliche und schreckhafte Verhalten der FDP in den zurückliegenden zwei Jahren ermuntert, ihren Spielraum zu erweitern. Sie genoss es geradezu, den kleineren Koalitionspartner an der kurzen Leine spazieren zu führen, während sie

selbst immer wieder einmal gerne fremdging. So suchte sie aus der Koalition heraus wechselnde Mehrheiten mit der CDU und schreckte auch nicht davor zurück, Jungkind – und damit ihren Koalitionspartner – durch solche Aktionen im Regen stehen zu lassen. Durch diesen alles in allem pflegeleichten Umgang mit dem kleineren Partner verloren die Sozialdemokraten aber ihr politisches Gespür für Entwicklungen, die unbemerkt am Ende der Leine ihren Anfang nahmen. Zwar waren über dunkle Kanäle Hinweise bis in die rote Schaltzentrale durchgedrungen, die von einem Treffen Kinkel / Struth berichteten, doch darauf gab man im Fraktionsvorstand der SPD nichts. Kinkels Wünsche waren schließlich kein Geheimnis, weshalb sie allerdings noch lange nicht in Erfüllung gehen mussten. Was sollten die Christdemokraten den Liberalen schon anbieten können? Sie hatten ja nichts.

Aber die SPD hatte die Lage völlig falsch eingeschätzt und auch der unzufriedenen Stimmung Struths keine weitere Bedeutung beigemessen. Man hielt sie für eine Misslaunigkeit, die sich in einer Koalitionshalbzeit schon einmal einstellen konnte. Was die Befindlichkeiten Jungkinds anging, machte man sich noch weniger Gedanken. Er war nicht nur für die SPD ein durchlaufender Posten, der ohne politische Hausmacht – und damit jeglichen Einflusses – am Rande der parteipolitischen Einflussnahme herumdümpelte.

Trotz dieser politischen Tatenlosigkeit – vielleicht aber auch gerade deswegen – war Martin Jungkind die Schirmherrschaft des Männerchors Lütschental für das alljährliche Sängerfest am Vatertag, das wie immer auf der Lütschenburg stattfand, angeboten worden. Sein Vorgänger im Amt des Schirmherrn war Oberbürgermeister Markus Kinkel, der aus diesem Anlass auch anwesend war und bereits im Burginnenhof an den reservierten Biertischen Platz genommen hatte.

„Wir müssen reden, wir müssen unbedingt miteinander reden", wurde Jungkind von ihm mit schicksalsschwerer Miene begrüßt, während von der Bühne ein Chor das Kinderlied „Auf der Mauer,

auf der Lauer" intonierte. „Später, nach dem Ganzen hier", machte er eine fahrige Handbewegung, die nichts Gutes ahnen ließ.
Jungkind hatte keine Zeit über den gequälten Gesichtsausdruck des Oberbürgermeisters und dessen Geste nachzudenken, denn schon musste er gemeinsam mit ihm auf die Bühne und wurde dort vom Vorsitzenden des Männerchors begrüßt.
„Wir haben in Blaustätten noch viel vor, liebe Mitbürgerinnen und Mitbürger ...", spulte Kinkel eine der bei solchen Veranstaltungen austauschbaren Reden ab, in denen er immer viel ansprach, aber noch mehr versprach und verließ eilig die Bühne, bevor Jungkind, in vergleichbar eingeübtem Redestil, auch nichts Unentbehrliches mitteilte, was man sich länger als drei Minuten hätte merken müssen.
„Vielen Dank an unseren alten und neuen Schirmherrn für die außergewöhnlich interessanten Worte!", konnte man nicht erkennen, ob der Vorsitzende des Männerchors es mit seiner Dankesbezeugung wirklich ernst meinte. „Meine Damen und Herren, ich wünsche Ihnen allen noch einen schönen Tag bei Wein, Weib und Gesang", passte dieser sich jedoch ebenfalls der Tradition der geläufigen Floskeln an und gab seinem Chor das Zeichen zum Einsatz.
Nun erklang aus vielen Männerkehlen das alte Volkslied „Üb' immer Treu und Redlichkeit", das sich in seiner biederen Tugendhaftigkeit wie ein feiner Schleier aus gewissenhaft gewebtem Damast über die gesamte Burganlage legte.
„So geht das nicht weiter", hatte sich Kinkel mit Jungkind an die Burgmauer zurückgezogen, „in deinem Dezernat herrscht ja das reine Chaos!", schaute er kopfschüttelnd auf Blaustätten herab, „Da muss sich sofort etwas ändern, aber schleunigst, das bin ich meiner Stadt schuldig."
Jungkind wusste nicht, ob er auch auf Blaustätten schauen durfte, oder ob das bereits eine Ungebührlichkeit sein konnte, die den Oberbürgermeister noch mehr reizen würde. Er entschied sich, den Kopf zu drehen und suchte Halt beim Männerchor Lütschental, der

nun die alte Weise „Ich hatt′ einen Kameraden“ anstimmte, womit eine unbekümmerte Ausgelassenheit und feuchtfröhliche Vergnügtheit aber nicht gerade gefördert wurde. Stattdessen kramten gestandene Großväter ihre Taschentücher hervor und schnäuzten sich in tiefer, grundloser Gemütsbewegung. Aber auch an der Burgmauer drückte die dritte Strophe aufs Gemüt und in gleichem Maß die Stimmung auf den Nullpunkt.

„Ich werde Max Oberstein übergangsweise als kommissarischen Leiter einsetzen und mit ihm alle Entscheidungen direkt abstimmen“, stützte sich Kinkel auf der Burgmauer ab, als habe er an dieser Nachricht schwer zu tragen gehabt und schaute immer noch auf seine Stadt, die ihm nach seiner festen Überzeugung unendlich viel zu verdanken hatte. „Du wirst dich in dieser Zeit aus dem Tagesgeschäft heraushalten und nichts tun, was Oberstein in seiner Arbeit behindern könnte. Du bist nicht suspendiert, aber du bist bis auf weiteres Beigeordneter ohne Aufgabenbereich.“

In diesem Moment raste ein Düsenjet mit ohrenbetäubendem Lärm über die Burg, während ein Männerchor aus der Pfalz mit überzeugender Authentizität, jedoch in völlig lebensfremder Hingabe, das Lied vom Vöglein anstimmte.

„Wenn ich ein Vöglein wär′ “ klang es aus dem Getöse heraus, verschwand wieder in einem donnernden Nachrauschen wie in einem dichten Nebel und baute sich wieder mit einem Übereifer an Sangeslust auf, „... das aber nicht kann sein, das aber nicht kann sein ...“

„Das ist doch nicht dein Ernst? Du weißt doch wie ich, dass es nahezu unmöglich ist, mit den bescheidenen Finanzmitteln auf die Schnelle ein Konzept zu entwickeln, das den Vorstellungen aller Beteiligter entspricht“, versuchte Jungkind mit Engelszungen, aber auch mit der nötigen Entschlossenheit, seine ausweglose Position zu verteidigen und seinen ehemaligen Freund mit einem Nachsatz ein wenig einzuschüchtern: „Ich kann mir nicht vorstellen, dass der Koalition deine Vorgehensweise gefallen wird.“

Doch damit hatte er das Gegenteil erreicht. Kinkel fühlte sich beleidigt, weil ein Amateur wie Jungkind, der das Spiel bis heute nicht verstanden hatte, ihm einen taktischen Fehler unterstellen wollte. Kinkel war es leid, diesem belehrungsresistenten Politlaien immer wieder zu erklären, dass in der Politik nichts Bestand hatte und alles – eben auch eine Koalition – dem unaufhörlichen Wandel der parteipolitischen Interessen ausgesetzt war. Ein parteiübergreifendes Beziehungsgeflecht hielt demzufolge nicht auf Dauer und war aufgrund dieser nüchternen Erkenntnis auch nur auf einen unbegrenzten Zeitabschnitt angelegt. Das wusste jeder Jungunionist, jeder Juso, jeder Jungliberale und mittlerweile wohl auch jeder schwärmerische Junggrüne, nur Jungkind war das irgendwie nicht beizubringen. Deshalb wollte Kinkel auch keinen weiteren Versuch unternehmen und nahm den Holzhammer zu Hilfe.

„Diese Koalition wird es bald nicht mehr geben!", verdrehte er die Augen und setzte zum zweiten Schlag an: „Kein Mensch wird sich in diesem Stadtrat – noch in der Verwaltungsspitze – für dich einsetzen, das müsste dir doch in der Zwischenzeit klar geworden sein."

Er streifte sich eine Fliege vom Hemdkragen, die dort einen kleinen gelben Fleck hinterlassen hatte.

„Was muss denn noch geschehen?", verabschiedete er sich, während vier Männerchöre gemeinsam damit beschäftigt waren, der Hymne an die Freude die nötige grüblerische Gefasstheit zu geben, die selbst noch in solch unbedacht frohgestimmten Augenblicken eine kollektive Erhabenheit und würdevolle Reife offenbarte, die teutonischer nicht sein konnte.

Das war die ungeschminkte und zudem freudloseste Wahrheit, die diese Burg je gehört hatte. Doch Jungkind hatte von Anfang an Schwierigkeiten gehabt, politische Wahrheiten von parteipolitischen Unwahrheiten zu unterscheiden und heute machte er da keine Ausnahme. Trotzdem wagte er nun einen schnellen Blick auf Blaustätten und tat so, als habe er Kinkel verstanden.

„Das kannst du dir doch nicht gefallen lassen", zapfte Doris Jungkind ihrem Mann ein frisches Bier aus der kleinen Anlage, die er von seinen beiden Töchtern zum Vatertag geschenkt bekommen hatte, „den Oberstein will er dir also vor die Nase setzen? Dein Amtsleiter wird also plötzlich zu deinem Chef, was soll denn noch geschehen?", schlug sie innerlich die Hände über dem Kopf zusammen und hätte das wohl auch in natura getan, wenn ihre Arme so weit gereicht hätten. „Sollst du vielleicht ab dem nächsten Monat dessen Familienzentrum kehren oder im ‚Frauenmuseum' Bilder aufhängen?"
„Ich weiß nicht, was Kinkel vorhat ...", ließ Jungkind den Kopf hängen – wobei sich seine Ohren in gewohnter Eintracht beteiligten – und malte sich aus, wie er als Laufbursche Pia von Taffs die Bilder an die Wände nagelte und in einem grauen Kittel den ungeliebten Hausmeister des Familienzentrums spielen musste.
„Stell dir vor, wenn das die Presse erfährt! Und sie wird es früher oder später erfahren", war Doris heute nicht in der Verfassung über den Dingen zu stehen, „dann bist du blamiert bis auf die Knochen", zeichnete sie ein Bild, das noch weitaus entsetzlicher war, als es sich Martin bereits ausgemalt hatte, „dir bleibt nichts anderes übrig, als zum Gegenangriff überzugehen, noch bevor Kinkel diesen Max Oberstein als Aufseher auf deinen Stuhl setzt."
„Kann es denn noch schlimmer kommen?", fragte Martin wie abwesend in den Raum und schaute seine Frau an. „Aber es hat keinen Sinn, ich muss handeln, bevor ich zum Gespött der Stadt werde. Morgen früh werde ich gleich die Stadtzeitung informieren, es bleibt mir nichts anderes übrig", schob er seinen Hund Hugo von sich weg, der seine Streicheleinheiten abholen wollte, ließ sich von seiner Frau noch ein Bier anbieten und bekräftigte noch einmal: „Ich muss handeln."
„Jungkind sieht weiße Mäuse", wurde ein Zitat des Oberbürgermeisters am Tag nach der Jungkind'schen Mitteilung zum Aufmacher der städtischen Zeitung und aus SPD-Kreisen wurde gar von

einem „Liberalen Amoklauf", gesprochen während Frank Struth mit den Worten zitiert wurde, „er hat es nicht immer leicht gehabt, aber er hat es sich auch zunehmend schwer gemacht", was seitens der Zeitung, „etwas von einem Abgesang auf eine zweijährige Amtszeit hatte".

Die Verlautbarung Jungkinds und dessen Vorwürfe an den Oberbürgermeister wurden in dem Artikel ebenso hinterfragt wie die Erklärungen der Fraktionsvorsitzenden und des Oberbürgermeisters und es zeigte sich, dass sich die öffentliche Meinung – in Person des federführenden Redakteurs – dahingehend festlegte, dass bei einer sichtlichen Überforderung des Familiendezernenten die Zuhilfestellung eines ausgewiesenen Verwaltungsfachmannes nicht die schlechteste Lösung sei. Doch für einen Politiker des Schlages Kinkel gab es keine unangenehmen Überraschungen oder hinterhältigen Proklamationen, die er nicht gleich umgedreht und für seine Zwecke genutzt hätte. Dementsprechend räumte er Jungkind in dem Artikel großmütig ein, dass er ihm noch vier Wochen für ein tragbares Konzept geben wolle. Würde aber in der nächsten Stadtratssitzung keine Übereinstimmung erzielt, dann käme er als Verwaltungsoberhaupt nicht umhin, einen Fachmann an die Seite des Familiendezernenten zu stellen, der entsprechende Lösungsmöglichkeiten für die Gesamtproblematik erarbeiten sollte.

„Der Oberbürgermeister hat trotz der harschen Kritik seines Familiendezernenten das Tischtuch nicht zerrissen", urteilte der Redakteur in seinem Kommentar, „das ist eine noble Geste, wenn man bedenkt, dass es ihm als Verwaltungschef auch zugestanden hätte, sofort die Notbremse zu ziehen und Jungkind zudem für seine öffentliche Kritik anzumahnen."

Die Luft wurde nun immer dünner.

Es gab weder politische Seilschaften, die zu ihm standen oder einzelne Berater, die ihm halfen, noch boten sich Sympathisanten an, die ihn zumindest moralisch unterstützt hätten. Auf weiter Flur

stand er allein da und hatte das Gefühl, von allen Seiten mit verächtlichen Blicken durchbohrt zu werden. Deshalb hatte er sich auch entschlossen bereits morgens um sieben Uhr in seinem Dezernat zu sein, um nur keiner Menschenseele zu begegnen. Nicht selten kam es dabei vor, dass er den Seiteneingang zum Rathaus selbst aufschließen musste, um dann durch die breiten, hallenden Flure in sein Büro zu schleichen, wobei er gelegentlich hinter den massiven Steinsäulen oder dem ein oder anderen Mauervorsprung ein Atmen gehört haben wollte. Einmal nahm er sogar all seinen Mut zusammen, drehte sich blitzartig um und erschreckte sich fast zu Tode als er von seinem eigenen, endlos langen Schatten überrascht wurde. Das war ihm eine Lehre. Fortan grüßte er einfach nur noch, wenn er das Gefühl hatte, dass da jemand stand und wunderte sich nicht einmal, dass sein Gruß niemals erwidert wurde.
„Mir gefällt das ganz und gar nicht", nörgelte Angela Leibrock herum, die sich aus Kummer um ihren Chef einen neuen schwarzweißgepunkteten Fellimitatgürtel mit knallroter Schnalle zugelegt hatte, den Jungkind abscheulicher fand, als irgendeinen ihrer Gürtel vorher. „Ohne die Fachebene werden wir beide ein solch umfassendes Konzept nicht auf die Beine stellen können, da fehlt uns ganz einfach die Sachkenntnis", warf sie impulsiv ihren Dauerschreiber auf die Papiere, die vor ihr lagen und erschreckte damit Jungkind so sehr, dass der mit seinem Stuhl einen halben Meter zurückfuhr. „Dann sollten wir wenigstens einzelne Sachbearbeiter hinzuziehen, wenn Sie schon auf die Amtsleiter verzichten wollen, oder reden Sie noch einmal mit Ihrer Fraktion. Ich weiß ja auch nicht ...", vollendete sie ihren Gedanken jedoch nicht weiter und stieß stattdessen warme Luft aus, die sich mit ihrem etwas zu süßlichen Parfum zu einem künstlichen Fliederduft mit Majoranaroma vermischte.
„Glauben Sie denn wirklich, dass sich Mitarbeiter aus der zweiten Reihe gegen die CDU-Amtsleiter stellen würden? Wenn die erste Reihe blockiert, dann steht der gesamte Zug, das ist eine Binsenweisheit", winkte Jungkind mit seinen langen Armen erschöpft ab,

„und bei meiner Fraktion werde ich bestimmt nicht um Hilfe betteln, das werden Sie nicht erleben, wir müssen das irgendwie selbst in den Griff bekommen“, rollte er an den Tisch zurück und öffnete trotzig einen weiteren Ordner, „es liegt an uns beiden das Ruder herumzureißen, wir müssen eben den großen Wurf landen.“

Angela Leibrock schaute ihn verstohlen an und befürchtete, dass es den großen Wurf nicht geben würde. Selbst wenn überraschenderweise ein geniales Konzept herauskommen sollte, dann wäre das auch noch lange kein Freifahrtschein zurück in die Politik. Denn um fachliche Aspekte ging es seit langem nicht mehr. Es stellte sich doch nur noch die Frage, ob sich Jungkind den Hals beim Aufprall auf die Betonwand gleich brechen würde oder ob er es noch schaffte, das Steuer herumzureißen und vor der Mauer beim Erschießungskommando zum Stehen zu kommen. Angela Leibrock wusste aus ihrer langjährigen Erfahrung, dass Jungkind nicht nur angezählt, sondern längst schon ausgezählt war, er hatte es nur bis heute nicht bemerkt.

„Aber wir werden auch mit dem besten aller Konzepte verlieren. Das ist doch nur eine Hinhaltetaktik für die Öffentlichkeit, wir sind doch technisch schon längst k.o.“, versuchte sie ihn zum Einlenken zu bewegen, indem sie all ihre Überzeugungskraft in ihre markerschütternde Stimme legte, „wenn Sie unsere Entwürfe – egal wie gut sie auch sein mögen – in einer Woche dem Stadtrat vorlegen, dann wissen Sie doch so gut wie ich, dass da kein Mensch zustimmen wird.“

Jungkind schaute sie nicht an und versuchte, die Ohren von innen zu verschließen. So etwas wollte er nicht hören, und in dieser Lautstärke schon gar nicht. Er blickte wieder einmal in das gegenüberliegende Antiquitätengeschäft. Dort war über zwei Jahre ein übergroßer, abgrundtief hässlicher Kristallkerzenleuchter im Schaufenster zu sehen gewesen, der nun verkauft zu sein schien. Also gab es immer eine Chance. Man musste nur auf den richtigen Augenblick warten.

Was er allerdings nicht wissen konnte, war, dass der Kerzenleuchter vor einigen Tagen dem Schwanz eines Hundes zum Opfer gefallen war und die Auseinandersetzung um den Schadenssachverhalt nun ein Gericht zu klären hatte.
„Was würden Sie denn an meiner Stelle tun?", fragte er in den Raum, während er einige wehmütige Gedanken an den Kerzenleuchter verschwendete.
„Das weiß ich nicht, aber ich weiß, was Politiker in einer solch ausweglosen Lage tun würden", wartete sie einen Moment, bis er zu ihr hinschaute und brachte dann ihr angelerntes Wissen an den Mann, „Gespräche suchen, Verhandlungen aufnehmen, Lösungen anbieten."
Jungkind schaute sie fragend an und sorgte damit für ein besonderes Glücksgefühl bei Angela Leibrock. Sie zierte sich nun ein wenig, überprüfte mit einem schnellen Handgriff die Lage ihrer Gürtelschnalle, räusperte sich vornehm und nahm die Haltung einer Aristokratin an, zumindest aber eine, die sie dafür hielt.
„Sie bieten Ihren Rücktritt an ...", griff sie auf ihre Einblicke ins politische Geschehen zurück und machte eine schöpferische Pause, so wie sie es oft bei Politikern gesehen hatte, „unter der Voraussetzung, dass Ihnen Ihre Fraktion eine adäquate Stelle in irgendeinem Ministerium, einer Behörde oder in der freien Wirtschaft beschafft."
Sie streckte ihr Kinn in die Höhe, funkelte Jungkind bedeutungsvoll an und stach gleichzeitig mit dem Zeigefinger auf ihn ein: „Das ist das Konzept, auf das man von Ihrer Seite wartet!"
Doch ihr Volontär hatte sich offenbar nicht so schnell in die unbekannte Materie hineindenken können, was sich in seiner vorschnellen Reaktion zeigte.
„Was sollte ich denn in einem Ministerium oder in einer Behörde?", hätte man ihm die Verwunderung auch aus den Augen ablesen können, „dafür habe ich doch überhaupt keine Fachausbildung."
„Sie sollen dort ja auch nicht die Arbeit eines Sachbearbeiters erledigen, Sie würden dann schon in eine Führungsetage rutschen,

wo keine besonderen Kenntnisse vorausgesetzt werden, eben so wie in politischen Positionen hier im Rathaus auch", versuchte sie ihn in einem Blitzseminar auf den aktuellen Stand zu bringen. „Es ist Ihnen doch wohl bekannt, dass Politiker alles können", hoffte sie nun, dass der Groschen fiel.

Aber Jungkind rechnete schon lange in Euro und Cent und weigerte sich, seine Bescheinigung für das absolvierte Seminar entgegenzunehmen.

„Ich bin kein Politiker und werde auch keiner werden", setzte sich die Abneigung gegen das Politische mehr bei ihm durch als die Furcht vor dem Absturz ins Ungewisse, „ich brauche dieses ‚Vitamin B' nicht, wir werden eine fortschrittliche Familienpolitik für Blaustätten entwickeln die ihresgleichen sucht, vertrauen Sie mir, ich weiß, was ich tue."

Das waren seine letzten Worte.

In der Stadtratssitzung blieb kein Stein auf dem anderen und das Familienkonzept wurde mit vielen unterschiedlichen Begründungen in Bausch und Bogen abgeschmettert. Seitens der SPD aus fachlichen Gründen, der CDU aus sachlichen, der FDP aus wirtschaftlichen, der Freien Wählergemeinschaft aus sachfremden und seitens Bündnis 90 / Die Grünen aus ethisch-moralischen. Auch wenn mit der Verschiedenartigkeit der ablehnenden Argumente die Auseinandersetzung mit der Konzeptvorlage auf der Hand zu liegen schien, so konnte die Beweisführung in diesem Fall nicht aufrechterhalten werden. Denn die vorurteilsfreie Vertiefung in die Materie fand erst gar nicht statt, sie erübrigte sich vielmehr, da die parteipolitische Marschrichtung und die ablehnenden Begründungen bereits vorgegeben waren, lange bevor das Konzept überhaupt auf dem Tisch lag.

Dementsprechend wurde auch dem Vorschlag des Oberbürgermeisters, den Leiter des Familienzentrums mit der Erstellung eines „tragfähigen" Familienkonzeptes zu betrauen, ohne Aussprache und Gegenanträge, in allseitigem Einvernehmen zugestimmt.

Damit war für Jungkind ein wichtiges Kapitel in seiner politischen Laufbahn abgeschlossen, ohne dass er am Ende selbst etwas dazu beigetragen hatte. Er gehörte nun zu den Bürgern, die voll stolzer Überzeugung von sich behaupten konnten, parteipolitisch ungebunden zu sein. Die Früchte dieser fundamentalistischen Weltanschauung wuchsen im heimischen Garten und hatten nichts mit den süßen, tropischen Gewächsen zu tun, die man dort ernten konnte, wo Jungkind immer noch saß.

„Max Oberstein wird das Konzept in unserem Sinn erstellen, ich habe ihm die Eckdaten schon an die Hand gegeben, es läuft alles planmäßig", war Markus Kinkel sichtlich zufrieden über den erwarteten Ausgang der Stadtratssitzung und drückte Struth in inniger Genugtuung und sentimentaler Erregung an sich, so als würden beide in Kürze einem verstörten Geisterfahrer das Handwerk legen, „jetzt kommt der letzte Akt, dann wird der Vorhang fallen. Entweder nimmt Jungkind danach selbst seinen Hut – was natürlich am Hygienischsten wäre – oder wir wählen ihn eben ab", zeichnete er das Finale schon einmal grob vor.
„Unsere Fraktion steht bereit", strich sich Struth von der Gefühlswallung seines Geistesbruders eindrucksvoll bewegt durch sein etwas dichter wirkendes Haar, „die SPD scheint bisher nichts zu ahnen, aber wir müssen vorsichtig sein."
„Deshalb haben wir in unserer Fraktion auch vorerst nur den Vorstand unterrichtet", hatte sich Kinkel für die Aktivierung der höchsten Sicherheitsstufe entschieden, aber ebenso für eine schnelle Vorgehensweise nach dem Koalitionswechsel, „sobald die Sache in trockenen Tüchern ist, werden wir gleich das offizielle Bewerberverfahren einleiten, damit wir dich so schnell als möglich zum Familien- und Sportdezernenten wählen können."
An diesem Schulbeispiel politischer Entschlossenheit konnte man gut ablesen, dass sich sehr wohl etwas bewegte, wenn sich zwei führende Politiker in der Umsetzung ihrer Visionen einig waren.

Und den Parteien war Unbeweglichkeit auch nicht vorzuwerfen, wenn es darum ging, neue, strategisch wichtige Positionen einzunehmen. Sie öffneten sich bei vorhersehbaren Veränderungen überaus geschmeidig und vermochten sich mit opportuner Beweglichkeit aktuellen Gegebenheiten anzupassen.
In dieser Hinsicht war auf die geschätzte Wählerschaft kein Verlass. Es zeigte sich bei programmatischen Korrekturen immer wieder, dass eine träge Masse nicht im Stande war, auf schnelle Wechsel zu reagieren, geschweige denn eine 180-Grad-Wende hinzulegen. Das Kardinalproblem lag sicherlich in der trotzigen Unbelehrbarkeit, längst überholte Wahlversprechen in dogmatischer Rechthaberei einzufordern. Für den einzelnen Parteipolitiker bedeutete das nicht selten einen Kampf gegen Windmühlen. Doch wie hätte er seinen Klienten begreiflich machen sollen, dass nur Gestrige an angestaubten Standpunkten festhielten?
Jene Problematik wurde außerdem parteiübergreifend schon vor langen Jahren mit großer Sorge beobachtet, weshalb die Parteispitzen damals den Entschluss fassten, diese gravierende Fehlentwicklung in der Bevölkerung zur Chefsache zu machen. Das bedeutete, dass Sonderausschüsse gebildet, Studien in Auftrag gegeben und Feldversuche durchgeführt wurden, die dem Phänomen der fossilen Meineidtheorie auf den Grund gehen sollten, um letztendlich der Wählerschaft ihren fatalen Irrtum in ungeschminkter Offenheit vor Augen zu führen. Das Ergebnis dieser Untersuchungen war jedoch zutiefst desillusionierend und zeigte in erschreckender Deutlichkeit, dass Standpunkte mitunter so unverrückbar waren, wie die Charaktere ihrer Träger selbst.
Das machte das Problem nicht kleiner und trieb Kommunalpolitiker wie Struth oder Kinkel zu akrobatischen Drahtseilakten an, die zwischen der Kür aus parteipolitischen Versprechen und der Pflicht zum schnellen Aufstieg zu vermitteln suchten. Andererseits ging es aber bei genauer Betrachtung überhaupt nicht um Standpunkte, es ging vielmehr um Kompromisse, mit deren Zustandekommen

häufig ein langer, steiniger Weg abgekürzt werden konnte. Sicherlich verlor das erzielte Ergebnis bei einer Kompromisslösung an Substanz, aber es gewann vor allem durch seine zügige Umsetzung an Wirkung und konnte möglicherweise doch den ein oder anderen zum Umdenken bewegen.
Trotzdem war ein Auge immer auf den Wähler gerichtet, der sich offenbar nicht vorstellen konnte, welche Belastung eine Wählerstimme auf einen Politiker ausübte und wie sehr jener dadurch in seinem souveränen Tatendrang eingeengt war. Doch glücklicherweise hatte ein Wähler auch anderes zu tun, als jeden Tag zu prüfen, was mit seiner abgegebenen Stimme geschehen war. Alles in allem konnte man also von einem insgesamt ausgewogenen Verhältnis zwischen Stimmengeber und Stimmennehmer reden.

Im Familiendezernat hatte Max Oberstein die Axt währenddessen so angelegt, wie von ganz oben angeordnet und stutzte in gleichmäßigen Hieben einen kräftigen Nutzbaum zu einem schwächlichen Ziergehölz. Man hatte für dieses kompromisslose Vorgehen einen Begriff aus dem Management übernommen und sprach auf Amtsdeutsch von „Verschlankung“ sobald es darum ging, städtische Gliedmaße, kurz und schmerzvoll abzutrennen. Sicherlich hätte das rege Treiben zutreffender mit „Vollstreckung“ umschrieben werden müssen, aber offenbar schwang in einer „Verschlankung“ ein wohligeres Lebensgefühl mit, das bei den Entscheidungsträgern die angenehmsten Vorstellungen aktivierte.
Auch in diesem Fall sorgte der unprofessionelle Eingriff, der bei einem Chirurgen in dessen Disziplin ganz bestimmt zum Berufsverbot geführt hätte, für ein familienpolitisches Begräbnis erster Klasse. Oberstein folgte in seinem parteipolitischen Sendungsbewusstsein seinem Gewissen und verstümmelte das Familien- und Sportdezernat mehr oder minder zu einem Amt für Familien- und Körperpflege. Ob es nun die vielfältigen Familien- und Sportangebote waren,

die dem Rotstift zum Opfer fallen sollten oder auch die städtische Musikschule, es blieb nichts mehr, was noch der Wortbedeutung eines Dezernates entsprochen hätte. Da konnte kein Mensch erwarten, dass von „Zahnputzräumen in Schulen" überhaupt noch die Rede war. Und so tauchte dieses Thema in dem Konzept konsequenterweise nicht mehr auf.

Auch wenn diese schlanke Vorlage nichts mit Jungkinds großem Wurf zu tun hatte, der im Stadtrat so kläglich gescheitert war, so vermochte das Impulskonzept doch den Glanz authentischer Genügsamkeit in überzeugender Weise zu vermitteln, was bei den Auftraggebern mit an Sicherheit grenzender Wahrscheinlichkeit eine wohlgefällige Resonanz ausgelöst hatte.

Jungkind blieb keine andere Wahl, als sich gegen dieses Familienkonzept auszusprechen, das nach seiner festen Überzeugung mehr dem Abwicklungsplan eines Insolvenzverwalters glich, als einem bahnbrechenden Wurf in die Zukunft. Aber seinen Rücktritt, den er damals mit seinen Forderungen in Zusammenhang gebracht hatte, bot er nun zum Leidwesen von Kinkel und Struth mit keinem einzigen Wort mehr an.

„Wenn er doch nur ein einziges Mal das Richtige tun würde!", entschuldigte sich Struth gewissermaßen bei Kinkel für das Fehlverhalten seines Parteifreundes. „Wie oft habe ich ihm die politischen Spielregeln, jeden diplomatischen Kniff und hilfreichen Schachzug erklärt", schüttelte er ernüchtert den Kopf und konnte dabei ein kleines Stück Enttäuschung über seine eigene Unzulänglichkeit hinsichtlich der fehlgeschlagenen Belehrungsversuche nicht verbergen, „alle Hintertüren habe ich ihm gezeigt, doch er hat mich immer nur angesehen, als sei ich von einem anderen Stern. Selbst die Eingangstür in die Politik hat er nicht gefunden, obwohl ich ihn mit der Nase draufgedrückt habe."

„Ich weiß, ich habe es ja selbst erlebt", stimmte Kinkel anstandshalber zu, denn er hatte es zumindest fertig gebracht, Jungkind für seine Zwecke einzuspannen, „dieser Mann ist politisch völlig

untauglich. Eigentlich ist er eine Gefahr für unser Rathaus, wenn man es genau nimmt."
Und diese Dinge nahmen Kinkel und Struth sehr genau.
„Dann gehen wir so vor wie abgesprochen, ich rede mit den Grünen und biete ihnen die zwischen uns vereinbarten Morgengaben für deren Dezernat an", fasste der Oberbürgermeister die weiteren Schritte zusammen und sprach seinem baldigen Koalitionspartner kollegialen Trost zu. „Außerdem macht ein kleineres Dezernat auch weniger Mühe, und in einem Jahr sitzt du ja sowieso auf dem Bürgermeisterstuhl."
Struth war die Größe seines Dezernates so egal wie die Verunsicherung seiner zukünftigen Mitarbeiter. Für ihn war das Dezernat nicht mehr und nicht weniger als ein Sprungbrett in die nächsthöhere Spielklasse. Und das Bürgermeisteramt sollte im kommenden Jahr mit dem berühmten Katalysatoreffekt den nötigen Schub bringen, um dann butterweich in der ersten Parteiebene zu landen.
„Dann heißt es jetzt, Visier nach unten klappen und Kampfordnung einnehmen", sah sich Struth im Hinblick auf eine rosige Zukunft gut gelaunt in seiner parlamentarischen Ritterrüstung in den Kampf ziehen, „der Sieg ist unser!"
Nur wenige Wochen würden ihn jetzt noch vom Platz an der Sonne trennen, das Ziel war greifbar nah.

„Der Abwahlantrag der Grünen macht mir schon zu schaffen, vielleicht bin ich heute Abend schon ausgemustert, ich habe kein gutes Gefühl", verzog Jungkind in grüblerischer Vorahnung sein Gesicht, während seine Frau ihm den Magentee kalt rührte, „normalerweise dürfte zwar nichts passieren, aber ich weiß nicht, ob ich mich überhaupt noch auf die Koalition verlassen kann."
„Ich glaube, du kannst ...", führte Doris den Löffel an die Lippen ihres Mannes und Martin nippte vorsichtig, „der Wermuttee wird deinen Magen beruhigen, in einer halben Stunde geht es dir besser."
Martin Jungkind ging es an diesem Tag nicht mehr besser.

Ihn hatte sein seismografisches Gespür für missvergnügliche Heimsuchungen, das im Mittelbauchbereich angesiedelt war und nichts mit einer läppischen Magenverstimmung zu tun hatte, nicht getrogen. Denn schon vor der Stadtratssitzung sickerte eine Nachricht aus der FDP-Zentrale durch, die eine ungeahnte Turbulenz mit haushohem Wellengang und gewaltigen Erdstößen auslöste.
In einer kurzfristig anberaumten Pressekonferenz bestätigte Frank Struth dann auch die Gerüchte und verkündete die Beendigung der gelb-roten Koalition. Unüberbrückbare Meinungsverschiedenheiten in vielen Fragen seien letztendlich für diesen konsequenten Schritt verantwortlich, der für die Liberalen aus Gewissensgründen unumgänglich geworden sei.
„Um sich aber in diesen schweren Zeiten der Verantwortung auch weiterhin zu stellen und Blaustätten voranzubringen, hat sich die FDP einer bürgerlichen Koalition mit CDU und Freier Wählergemeinschaft nicht verweigert", schloss Struth seine Presseerklärung, „alles Weitere erfahren Sie nach der Stadtratssitzung in einer gemeinsamen Pressekonferenz mit den Fraktionsvorsitzenden der CDU, der Freien Wählergemeinschaft und der FDP. Vielen Dank!"
Der Koalitionsbruch überraschte die einen mehr, die anderen weniger. Jungkind zählte zu keiner der beiden Gruppen. Bei ihm herrschte eher entsetzte Verwirrung vor, die sich wie eine Heuschnupfenallergie festgesetzt hatte und eine Reihe von Fragen aufwarf.
Wie würde sich dieser Koalitionswechsel auf sein Dezernat auswirken, und noch mehr auf ihn selbst? Würde es nun mit Struth zu einem Neuanfang kommen? Konnte man davon ausgehen, dass das Familienkonzept von Max Oberstein jetzt zurückgezogen wurde? Hatte er endlich die Möglichkeit seine Arbeit, unbehelligt von parteitaktischen Angriffen, fortzuführen? Viele dieser Fragen sollten noch im Laufe der Stadtratssitzung an Bedeutung verlieren, andere würden dagegen an Gewicht gewinnen und am Ende in ihrer Beantwortung eine grundsätzlich einseitige Zufriedenheit auslösen.

Während Jungkind noch gänzlich verwirrt immer neue Fragenkomplexe zusammenstellte, hatte er bereits unzählige, mitleidige Blicke auf sich gezogen, die ahnen ließen, wer der große Verlierer dieses Ringtausches sein würde. Infolgedessen stellte sich auch für kein Stadtratsmitglied die Frage, ob das Konzept von Max Oberstein die nötige Stimmenmehrheit erhalten würde. Das war für alle so sicher wie das Amen in der Kirche und stellte sich bereits nach einer knappen Sitzungsstunde als unstrittige Tatsache heraus. Was man hingegen schlechter voraussagen konnte, war der Ausgang des initiierten Abwahlantrages von Bündnis 90 / Die Grünen, das die Amtsenthebung Jungkinds zum Ziel hatte, jedoch nur mit einer Zweitdrittelmehrheit zustande kommen konnte.

Als es zu dem alles entscheidenden Tagesordnungspunkt kam, drang aus Martin Jungkind ein unkontrolliertes Japsen, das sich im Laufe des Wahlvorgangs zu einem gut vernehmbaren Schnaufen steigerte und sich erst nach wiederholtem Griff zum Wasserglas vorläufig in einem gedämpften Zischen auflöste.

Hilla Frankfurter unterbrach aufgrund der ungewöhnlichen Klangüberflutung ihre Spielleidenschaft und legte ihr Handy beiseite. Sie beobachtete die Erregung ihres Tischnachbarn mit fassungslosem Blick und hegte die schreckliche Befürchtung, dass in den nächsten Minuten möglicherweise Keuchlaute das Repertoire abrundeten, die sie selbst aufs Unangenehmste ins Blickfeld des Blaustätter Rates rücken könnten.

„Ich habe als Jungsozialistin auch einmal ein Abwahlverfahren durchmachen müssen", unterbrach sie ihn beherzt in seinen Versuchen, die Stöhnskala von A bis Z mit allen erdenklichen Hilfsvarianten fortzuführen und prüfte sicherheitshalber seine Gesichtsfarbe, die ihr ein wenig blasser erschien als sonst.

„So ein Wahlvorgang ist schnell vorüber, versuch dich auf das Danach zu konzentrieren!", unternahm sie alle Anstrengungen ihn auf andere Gedanken zu bringen.

Nervös suchte sie in ihrer Handtasche nach etwas Lutschbarem, kramte ein altes eingepacktes Hustenbonbon hervor und steckte es ihm zu.

„Man ist einmal oben und einmal am Boden, heißt es so schön. Und ich sage immer: Das Leben ist reine Glückssache und Politik gehört zum Leben."

Das half Jungkind alles nicht weiter, weder erfüllte das Hustenbonbon seinen Zweck, noch konnte ihm die „Frankfurter Lebensweisheit" seinen Dezernentenstuhl sichern.

„Hast du denn schon einen Plan, wie es danach weitergehen soll?", hatte sie sich offensichtlich längst mit Jungkinds Abwahl abgefunden und spürte gar nicht, dass sie mit dieser Frage unter Umständen alle Dämme bei ihrem Tischnachbarn zum Bersten bringen konnte. „In deiner Partei wird man dir ja kaum mehr ein Amt anbieten, aber es gibt ja auch andere Wege, sein Glück zu finden."

Ihr Glück war wiederum, dass Jungkind schon lange nicht mehr zuhörte und bewegungslos mit unbestimmten, sich wiederholenden Klageseufzern auf die einzelnen Stadtratmitglieder schaute, die ihren Wahlzettel mit großer Würde in die Urne warfen.

Sie schaute ihn kurz an, zupfte ihr beigebraunes, mit lindgrünen Knopfleisten und ebensolchem Kragensaum drapiertes Dirndl zurecht und fühlte in ihrer barocken Brust nicht den Hauch eines Bedauerns für ihren Kollegen, dafür aber eine große Genugtuung. Es war schon eine himmelschreiende Schande gewesen, dass ein Mann wie er, aus der hintersten Reihe, ohne jede parteipolitische Erfahrung, mir nichts dir nichts in dieses hohe politische Amt kommen konnte. Gut, dass es noch eine Gerechtigkeit auf Erden gab, die dieser Schande heute ein Ende bereiten würde.

„Ich habe dir ja ganz zu Anfang gesagt: Du hast drei Sechser mit Zusatzzahl, dass du hier in der ersten Reihe sitzt", stieß sie ihn an, damit er ihr auf jeden Fall zuhörte und gab ihm nun den Rest ihrer Lebensweisheit mit sechs Richtigen an die Hand, „aber so einen Lottogewinn hat man in der Regel nur ein einziges Mal im politischen Leben und dann muss man alles dafür tun, ihn nicht wieder zu verspielen. So läuft eben das politische Geschäft."

Für Jungkind liefen die politischen Geschäfte zu diesem Zeitpunkt äußerst miserabel.

„Ich gebe das Ergebnis bekannt", ließ der Oberbürgermeister, der Jungkind vor über zwei Jahren an gleicher Stelle zum Dezernenten ausgerufen hatte, Ruhe im Saal einkehren, „für die Abwahl haben 62 Stadtratsmitglieder gestimmt, damit ist dem Antrag von Bündnis 90 / Die Grünen stattgegeben. Der Beigeordnete Martin Jungkind ist mit sofortiger Wirkung seiner Amtspflicht entbunden."

Während seinerzeit bei der Ergebnisverkündung ein ohrenbetäubender Begeisterungssturm losbrach und sich viele Hände zur Gratulation streckten, geschah heute nichts. Alles lief in geordneten Bahnen weiter und Markus Kinkel rief den nächsten Tagesordnungspunkt auf, ohne auch nur ein Wort des Bedauerns zu verlieren. Man konnte vielmehr das unbestimmte Gefühl haben, als würde ein entspanntes Aufatmen - wenn nicht sogar eine verhohlene Freude - durch den Ratssaal wogen, die am Abend nach der Sitzung bei einigen gemeinsamen Bierchen sicherlich ausgiebig begossen würde.

Martin Jungkind saß währenddessen wie paralysiert da und war nicht imstande, einen klaren Gedanken zu fassen. Er hatte nur verstanden, dass er seiner Amtspflicht entbunden war. Doch was hieß das konkret? Konnte er nun einfach gehen oder bekam er vom Oberbürgermeister noch eine Entbindungsurkunde überreicht, so wie damals beim Amtsantritt eine Ernennungsurkunde? Er blieb zunächst einmal sitzen und hoffte, dass ihm jemand sagen würde, was zu tun sei. Doch er bemerkte irgendwann selbst, dass sich kein Mensch mehr für ihn interessierte und längst schon andere wichtige Themen diskutiert wurden, die für die Parteipolitiker - und damit für Blaustätten - von größter Bedeutung waren.

„Sei froh, nun bist du wieder ein freier Mann und kannst tun und lassen, was du willst!", hatte Hilla Frankfurter, für die ihr

parteipolitisches Weltbild wieder zurechtgerückt war, in vergnügter Zufriedenheit ein paar versöhnliche Worte gefunden.
Jungkind nickte nur.
„Es hätte schlimmer kommen können ...“, führte sie diesen Gedanken aber in Ermangelung einer geistreichen Schlussfolgerung nicht weiter aus und verabschiedete ihn stattdessen mit einem flüchtigen Lächeln, „wenn du einmal ein Anliegen hast, scheue dich nicht, auf mich zuzukommen.“
Jungkind nickte erneut, dann konnte er also gehen.
Leise räumte er seine Unterlagen zusammen, ordnete sie wie für den nächsten Tag sorgfältig in seiner Aktentasche und verließ unbemerkt, so wie er gekommen war, seinen Platz und damit die Politik.

„Sein Scheitern war voraussehbar“, hatte der Kommentator der Stadtzeitung – wie viele andere auf einmal auch – das Unheil kommen sehen, „im Grunde genommen ist Jungkind den politischen Spielregeln zum Opfer gefallen. Aber sicherlich hatte er auch selbst einen nicht geringen Anteil an dem Misserfolg. Umso mehr, als er weder politisch eingegliedert noch entsprechend diszipliniert war, was in politischen Kreisen allgemein hin als ‚Dienstunfähigkeit' bezeichnet wird.
Er galt von daher als Fremdkörper in einem – wenn auch nicht gesunden – so doch funktionierenden Organismus, der nichts weiter tat, als ihn abzustoßen. Da halfen keine sachpolitischen Hausmittelchen, da hätte nur ein schneller, politischer Eingriff Rettung bringen können. Aber der blieb aus – wie wir wissen –, was zweifelsohne mehr aussagt, als alle geheuchelten Beteuerungen.
Andererseits war er aber auch kein Robin Hood, der sich mit allen Mitteln für ein entrechtetes Familiendezernat eingesetzt und als Vorbild seine Mitarbeiter motiviert hätte. Viel zu spät kam sein verzweifelter Einsatz, den man vor dem Hintergrund der Abwahl als letztes Aufbäumen bezeichnen kann.

Alles in allem blieb Martin Jungkind aufgrund seiner politischen Untauglichkeit eine hochbrisante Fehlbesetzung, die in dem Hexenkessel von heimtückischen Parteiintrigen, rätselhaften Ritualen und doppelbödigen Allianzen von Beginn an auf der imaginären roten Liste stand. Damit war ihm ein Stempel aufgedrückt, den er nicht so einfach wegwischen konnte."

Malstatter Beiträge
Aus Gesellschaft, Wissenschaft, Politik und Kultur

In der Reihe „Malstatter Beiträge – aus Gesellschaft, Wissenschaft, Politik und Kultur" präsentiert die Union Stiftung ausgewählte Ergebnisse ihrer Bildungsveranstaltungen, wissenschaftliche Arbeiten saarländischer Hochschulabsolventen, Forschungsergebnisse zur Regionalgeschichte sowie literarische Arbeiten aus dem Saar-Lor-Lux-Raum und europäischen Nachbarländern.

Die Herausgeber der Reihe, Franz Schlehofer (†), Prof. Rudolf Warnking und Dr. Markus Gestier, wollen mit den „Malstatter Beiträgen" Anregungen zu Auseinandersetzung mit Themen und Literatur unserer Zeit und unserer Geschichte bieten. Sie wünschen den Leserinnen und Lesern die zur Lektüre erforderliche Muße.

Außerdem bei Gollenstein in der Reihe „Malstatter Beiträge“

Gaetano Cassisi

Ich Italiener, morgen andere Baustelle

Der lange Weg eines Emigranten nach Deutschland

Aus dem Italienischen vom Autor
Mit zahlreichen Fotos und einem Nachwort von Claudio Cicotti
230 Seiten, gebunden mit Schutzumschlag · ISBN 978-3-938823-43-9

Nachdem seine Brüder nach Deutschland ausgewandert sind, muss der junge Tano gegen seinen Willen die Schule verlassen, um dem Vater zu helfen. Eine Entscheidung, die er nicht einfach hinnimmt. Auch er hofft auf ein besseres Leben in Deutschland.
Fünfzehnjährig kommt er ins Saarland und findet sich dort in einer Welt wieder, die so ganz anders ist, als er sie sich vorgestellt hat. Schnell macht er mit der Härte der Arbeit, aber auch der Menschen Bekanntschaft. Die Enttäuschungen und Erniedrigungen der ersten Jahre bringen ihn nahe daran, nach Italien zurückzukehren. Doch er erkennt auch, dass nicht alle Deutschen den Italienern negativ gegenüberstehen.
Nach mehrfachem Wechsel der Arbeitsstelle findet er eine Anstellung bei der BAYER AG. In Köln verbessert er seine Sprachkenntnisse, absolviert eine Lehrerausbildung und erlangt das Lehrbefähigungsdiplom. Mit der Anstellung beim italienischen Konsulat beginnt eine neue Karriere als Lehrer für den italienischen muttersprachlichen Unterricht an deutschen Schulen.

Gaetano Cassisi, 1946 in Licata (Sizilien) geboren, lebt heute abwechselnd in Deutschland und Italien. Claudio Cicotti, der Verfasser des Nachwortes, lehrt Italienische Literaturwissenschaft an der Universität Luxemburg und beschäftigt sich insbesondere mit Emigrantenliteratur.

Jean-Paul Picaper

Nicolas Sarkozy
und die Beschleunigung der Politk

Mit einem Vorwort von Rudolf Warnking
und zahlreichen Farbfotos
440 Seiten, gebunden mit Schutzumschlag · ISBN 978-3-938823-36-1

„Speedy Sarko" oder „Monsieur Bling-Bling"? Wer ist der agile Mann im Élysée-Palast?
Von Deutschland aus blickt man mit Verwunderung und einer gewissen Skepsis ins Nachbarland, wo mit Nicolas Sarkozy ein Präsident gewählt wurde, der die „Grande Nation" zu neuem Glanz führen und das gesamte Land einer radikalen Erneuerungskur unterzieht. Seine Energie und sein Tempo setzen dabei Gegner und Anhänger gleichermaßen in Erstaunen.

Jean-Paul Picaper bietet als ausgewiesener Kenner der deutschen und französischen Politik dem deutschen Leser detaillierte Einblicke in die politische und soziale Landschaft des Nachbarn und scheut auch deutliche eigene Urteile nicht.

Das Buch beschränkt sich nicht auf (...) biographische Schilderungen. Es bietet gleichzeitig eine Art Computertomographie des heutigen Frankreichs. Seine Leserinnen und Leser erhalten eine Vielzahl von Schnittbildern der unterschiedlichsten Problemfelder des französischen Lebens.
Rudolf Warnking im Vorwort

Monika Sommer-Hasenstein (Hg.)
Alltag · Sonntag · Feiertag
Sitten und Bräuche in Saar-Lor-Lux

Mit Beiträgen von Edith Braun, Marianne Haas-Heckel, Dittmar Lauer und Fernand Lorang, sowie zahlreichen Illustrationen von Timo Pfeifer
204 Seiten, gebunden · ISBN 978-3-938823-20-0

Monika Sommer-Hasenstein (Ed.)
Vie familiale, dimanche et jours de fêtes
Coutumes el traditions en Saar-Lor-Lux

Ont collaboré à cet ouvrage Edith Braun, Marianne Haas-Heckel, Dittmar Lauer et Fernand Lorang · Avec illustrations de Timo Pfeiffer
204 pages, relié · ISBN 978-3-938823-21-7

In „Alltag · Sonntag · Feiertag“ schreiben Edith Braun, Dittmar Lauer, Fernand Lorang und Marianne Haas-Heckel über Sitten und Bräuche in der Großregion Saar-Lor-Lux rund ums Jahr: vom Bretzelsonntag, der Hexennacht, dem Pfingstquack, der Kirmes, Weihnachten und Neujahr bis zur Fastnacht.

In ihren Beiträgen berücksichtigen die Autoren die gemeinsamen Wurzeln und die Besonderheiten ihrer Heimatregion Lothringen, Luxemburg, Rheinland-Pfalz und Saarland. Damit leistet das Buch einen wichtigen Beitrag zum kulturellen Erbe der Großregion.

Edith Braun & Evelyn Treib

Keine Fisimatenten

Französische Wörter in saarländischen Mundarten

Mit einem Vorwort von Markus Gestier
und Zeichnungen von Susanne Speicher
274 Seiten, gebunden · ISBN 978-3-938823-39-2

Das Buch „Keine Fisimatenten“ von Edith Braun und Evelyn Treib ist ein Glücksfall, verbindet es doch wissenschaftliche Sorgfalt mit guter Lesbarkeit und verdeutlicht, wie vielfältig die saarländischen Mundarten von der französischen Sprache bereichert worden sind.

Das Kapitel „Recherchiert & registriert“ bietet ein Wörterverzeichnis mit annähernd tausend Mundartwörtern französischen Ursprungs. In „Hinterfragt & nachgehakt“ werden einzelne Begriffe und Redewendungen unter die Lupe genommen und kenntnisreich kommentiert. Im Schlußteil „Diesbezüglich auch vergnüglich“ ranken sich Anekdoten, Geschichten und Gedichte um eingewanderte Wörter.

Ebenfalls erscheint bei Gollenstein die Reihe „Profile" der Union Stiftung

Adolf Muschg

Etwas, das noch keiner gesehen hat

Rede über das literarische Schreiben als eine Poetik des ungesuchten Findens

Mit einem Vorwort von Yvonne Rech
In der Reihe „Profile" der Union Stiftung
64 Seiten, gebunden · ISBN 978-3-938823-38-5

Adolf Muschg, der Schriftsteller und Hochschullehrer aus der Schweiz, ist seit vielen Jahren zu einer europäischen Instanz geworden. 2007 wurde ihm darum die Eröffnung des Europäischen Schriftstellerkongresses in Saarbrücken anvertraut. Die zu diesem Anlass am 15. Oktober 2007 in der Stiftskirche St. Arnual gehaltene Rede ist eine komprimierte Poetik, die man jedem Studenten der Germanistik, jedem Deutschlehrer, jedem Journalisten von einigem Anspruch und auch unseren Politikern ins Haus wünscht.

Nikolaus Schneider

Was erwartet die Kirche von der Gesellschaft?
Was erwartet die Gesellschaft von der Kirche?

Mit einem Vorwort von Superintendent Christian Weyer
In der Reihe „Profile" der Union Stiftung
64 Seiten, gebunden · ISBN 978-3-938823-60-6

Nikolaus Schneider, Präses der Evangelischen Kirche im Rheinland, legt mit dieser Rede einen wichtigen Beitrag zur Standortbestimmung der Kirche in der modernen Gesellschaft vor. Die grundlegenden Glaubensfragen bleiben trotz – oder gerade wegen – der zunehmenden Globalisierung und des Werteverfalls in der modernen Welt virulent. Schneider nimmt daher richtungweisend Stellung zu unterschiedlichen Aspekten im Wechselverhältnis von Kirche und Gesellschaft.

www.gollenstein.de

Buchgestaltung: Timo Pfeifer
Schrift: Rotis Serif und Eurostile
Papier: Munken Print Cream 90 g
Druck: Merziger Druckerei und Verlag
Bindung: Buchbinderei Schwind, Trier

Printed in Germany
ISBN 978-3-938823-58-3